中国科普作家协会资助项目

王晋康文集
第18卷

转生的巨人

王晋康 著

科学普及出版社
·北京·

图书在版编目（CIP）数据

转生的巨人 / 王晋康著 . -- 北京：科学普及出版社，2023.2
（王晋康文集；18）
ISBN 978-7-110-10466-8

Ⅰ. ①转… Ⅱ. ①王… Ⅲ. ①幻想小说－小说集－中国－当代 Ⅳ. ① I247.7

中国版本图书馆 CIP 数据核字（2022）第 121284 号

策划编辑	王卫英
责任编辑	王卫英
封面题字	张克锋
装帧设计	中文天地
责任校对	焦　宁　张晓莉　邓雪梅　吕传新
责任印制	徐　飞

出　　版	科学普及出版社
发　　行	中国科学技术出版社有限公司发行部
地　　址	北京市海淀区中关村南大街 16 号
邮　　编	100081
发行电话	010-62173865
传　　真	010-62173081
网　　址	http://www.cspbooks.com.cn

开　　本	710mm×1000mm　1/16
字　　数	7460 千字
印　　张	470.25
插　　页	1
版　　次	2023 年 2 月第 1 版
印　　次	2023 年 2 月第 1 次印刷
印　　刷	北京中科印刷有限公司
书　　号	ISBN 978-7-110-10466-8 / I・641
定　　价	2888.00 元

（凡购买本社图书，如有缺页、倒页、脱页者，本社发行部负责调换）

目 录

转生的巨人 / 001
夏娲回归 / 030
我证 / 055
格巴星人的大礼 / 071
天一星 / 086
美容陷阱 / 094
替身 / 110
时空商人 / 127
透明脑 / 137
我们向何处去 / 147
胡须 / 158
三人行 / 169
高尚的代价 / 195
论本能 / 216
数学的诅咒 / 243
夏天的焦虑 / 256
完美的地球标准 / 274

转生的巨人

一、三则新闻

今年 J 国媒体在热炒三则新闻，都是有关西铁集团掌门人今贝无彦的。当然了，鉴于今贝先生的身份，只要和他有关的事都不可能不是大事。今贝先生今年 70 岁，是 J 国首富，在 J 国经济泡沫没有破裂前，甚至连续多年高居福布斯世界富豪排行榜的首位。他私人拥有的土地占 J 国国土总面积的六分之一，我想，即使以豪富闻名的所罗门王，恐怕对他也是望尘莫及吧。今贝先生为人阴狠果决，目光如刀，看人看事入木三分，在国人中尤其是财界博得广泛的敬畏。他可以说是 J 国财界的教父，精神上的领袖。另一位著名财阀平田昭夫便对他崇拜得五体投地，说他是"中国唐太宗一类领百年风骚的伟人"，又慨叹道：既生瑜，何生亮！

第一则新闻：今贝先生的私人律师君直任前受当事人的委托，向皇京地方法院提出"无相对人预防式确权申请"。依照法律，确权起诉都应有相对人，即对当事人的权利有可能造成侵权者。这个申请相当古怪，可以说是开了世界各国法律进步之先河。神通广大的君直律师能让法庭受理他的诉讼请求，这本身就是他的一个大胜利了：

> **律师**：我谨代表我的当事人，向法院提出"无相对人预防式确权申请"。我的当事人不幸患了右臂骨瘤，马上要截肢，并考虑移植新肢。但右臂被截肢后就不能使用原笔迹签付支票，并失去了其主体资格的重要象征之一——指纹。为了确保当事人的各项权益不致受到威胁，特提出申请，请法院预先确认：失去和更换右臂的当事人仍然享有他原先享有的所有权利。

法官： 首先向不幸罹病的今贝先生表示慰问。不过，在法律上，"人"是作为一个整体存在的，虽然没有明确的条文，但失去一条右臂的人无疑仍具有他原来具有的所有权利。关于这一点，并不需要进行特别的确权。至于你所说的签付支票的笔迹问题，只需经过某种技术性的转换即可。

律师： 不，不是这样简单。我的当事人确实具有高瞻远瞩的目光，他从这件似乎不必认真对待的小事上，看到了当代法律的最大漏洞，那就是法官先生刚才说的：未能对"人"这个概念做严格的定义。现在，假设我的当事人将失去的不仅是一只右臂，他还——原谅我说这些不祥之言——遭遇一场车祸，失去两只手臂，眼睛瞎了，面容被毁，声带被毁，还可能被迫换上人造心脏。总之，假设他失去了作为今贝先生的所有外部特征，甚至连 DNA 检测也有不确定之处，植入的新肢体或新器官含有异体 DNA，只有他高贵睿智的大脑仍保持完好。这时他是否还是可敬的今贝先生？是否还该享有今贝先生的一切权利？

法官： 当然，这一点不必怀疑。

律师： 好！这就是我的当事人的要求。他不奢望在一夕之间改变国家的法律，仅打算对涉及他个人权益的方面做一点小小的安排：请法院预先确认，在我的当事人的身体上，只有大脑是他唯一有效的代表。这种安排可能最终被证明是过分谨慎了，但谨慎总没有害处。

最终，君直任前律师赢了，从法院拿回了正式的确权文书。不必奇怪，虽然这种"预防式确权申请"没有先例，但他在法庭上阐述的道理却无可怀疑。谁不认为大脑是一个人最重要的部分？何况，J 国经过多年争论刚刚通过了一项法律，正式以脑死亡代替心脏死亡作为死亡判别标准。

那时有不少人对今贝先生的动机猜测不已，不过没一个人猜出，那是为一个史无前例的手术做法律上的准备。手术将由我主刀，不过，并不是截肢或手臂移植这类简单手术。

第二则新闻：今贝先生的律师为他预购了一个无脑儿的身体——报道这则新闻的记者困惑地说：无疑这是为了今贝先生的右臂移植，但他1.67米的身体怎么可能安上一个婴儿的右臂呢。

那时山口太太已经怀孕20周，B超和AFP（羊水甲胎蛋白）检测都确认她怀了一个无脑儿。君直律师在几十家医院布置有情报员，在得到这个消息的当天就带上我一同赶去了，我的工作是检查无脑儿除了大脑之外的健康状况，检查结果很满意。山口夫妇都是渔民，生活相当拮据，这正是君直律师选中他们的原因。这对夫妇还未从这个打击中平静下来，显得沮丧和悲伤。律师诚恳地说：

"对你们的不幸我非常同情，并代表一位好心的老人，愿意为你们做一点事情。你们不必担心钱的问题，那位好心人愿意代你们支付全部医疗费用。"

夫妇俩客气地向我们连声道谢，不过看得出，他们对两位不速之客的来意不乏疑虑。

律师问："你们打算把无脑儿引产吗？"

山口沮丧地说："只有引产了，先生你该知道，这种先天性疾病是无法医治的。"

"对，现代医学对此无能为力。不过我有一个建议请二位考虑，你们是否愿意让这个不幸的孩子活在别人的身上？对，器官移植。无脑儿的眼睛、心脏、肝胆肾胰脾、手足甚至整个身体都将健康地活在别人身上。这样，对你们的心灵将是很大的安慰。而且请你们放心，我们会采取非常人道非常负责的做法。我们将雇用最好的医生护士来照料山口太太，直到安全分娩。无脑儿出生后，我们将用人工心肺机维持它的生命，至少维持半年时间，直到确认没有任何治愈的可能后再进行移植手术。另外，"他轻声说，"你们也将得到可观的营养补贴。你我都知道器官买卖是非法的，但法律并不禁止病人家属主动捐献死者的遗体，也不禁止一位慈善家对不幸的父母给一点营养补贴。"

山口眼中透出贪婪的光："多少？"

律师大度地说："看你们的需要吧。"

山口太太在悄悄拽丈夫的衣袖，山口犹豫着："我与妻子商量一下，可以吗？"

"当然，当然可以。"

我们退出病房，通过半开的房门，见山口与妻子低声交谈着。妻子似乎在反对，丈夫劝她，我们听到一句："反正胎儿活不了，又不是我们狠心。"在他们商量时，律师一直背着手远望天边，神态笃定。果然，最后山口太太还是同意了，山口喊我们进去，咬咬牙说：

"1000万J元，不能再低。"

我知道这桩买卖的标底是3000万，山口的要价远远不够。律师不动声色地说："太高了。作为营养补贴，这个数目无疑是太高了。山口先生，你让我很为难。"山口想说什么，律师摇摇手打断了他，"不过，既然我有言在先，那这个难处就由我承担吧，我将尽量说服我的当事人，我想他会答应的。我已经说过，他是个心地非常慈善的人。但我要严肃地强调一点：你们以后也许会知道无脑儿的器官移植给谁，但绝不允许你们去打扰他。有关条款将在双方的合同中写明，如果违反，你们将付出双倍的代价。请你们务必记住，我的当事人非常慈爱，原则性也很强，他最讨厌那些纠缠不休、贪得无厌的人。"

这番平静的威胁显然使那对夫妇印象深刻，山口忙不迭地点头："我们不会失信的，绝不会。我俩会牢牢闭紧嘴巴，先生你尽管放心。"

无脑儿怀胎七个月时剖腹产下，如果等足月后产下，无脑儿常常已经死亡。他的父母果然从此消失了，以后不管媒体如何炒作，他们都没有露面，看来他们确实守信。我们用人工心肺机维持了无脑儿半年的生命。你可以说这是为了守约，但其实这项条款是扯淡：哪有无脑儿能够治愈？根本不具备这个可能。说白了，我们原本就打算半年后再实施器官移植，那时手术的把握性会更大一些。

年底，君直律师召开记者发布会，公布了今贝先生即将接受器官移植的消息。这是有关他的第三则新闻。这种做法并不符合这位财界教父一贯隐身幕后的行事风格，不过，以后人们就会知道，他这样做是有用意的。

记者们蜂拥而至，都急着打探出内幕消息，期望着自己的稿子上报纸头条。他们都很困惑：今贝先生要接受什么器官？曾有消息说他右臂得了恶性骨瘤，但那显然是一次误诊，因为在此后的将近一年时间里，他一直健康如常，照旧用人们熟悉的笔迹签付着巨额的支票。比较敏锐的记者已经猜出，实际那连误诊都不是，而是为了那次古怪的"预防式确权申请"释放的烟幕。那么，伟大的今贝先生究竟要从无脑儿身上接受什么器官呢？

今贝先生没有在记者会上露面，他此时在山台县脑神经外科医院的手术室里。而我正在手术室的净化槽里洗手，准备穿上绿色无菌手术服，开始手术。记者会上除了君直律师外，还有西铁集团总务部长中实一丑，他是今贝最得力的助手之一，在今贝先生术后一个月的时间里，他将暂时主持西铁王国的运行；今贝先生的生活秘书小松良子也来了。漂亮的小松小姐又被称为"床上秘书"，因为，众所周知，伟大的今贝先生在性事上同样是一位伟男，即使到70岁高龄仍雄风不减，他的半公开的情人是论打计算的，有影视明星、奥运明星、吧女、女学生、女政治家等，而小松是其中最得宠的一个，月工资高达6000万J元，而这具无脑儿的身体才值1000万！得宠的原因是不大能为外人道的，据说她能用某种非常"那个"的办法满足这位老人的性怪癖。

媒体上从未指责过今贝先生对女人的广收并蓄，这大概是基于一种普遍的社会心理：占有国土六分之一的强者，多占有几个女人应该算是天经地义吧。反倒有人赞赏他的平民风格，因为他找情人并不局限于上流社会。

不过——我看着表情招摇的小松小姐，禁不住暗想——她6000万元的月工资恐怕不保险了，因为，在这次手术后的多少年内，今贝先生肯定用不上这位情人了。

记者招待会上没有今贝先生的家人。他妻子已经去世，两个儿子今天都未露面。我知道其中的原因：在这次手术之后，那两位不幸的儿子今生今世甭再指望继承西铁王国。自然喽，他们肯定对老爹的决定极为不满，如果不说是仇恨的话。今贝先生事先倒是做了安排，给两个儿子分了少量家产。现在，他们已经脱离西铁王国，自立门户，与今贝先生陌如路人了。

皇京新闻记者：律师先生，请问今贝先生今天到底接受什么器官的移植？我们已经知道，他的右臂实际并未长骨瘤。

律师：这正是我今天召开记者招待会的目的。我正式向大家宣布，今贝先生将接受一次全面的器官移植，包括双腿、双臂、心脏、肝胆肾胰脾、眼睛、耳朵、舌头、鼻子、躯干，等等。除了一种器官——大脑。

KHN 记者：你是说……实际上，这个手术并不是今贝先生的什么器官移植，而是把他的大脑移植到无脑儿的身体内？

律师：你说错了，把主客体混淆了。众所周知，无脑儿不能算真正的人，不具备人的身份，在基督教国家，神父都不为无脑儿做弥撒。而我当事人的大脑则是他本人唯一有效的代表，这是法院已经确认过的。不妨打一个比喻，人们常说"太阳从东方升起"，但那只是习惯说法而已。如果使用严格的科学语言，则只能说"地球向东方转去，迎向太阳"。同样地，如果用严格的法律语言，只能这样说：我的当事人今天将接受一个新的躯体。

时事通讯社记者：这种移脑手术是破天荒第一次，请问手术把握性有多大？

律师：不，不是移脑手术，是移躯手术。我们相信它会成功的，我们已经为它做了 18 年的准备。

KHN 记者：我明白了，半年前你们向皇京地方法院提出的无相对人预防式确权申请，就是为了今天的手术？

律师：你们可以这样认为。现在，手术马上就要开始，所有来宾将目睹手术的全过程，不是通过电视屏幕，那样的见证没有法律效力；而是通过手术观察室的玻璃墙。诸位将亲眼看见：移入无脑儿脑颅中的，确实是我当事人的大脑而不是别人的。有件事拜托诸位，手术后麻烦所有在场人在见证材料上签上你们的名字。现在，

转生的巨人

请诸位到手术观察室吧。

他领着25位记者来到手术观察室,透过一堵玻璃墙壁,手术室内的情形看得清清楚楚。十几位医护已经做好术前准备,那个无脑儿躺在另一张手术床上,用白色罩单盖着,只有畸形的脑袋露在外面,它的人工心肺机尚未摘除。今贝无彦先生坐在手术床上,一向冷面对人的他今天难得地微笑着,向玻璃墙后的记者们挥手致意。仅一位记者代表获准进入手术室,他穿上无菌服,把麦克风举到今贝先生面前,请他讲几句。今贝安详地说:

"今天是我的生死之赌,请诸位为我祈祷吧。如果我能以新形体新面孔从手术床上下来,请诸位不要认不得老朋友,不要以貌取人。"

他的幽默没有引起笑声。倒不是记者们反应迟钝,而是平素对他太敬畏了,在他面前似乎不敢开怀大笑。他又通过麦克风回答了外面几个记者的提问,我作为主刀医生也回答了两个问题。

然后手术开始。无脑儿的人工心肺机被移走,残缺的颅腔被打开。今贝先生被麻醉后也打开颅腔,小心地取出大脑,移入无脑儿的空颅腔,并用生物相容材料聚吡咯管把大脑同颅外神经视神经、脊髓等进行桥接,这种桥接可以促使它们快速定向生长,在一个月内形成永久性连接。

在几十双眼睛的注视下进行如此高难度的手术,我自然免不了有些紧张,但总的说是胸有成竹的。可以说我的一生就是为了这个手术,已经为此准备了18年,进行过数百次成功的动物实验。我绝不能失败,除了脑外科圣手元濑是空的职业荣誉和责任心之外,还有一个砝码也是很重的——西铁集团20%的股份。

二、人的嫁接

20年前,我从著名的皇京医学院毕业,来到不大有名的山台县脑外科专科医院任实习医生。实习期满不久就遇到一个难度很大的手术,病人是一个四岁的女孩,患先天性颅裂,部分脑膜从裂隙处漏到嘴里,其中包括至为重要的脑垂体和下丘脑,一旦因进食等原因使其破裂,会立即危及生命。医院认为必须马上做手术，但这个手术风险极大，本院经验不足，几位资深医生都建议患者转院。最后是我力主接受这个病人并做主刀医生，手术成功了，25岁的元濑是空在一夕之间成了医学界的名人。

不久今贝无彦先生通过律师邀我见面，我对他的邀请受宠若惊。J国首富的垂青，自然意味着金钱和地位在向我招手。而且我有非常强烈的好奇心，想近距离看看这位拥有国土面积六分之一的巨富到底是什么样子，是什么心态。至于他约见我的用意，当时我却不甚了了。今贝先生旗下主要是休闲产业、钢铁和铁路，并没有医院或生物产业。他总不会要我去当专职私人医生吧，脑外科医生专业面太狭窄，是不适宜当私人医生的。而且我心中很矛盾，既盼望跟着他青云直上，也不乏深深的疑虑。谁都知道他著名的用人之道：不用天才只用庸才，因为他的集团一直实行帝王式管理，自古以来帝王不需要特立独行的臣子；他虔诚信奉中国荀子的性恶论，对每位新员工都要先用怀疑的目光盯着，直到你用行动证明你的忠诚。

今贝先生中等个子，衣着极简单，脚上的皮鞋甚至已经磨花了。但他的目光极为锋利，不怒而威，有天然的帝王之气。他身边的助手，包括一人之下万人之上的总务部长中实一丑，都对他毕恭毕敬。他请我坐下，没有寒暄，开门见山地说：

"我知道元濑先生是一位才华横溢的年轻人。我今年已经52岁，该对自己的晚年未雨绸缪了。请谈谈你对衰老和死亡的看法，它们能避免吗？"

我谨慎地说："对于衰老和死亡有各种学说，比较可靠的是'程序性'说。就是说，生物的衰老和死亡都由基因中的指令所规定。比如人体细胞在分裂50次后就会死亡，并带来机体的死亡。只有生殖细胞和癌细胞能够把自己的时钟'拨零'，因此它们是长生不死的。所以，只要能改变这个程序，死亡并非不能避免。"

"有什么办法能把人体所有细胞都拨零？我知道果树的嫁接就能做到这一点，比如把黑宝石李嫁接到毛桃上，年轻的毛桃能使李树的生物钟回零，所以李树可以一代代嫁接，长生不死。人可以嫁接吗？"

我一时没听明白："你说人的嫁接？怎么嫁接？"

"嫁接大脑。大脑将被新的身体接受，并接受后者的基因指令，把时钟拨零。同时又保持着原来的意识。"他看到我吃惊的表情，平静地说，"先不要说不行，想想再说。"

我认真考虑很久，最后说："你的想法很超前，但理论上是可行的，迁到新身体的大脑细胞的时钟很可能被'砧木'拨零。不过移脑手术会相当繁难，现在已经有移植猴子头颅成功的先例，但仅移植大脑的难度要大得多，因为它要把移入的大脑同'砧木'的很多颅外神经进行连接，比如视神经、脊髓、听神经、舌神经、面神经等。而且中枢神经的再生一直是个难点。"

"我知道很难，你只说有没有成功的希望？在二三十年内？"

我犹豫良久："不能说没有。"

今贝先生果断地说："那就该试试。我聘请你全权负责这件事，怎么样？我了解你的才华和勇气，而且你将享有世界上最强大的资金支持。抓紧干吧，争取在我有生之年实现突破。至于你的待遇，"他用入骨三分的眼光看看我，"有两种方案任你选择：你可以拿五倍于你目前收入的固定工资，而不管你的研究能否成功；或者一直拿你目前的低工资，但在你成功之后，具体指标就是我的大脑移植一周年之后仍然存活，那时你将得到西铁集团 20% 的股份。"

西铁集团 20% 的股份！这将使我一夕之间成为跻身福布斯排行榜的世界级富豪。我算不上非常贪财的人，但要说上千亿 J 元的财富对我没有诱惑，那是扯淡。我震惊地看着他，不敢相信自己的耳朵。他面无表情地说："送你 20% 股份我不会心疼的，如果我能永生，就不用向政府交纳 70% 的遗产税，算起来，我还多了 50% 的财产呢。"

我知道按 J 国法律，个人财产超过 20 亿 J 元的，遗产交接时应交纳 70% 的遗产税。今贝先生对此有个冷厉的评价：这是典型的强盗法律，比明火执仗的抢劫更无耻。

他问我："我的建议怎么样？我个人更希望你接受第二种方法，因为，"他又用那种锋利的目光看我，看得我像被剥光了衣服，"也许有些人对金钱并不贪婪，但只有把收益同成果挂钩，他才会迸发出最大的力量。"

他用肥肥的诱饵在我面前恣意晃动，无情地勾出我内心深处的贪念，不

为我留一丝遮羞布。刹那间,我在平素对他的敬畏中平添了几分恨意,犹豫片刻后我咬着牙说:

"好,我接受你的聘请。我愿意接受第二种待遇。"

他看来早知道我会这样回答,点点头:"很好。我很喜欢你的性格。相信我们的合作会很愉快。"

三、早慧的婴儿

2012年秋天,一个70岁的婴儿呱呱坠地。他的啼哭宣布了我及我手下一万多研究人员18年的努力最终获得了成功。我欣喜地想,我的20%股份可以说已经到手了。

不过这哭声不能说是今贝先生的,那是来自他的"砧木"那个无脑儿的本能。随着今贝的大脑逐渐同砧木体内的神经接通,他逐渐接管了这具身体。一个月后我来到育婴室时,今贝先生已经完全从无脑儿的身体内"脱颖而出"。我面前是这么一个怪物:七个月的婴儿身体,这加上了手术前无脑儿存活的半年,娇嫩的四肢不停地弹动着,皮肤吹弹可破,小屁股胖得全是豌豆坑。特别大的脑袋——婴儿的原脑腔太小,虽然今贝先生70岁的大脑已经萎缩,仍不能装进去,是我用手术再造了一个足够大的脑腔。

大脑袋,五官位于面庞的下部——这正是典型的婴儿面部特征。所以,这个特大的脑袋更使今贝显出十二分的婴儿相,不由人不怜爱。但任何人只要看了他的眼睛,就不会这么说了。他的目光仍然像千年老妖,锋利如刀,能剥去你的衣服和任何伪装,让你不寒而栗。

现在,他用这样冷厉的目光看着我,说出了他的第一句话:"元濒,看来你的20%股份已经到手了。"

说话的声音奶声奶气,但口气却老气横秋,尖酸刻薄,这种强烈的反差让人心里很不舒服。我不免恼羞成怒,因为这个刚会说话的"幼儿"一下指出我内心最深处的贪念。我挖苦地说:

"谢谢你还记得自己的许诺。我本来要对你的意识进行测试,看来用不着了。从这句话的口气看,我面前确实是今贝先生,不用怀疑。"

转生的巨人

受今贝聘用 18 年来，我已熟知他的性格：圣心独断，严厉刻薄。他的手下都是绝对驯服的，即使主人把唾沫啐到脸上，他们也会保持着笑容，等到主人离开后再擦去。即使权高位重的中实先生也是如此，可能就君直律师除外。不过我的身份比较特殊，我握着今贝的生死呢，用不着这么奴才，我仍然对他很敬畏，但现在是多少带着恨意的敬畏。当他对我说话的口气过于尖酸时——对他的部下，他很少不用这种口气说话——我也会反唇相讥。后来我发现他其实很喜欢这样，喜欢能有一个人经常同他血淋淋地互相刺伤。也许他听的阿谀太多，日久生腻了吧。这会儿听了我的挖苦，今贝放声大笑，有如枭啼。然后他颐指气使地说：

"我饿了，我要吃奶！"

今贝苏醒之前我们一直用静脉滴注法维持生命，但奶妈早就准备好了，准备了三个。当然不会用上这么多，但小心一点总没坏处，再说我又不必为资金犯愁。很快我就知道，这个决定是多么英明。三个奶妈都是从偏远地区的农村来的，倒不是我们为了省钱，而是如今城里的哺乳期女人们常常没有足够的奶水。第一个奶妈进来了，一眼看见婴儿特大的脑袋，非常吃惊，不过什么也没有问，把今贝抱到怀里，撩起衣襟。她的乳房非常饱满，这会儿已经"惊奶"，溢出的奶珠儿散发着奶香。今贝朝这对乳房打量一番，满意地向我点点头，抱着乳房贪婪地吃起来，我能清楚地听见他急迫的吞咽声。两个乳房很快吃空，他恼怒地哭了一声，这是"砧木"本能的又一次反弹，但哭声半截里突然闸住，他粗暴地命令：

"我还要吃，再找一个来！"

奶妈不知道怀中的婴儿已经会说话，更料不到会是这样的口气，惊得目瞪口呆。我挥挥手让她出去，唤来第二个，然后是第三个。一直到六个乳房都吃空，今贝才吃饱。护士栗原小姐抱起他拍打后背，他满意地打着奶嗝，说：

"我从即刻起恢复工作，让中实一丑来见我吧。"

中实先生带着五个部下立即赶来，向他汇报一个月来西铁集团的要事。今贝先生坐在护士怀里听汇报，果断地下着指示。看着六个大男人在一个大脑袋婴儿面前毕恭毕敬，实在是一道别致的风景。

不过我没有时间欣赏,我下令立即再找几个奶妈,依今贝的饭量,三个奶妈很快就不够用了。事实证明我的决定非常及时,今贝先生的饭量飞快地增加,远远超出任何人的预料。到第七天就需要十个奶妈了,半个月后是25个,一个月后则变成100个。他的生长则更为惊人,夸张一点说,站在旁边看他吃奶,能感觉到那个身体不停地膨胀。

奶妈的报酬也是今贝先生"转世"前钦定的,大致同我的待遇方案一样,有两种方案可以自选:一种拿较高的固定工资,一种拿较低的固定工资但一年后有2000万J元的特别酬金。大部分奶妈选了第二种,对于这些比较贫寒的女人们,2000万的诱惑是难以抗拒的。不过,大部分奶妈最终没能拿到它,她们干了一两个月后都落荒而逃。原因有两个:一个是这位大个子婴儿——那时已有十岁孩子那么高——的吮吸太贪婪,常常吸出血丝来还不罢休,疼得奶妈们咬牙蹙眉。第二个原因——不大好说。当今贝两手捧着乳房吮吸时,眼睛也不闲着,有那么一种邪味儿,那绝不是吃奶孩儿看"妈妈"(乳房)的目光。我对此其实早看在眼里,只是没有对别人说破。我知道今贝强大的雄性本能已经苏醒,他多半把奶妈们想象成大胸脯的小松小姐了。

我只好尽力扩大奶妈的来源。在这之前,今贝先生坚持只让我在本国征聘,他要保证"大阳民族乳汁的纯正"。但此时已经需要1000名奶妈,国内确实无法组建一个近千人的奶妈军团。在我反复解释后,今贝终于放宽条件,允许我向第三世界征聘。

1000名奶妈很快找齐了,我告诉今贝先生,新来的奶妈们大都选择了第一种付酬方案。我解释说,这些不开化的女人们个个都太短视,只知道眼下就能装到口袋里的钱才是真实的,只好由她们了。实际是我悄悄劝她们这样选择的,我不忍心让她们落荒而逃时还两手空空。

当然也有不相信我的好意、坚持选择第二种付酬方案的奶妈。当我为她们暗地惋惜时,有时也不免想到自己。我是否就比她们聪明?也许二者没有可比性,毕竟我已经基本成功了,西铁集团20%的股份可以说已经到手了。不过——我不敢说君直律师会不会在暗地里可怜我。他一直是拿固定报酬的。

我们离开医院,迁移到今贝旗下一家皇子饭店。饭店停止对外营业,因为1000名奶妈的吃住已经让饭店饱和了。每天，排成长队的奶妈们络绎不绝地走进今贝的屋子，又走马灯似的出来，那场面煞是壮观。她们的进出几乎没有停顿，因为一天内吃完1000个奶妈的2000只奶子，那可是一个相当艰巨的任务啊。今贝的生长速度非常惊人，三个月后已经长到一米七了。他的膨胀已经不是什么"感觉""似乎"这类词所能包容的了，现在，站在旁边看他吃奶，能清楚看到那个身体吹气球般不停地胀大。这种情形让我心生敬畏：世界上哪有如此强悍的生命力，如此强大的占有欲？毫无疑问，有关指令必定来源于今贝的大脑，而不是来源于"砧木"。想想这么一个普通的无脑儿身体，在接受了今贝大脑的指令后，就化普通为神奇，实在匪夷所思。天纵奇才，世上没有第二人能够如此，你不服气都不行。

今天，君直律师和中实先生匆匆赶来，带来一个坏消息。律师说：近日国内舆论渐渐形成了敌意的氛围，很多人认为，一个巨富滥用科学方法来逃避公民应尽的交遗产税义务，并用不断更换的肉体一直占据世上这个位置，实在是贪得无厌。他们敦促有关部门采取行动，但法律界人士说，法律对此无能为力，法律无法剥夺今贝先生的权利，因为他的大脑确实活着，何况他事先还特意对大脑的代表性做了预防式确权。他俩陈述这些情况时，今贝先生没有中断吃奶，用眼睛斜睨着律师，冷冷地说：

"只要法律无奈我何，一时的舆论算个鸟！"

律师看看中实，中实忧虑地说："舆论也不能不重视，现在有些势利的政界要人已经在撇清同西铁集团的关系了。"

今贝仍不停地吃奶，过一会儿冷静地说："去把舆论扭过来。找几个咱们的记者，利用'婴儿'做文章，激发社会的母爱。"

律师立即频频点头，看来他马上就体悟到这个指示的英明。他们又商量一会儿具体做法，两人起身告辞。我趁机提出一个建议：

"今贝先生，1000名奶妈的开销太大了。现在你已经有了类同15岁的身体和满口好牙，为什么不试试吃食物呢？"

那两人还没发表意见，今贝怒气冲冲地说："你想剥夺我吃母乳的权利吗？你不要忘了，不管我的身体有多高，但我的年龄只有几个月大，吃奶是我的权利。我至少要吃够一年再断奶。"他冷冷地说，"请不要担心你的股份，区区1000个奶妈的开销不会让我的财产缩水。"

我被噎得倒抽一口气，真想把一口唾沫啐到这怪物脸上，然后拂袖而去。不过——我舍不得快要到手的股份。我恼火地发现，今贝先生移居到新身体后脾气更坏了，完全是一个被宠坏的脾气乖戾的孩子。君直律师看看我，圆滑地说：

"元濑君的建议是好意，今贝先生心中是理解的，请元濑君不要见怪。不过，中断哺乳这件事以后不必再提了，今贝先生的身体健康才是最重要的。"

律师非常有才华，轻易就扭转了舆论。方法再简单不过，就是把我们过去一直严格保密的、有关今贝先生的生活照有选择地披露了十几张：

——大头婴儿在哭，这是他才苏醒时哭的那一刻；

——他在香甜地吃奶；

——奶妈在怜爱地看着他。

如此等等。

所有这些照片都隐去了他冷厉的目光，所以给人的印象就是一个弱小无助的、惹人怜爱的小家伙。看着这些照片，谁还能忍心对他不满？谁还能把他看成一个想鲸吞几千亿税金的财界大鳄？

鉴于这些照片的反响不错，律师按时间顺序继续发布他的照片：

——今天小今贝长高了11厘米！

——看，1.2米高的两个月婴儿，时间不包括无脑儿存活的半年！

——吃奶的婴儿已经比奶妈还高！

——请看小今贝的大肚量，1000个奶妈轮流哺乳！

这些照片很搞笑，公布后自然要影响到今贝先生的"威"望。我想不会再有人对他敬畏如神了。但恰恰是这样的"搞笑"有效地抵消了社会的敌意。民众们看着照片，哈哈大笑之后，不由得把他看成自家的孩子。

但我犯了一个不可饶恕的大错。当小今贝饕餮大吃、飞速生长时，我只顾惊叹于他强悍的生命力和占有欲，没有考虑到他会突破生长极限。我想尽管他生长的速度惊人，那不过是把正常人的生长提前了，浓缩了，在长到一定限度，比如一米八或者两米之后就会停止，至多长到两米五吧，那是人类身高的世界纪录。地球上各种生物无一不有生长限度，那是上帝嵌在基因中的密令，运行了几亿年而从没出大的差错。但我没想到今贝先生比上帝更强大。

当今贝的身体接近两米时，我才为时过晚地为他做了脑垂体和骨骼生长板的测定。结果出来后，我忧心忡忡地来到哺乳室，请奶妈们暂时离开。我内疚地说：

"今贝先生，有麻烦了。"

被打断了吃奶的今贝很不耐烦，皱着眉头说："快说！请记住，我不希望听到无用的辩解。"

我强挤出笑容："先说一个好消息吧。对你大脑的检查表明，状况非常好，好得超出我的最好预期。原来的大脑空洞已经被新的神经元填补，原有的褐色素大大减少，基本上被全部吸收了。可以肯定，你70岁的大脑已经接受了婴儿身体给的指令，把时钟'回零'了。"

今贝点点头："很好，这正是我的预计。我付给你的报酬没有白给。"

"不过也有一个坏消息。另一个检验结果是：你的身体已经忘了'到某一刻停止生长'的指令，很可能将无限地长下去。很奇怪，你的大脑不知怎的竟然能改变上帝的指令。很抱歉，我没有预计到这种可能。"

我对他讲了人体生长的正常指令，比如脊椎骨和长骨的生长板到一定年龄就会关闭，身高不再增加。又比如每个细胞都受控于一种"接触抑制指令"，当周围的细胞互相挤压时，它们就会自动停止分裂，只有癌细胞除外。但现在，他的身体把这类自我抑制的指令全都忘了，一个劲地长下去。今贝漫不经心地说：

"那有什么关系？我想我拥有的土地足能放下我的身体，不管它的高度是两米还是100米。不管长到多高，我总不至于饿肚子吧。"这些天他已经超重，说话时免不了气喘。他喘喘气说下去，"也许100米高的身体才恰恰与我的财富相称,我不怕长成一尊活的巴米扬大佛。"

我苦笑道:"不,不是你说的这样简单。要知道,动物的骨骼强度与尺度的平方成正比,而体重与尺度的立方成正比。也就是说,强度的增加最终肯定赶不上体重的增加。由于这个作用,生物的大小是有一定限度的。比如,现今最大的陆生动物是非洲大象,体重六七吨,它们除非死后,终生不能卧倒,否则内脏就会被自己的体重压坏。有史以来最大的陆生动物是蜥脚类恐龙,体重接近100吨,这也是陆生动物体重的极限。"我忧虑地说,"今贝先生,从你的生长趋势看,完全有可能超过蜥脚类恐龙,你的体重将导致自身的崩溃。"

他知道了事情的严重性,沉默片刻,冷冷地说:"该怎么办,那是你的事。我付你这么高的价钱,不是让你来对我摆一副苦脸的。"

我当然理亏,低声辩解道:"但我做的所有动物实验都成功了呀。你也很清楚,在所有动物试验中,被移植的大脑都被回零,被青春化,但受体的生长速度保持正常,也保持着正常的生长极限。我想你的情况一定与你个人的特质有关,可能你的占有欲太强大,甚至强于上帝的指令。我已经尝试过用药物来控制,但看来控制不住。"

今贝发怒了:"我不会因为你的无能而改变我的性格。少给我说上帝不上帝的废话,赶快去想办法。"他刻薄地说,"我知道你会努力的,你还盼着那20%的股份呢。"

今天我不敢反唇相讥,因为确实理亏。我负疚地说:"我会努力的。如果实在不行,您只有暂时生活在水里了。水里有浮力,生物体重的最大限制可以大大放宽,鲸鱼就是有史以来最大的动物,蓝鲸体重可达180吨,比蜥脚类恐龙还大。然后,我会尽快找到解决办法。"

四、急剧伟大

四个月后我还是没找到控制办法,但此时他的身高已经达到六米。我让工人紧急施工,把有三层楼高的错层大厅改成卧室,因为他已经无法塞到标准大小的房间里。即便这个卧室也是暂时的,必须赶紧想办法,否则他再长几天,就无法从大门里出来。他的食欲和生长速度至今没有丝毫减弱的迹象,1000个奶妈在三楼的走廊里川流不息,隔着栏杆喂一楼的今贝吃奶,那景象就像长颈鹿吃树冠的叶子。

我犹豫几天,最后下狠心,决定把他迁到水里。当然最方便的是迁到内湖,可惜的是,尽管今贝先生占有J国六分之一的土地,但这些地域甚至全国都没有足以容纳今贝先生的大湖,还要考虑到他今后的发展,那时我真遗憾,我们的先祖为什么不知道把贝加尔湖或五大湖据为己有呢。最后我们决定去海里,选定了澳大利亚诺福克岛附近的公海。这儿比较温暖,水质很好。澳国又是关系很深的邦交国,什么事都可以有个照应。

我们租用了一艘万吨散装货轮,改装出一个巨大的精美卧室,房顶是活动式的,可以拉走以便吊装。我催逼着工人连日赶夜地施工,因为今贝的生长速度在逼着我,一刻也耽误不得。七天以后,一切准备妥当。租用国内最大的56轮900吨平板运输车把他拉到港口,用800吨岸吊把他吊进去,盖上房顶,运到目的地,再用500吨的船吊把他吊出来。等他终于平安地落到海水里,我长长地舒了一口气。

他的体重中脂肪含量较大,再加上海水比重大,所以根本不用游泳,轻轻松松就浮在水面上。实际上,他立刻就喜欢上了新环境,因为,入水之后他的呼吸马上就轻松了,内脏也不受压迫了。这个小山一样的庞然大物在平静的海面上自由漂浮,时而仰卧时而侧卧,惬意得很。

一艘J国驱逐舰在附近游弋,20名穿着黑衣潜水服的蛙人散布在周围保护他。这都是从J国军队按天租用的,开支不菲。虽然他与首相及防卫厅长官关系很深,但他们不敢卖这么大的人情。我坐快艇绕着他转了几圈,看着他伟岸的身躯,不由想道:他肯定是有史以来最伟大的人了,而且他的伟大过程还远没有终结。

今贝先生"迁居"到新身体中已经10个月了,如果算上无脑儿存活的半年,已经是一年零四个月了,但他仍坚持要吃奶,毫不通融。他要坚决维护一个婴儿至少吃一年母乳的神圣权利。但此时他的胃口已经不是1000个奶妈所能打发的了,再说,让1000个奶妈都跟着到海里,生活起居未免太麻烦。不过，在选定这片海域时，我已经想到了一个很好的解决办法——让他吃鲸奶。一条鲸妈妈每天可产450升营养丰富的乳汁，还是完全免费的。也不用为奶妈的数量犯愁了，单是南太平海域就有几千条蓝鲸，奶妈大大的有。

我碰巧还知道澳大利亚有一个"鲸鱼教授"，今年刚退休，这个老家伙与鲸鱼们混得如同哥们儿，使用人工鲸歌可随意召唤鲸群。君直律师找到他，充分施展他的谈判技巧，说服了鲸鱼教授同我们合作，条件是我们得付出一大笔钱用于世界鲸类保护。不过我们不吃亏，这不过相当于1000个人类奶妈的费用罢了。

比较麻烦的是劝说今贝同意由鲸奶替换人乳，出发前我同律师商量了此事。律师有点担心，我倒是胸有成竹。我已经知道，尽管今贝先生非常独断非常固执，但碰到事关生死的大事，他还是很现实的。比如上一次，因为本国的奶妈不好招聘，他就放弃了对乳汁血统的坚持，同意使用第三世界国家的奶妈。这次也一样，我耐心地说明必须使用鲸奶妈的理由，包括鲸奶营养如何丰富，一头幼鲸每天能增加90公斤体重，等等，他目光阴沉地瞪了我很久，最终还是答应了。

一只快艇向我们驶来，头发雪白的鲸鱼教授得意扬扬地立在上边。几乎听不到他发出的鲸歌，那是20赫兹的低频声波，接近人耳所能辨听的声域低限。在他后边是二十几道冲向天空的水柱，此落彼起，有近十米高，伴随着巨大的啸声。鲸群游近了，这是一个蓝鲸群，大约有四十只，深蓝色或灰色身体上带着淡色的斑点。其中有十七八只是正在哺乳的母鲸，各有几头小鲸跟在它们后边。教授又发出了什么信息，一头母鲸听话地游过来，一直到今贝先生身边才停下，用它的小眼睛好奇地打量着这个大个头的吃奶儿。蓝鲸的体魄让人敬畏，听说它们的舌头上能站50个人，心脏有汽车大，动脉血管粗得能让一个人类婴儿爬过去。但今天人类在它们面前倒不用自卑，至少我们有了一个超群出众的代表，其个头一点也不逊于它们。

教授挥挥手，一个蛙人游过来，用一个吸盘吸住鲸的乳头。我不知道鲸鱼教授如何说服鲸奶妈去喂一个异类的义子，但不管怎么说，它安安静静地待着。吸盘通过消防带般的粗管连到一个塑料奶头上,今贝立即抱着奶头狂吸。这趟旅途没让1000个奶妈跟来,只能让他饮桶装牛奶,他早就馋坏了。粗管是透明的,白色的乳汁汹涌奔流,狂泻到黑洞洞的大嘴巴里。这头母鲸的奶水很快被吸空,正馋奶的今贝舍不得吐出奶嘴,仍然狂吸不止。管内白色的奶流变细了,开始夹带着红色的血丝。鲸奶妈痛苦地扭动着身子,尾巴拍出狂暴的浪涌。我和鲸鱼教授同时发现了,急忙让蛙人断开吸盘。鲸奶妈如遇大赦,急慌慌地逃走了。

教授勃然大怒,粗野地破口大骂,坚决不许蛙人再碰其他母鲸。这次他被说服同我们合作,一半是因为我们许诺的用于世界鲸类保护的巨款;一半是缘于这老家伙好玩的天性,他说让鲸奶妈们喂养一个人类义子,一定是非常有趣的事。但他没想到这个义子如此贪婪,让他的"鲸姐们儿"受了伤害。他骂着,对我的劝阻理都不理,坚决要领着鲸群离开。我一筹莫展,看着今贝先生,但今贝的权威在这位"鲸鱼的铁哥们儿"身上没有丝毫效力,他很聪明地韬光养晦,一言不发。关键时刻还是君直任前律师有办法,他坐一只小船过去,拦住教授的快艇,生气地责备着:

"教授,你怎么能对一个孩子这样冷酷!不错,他吸得太贪了一点,但他饿呀,这一路上都没能好好吃奶,早饿坏了。别看他这么大的个头,其实只有10个月大,是个狗屁不通的孩子,他怎么知道吃奶应该有节制呢。你甩手一走,忍心叫他饿死吗?"

教授被这番义正词严的责备震住,虽然还恼火,但已经不再挣扎着要走了。律师赶忙换上笑脸说:"教授,别跟孩子一般见识,只要把事情说清楚,他下次绝对不会这样贪了。再试一次,怎么样?"

律师说话时我也在小船上,我担心今贝这会儿做出什么或说些什么,让教授看出他并非懵懂的奶孩。甚至他不说不做,只要教授看见他锋利阴冷的眼神,那律师的假话就会穿帮。好在这是在辽阔的海面上,今贝离这里有几十米远呢,教授看不到那边的眼神。他犹豫很久,答应了,要我们保证不会再对鲸奶妈造成伤害。我们忙不迭地应允。

小船驶回今贝身边,律师冷着脸,强压怒气低声说:"你为什么吃得这样贪？十七八头母鲸在这儿，还怕饿着你？下次一定要有节制，否则我也无能为力了！"

今贝从没听律师用不敬的口气对他说话，恶狠狠地回望着他，看得律师转了目光。但我说过，在事关生死的大事上，今贝先生非常现实。他知道律师的话虽不中听，却是必须照办的，便默认了。这时，另一只鲸奶妈的乳汁送过来，今贝又贪婪地狂吸起来，但自此之后他不再犯上次的错误了。

一个月过去，鲸妈妈们慢慢习惯了或者说喜欢上她们的义子，后来甚至不用教授出面，每天都会有十几只母鲸准时赶来，喂他吃饱，还要在他周围流连很久，用低沉的声音嗡嗡着，似乎是想同他交流。小鲸崽们也熟悉了它们的义兄弟，用鼻头顶着今贝玩耍。不过今贝从来没有这样的雅兴，不吃奶时他还要赶着处理国内发来的快报呢。我想这些小家伙们真大度，当某位鲸妈妈轮上喂今贝时，自己的鲸崽肯定要挨一天的饿。尽管这样，它们一点不记恨抢了它们奶水的大个子弟弟。

有了这些母性强烈的奶妈，有了这营养丰富的鲸奶，今贝先生更是急剧地伟大着，不可抑制。现在他的身长已经两倍于奶妈们。不要忘了，那可是身长 30 多米的蓝鲸，是有史以来地球上最大的动物啊。估计今贝的体重已经超过 300 吨，他的头颅像山丘，鼻孔像阿里巴巴的山洞，汗毛比耗子尾巴还粗。我决定等稍微闲暇一点就去申报一项吉尼斯世界纪录：地球上有史以来最伟大的动物。

早前决定把他送往大海时，还有一个很头痛的问题是安全。这儿有鲨鱼和逆戟鲸，它们对这么大块头的食物一定很感兴趣。所以我们雇用了军舰和蛙人日夜守卫。后来发现完全没必要。曾有鲨鱼和逆戟鲸来过，远远地逡巡着，然后悄悄溜走。它们是被今贝先生的伟大吓住了？细想不是。第一头逆戟鲸来拜访时，今贝的个头还赶不上蓝鲸，而凶残的逆戟鲸连蓝鲸和大王乌贼都敢进攻。后来才知道，今贝先生已经不经意间建立了有效的自我防御体系。他这么大的食量，排泄物自然不少，久而久之，周围的海水都被毒化了，方圆几十海里不见活物。我们待在船上，海面上强烈的阿摩尼亚味儿扑鼻而来，令人作呕。只有鲸妈妈们还是一如既往地来哺乳，一点儿不嫌弃他，要不怎么说母爱最伟大呢！

五、周岁悲欢

　　再过 12 天就是今贝的周岁，这不包括无脑儿存活的半年。这是一个值得隆重庆贺的日子。到这一天，我将成为西铁集团 20% 股份的主人，跻身福布斯排行榜的前列。我也将成为脑外科界的圣手，历史书上将为我开创的脑移植术记上一笔。

　　我们开始准备庆祝。当然对外不能说是周岁庆典。今贝的法律年龄是 71 岁，如果对外承认他是一周岁，那他的遗产税就逃不掉了。我们为此已经花费了上千亿的金钱，当然不会干出授人以柄的傻事。但他的身体又确实只有一岁。所以，庆典的名字让我们很搅了一阵子脑汁。中实一丑甚至想出一个自认为响亮的名字：移灵一周年。君直律师抢白他：人死了迁葬才叫移灵呢。讨论到最后，不得不用"手术成功一周年纪念"。这个名称比较含糊，也很不响亮，今贝不满意，最后勉强同意了。

　　鉴于他的身体不良于行，庆典只能在这儿的海面上举行。预计要参加的政界要人很多，首相肯定要来。今贝先生一向同首相有特殊关系，曾对他有过十数次大手笔的政治捐金，首相召开派系会议时也总是选在今贝旗下的皇子饭店。前段因舆论不利，首相也曾撇清过同他的关系，但这会儿风声已过，首相不必避嫌了。随首相来的还有政府、参众两院的大批要员。今贝的两个儿子当然不会来，他们如果来，面对着只有一岁的父亲，一定会非常尴尬。我要说，我平素鄙视的小松良子其实为人很厚道，这一年来今贝不需要她的特殊服务了，大幅削减了她 6000 万 J 元的月薪，以至她不得不另找大佬弥补家用。但她还是很念旧的，也要自费赶来参加这次庆典。不过我想，如果她看到这个小山一样庞大的、年龄只有一岁的身体，不知该做何感想？

　　自从移居到海里，今贝先生一直赤身裸体，原因很简单，如果他穿衣服，则衣服比剧院大幕还要大，穿一次脱一次都太困难了，再说这儿水又不冷，不穿衣服还过得去。但如今不同，在庆典上他总不能光着身子同首相拥抱吧。

我们商量下来，决定给他做一个比较别致的兜肚，能够盖住他的胸腹和裆部。虽然屁股仍然光着，但他平素习惯于仰躺在水面上，庆典时让他仍保持这个姿势，兜肚勉强可以遮羞了。不过即使只是一个兜肚，其尺码也够惊人。

海面上的异味儿越来越重，我们是久居兰室而不闻其香了，但政界要人们初来乍到，肯定享受不了。这个我们也想出了办法：到庆典的前一天把他转移到一处新的海域，再用直升机大面积地洒香水。

还有一件大事：今贝总算同意了从明天起断奶。庆典之后，鲸奶妈们将同他告别，而中实先生监造的一艘专用厨工船将锚定在这儿，这艘船上有50名厨师，自动化生产，每天能生产30吨寿司或其他食物，足够今贝先生食用。

所有准备工作都已齐备，只等着庆祝日到来。

今贝先生移驾到海里已经有近三个月时间，非常幸运，三个月来这片海域一直风平浪静。律师笑着说这是因为今贝先生福缘深厚。谁也没有想到，就在周岁庆典的前两天，风浪突然来了，先是政治上的飓风，然后是自然界的恶浪。

国内突然传来噩耗，中实一丑先生被警方发现在他的寓所里自杀。原来，警方早在秘密调查西铁集团多年来的违规运作，包括隐瞒真实的持股比例、发布不实财务报告、暗地操纵股票交易等。前天他们传讯了中实，中实承认了所有事实。大概他觉得无法对主人交代，当天晚上就自杀了。

消息传来时，这片海域正经历着我们来后的第一次风浪。乌云低垂，天光晦暗，大风掀起四五米高的巨浪，驱逐舰在风浪中剧烈摇摆，本应在四周巡视的蛙人们都暂时撤到舰上。今贝先生本人倒没关系，他仍浮在水面上，安之若素，庞大的身体压平了大浪，风浪只能使他微微摇摆而已。这些天我们之中已经形成了一个习惯用语：把他的身体称作"今贝岛"。他甚至成了我们的避风港，我乘坐的小船这会儿就系缆在他一个脚趾上。

天空中雷声隆隆，不过远比不上今贝的咆哮。巨大的嘴巴，巨大的声带，再加上更为巨大的胸腔的共鸣，他的怒骂声在附近海面上激起了形状特殊的波峰，与大风引发的波浪明显不同。

"饭桶！死有余辜！这些小事都不能摆平，几十年来西铁一直是这样干的，大部分财团都是这样干的，偏偏在他主持的这段时间内出事！"

我想他的怒火不能说没道理。如果今贝一直把着公司之舵，相信凭他的手腕和威望，没有警察敢惹他。中实先生的才干毕竟是差多了。但今贝的狂怒也让我的敬畏贬值不少，众所周知，狂怒失态是无能的表现。我遗憾地想，看来那个无脑儿的身体也对今贝先生有反向的消极的影响——他变得幼稚了。

今贝咆哮着，让我通知律师快点返回这里。律师于前天回国了，是为了迎接首相等庆典贵宾，然后陪着贵宾们一起来。我想他回国后肯定会得知这个噩耗，按说他该在第一时间告知主人的，但为什么一直音讯全无？我用海事手机联系了君直，是一个年轻女人接的手机，她说她是负责照料病人的护士，君直律师在听到那个噩耗后就中风了，至今昏迷不醒。我驾着小船驶近今贝的耳朵，在风声中大声通报给他，今贝更为狂怒：

"这只老狐狸！他要从沉船上逃走了！"

我非常反感他对律师的中伤，想想吧，律师为了集团的事急火攻心，突患中风，至今生死不明哩。不过冷静下来想一想，今贝说的并非没有可能。可能君直律师比我们更了解此次风波的险恶，不愿蹚这趟浑水，但作为律师，临阵逃脱又太无职业良心，会使他在律师界臭不可闻。他这么一中风，人们只会同情他，不会再责备他了。对，也许真是这样，今贝与君直律师有40年交往，应该比我更了解他。

熬过一夜的狂风恶浪，上午风浪小了一些，一架水上飞机飞来，在头上盘旋几圈，艰难地降落在附近海面上。我想也许是君直律师扶病赶来了，我忙乘小船过去。原来是J国皇京的警察，是来拘捕今贝先生的。我想这些警察一定是超级土包子，大概从不看新闻，竟然不知道他们来拘捕的疑犯是何等伟大的人。他们乘小船到了"今贝岛"旁边，仰面打量着这具高耸如山的身体，傻眼了。不用说，眼前这位是不能塞进水上飞机的，连一条腿也塞不进去。警察们只好宣示了拘捕令，命令今贝先生不得离开这一带，以等着警察们带着一条巨轮返回。然后，他们狼狈地乘飞机撤离。

我赶紧用海事手机同家里人联系，果然，这次对西铁的行动不同寻常，政府迫于国内糟糕的经济形势，不能再对财界的腐败漠然不理，决定拿西铁集团开刀。首相的发言人已经发布讲话，撇清首相同西铁集团的关系，他解释说：过去首相主持的议员派系会议之所以多在西铁的皇子饭店举行，只是因为该饭店高质量的服务，并不是同某人有私人关系。

想想这位首相几乎就要来参加周年庆典，我真正理解了一个词语的含义：政治动物。

但我没有时间再操心这些琐事了，因为一个更现实的麻烦摆在面前。原打算让今贝先生明天断奶，但不知道哪儿的安排出了纰漏，结果厨工船一直没到，而鲸奶妈们却提前一天不来了。我想鲸鱼们不读报不看电视不听广播，不会知道今贝先生的落难，所以它们的不辞而别绝对不会是出于势利心。也许是鲸鱼教授捣的鬼？他不想让鲸鱼们继续喂养一个劣迹已彰的家伙，悄悄通知鲸鱼们离开了？不知道，这会儿我没有精力去查证。反正几件事的综合结果是：今贝先生今天没饭吃了。开始时，他在狂怒的情绪中暂时忘了饥饿，但饥饿的力量最强大，尤其对他而言更是头等大事，甚至超过政治上的得失。快到中午时，今贝的饥火转化成冲天怒火，他凶恶地骂我：

"混蛋！失职！快为我准备食物！中午吃不饱我就扣减你的股权！"

不用他催，我早就急坏了，用手机频频联系厨工船和鲸鱼教授，对方都一直关机。我只好央求今贝先生提前一天放弃"吃母乳的神圣权利"，从今天中午就改吃正常食物吧。我说过，今贝在这样的大事上很现实，臭骂我一通后，同意了我的请求。我忙赶到那艘驱逐舰上，向他们借来船上所有食物，用小船载过去，把船系在"今贝岛"上，让船员佐川把食物往上运，直接送到今贝的大嘴巴里。我总共运了三船，才把今贝先生的饥火压住，那时我和佐川已经累得不想吃饭了。从昨天下午听到中实自杀的噩耗后，一直到现在我都没有合眼，这会儿实在困极，就歪在小船的船舱里睡着了。

这一觉一直睡到晚饭时刻，今贝先生的咆哮声和船员的摇撼把我惊醒。佐川惊惶地说："元濑先生，怎么连保护我们的军舰也撤走了？"我强睁开眼向地平线上看。苍茫的天色中，只有浊浪在地平线上涌动，见不到船舰的影子。我突然想起，西铁集团与军队的合约正好是今天到期，而且船上的食物已经被我搜光。这会儿他们撤走，从法律上和常理上都没有错。不过，眼看着我们这边的境况，他们竟然不辞而别，这事做的够绝情了。我想，可能他们也是受够了今贝的乖戾，巴不得尽早离开。

今贝在咆哮，他在要他的晚饭。这是合同裁定的我不可推卸的职责，也是一个周岁孩子的神圣权利，他才不管大人世界的天塌地陷呢。但我此时叫天天不应、叫地地不灵，小船上只有一个船员佐川，没有多少食物和淡水。也没有捕鱼工具——即使有也不行，就是能钓上几条鱼，连今贝的牙缝也填不满啊。我考虑一会儿，对忠诚的佐川说："你开船到最近的诺福克岛上，无论如何也要想法解决明天的食物和淡水。我再和国内联系，做出后续的安排。你一个人去吧，我只能留在这儿，我的责任是推卸不掉的。我留在'今贝岛'上等你回来。你快去快回。"

我离开小船，顺着今贝的小腿爬到"岛"上，佐川把仅有的两袋压缩饼干和一瓶瓶装水扔给我，驾船离开，突突的马达声渐渐消失在夜色中。留下的食物和淡水足够我用一天的，但我不能用，我得去喂那个贪得无厌的大嘴巴，虽然这些东西对于他来说几近于无。

这个人体之岛上没有可以攀抓的树木和石棱，但有鼠尾粗的汗毛，所以爬起来不算难，我拽着他的汗毛，小心地伏地而行，生怕从他圆鼓鼓的躯体上滚落。从小腿走到大腿，到腹部，到胸部，最后站在他的喉结附近，立起身，高高举起手，这个高度勉强能把食物送到今贝的嘴里。我负疚地说：

"今贝先生，今天只有这点食物和淡水了，你忍一晚上，明天给养就能送来。"

今贝已经饿得没有力气发怒，连说话都没有力气，把我给的东西吃完喝完便闭上眼，软塌塌地一动不动，像死人一样。我也不再打扰他，窝在他的锁骨窝里，闭上眼睛假寐。我很同情他，因为经过这一年，我对他的胃口有了太真切的体会。对于他来说，一顿不吃饭简直是天下最残忍的刑罚。想想这个吃食机器至少还要运转七八十年，我真有点悚然而惧的感觉，70 年中，将有多少自然资源投放到这个巨口中，最终变成粪便啊。当然，凭他的财富，即使经这番折腾后大大缩水，剩下的也足以满足他的口腹之欲。

想到这儿不由想起我的 20% 股份。西铁集团的财产大大缩水后，我想凭这些股份跻身福布斯排行榜肯定是没戏了，不过仍足够我做一个富人，养家糊口，送儿子上昂贵的私立大学，给妻子买名牌服装和化妆品，让全家享受高级的医疗服务，等等，都没问题。这些年来一直埋头于为今贝服务，我和妻儿在一块儿的时间屈指可数，太亏欠他们了。能有这点缩水后的财富留给妻儿用，我也满足了，虽然这种达观其实是无奈。

我看看防水表，已经是夜里 0 点 5 分，合同中的"存活一年"条款至此已经不折不扣地实现。也就是说，哪怕今贝先生这会儿就饿死，我的股份也已经到手了。当然这么想有点缺德，我不会让他饿死的。合约到期后我绝对不会再续约，我对这个工作、对今贝无彦，都已经受够了。不过，走前我一定会把后事妥善安排好，这是做医生的良心。

算起来一天水米未进，胃里饥火炎炎，喉咙干得冒烟。虽然极端困乏，我一直不能入睡。直到天色将亮，我才多少迷糊了一会儿。

迷糊中我的身体缓慢地腾空而起。我努力睁开眼睛，发觉自己在几十米的空中。我吓坏了，定神一看，我在今贝先生的右手心里，他的掌纹深如山涧，远处，五个极为粗壮的指头弯曲着，就像擎天的石柱。向前看，我所在的高度正与他的鼻子平齐，所以我们两个基本是平视着对方。我问：

"今贝先生，你喊我有什么事？别担心，给养船明天——不，是今天，一定会到的。"

今贝一言不发，而我的身体正慢慢向他的嘴巴靠近。我终于知道了他的用意，惊骇欲绝，又实在难以相信。他总不会把我——他的创造者，为他服务 18 年的元濑是空医生——当作早餐吧？我惊喊：

"今贝先生，今贝先生，你要干什么？你疯了吗？"

他不回答，两只巨眼带着高烧病人般的明亮。他仍在把我向前送，向黑洞洞的巨嘴中送，于是我知道了答案。没错，他是要吃我，他已经疯了，这个天下第一贪吃的家伙仅仅饿了两顿就神志不清了。所以，这会儿不是今贝在吃我，而是他的贪婪本能在吃我。

转生的巨人

不过，不管是哪个今贝在吃我，反正对我结局是一样的，我可不想落到这堆胃肠中，被消化成粪便。我狂喊着，尽力挣扎。好在他的手指并没有紧握住我。而且，因为这具身体太庞大，他的动作反应很慢。人的无髓鞘神经传导速度为每秒几十米，像他这样三四十米长的胳膊，神经兴奋从大脑传到手指至少得一秒钟时间，比我慢多了。就在我被送入大嘴巴时，我敏捷地挣脱，从他的掌缘跳出去。可惜我昏头昏脑地跑错了方向，我踩着软绵绵的东西向前跑，后来才想起那是舌头，正跑着，忽然脚下一滑，掉进一个黑色的巨洞（喉咙），头顶是巨大的钟乳石（小舌）。这儿非常湿滑，我把脚不住，顺着一个比较细长的洞子（食道）一直滑下去。这个过程非常漫长，漫长得我足以清醒，知道了自己的悲惨处境。我被恐惧魇住，冻结了思维。最后我跌入洞底，落在一堆黏液中，周围是浓烈的酸臭。我知道这是他的胃，我就要在这儿被胃酸分解，变成氨基酸和果糖，然后成为这个庞然大物的一部分，参加到对地球资源的狂热吞吃中。这个前景使我特别不平，我宁可被鲨鱼吃掉也不愿是这个下场。我绝望地喊着，用力去撞去踢四周的胃壁，但对方漠然不应。

很快我就要在酸臭的气氛中休克了，但顽强的求生本能支撑着我，我决定向上攀爬逃生。好在这具身体是平躺的，所以细长黑暗的食道只有不大的坡度。我没有犹豫，用指头嵌在脚下的肉壁里，努力向上爬。爬啊，爬啊，我的四肢痉挛了，思维麻木了，真想倒下去，永远睡在黑暗中。但求生欲还在醒着，就像是暮色四合中远远的一星孤灯。事后回想起来我甚至颇为自豪：虽然今贝无彦的占有欲天下独步，我的求生欲也不遑多让吧。

我爬到了喉头，这儿的坡道比较陡峭。但空气已经比较新鲜，让我的精神恢复了一些。我尽力抓住他的小舌，爬到他的口腔里。现在，透过他半开半闭的齿缝，我已经能看到天空中的晨曦，看来逃生有望了。我很怕他在最后的时刻反应过来，等我正爬过他的牙排时咔吧一声把我咬断——也许他一直静卧不动就是等那个时机？但我已经实在没有气力从他鼻腔处爬出，那个孔洞太高峻了。我只好狠下心，沿着他的舌头，悄悄爬过他的下牙排，谢天谢地，他仍没有动作。我站在他的下嘴唇上往下跳，嘭的一声落在他的胸膛上，我立即没命地往外跑，想跳到海水中，免得再度让他抓住。于是我——且慢，他怎么没有一点反应？其实早在我撞踢他的胃壁，或扣着他的食道往上爬时，他就该有反应啊。在中国的《西游记》中，孙悟空在铁扇公主胃里一折腾，公主还疼得跪地求饶呢。我停下来，警惕地观察他，他的确没有一点儿反应。我从峭壁边退回，大胆地爬到心脏部位，趴在他的胸膛上仔细听，听不到心跳的声音。而在过去，他的心脏响起来就像轮船上的二冲程引擎。

原来他死了，大概就在我落入他喉咙的那一刻就死了，难怪他对我的折腾没一点反应。怎么死的我不知道，不像是被我噎死的，但不管怎样，我的心放到肚里了。随着晨光逐渐明亮，我打量着他的遗体，这一堆山一样的死肉，不免颇怀惆怅。这个伟大的生命毕竟是我创造的，是我18年的心血所系。18年的心血落了这样一个结果？

上午我一直坐在他的胸膛上，陪着他，感受着他体温的逐步降低。风浪平息了，"今贝岛"在微波中微微荡漾。四周的天空蓝得透明。快中午时地平线上出现一艘船，不是我盼着的给养船，是警方带来的一艘货轮，他们来补行昨天的拘捕程序。当然，看了现场情况后，拘捕是不必了，警方的任务转为对今贝横死案的调查。作为唯一的在场人，我被仔细盘问了很久。这是警方的例行程序，必须首先排除唯一在场人的嫌疑嘛。

随后召来了法医，是乘飞机赶来的。法医很快查明了今贝先生的死因——他抬头吃我时，动作过猛导致脖颈折断。并不是被我所杀，也不是被我噎死。根本原因仍是他的体重，他60米长300吨重的身体，即使在水里也过重了，所以引发了该结构体的自我崩溃。

法医轻易排除了我的嫌疑，我对他感激莫名，不过感激很快转为恨意。因为——这个糊涂的、自以为是的家伙得出了错误的死亡时间：2013年11月15日晚上22点至23点。我向他提出异议，大声同他争吵，我说他明明是今天凌晨零点之后死的，因为他死前还想吃我，而在此前我看过表，是0点5分。也就是说，他绝对是在过了周年之后死的。我苦苦求他重新检查，我说：像他这么大的块头，尸温下降比较慢，如果你得出的死亡时间比真实时间晚，我还可以理解，怎么你会得出更早的时间呢。

转生的巨人

法医用怜悯的目光看我，对我的要求不屑置理，不理解我为什么会为此大吵大闹。他一定认为我在这特殊的环境下丧失神智了。他们把我撇在一边，开始商量对尸体的处理。既然人已死，他们不准备再拉回国，因为国内没有足够大的火化炉，拉回去难于处理，总不能先把他大卸800块再火化吧。更甭说按老风俗封缸土葬了，世上没这么大的缸。最后决定把他先留在原地，然后征求家属的意见，看是否同意就地海葬。估计家属会同意的，否则他们就得花一大笔丧葬费。后来他的殡葬颇费周折，家属倒是同意了海葬，但海洋中的食腐动物都对他不感兴趣。这是后话了。

警方的海轮启程回国，我自然也跟着返回，继续留在今贝身边已经没有任何意义。临走我站在船头，同那位地球上有史以来最伟大的生物告别。我已经没有心情再同法医争论那个错误的死亡时间，虽然就因为这一两个小时的误差，我无法得到西铁集团20%的股权。我只有认了，我想这是命中注定吧。

现在我考虑的是，明天到哪儿找工作养家糊口。18年来我一直拿着低工资，没有攒下一分钱，连脑外科医生的专业也丢生了。当然，我是世上唯一能进行移脑手术的医生，但不知道这种屠龙之技还有没有用处。也许——我还能找到一个新主顾，一个不愿交遗产税的老年富翁？但愿我能很快碰到一个，但愿他的脾气不是那样乖戾，但愿吧。但不管怎样，这回我有了经验，不会再要股票的期权，一定要他给我现发高工资。

夏娲回归

一

在那场被后人称为"科技大爆炸"——科技的发展变成暴涨，轰然一声炸毁了22世纪的人类社会——的大劫变中，我和丈夫算是幸运的人。丈夫虽然没能逃脱纳米病瘟疫，但我家别墅的院内恰好有一艘整装待发的时间渡船，是从时空俱乐部租借的，原打算用于暑期度假。时空俱乐部是一个精英组织，只对少数超一流科学家开放，全球的会员不超过50名，这是因为时空旅行者必须有极强的道德自律。那天我扶着虚弱的丈夫匆匆进了渡船，让他平卧在后排的座位上。我坐上驾驶位，开始设定时空坐标——但我无法做出决定。良久我回过身，俯身对丈夫轻声说：

"大卫，我不知道该去往何时。肯定不能回大爆炸前的社会，那时没办法治疗你的病。但如果去未来，我不知道文明多久才能复苏。要不，我们先去500年后试试？"

丈夫艰难地抬起头。纳米病是科技时代的黑死病，病魔把他折磨得瘦骨支离，只有一双眼睛像灼热的火炭。他没有犹豫，断然说：

"我们不去未来，回到150万年前吧。你只用输入'直立人第一次用火的时刻'，电脑会自动搜索到精确的时空节点。"他喘息片刻，补充道，"夏娲你帮帮我，在我堕入地狱前干一件事。"

我久久地看他，心绪复杂。我知道他要干什么。大卫是"科技暴涨"的有力推手，名列凌烟阁二十四功臣的前列。现在，不惑之年的他要在生命的最后时刻来一个彻底的反叛。我简单地说：

"干涉过去——这违反时空穿梭的最基本道德。"

大卫不耐烦地一挥手——在这样的非常时刻，让那些劳什子道德见鬼去吧。

我没有多说，回头开始设定时空坐标。大卫是我的丈夫兼导师——求学时的导师和生活的导师，我已经习惯了服从他。渡船启动前我仔细检查了生活背包中的装备。我必须谨慎啊，毕竟这是一次跨越150万年的时空穿梭，在那时的非洲荒野上甭想找到一块备用电池或一支缝衣针。好在生活背包状态完好。一把掌中宝激光枪，虽然小巧但足以摆平一群狮子；一个高容量手电筒；一支压电式长效打火机；一副作用范围100千米的对讲机，一条多功能睡袋……这些用具都是时下最先进的型号，其能量储备均不低于50年。背包里还有够一周食用的压缩食品，这只是作为应急，因为食物应该在目标时空中解决。我从背包内兜中翻出一个半透明的乳白色小球，大小正好一握。我问：

"大卫，家用的全息相机怎么也在背包里？"

在我检查背包时，大卫艰难地坐起来了。他斜倚在座椅后背上，一直目光冷漠地看着窗外。这会儿他收回目光，看看我手中的小玩意儿，忽然没来由地脸红了。他勉强说：

"我昨天试驾时用过它。"他补充道，"我拍了咱们的孩子。"

孩子。他提前拍了"出生后"的孩子，而现在只是我腹中三个月的胎儿。我知道大卫为什么脸红，知道他为什么把这么重要的事瞒着我。在时空穿梭中旅行者不得同自身有互动——这也是最严格的时空戒律之一。他拍摄自己的孩子虽然不算实质的互动，也差不多等同于犯戒了。而且这与我们即将开始的干涉不同。事急从权，为了挽救人类社会，他有足够勇气去违反戒律。但上次不同，那纯粹出于一个大男孩的好玩儿心态。但我不想让丈夫难堪，丈夫已经病入膏肓，即将开始的150万年的时空穿梭也很难甩掉死神。如果我救不了他，至少也要让他保持心灵的平静。我只是淡淡说一句：

"这会儿真想打开相机，看看那个小模样啊。儿子还是女儿？"

"儿子。"

"是吗？不过还是留到以后再细细欣赏吧，这会儿不能耽误了。大卫你坐好，我要启动了。"

我启动了渡船，周围时空在摇曳中隐去。

我的名字叫夏娲，不是圣经中的"夏娃"，只是恰好同音而已。在古闪族的神话中，亚当与夏娃是人类的始祖，不过夏娃只是亚当的附属物，是男人的肋骨变的。我的名字来自另一个古老民族关于女娲的神话。女娲用五彩石补好被撞裂的天穹，又用泥土造出男人女人。她是人类唯一的始祖。

我的名字是父亲起的。这个22世纪的启蒙师很聪明，巧用我家的古老姓氏，再加上一个简单的方块字，就让女儿的名字兼具东西方两个人类始祖的含义。我想，当他为名字中内禀的神秘深奥而沾沾自喜时，绝不是想让怀中囡囡跑到150万年前扮演人类始祖吧。

但这个名字一定有内在的法力，最终让我来到洪荒时代。

荒野之神，我向你致敬。此时的东非稀树草原还没刻上人类的痕迹，它的面貌完全由荒野之神来装扮。广袤的草原上长着高大的金合欢树，成水平状的树冠直插云天，犹如一抹抹绿色的轻云。地平线上立着一排大腹便便的波巴布树和扇椰子树，巨大的树冠郁郁葱葱。眼下应该是雨季，硬毛须芒草和菅草汇成连天的浓绿。数百万只红嘴奎利亚雀和燕鸥在蓝天下盘旋俯升，大笔书写着跳荡的生命旋律。角马和瞪羚撒满了草原，它们吃着草，悠闲地甩着尾巴，不在意时刻相随的死神。天边闪烁着青色的闪电，乌云从地平线上漫卷而来。

根据渡船主电脑的搜索，那个时空节点就在附近，误差域为24小时×3千米。也就是说，至迟到明晚此时，一道闪电将点燃附近一株大树，而坠落凡尘的天火也将同时照亮某个野人的蒙昧心智。

时间渡船停泊已毕，船身半隐在高大的禾草丛中。附近有五棵扇椰子树，成五边形排列，这是一个明显的地标。我关闭了动力，回头说：

"大卫，说吧。我该怎么做？"

我绝不会放弃救活他的希望。我想尽快完成他的这桩心愿后赶紧返回，找到一个合适的时空为他治病。大卫示意我把生活背包给他。他喘息着，找出那柄掌中宝激光枪，托在手中，目光苍凉地看着它。

"夏娲,难为你了。我知道你的天性不适合干这种事,但我太衰弱……"

我打断他:"没关系,我有勇气干这件事。问题在你这边。你真觉得它是正当的吗?你真能狠下心这样干?"

他久久沉默,脸上笼罩着死亡的黑气。"我个人已经做出了决定,但这个决定应该由我们两人共同做出。"他说。

我干脆地说:"我没问题。我听你的,那我就去了。"

我把他在后座上尽量安置妥当,把食物和饮水放到他手边,又开启了渡船外壳的低压电防护系统。我自己带上一天的食物和饮水,但想了想又留下了,尽量给大卫多留一些吧,在外边总能找到食物和饮水。虽然我这次外出不会有危险,但凡事还是稳妥为好。我带上睡袋、手电、打火机、袖珍望远镜、猎刀,把掌中宝掖在怀里。临走想了想,把那个球状全息相机也带上了,在等待时空节点的闲暇中,我满可以欣赏欣赏儿子的小模样。准备妥当,我俯下身吻吻丈夫,轻声说:

"我走了。你安心休息,千万不要出去。"

大卫没有说话,一只手轻轻拉我,拉我到他身边……我明白了他的意思,轻声问:

"你想要我?大卫,你的身体……"

但我知道他的想法。他对自己的痊愈已经不抱希望;或者说他早已心死,根本不在乎肉体的存活。他想在告别人生前同我多来几番温存。也许他有不祥的预感,在分手前想留下妻子的体温。我理解他。我随即除下外出的行头,脱掉衣服,帮他宽衣解带,然后两个赤裸的身体紧紧贴在一起。他瘦骨嶙峋的身体让我心疼如绞……不过大卫只是安静地抱了我一会儿,然后吻吻我,喘息着说:

"去吧,先把正事干完,我们以后的时间多着呢。"

我从他的话中触摸到入骨的悲怆——他的余生可不多了,但他已经无事可做,所以才说"时间多着呢"。我笑着打岔:

"不,你马上就该忙了——儿子七个月后就出生啦。"

我找到十几枚秃鹳和奎利亚雀的鸟蛋对付了晚饭，然后爬到一株金合欢的树杈上观察。乌云已经差不多布满天空，夕阳的光剑努力穿过云缝。暮色苍茫。草原中充盈着舒缓强劲的生命律动。一只猎豹扬着尾巴飞奔，不过我觉得它的身形比150万年后的后代要粗壮一些，奔跑的姿势也不如后代们飘逸。猎豹捕到一只瞪羚，但立即引来了草原的强盗鬣狗。猎豹胆怯地退却了，强盗们快意地大吃大嚼。十几只秃鹫扑打着翅膀缓缓落下来，等着享用鬣狗们的残肴。更远处一只雄狮也闻到了血腥，它鬃毛怒张，急速向这边跑来……就在这时，我看到了他们。

这是一个直立人家族，在暮色中分开草丛向这边走来，有30人左右。我调好望远镜焦距，镜野首先罩住了家族的头领。这是个45岁左右的男人，或许直立人的面容比现代人要老一些，他全身赤裸，身体强健，须发蓬乱，披一身肮脏的黑色体毛。他走路的姿势已经同现代人没什么差别，面容的差别则要大一些，两颊多毛，额部明显低平，眉骨突出。他手里拎着一根木棍，一端是削尖的。对这点我没有惊奇，我知道此时的直立人已经能制造精美的石斧和其他工具。后边有几个中年男人或年轻男人。其他都是女人和半大孩子，女人身上背着不多的杂物。队伍中好像没有老人。

我把望远镜倍数放大，又打开夜视功能，对准男首领的眼睛。我知道人或动物的目光最能反映他的智力层次，但这次我没能得出肯定的判断。他的目光中没有死板、愚鲁、残忍这类属性，但也看不到灵智的闪耀，就这么平平淡淡的目光，在夜视功能下幽幽闪亮，随着他的行走，在暮色中拉出一道跳荡的水平绿线。他们走近了，食草动物们警觉地盯着他们，连狮群和鬣狗群也怀着相当的戒心。看来这群直立人已经是此地常见的风景，动物们也承认他们属于草原的强者。

而且，这一小群直立人很快就要接过上帝恩赐的天火，开启智慧的天门，最后成为各色人种的共同先祖，成为地球的主人。

他们经过我所在的金合欢树，又走过一片刺槐丛，消失了。但我知道他们还会回来的——在闪电点燃某一株树木之后。我的任务就是在此守候那位率先盗取天火的人。

我打开对讲机。在静电的咝咝声中听到大卫的微弱声音："你好夏娲。"

"大卫，我看到那个直立人族群了，一共 31 人。我有个直觉，盗火者应该是那个男头领。我在这里等他。"

"好的。"

"你吃过了吗？"

"吃了一点儿。我这边你不用操心。"

"好的。吻你。"停停我说，"大卫，如果你改变了决定，请在第一时间通知我。"

"一定。"我能感觉到他在那边缓缓摇头，"但我不会变的。"

几只高大的长颈鹿悠闲地甩着尾巴，走近我身下的这株金合欢，伸着长舌在尖刺中卷吃树叶。其中一只发现了我，小脑袋从枝叶中伸过来，用温顺的目光好奇地盯着我。我拍拍它的脑袋，它受了惊，长颈一甩避开了我，但过一会儿又把脑袋伸过来。我不敢在这儿多停留，闪电肯定要击中附近某棵树，没准就是我身下这棵呢，这一带就属它最高。我爬下树，找到一块儿台地把自己安顿好。为防止蚊虫骚扰，我钻进睡袋，把拉链仔细拉好，只留脑袋在外边。

乌云遮蔽了星月，夜色已重，远方的青色闪电不时把夜景定格。长颈鹿群仍停在原地，它们的身体已经隐入夜幕，但青光映出几支晃动的长脖，与不动的树干混杂在一起。在闪电击中那棵树之前我无事可干，但我心绪烦乱，此刻也无法入睡。我想到那台全息相机，便掏出来，按下开关。立时小球周围形成了明亮的激光网。因为我自身也在光团之内，图像不好分辨。我把小球放远点。现在看清了，那是一位正在分娩的产妇——当然是我。她屈腿躺在产床上，肌肉紧绷，低声呻吟着，裆间血迹斑斑。可能有点儿难产，因为一双拿着产钳的手伸进画面里。又过了几分钟，产钳夹着一个浑身血污的肉团团出来。他被交给另一双手倒拎着，哭出了嘹亮的第一声。

这就是我的儿子，我和大卫的儿子。我的喉咙发哽，胸膛被堵上一块柔韧之物。相机的激光照亮了一个小区域，儿子的身体轻盈地浮在绿草之波上，像是驭空飞翔的小天使。我想起了刚才那个直立人族群，他们是人类的先祖。

百万年来无数的小生命通过无数的产门来到世上，组成了绵亘不绝的血脉之河、生命之链。而我七个月后也将参与其中，尽到女性的责任。

此刻心绪烦乱，不是欣赏小可爱的时候。我长叹一声关上相机，开始思索大卫要我干的事。他想让我杀死直立人中第一个用火者，从而斩断至少是推迟人类智慧的进化之路。这个决定疯狂而荒诞，但我理解丈夫的心理脉络。他曾是科学教的虔诚信徒并为此燃尽才智。这一代科学精英们成就了科学的暴涨，在那段欢乐的日子里，似乎自由王国伸手可及。可是——忽然一切都失控了。不是个别的失控，而是全面的失控。纳米技术引发了高科技时代的黑死病，基因技术引发了普遍的基因错乱，亚洲新一代粒子对撞机造成了一个微型黑洞，如今正在疯狂吞食着地球的肌体，逼得我们不得不逃亡……于是像丈夫这样的科技精英们产生了强烈的幻灭感和负罪感。他要在临终前赎罪，甚至不惜让人类回到发明用火前的蒙昧时代——而且他有这个能力，因为他正好握有一艘高科技的时间机器。

作为他的爱妻，我愿意帮他实现这个心愿。当然我肯定不会杀人，我也不相信这样干就能斩断那条命定之路。但——我相信，在这个关键的时空节点施加一点儿干扰不是坏事，我祈盼它能多少弱化150万年后的社会爆炸。

我会完成丈夫的托付，但在这件事上我俩其实只是同路人。

我努力抚平了烦乱的思绪，沉沉睡去。

狂暴的雷声把我惊醒，炫目的蛇形闪电连接着天和地。透过青光我能看见金合欢的树干，看见几支慌乱摆动着的长颈。暴雨随即扑来，把世界淹没在狂乱的雨声中。我知道那个时刻快来了，就坐起身，从睡袋中掏出雨帽戴上，注意观察。凌晨，随着咔喳喳一声炸响，一道闪电击中一棵巨树，正是我曾爬过的那株。巨树从中腰处被劈断，缓缓落到地上，激起一声闷响。青光中看见几只长颈鹿疯狂地逃窜。倒在地上的树冠熊熊燃烧，即使暴雨也不能浇灭它。

暴雨过去了，天光渐渐放亮。那株巨树的残骸上仍有余火，浓重的白烟直直上升，到一定高度后被水平风吹散。我钻出睡袋向那边走去，很快闻到了烤肉的香味掺杂着焦煳味。火堆中露出长颈鹿的一只后肢，它肯定是被倒下的树干压住又被大火烧死了。我忽然发现在远处，在熹微的晨光中，那个直立人族群正急急向这边跑来。也许他们的嗅觉更灵敏，在几里之外就闻到了烤肉的味道？我迅速藏到一丛刺槐后，观察着他们。

那个族群看到了长颈鹿的尸体，高兴得尖叫着。显然他们不是第一次经历这样的幸运，他们没有耽误，立即围着尸体忙碌起来。女人们先用石刀割下小块的熟肉给孩子们，小家伙们兴奋地狼吞虎咽。男人们用石刀熟练地分割尸体，割开厚厚的鹿皮，割断坚韧的肌腱，把尸体分割成一人能够扛动的小块儿。虽然工具只是石器，但他们的工作相当快速。太阳升起时尸体分割已毕，族人们扛上猎物，结队离开了。这当儿周围聚集了一群鬣狗，但它们没敢靠前。可能是怕火，也可能对直立人有惧意，只是在圈外猖猖吠着。

这个族群离开了，鬣狗们向火堆围拢，准备享受残肴。这么说，并没有发生那件改变历史的大事，我不免感到困惑……但我忽然发现有两人匆匆返回，一人放下背负的鹿肉，用带尖的木棍赶走鬣狗。另一人是那位男头领，他也放下背负的鹿肉，盯着那堆余火，慢慢靠近。我的位置正在他的对面，中间隔着火堆。我悄悄端平望远镜，镜野中看到火苗在那双眼睛中跳荡，使原本平淡的目光平添几分灵气。他犹豫着，欲进又停，欲停又进。他的基因中镌刻着对火的顽固恐惧，灵智中却萌生了对火的强烈渴望，两者正在激烈交锋。最终，新启的灵智战胜了古老的基因。他慢慢伸出多毛的手臂，试探着，小心地抓起一根前端燃烧的树枝，把它从火中抽出来。他把树枝擎得远远的，盯着前端的火舌，目光中仍有驱不净的恐惧。但无论如何他没有扔掉它，而是牢牢擎着。

另一个男人此时也忘了驱赶鬣狗，呆呆地立着，紧盯着他手中的火，目光中有更浓的惧意。

于是，在此时此刻，人类的新时代之门呀呀地开启了。

我叹口气，悄悄掏出激光枪，瞄准他擎火把的右手，一个小红点在他右腕上跳动。大卫说只有杀了他，才能"有效地"斩断这条路，连他也没说能"彻底"斩断，但我不会杀他的。大卫想让人类抛弃科学完全回归自然，甚至回归到发明用火之前的自然状态，但他却是使用断然的科学手段来实现它，这样的干涉合乎自然吗？我摇摇头，放弃了脑中这场驳难。这是一个悖论陷阱，甭想摸到底儿，还不如跳出来干点直观的事。我把激光枪调到弱挡，按下扳机，一束激光脉冲破空而去。这束脉冲足以在他腕部烧出一个焦斑，但不会造成更大的伤害。他痛楚地狂嗥一声，往我这边瞥了一眼，扔下火把转身就逃。另一人跟着他撒腿逃跑，连地上的两大坨鹿肉也忘了捡起。

那根脱离了火堆的树枝又烧一会儿，火舌逐渐变小，最后变为白烟。

于是，那扇刚刚打开的新时代之门又呀呀地关闭了。这次灼伤会给盗火者留下痛苦的记忆，甚至被他认为是上天的惩罚。也许他今生不敢再"玩火"，也许在一段时间后他会恢复勇气再度尝试……不管怎样，反正我已经对这个时空节点施加了干扰，可以对丈夫交代了。也但愿它能弱化150万年后那场劫难。

鬣狗们又猖猖着靠近。我的任务已顺利完成，便带上随身用品返回。我一边信步走着，一边想着如何把我没杀死盗火者这件事对丈夫说圆。沉思中我回到了出发地，但是——眼前为什么没有我们的时空渡船？我仔细看看周围的方位，没有错，正是这儿，那五株扇椰子树就在近边。我打开对讲机呼唤丈夫，但对讲机中悄无声息。须知它的作用范围是 100 千米啊，莫非丈夫驾渡船离开了这片时空，独独把我抛下？不，大卫决不会这样做，以他衰弱的体力，他也没有理由这么做。

我在附近寻找，很快找到了我离开时留下的脚印。是穿鞋的脚印，所以只可能是我留下的，绝不会是那些光脚的直立人。但在脚印的尽头，在那本应停着一辆时空渡船的地方却空无一物，甚至没有留下任何迹象，比如压断的树枝、地上留下的压痕等。我反复呼唤，对讲机里仍然是瘆人的沉默。这沉默一点点放大我内心深处的恐惧。我焦急地呼唤着：

"大卫，大卫，你在哪里？"

——忽然之间我全明白了。我的世界瞬时坍塌了。

二

妻子走后，大卫勉强吃点东西就睡了。这一觉睡了很久，但一直睡不安稳。思潮在睡眠之河中暗暗涌动。他要妻子做的事是对他40年信仰的决绝反叛，那么他这样做对吗？浅睡中他感觉到电闪雷鸣，感受到狂暴的雨柱拍打着船身，也感觉到一道闪电击中了附近的树木。这么说，那个时空节点应该快到了。

他想走出梦境，用对讲机向妻子问问情况。但他的体力实在太弱，意识指挥不动肢体。一直到朝阳初升时他才真正醒来。他打开对讲机呼唤妻子，但没有回应。那么，也许那位盗火者已经到了火堆现场，夏娲此刻不便回话。她看到对讲机的信号，过一会儿就会主动回话的。

但他等了很久也没回音。他忍不住，又呼唤了几次，仍然没有回音。虽然从理智上判断不会出事，但下意识中一个小警灯开始悄悄闪亮。他强撑病体坐起来，从环形观察窗向外看。天气已经大晴，天蓝得通透，几朵羽状白云悠然飘荡着。渡船旁边是那五株扇椰子树，在斜射的阳光下似乎显得更加高大。夏娲说这是一个非常明显的地标，所以她不大可能迷路。但大卫巡视一周后有点儿困惑——周围好像没有被闪电击中的树，因为视野中没有余火的烟柱。那么，昨晚他在恍惚中感觉到的纯粹是梦境？

外出的妻子带着一整套高科技的行头，肯定不会出危险——但正是这一点让他困惑。因为那件高性能的对讲机肯定不会出故障，在关机状态也有提醒功能。那么，妻子为什么迟迟不通话？

他的忧思被暂时打断，因为在左前方草丛中忽然出现两个直立人，手中各握着一根带尖木棍。他们显然是直冲着这儿来的，走得很快，边走边向这边指指戳戳。大卫机敏地悟到是怎么回事：是阳光，阳光在渡船的金属外壳上反射，方位正指向那个方向。他们一定是远远发现了草丛中的奇怪闪光，于是过来一探究竟。昨晚妻子说她发现了一个直立人小族群，这两人应该就是其成员吧。两人很快走近，走到大约20米外时放慢了脚步，警惕地盯着这边，手持尖棍一步一步地逼近。渡船的窗户是单向透光，他们看不清里面，但大卫能清楚地看到他们：扁平的额部，突出的眉脊，赤裸的身体披覆着肮脏的黑色体毛，但比起黑猩猩来要稀疏。这正是人类在150万年前的尊容。

大卫静静地观察着。那两人绕着时空渡船转了几圈，对这个从没见过的大个头物件十分好奇，当然也夹着惧意。一个人用棍子捅捅渡船，见没有动静，便大着胆子把手慢慢伸过来。大卫屏息等待着那一刻——砰的一声，那人被低压电流打倒。他尖叫着，左手护着受伤的右手，连滚带爬地逃离此处。另一个人也慌乱地逃离。

　　大卫想他们肯定会头也不回地逃走，永远不敢再回到这儿来。但他想错了，那两人没逃多远就停下脚步，心有不甘地回头望着这边，激烈地比划着，讨论了很久。大卫轻轻摇头，看来这俩扁平脑壳尽管脑容量不足，也有很强的好奇心啊。没错，好奇心——这正是人类的强大本性之一，有了它，人类才敢"玩火"。大卫不再关心他们，拿起对讲机重新呼唤妻子，仍然没有回音。这时他听到尖利的连绵不绝的啸声，是一个野人发出的，他把手指含在嘴中，鼓着腮帮用力吹。没有多久，天边出现一群人影，有二三十人，大步向这边跑来。他们走近了，早先的两人迎上去，比划着什么，向这边指指点点。然后他们合为一队走向这边。

　　大卫忽然震惊地屏住呼吸，瞪大眼睛——走在人群最前边的、首领模样的人是一个近50岁的男人。但他的形貌与别的直立人截然不同！首先他身上没有体毛。皮肤黝黑光滑，仅在胸部和裆部有黑色体毛，与现代人完全一样。他走近了，能看清他脸上也没有毛，而且额部饱满，眉脊不突出，完全是现代人的标准形貌。大卫仔细观察，甚至能从他的体貌中分辨出白种人的特征：眼窝较深，蓝色瞳仁。但他披散的头发是黑色，鼻梁挺直而不高，这一般是亚裔的特征。尽管他皮肤黝黑，但没有黑人的典型特征，比如卷发、厚嘴唇和翘起的臀部。大卫非常奇怪，150万年前的直立人中怎么会有这么一个突变，一个异类？也许白色人种和黄色人种的血脉之河正是从这儿流出来的？

　　大卫隔着单向玻璃近距离观察他。那人看不到里边，但他一直努力向里看，一边保持着身体不与渡船接触，显然头前的两人已经向首领说明白了这个危险。从这个迹象看，这个直立人族群的语言已经进化到了一定程度。那人的眼睛近在咫尺，蓝色眸子显得机警而威严，闪烁着智慧的光芒。大卫苦笑着想，多半此人就是那个盗火者吧。他不该让妻子把激光枪拿走。目标已经自己找上门啦，这会儿打开窗户给他一枪，自己的事就办完了。

但渡船里没有其他武器，他只能老老实实地待着。

那人绕着渡船观察，大卫也随着他转动身体。忽然一声响，是他不小心把妻子放在手边的食物碰到地上了。外面众人的听力很敏锐，都同时听到了这声轻响，齐齐向后跃出。跃到安全位置后他们才回过头，惊慌地盯着渡船。众人中没有那个首领，原来他离渡船太近，转身跃回时一只手不小心碰上船身，被低压电流打倒了，而且打得较重，此刻正在地上抽搐。其他人赶忙跑过来，把他拖到安全位置。

众人恐惧地盯着这个会咬人的魔物。首领被扶起来后也盯着这边，目光中有恐惧，但更多是狂怒。他在盛怒中做出了决定，一阵尖锐的喝叫之后，人群立即动起来。一人快步离开，沿来路返回。其他人开始拔草撅树枝，收拢后堆到渡船旁。首领本人也怒冲冲地干着，他体态剽悍，又带着情绪，干得比别人更快。大卫有点奇怪，他们在干什么？要用草叶树枝把渡船埋起来么？不久，地平线上又出现了人影，这次是多达百十人的长队。肯定是刚才那个信使唤来的。无疑这个部落非常强大，妻子说它有31人，那她只看到了一部分。他们走近了，每人腋下都夹着一捆树枝或草。抵达这里后他们也把柴草堆到渡船周围。柴堆的高度已经半掩了渡船的窗户。然后所有人都望着来路的方向，等待着。

按说大卫已经能猜到他们的打算了，但由于思维的惯性——认为此刻的直立人还没有学会用火——大卫竟然没想到那个最明显的答案。他陪这些野人折腾这么久，体力已经难以支持。但眼前的事总该见到答案吧，他凝聚意志坚持观察着。忽然他奇怪地发现，"朝阳"正在慢慢落下——原来那其实是"夕阳"啊。自己的一觉竟然睡了一夜再加一整天？不该有这么久，这让他心中隐隐觉得不踏实，那盏小警灯又开始闪亮。

暮色渐渐降临，渡船外的众人忽然有一波喜悦的骚动，很多人指着来路的方向。大卫也极目望去，忽然再次震惊了。他发现暮色中出现一个光点，它晃动着向这边趋近。现在能看清了，那是一支火把！火把的光芒照出了三个人的身影，都像是女性，两个年轻的扶着一位年老的。老人相当老迈，步履艰难，所以她们走得很慢。

火把？所谓人类"第一次用火"的时空节点之前竟然有了火把！看到火把，大卫不由得苦笑着自嘲："傻瓜，你这个反应迟钝的傻瓜，直到这时你才知道这些扁平脑壳们是在忙乎什么——在为这个胆敢咬人的魔物准备一场严厉的火刑。"要知道他们已经有了"高科技"的火，拥有了世上最强大的魔力。他们要动用神火把魔物烧死，惩罚它竟敢对人类的王者不敬。

大卫苦笑着想，人类的天性倒是一脉相传的，刚学会用火才几天就有了足够的霸气。自己何尝不是如此？这十几年他志得意满，以为自己能把自然玩弄于股掌之中。相比之下，这群扁平脑壳至少对"火"还保持着敬畏。刚才大群人马来时没顺便把火种带来，而是捺住性子等这位步履蹒跚的老妇人，足见他们对火的尊崇。老妇人很可能是部族的女巫，只有她才掌管着用火的权柄。当然这场火刑很可笑，高科技的时间渡船可不怕温和的柴草之火。那就耐心等下去吧，等着这些野人离开后再设法和妻子联系。大卫静下心来，等着擎火把的三个妇人走近。

忽然——真正的震惊降临了。

三

就在这一刹那我明白了，我的世界瞬时坍塌了。

大卫和我都太糊涂，主要怪我们这次的时空穿梭太仓促，没把事情想透。我们来到这个时空节点，想施加干涉以影响150万年后的世界。我们想当然地认为，这种作用不会影响到"已经处于本时空"的时空渡船。但我们错了，时空渡船虽然处于本时空，但它的根儿扎在150万年后。所以，此处的扰动将会经过150万年的两次传递再作用到时间渡船上。这么着，我昨晚射出的那束激光足以让这艘渡船飘移到恐龙时代，或者干脆漂到外星球——但为什么我还在这儿？我为什么会留下一串脚印但却在某处突然中断？

"打住。夏娲你甭想弄懂这些。时空穿梭本来就建立在深刻的悖谬上。而且，夏娲，夏娲，"我在心中苦声唤着，"你没有时间陷入玄虚的驳难。你还有远为迫切的事要干哩。"

我的孩子。

转生的巨人

此前我虽然和大卫万年迢迢来到这蛮荒世界,但心理上并未对此看得太重。我们就像是去非洲荒原上观看野生动物的阔佬,身后有一根粗壮的链条连着文明世界。现在这根粗壮的链条忽然断了,不,完全消失了,甚至连带抹去了我的丈夫。只剩一个 26 岁的、高科技时代滋养的精致女人,孤身留在 150 万年前的蛮荒世界——不,如果真是孤身一人倒好办了,大不了一死而已。但现在是 1.3 个人!还有一个三个月的胎儿!

"荒野的神灵,你救救我吧,不要让一个年轻女人在绝望中疯狂。"

我没有疯。我没那个资格。我的慌乱只延续了半个小时,也许只有十分钟。然后旧日的我訇然溃散,一个赤裸的女野人从旧壳中走出来。旧日的我——我生长于斯的高科技世界,文明崩溃后的悲怆,我对那个世界的责任,我对重病丈夫的心疼和俯就,乃至我对美食、音乐、首饰和时装的眷恋,我对自身美貌的自恋,等等,这一切都在刹那间崩碎。现在这个女野人的精神世界中只剩下三个字:活下去。

为了自己,更为了孩子。

我在刹那间建立的目标甚至比这更深远。我身边带有一整套能使用 50 年的高科技行头,它们并未随时间渡船一同消失。凭着它们,在荒野中生存下来并把孩子养大并非难事。但此后呢?等待丈夫的搭救?我绝不能寄望于这个肥皂泡。那么等我死后,孩子将孤身一人?他与谁结婚生子?当他在绝对的孤独中疯狂时,有什么能让他借以逃离的东西,诸如责任、亲情和爱情?

答案非常明显:唯一的希望就在那个直立人族群。尽管他们身上有黑色长毛,他们额部扁平脑容量不足,他们眉脊突出脸上长毛,他们粗野污秽,但至少他们的血缘与我是相通的。我只有带着腹中的孩子设法融入这个野人族群。命运对我毕竟还算仁慈,在壁立千仞的绝望中还留下这么一个小小的出口,我只能以感恩的心接受它。

朝阳升起时我已经彻底完成了蜕变与新生。我最后一次用对讲机呼唤,仍然没有声音。我便毫不怜惜地抛弃了它,我绝不容许自己再把时间浪费在虚无的希望上。我狠心抛弃的还有其他用具:激光枪、望远镜、猎刀、睡袋……做出这个决定的是直觉而不是理智。理智告诉我应该保留这些极为宝贵的用具和武器，它们可以大大增加我的生存几率，且不说能助我在野人族群中占据王者之位。但直觉告诉我，在一个蒙昧族群中使用这些东西是反自然的，鲁莽的，它可能带来无法预见的潜在危险。比如说，如果族群习惯于依赖这些神物，而它们却不可避免地耗尽能量，那时该怎么办？凭我一人之力，我肯定没有能力让一个蒙昧种族一夕之间跃升为智人，只好让自己和孩子向下沉沦以适应它。

扔掉这些东西后我又脱去衣服，全部脱光。生活在野人群中不需要衣服，这样才能抹平我与野人们的鸿沟。虽然想起从此要永别这些"女人之爱"，难免心中作痛，但我没有任何犹豫。记得一位成功的野生动物学家说，要想和野生动物真正贴合，你只有像它们那样四肢走路，像它们那样撕扯食物，像它们那样赤身裸体。虽然我将面对的是野人而不是野兽，我还是照他说的去做吧。只是在脱鞋时我犹豫了，不过只是因为实用主义的原因：我未经磨炼的嫩脚板肯定受不住荒原的坎坷荆棘。但没有办法啊，我不愿把这个"古里古怪"的玩意儿带进那个光脚的族群。而且说白了我没有第二双鞋子和第二身衣服，早晚得走这一步。晚走不如早走。

衣服脱光了，我看着自己白皙光滑的胴体苦笑。它漂亮而精致，但一点儿不实用，我倒是希望进化之神能让我重新生出御寒的体毛，那就谢天谢地了。

没舍弃的只有两件：打火机和全息相机。打火机在我随后准备实施的计划中有特定的用处；全息相机是我同丈夫和儿子唯一的羁绊，我是指原时空中那个水晶雕像般精致的儿子，而不是今后的小野人。我从内衣上撕下一块布把二者仔细包好，用裙带斜挂在胯部。这对野人们来说仍是"古里古怪"的东西，但让我保留这唯一的奢侈吧。

新生的夏娲在那堆灰烬前等待。我抱着微弱的希望，希望那个野人首领还没有完全死心，还会再来火堆旁看看。为方便计，以后叫他野亚当吧。至于他来后该怎么办，我已经有了周密的腹案。如果他不来，我再去找他也不晚。

　　谢天谢地，我的估计没有错。野亚当又来了，而且这回只有一人，估计他是有意独自前来，不想在部众面前重现昨天的狼狈。他能在一夜之间克服恐惧只身前来，我不由佩服他的勇气。显然他对昨晚的受伤心有余悸，离火堆很远就站住了，警觉地睃着四周。我这次没有躲藏，从树干后主动现身，在脸上堆出"最雌性"的笑容。

　　野亚当惊愕地发现了我，一个无毛的、皮肤白皙、形貌妖异的雌性。他立时收住脚步，紧握木棍，把棍尖对准我。我估计昨晚他受到枪击时可能瞥见了我，所以他目光中有浓重的敌意。我对他的敌意坚持报以友好的笑容，并在笑容中尽可能加进柔媚。他紧紧盯着我，但我拿不准自己在他的眼中是什么形象，是一个比女野人性感漂亮的异性，还是一个讨厌的白化病人。

　　不管怎样，我一直坚决地笑着，但他的敌意似乎没有减弱。不过不要紧，我还另有招数呢。我向他招招手，向火堆走两步。他没动。我再招招手，再向火堆走两步。然后我俯下身，把整个后背留给他。这意味着对他的信任，陌生的野人之间绝不会这样做。

　　我在火堆旁鼓捣了好久。他终于耐不住好奇心，向这边走了两步，伸长脖子向前看，但棍尖仍警惕地朝向我。等把他的好奇心撩拨到足够程度，我站起来，回过身，满面欢笑，手中擎着……一束枯枝，火苗在枯枝前端欢快地跳跃。

　　野亚当呆住了，目中顿时消去敌意，代之以敬畏和欣喜。他紧紧盯着我手中的火焰。

　　我笑容可掬，把火把递过去。他立即后退一步，反倒恢复了戒心。我知道自己做错了，有点操之过急，更不该把这事弄得像是对他的恩赐。我应该设法把这个赠予弄得更自然一些，熨平他雄性的自尊心。于是我让擎火把的右手抖一下，火把歪了，燎着了我的左肘。我惊呼一声扔掉火把。它落在地上，与雨后的湿地接触，发出轻微的咝咝声，火焰慢慢变弱。我佯作惊慌地盯着它，同时用眼角的余光罩着野亚当，揣摸着他会不会抢救火把。如果他一直不动手，火焰熄灭前我将不得不拾起它……在火焰快要变成白烟前，他终于弯下腰，小心地拾起火把。脱离了湿地的火焰立即熊熊地燃起来。

他傻笑地擎着那团火焰。我也咯咯傻笑着，拿崇拜的目光看着他，心中则轻松地叹息一声。此时此刻，新时代之门在因我的干扰而关闭之后重新开启了。历史之河稍稍走了一点弯路，但很快裁弯取直，撂下一个小小的弓形湖。我不由想起大卫，有点心酸。他借助时空渡船打算抹去这个时空节点，我帮他实现了。但我随后又把"该得的火"还给野亚当，抹去这段人为干涉，恢复了历史的原貌。

也不全是原貌——这团火并非来自天火，不是那堆灰烬的复燃，因为那个火堆已经熄透了。这团火是我躲开了野亚当的眼睛，用打火机点燃的。

但我对大卫没有愧疚。我这样做是为了孩子，我们两人的孩子。一个母亲为孩子而做的任何事情都是天然正确的。大卫对科技的突然反叛，突然萌生的回归自然愿望，都是偏于概念化的东西，当它们与现实的顽石相撞后肯定会碰得粉碎。什么是现实？现实就是我们母子如今生活在野人群中。我想让儿子吃熟肉，想让他在晚上睡觉时有一个防御猛兽的火堆，就这么简单。但这个简单的需求又无比强大，强大得足以撞碎一切理性的阻挡。我们会牢牢守着这堆火，一代一代活下去，哪怕它会带来150万年后的社会爆炸。

我小心地盯着野亚当擎着的火把。尽管在"原历史"中正是野亚当开辟了用火进程，我还是担心他缺少经验而使火把熄灭。我从火堆中捡了几支大小合适的焦枝，递给他。这次他顺顺当当地接受了，把它们并在原来的树枝上，火焰立即大大加强。他那未脱蒙昧的心智充分理解了这团火的重要，随手扔掉那根带尖木棍，用双手虔诚地擎着火把，转身回家。我自然不会瞎等男士的邀请，便拾起他扔掉的尖棍，又搜集一抱焦枝，很家常地跟在他后边。他斜眼看看我，没有什么表示，仍小心翼翼地捧着火把前行。

我心中一阵轻松，知道自己已经被他接纳了。

我的赤脚实在难以对付荒原的荆棘。尽管我咬牙忍痛，仍不免一瘸一拐，落在野亚当的后面。那个脑容量不足的家伙竟然有足够的细心，注意到了我的落后，便停下脚步等我。我匆匆赶上时，他正不耐烦地倒换着脚步。看来他急于在族人面前展示手中的神物，不过还是强捺着性子等我。就在这时，我心中突然涌出大潮般的感激之情。

族群的家原来安在刺槐丛边,只是一片被踏平的草丛,背对着绵亘不绝的刺槐。男人睡外边,女人和孩子睡里边。这当然是为了防御野兽。"家"的最里边堆着昨晚运回的鹿肉。今天可能因为首领不在,食物也足够,所以他们全部在家,没有出去觅食。这会儿大家看见首领回来——而且手中捧着可怕的火焰!身后还跟着一个形貌诡异的白色妖孽!所有人都跳起来,惊惧地盯着两件凶物。野亚当走进人群,努力讲说着,不知道是在讲"火焰"还是在讲我。那是一种不连贯的语言,带着弹舌音和吸气音,基本为单音节。他说了很久,但族众依旧茫然。这不奇怪,此时的语言中肯定没有"火"的概念,不好讲清楚。

我尴尬地站在人群之外。族众看我的目光饱含敌意,特别是那些中年女人。但我早就筹谋好该怎样化解它。我默默走到一旁,把怀中抱的焦枝架成圆锥形,让其中央是空的。在我干这件事时,周围没有声音,但我感觉到30双灼热的目光烙在我的后背上。焦枝架好了,我走近野亚当,讨好地笑着,向他讨要那束火把。野亚当困惑地看着我,犹豫着。但他一定想到最初是我把火焰驯服的,便不大情愿地交给我。我把火把塞到焦枝堆中,火焰在树枝缝隙中试探地舔着、腾跃着,轰然一声大烧起来。野人们慌乱后退,有小孩在害怕地尖叫,可能是火花迸到身上了。我默默走过人群,去里侧取过一块带骨的腿肉,又走回来,放在火焰上烤着。族众又慢慢围上来,个个屏住气息,盯着我的手。

肉很快烤熟了,香气四溢。我走过去,把熟肉献给野亚当。他定定地盯着这块肉,很久不接。我保持着笑容,一动不动地举着它。终于他接过来,咬了一大口,立即露出狂喜的表情。他想了想,把肉撕开,分给几个小野人,小野人们立即大口吞吃,个个欣喜若狂。

野亚当抱着几块肉过来,交给我,自然是让我继续烤肉。族众的目光不再带有敌意,而是转为期盼。我轻松地想,整个族群已经接纳我了。

夜里我睡在人群外侧，最接近火堆的地方。我毕竟一时难以适应命运的陡变，再加上还要照顾火堆，所以彻夜难眠。族众都睡得很熟，但我起身添火时，只要稍有动静，立时有七八个脑袋仰起，七八双目光警醒地打量着四周，这中间肯定有一双目光是野亚当的。天已经大晴，河汉低垂，繁星如豆。荒野沉浸在森冷的静谧中，偶有一声鸟啼狮吼也打不破它。极目所至是无尽的黑暗，只有一个小小的金色火堆。火焰跳荡着，小心地舔着夜色。它太微弱了，似乎很快会被黑暗窒息。但我知道它不会熄灭，它其实比黑暗强大。它会一直烧下去，直到激醒人类的蒙昧——再一直走到22世纪的社会爆炸。

这才是人类史的"自然状态"？是大卫和我曾用时间机器和激光枪中断过的、我又用打火机接续上的自然状态？想起是我一人促成了方向相反的两次大转折，我总觉得啼笑皆非。我想着丈夫，痛苦地思念着他。"大卫我违逆了你的意愿，你怨恨我吗？此刻，在我睡在野人群中的第一夜，大卫你随时间渡船漂流到了哪里？"

第二天族众照例出去觅食。族群中没有太小的孩子，所以全员出动。我忍着双脚的剧疼也走进队伍中。走前我添足了柴，但我担心火堆坚持不了一天。当然，打火机还在我胯部的布包里，但上次用它点火是在特殊情况下。以后若非万不得已，我不会再重复了。在这个蒙昧族群中，我决心彻底回归自然，抛弃一切"科技之物"。野亚当一定是注意到了我回望火堆的目光，他想了想，把我从队伍中粗鲁地拉出来，指指火堆，吼吼地喊了几声。我顺从地点点头——但愿史前人也知道点头的意思，留下来照看火堆。我不由对野亚当生出钦敬之情。他的扁平脑壳倒也有足够的智力，敏锐地抓住了新时代的关键，那就是——在居住地保持一个不灭的火堆。

这可以说是人类史上最重要的发明，此后，在上百万年漫长的历史中，尽管人类向世界各地扩散，但这始终是各部落不变的传统，在各大洲漫长的暗夜中，一个个小小的火堆守护着人类的文明。

晚上这支队伍拖着长长的身影回来。野亚当给我一只兔子，我想他是让我烤给孩子们吃。我把兔肉烤熟了，交给野亚当。他撕下两条后腿首先给我。我赶忙看看四周的族众，怕他给我的特殊待遇让其他人生妒。但是没有，别人目光漠然，没有赞许也没有敌意，几个孩子不看我手中的后腿肉，只是贪馋地盯着剩下的熟肉。这意味着，这两只后腿肉是"守火堆者"应得的报酬。其实今天我已经用野果鸟蛋填饱了肚子，但我感激地接过它，大口吃起来。

荒野唤醒了我基因中深埋的本能，我在几天内完全习惯了这儿的生活。那个22世纪温室中长大的精致女人完全恢复了野性。我还打算彻底抛弃理智上的清醒，尽快让心智向下沉沦，达到和那些女野人一样的层次，这对我才是最保险的生活。但在这之前我不得不玩弄一点儿机谋——为我的儿子。七个月后我将生下这个儿子，蓝眼珠，黑发。额部饱满，眉脊低平，浑身无毛，皮肤白皙。他在这个直立人族群中绝对是个形貌妖异的妖孽。这个族群已经接纳了我，还能不能接纳这个婴儿？也许能，也许不能。但我绝不能心存侥幸。我必须未雨绸缪，把儿子置于万全之地。

至于如何办，我苦笑着想，我也早就成竹在胸啦。文明时代的生物学家们说，女人是雌性动物中唯一没有周期性征的，这是一种进化策略。因为人的婴儿过于柔弱，只能靠男人的保护，而最好的做法是让一群男人都以为婴儿是他的后代。女人没有明显的周期性征就易于行使欺骗。

我要趁身孕不明显，加紧实施这样的欺骗。这个族群是群婚制，我会坦然接受它，不过第一个要征服的男人当然是野亚当。那是最合适的人选，有助于我儿子获得较高的社会地位。我这样做其实算不上阴谋，因为其他智力低下的女野人都是这么做的，不过她们是依据本能，而我是依据智慧。所以不妨这样说：何时我能比照她们的水平，使智慧充分萎缩而让本能足够茁壮，我就不必活得这么累了，一切都自然而然地顺流而下了。

也许在上帝的目光中，现代人的精妙心计也不过如此？

我决定今晚就去找野亚当。白天族人们出去觅食，我仍看守火堆。我从布包里取出全息照相机，打开它。我遗憾地发现，相机中和儿子有关的录像原来就那么一段，可能是丈夫在"偷窥未来"时及时自省，中止了犯罪。我一遍一遍地看着，泪珠在腮边滚落。相机中其他内容都是我和大卫的两人世界。我们在出席高档宴会，我穿着漂亮的晚礼服，裸露的后背如羊脂玉般润泽；大卫揽着我立在高山之巅，脚下翻卷着无边的云海，这应该是在西藏拍的；丈夫为我庆生，鲜艳的奶油花上 25 只蜡烛跳荡着金色的小火苗；然后是我俩一身廉价衣服混在大排档的吃客中，躲在角落里大吃大嚼……

我整整看了一天，时时抹去腮边的泪珠。荒野千里，风吹草低，身边的火堆安静地闷燃着，白烟袅袅上升。十几只鬣狗颠颠地跑来。我不想让它们中断我的观看，就从火堆中抽出一支长枝，做好防卫准备。但鬣狗并没有打扰我。它们被这团变幻的白光迷住了，都蹲在后腿上，痴痴地看着，目光愚鲁而好奇，我甚至感受到了其中的温馨。夕阳沉落在晚霞中，族人们该回来了。我叹息一声，关了相机，随手抛到远处。鬣狗们立即蹿起来，争着叼那个球球，很快跑远了。也许鬣狗们不会咬碎这个玩物，那么，也许 150 万年后，某个考古学家能从非洲某处地下挖出它。

但我不能再让它留在胯边的布包里。大卫和野亚当这两个男人不应共处。

夜里，我把火堆上的柴添足，摸到野亚当身边。

七个月后我生下儿子。分娩时刻是白天，仍是我一人在家。没有全息相机上记录的难产，也许这得益于我几个月来在荒野的颠簸。我挣扎着咬断脐带，用早已备好的软草擦干儿子身上的血污，紧紧抱在怀里。我没有麻烦给他起名字，他的一生中用不上这个。令人欣慰的是，也许因为族群已经看惯了我的怪模样，所以平静地接受了这个无毛小怪物。仅在此后野亚当对他明显偏爱时，有些女野人会恼怒地吼叫，然后把邪火撒到我和孩子的头上。不过这样的小小恶行是可以理解的，我会护着儿子，与她们凶恶地对吼，但从没放心里去。

我的儿子出生在一个错误的时间。其他女野人由于本能的指引，都是在旱季怀孕雨季分娩，这样母子容易获得充足的食物。我的儿子却赶在旱季前出生，偏又赶上一个特别漫长的旱季。在整个严酷的旱季里，这个小生命一直在同死神搏斗。族群中的男人们，尤其是野亚当，为了帮我们母子找食物真是累惨了。当然这并非出于高尚而是出于自私本能，以他们的智力，认识不到这个无毛的白色小怪物不是自己的血脉。但……其实这种自私就是高尚，是这些蒙昧心灵中最闪亮的东西。我对他们满怀感恩之心。

母子俩终于熬到第一场雨水来临，绿草和兽群似乎一夜之间忽然冒出来。所有族人都像瞪羚那样蹦跳撒欢，吃饱喝足的儿子咯咯笑着，而我也学会了像女野人那样狂喜地尖叫。

四

火把下那三人让大卫经历了真正的震惊。那是三位女性，两个年轻直立人扶着一个80岁左右的老妇——大卫在第一刹那的下意识中，正解地没称她为直立人。因为她同刚才那位男性首领一样，明显是现代人的体貌特征，额部饱满，眉脊低平，浑身赤裸，肤色黝黑，没有体毛。她背部佝偻，眼神混浊无光，双乳已经极度萎缩。头上是稀疏的白色乱发，下身围着一条短裙——不，不是短裙，只是一条宽带吊着一个布包，布包明显久经沧桑。她的面部深镌着稠密的皱纹，几乎覆盖了真正的面容。纵然这个老妇与年轻美貌的夏娲没有任何相像之处，大卫还是凭直觉认出了她。他朝对讲机脱口唤道：

"夏娲？夏娲？"

没有回音。对方手中没有对讲机，身上也没有可以装对讲机的地方。但大卫不怀疑自己的判断。他在刹那中猜到真相——妻子受他之托去杀死采天火者，她对本时空的干涉通过150万年的两次传递影响到本时空的时间渡船。影响倒是不大，渡船仍保持在原来的空间位置，只是时间向后漂移了大约50年。他真该死，竟然没提前考虑到这种可能，即使他病入膏肓神思昏沉，这样的愚蠢错误也不可原谅。他回头看看那五棵成五边形排列的扇椰子树，没错，它们的相互方位没变，但50年后的树身明显粗大多了，刚才他在下意识中其实已经注意到这一点，只是把它忽略了。还有，难怪他心目中的朝阳变成了落日，现在并非抵达本时空的第二天清晨，而是50年后的某个傍晚。

他再度观察来人。两个年轻女子中，有一个完全是野人体貌，擎火把的另一个则带着现代人和直立人的混血特征。大卫迅速理出了事情的大致脉络：

在时空渡船漂移走之后，孤身一人陷在本时空的夏娲不得不加入直立人族群，艰难地活下来，并带大了他俩的儿子——就是那位想烧死自己的男首领，又和族群中的男人们至少生下一个女儿。这50年来，这个族群可能一直在本地求生；也可能到处迁徙，只是最近刚好转移到这个区域。然后当渡船从时间中凭空而降时，族群成员发现了它。

可怜的夏娲，可怜的儿子。

还有，可怜的大卫。

突然逝去的50年岁月像一条突然结冻的冥河，把大卫的意识冻僵了。他想赶快起身，打开舱门把夏娲还有她的儿女们迎上来。但他被魇住了，一动不能动。他看见男首领对老妇说着什么。老妇颤颤巍巍地走过来，浑浊的老眼看清了柴草之下的渡船，立时眼光一亮！但亮光随即转为茫然，她陷入苦苦的思索。大卫推想，也许她萎缩的神智已经忘了时间渡船，仅在记忆深处有一点模糊的印象而已。老妇伸手去摸渡船，儿子赶紧劝止她，但老妇摇摇头，固执地把手伸过来。就在她的指尖快要接触船身时，大卫总算反应过来，一把摁断了低压电防护系统。老妇摸到船身了，安然无恙。男首领愣了一会儿，也试探着摸摸，没有事儿。第一个被击中过的男人不相信，小心地伸手摸摸，也没事。一群人欣喜若狂，围着老妇欢呼起来。

无疑，他们认为是老妇的法术显灵了。

老妇围着渡船转，趴在窗户上急切地向里看。单向窗户里，大卫隔着咫尺之距看着她浑浊的眼神，不知道自己该不该出去。在50年的漫长人生中，夏娲显然已把根深深扎在野人社会中了。她严重衰退的心智中恐怕已经没有大卫的存身之地。那么，在她生命之烛将要熄灭的时候，突然强行把她拉出这个熟悉的世界，是不是太残酷？

但老妇分明已经激起比较连贯的记忆。她表情激动，围着渡船蹒跚地转着、摸着。然后她想到什么，吩咐那个混血女人解开她胯部的布包。布包很紧，费了很长时间才解开。所有人都期盼地看着，显然他们从没见过其中的内容。老妇从中取出一个小物件，虔诚地捧在手中，面向渡船，嘴里喃喃说着什么。大卫听不懂，他以为那是野人的语言。但他忽然听懂了，老妇的声调相当怪异，但她分明是在念诵：

"大——卫，我——是——夏——娲。大——卫，我——是——夏——娲。"

大卫的泪水汹涌而出。他辨清夏娲是在说她的母语。只是50年没用过，尤其是没有群体语言环境的自动校正，她的汉语发音已经严重漂移了。

但她在呼唤丈夫，她还记得这个亲切的名字。

她手中的小物件也看清了，是那枚长效的压电式打火机，外表依然簇新闪亮。夏娲在几十年的奔波中保留着它，无疑是作为一种象征，象征着她同逝去世界的联系。至于其他物件估计都已经遗失了吧。到了此刻，大卫大致理清了历史的脉络。50年前，妻子肯定按丈夫的嘱托杀死了第一个采火者，没有这桩对时空的干涉，时间渡船就不会有漂移。但她和儿子也因此陷入本时空。此后，为了儿子能吃上熟肉，她肯定又把直立人的用火历史重新接续上了，说不定就是用这支打火机。

所以，那个关键的时空节点并没有改变，最多有短暂的推迟。而且有夏娲做技术指导，直立人的用火进程说不定比原历史还要快一些。

大卫唯有苦笑。他不怪夏娲，要怪只能怪自己的狂妄，妄图借时间机器，单枪匹马就想来改变历史。历史没有改变，唯一的改变是命运之神对他施加了惩罚，让他在一夜之间失去了妻子的50年。

男首领过来，指着渡船同母亲说着什么。老妇也指着渡船说了一会儿。然后首领下令，众人开始把刚才扒散的柴草拢回到渡船上。大卫一时有些困惑，现在这个首领，他的儿子，不会再对时间渡船使用火刑了吧，那他要干什么？忽然大卫明白了，那个首领此刻是在恭顺地执行母亲的意愿。衰老的夏娲肯定已经忘了时间穿梭的概念，她以为渡船是50年前的遗留，而丈夫早已逝去。她想为亡夫补行火葬。

大卫的泪水汹涌而下。到了此刻，他已决定不在夏娲前露面了，对夏娲来说这应该是最好的结局吧。虽然此刻他俩近在咫尺，实际已经分处于异相时空，无法相合，那又何必打乱她余生的平静。她形貌枯槁，这50年肯定饱受磨难；但她受族人尊敬，儿女双全，精神世界应该是丰满的，那就让她留在这里度过余生吧。至于那位比自己还要大十岁的儿子，也让他留在这个时空里，继续做他的王者吧。

直立人对在荒野放火显然很有经验。男首领把食指在嘴里含一下，又高高举起，判明了风向。他让族人把母亲扶到上风头，从妹妹手里接过火把准备点火。正在这时，老妇高声制止了他。老妇颤颤巍巍地过来，手中擎着那把打火机。大卫知道，她是以这种特殊方式来追念丈夫。老妇一下一下地按着火机，可能手指无力的缘故，打火机很久没打着。她终于打着了，一团橘红色的火焰在薄暮中闪亮。她绕渡船转一圈，在多处点着了柴堆。火焰腾空而起，发出噼噼啪啪的爆裂声。火舌包围了渡船，又顺着风向在草地上一路烧下去，映红了半边夜空。在火舌完全隔断视线之前，大卫见老妇用力扬一下右手，那颗发亮的打火机飞入火堆中。

伴着漫天的野火，火场外的人群疯狂地扭动着身躯，双手向天，齐声吼着一首苍凉激越的挽歌。

大卫长叹一声，按下了渡船的启动键。

第二天，族人出外打猎时经过这里。他们看到烧黑的草地呈三角形扩展到很远，但在最先着火的地方，在厚厚的柴草灰烬中，没有留下任何残骸，那个会咬人的、让女巫奶奶伤心痛哭的魔物，肯定被完全烧化了。

我　证

我在车祸后至苏醒前的那段记忆是一片黏稠的黑暗，黏稠得令人窒息，黑暗得让人发疯——这后一句话其实不合逻辑，因为黑暗中并没有一个可以被称为"人"的意识主体，只有七零八碎的意识残片，它们在黑暗中时隐时现，偶尔发出一丝闪光，随之就被无边的黑暗所吞噬。

但那个"人"毕竟还是存在的，也许它游荡于黑暗之上，飘浮于冥冥之外。有某种潜意识顽强地拼拢着"我"的意识残片，激发出某一残片的闪光，再去唤醒其他残片。这个过程不知道延续了多么漫长的时间，也许，有猿人走出蒙昧期那样漫长吧，然后，一个整体的"成猛"总算大致拼拢了，并从黏稠的黑暗中艰难地一点儿一点儿挣脱出来。

我的眼睑颤动着，微微睁开眼睛，周围立即响起兴奋的低语声："他醒了！施教授你看他醒了！"不过我僵硬的思维并不能理解这些话的含义，我闭上眼睛，重又沉入黑暗中。

等我再次睁开眼睛，视野中是一个慈祥的老人，满头白发，目光睿智。老人高兴地说：

"孩子你总算醒过来了。你已经昏迷一个月了。"

我的思维仍然处于冰冻之中，努力追赶着老人的话意，喃喃地说："昏——迷？"

"对，车祸后你一直昏迷着。"

"车——祸？"

"是的，一个月前你遭遇了一场车祸。你能回忆起车祸的细节吗？"

我蹙起眉头，努力翻捡脑中残存的记忆：车祸……失控的卡车……驾车蜜月旅行……新婚妻子……我的身体忽然一阵颤抖，努力撑起身体，焦灼地问："肖曼——怎么样了？她在哪儿？"

对面的老人忽然喜极欲涕！声音也沙哑了："年轻人，不要激动不要激动……你能忆起肖曼我真高兴，我太高兴了。这说明，你的意识真正苏醒了。"

"曼儿在哪儿？带我去见她！"

"你不要急，肖曼很好，她也刚刚从昏迷中醒来。现在，你们俩的身体状况都不能激动，等稍稍恢复几天，也许还都需要做一个小小的整容手术，然后就会让你们见面，好吗？毕竟，"他笑着说，"你们肯定想让对方看到一个健康漂亮的爱人。"

我慢慢举起僵直的手臂，摸摸自己的脸，摸到一些伤痕。再看看身体，胸前和胳臂上也有伤疤。我低声问：

"我破相了吗？是不是很严重？肖曼呢？"

"不，你没有破相，基本是原来的容貌，有几条伤痕，不严重。至于肖曼……"施教授含糊地说，"你也不用担心，等我慢慢告诉你吧。"

施教授走后，护士告诉我，这儿是"哪吒医疗中心"，而施教授是中心的首席心理学家。我过去好像听说过这个怪名字的医疗中心，但具体情况回忆不起来了。在施教授卓有成效的劝慰下，我按捺住心中的焦灼，配合着做整容手术，努力恢复身体，争取能早一天去见肖曼。曼儿活着！知道这一点我已经非常放心了。至于她是否破了相，倒是次要的，即使她变得再丑，我也会照样爱她。经历了这场大难，我对世上的一切都更加珍惜，更不用说我的曼儿了。

这段时间里听说我的父母来探望，被医院挡驾了。熬过两个星期，施教授再次检查了我的身体，满意地说：

"孩子，你已经基本恢复了。来，坐下，咱们今天可以正式谈谈肖曼的事了。"

我从他的郑重中突然悟出不祥之兆，脸色变白了："肖曼她……"

老人避开我的目光，沉重地说："孩子，你刚苏醒那天身体很虚弱，我没敢告诉你真实情况。非常不幸，肖曼的伤势过重，没能抢救过来——不过你别着急！"他握住我冰凉颤抖的双手，恳切地说，"孩子你别急，听我说下去。虽然没能把她抢救过来，但哪吒中心总算赶在她去世之前做了活休三维扫描。你大概已经听说过，目前'人的再造术'已经相当成熟，可以按照这些信息复制一个完全真实的肖曼。"

几天来在我心中勃勃跳动的美好盼望一下子被粉碎了。一条狰狞的章鱼缓缓游来，用八只腕足把我箍住，让我再度窒息，一如我苏醒前的阴暗感觉，施教授的声音好像远在千里之外。他解释道：

"这可不是克隆。克隆术只能产生一个基因相同的婴儿，这个婴儿在生长过程中会建树起一个新的自我，与原件其实没什么关系。但人的再造术是对原件完全不失真的复制，包括复制出原件在那一瞬间的所有记忆和感情。干脆这么说吧，中国神话中，哪吒被李靖逼死后，紫阳真人用藕节复制了一个身体，又把他的灵魂吹入其中。同样的，我们也会还你一个真正的、车祸之前的肖曼，你尽可放心。"

我惨然说："一个真正的肖曼？但它再逼真，也只是一件复制品。是用新材料砌出来的一个新工件。"

施教授温和地说："原谅我说话坦率，你还秉持着一种相当陈腐的看法。其实，生命体取决于原子的缔结模式，而不是原子本身。生物体都要新陈代谢，我们每具身体的砖石——原子——都在不停地更换，平均说来，每十几年就会彻底更换一轮。但谁会认为自己不是十几年前的自己呢。只要这个新肖曼保留着原件的所有信息，那她就是真正的肖曼。"

我阴郁地沉默着，从道理上我知道老人的话是对的，但从感情上难以接受。我想起自己苏醒前那种黏稠的黑暗，想起自己从黑暗中挣脱时的艰难——但那时再艰难，毕竟还有一个事先存在的"我"，它只是被车祸暂时中断了。而现在呢，曼儿将由一堆没有生命的砖石按某种缔合模式砌出来，谁能保证，这样的堆砌就一定能产生曼儿的意识？

我忽然想到另一个问题，疑惑地问：

"施教授，你说过，肖曼伤势过重没能抢救过来；你又说，新的肖曼将依那个瞬间——肖曼濒死的那个瞬间——的信息来复制。那么，怎么保证复制后的肖曼就能被救活呢？"

"不，不是你想的那样。扫描的样本当然是伤势严重的肖曼，但在复制之前，可以事先对信息做出修复。比如，那时肖曼脾脏严重破裂，无法挽救。但有关脾脏的信息可以轻易地在电脑中修改，使其恢复到健康状态。换句话说，我们是用软件上的修改来代替实际的外科手术。"他看看我，补充道，"但你不要担心，这种修改只是恢复肖曼的本来面目，而不是改变她。要说，修复后这个完整健康的肖曼，才是你真正的新婚妻子呢。"他又说，"按照法律，对某人的复制必须征得所有直系亲属的同意。肖曼的父母都已经签字同意，现在就等着你的意见了。成猛，你同意对她进行复制吗？"

我又沉默了，实在难以做出决断。如果有万分之一的可能，我宁可选择一个哪怕是残缺的"原件"，而不要完全逼真的复制品。但现在肖曼已经死了，我怎么能拒绝给她重生的机会？可是，我难以克服心中的剧痛，甚至还有惧意。我想起五年来与肖曼的相处，想起两人的初吻，想起初次性生活后甘美无比的快感。那个肖曼还鲜活地活在我心中，娇小可爱，又温柔又爽朗，成了我生命中的一部分。但今后我面对的将是一个陌生人，甚至是一个非人！一个工件！我能把自己对肖曼的感情移植到重生者身上吗？

对面的施教授耐心地等待着，没有催促我。作为哪吒再造中心的首席心理学家，他当然能读懂我的心理活动，也能理解我此刻的艰难心路。很久以后我问：

"肖曼——我是指重生后的肖曼——会不会知道自己的真实身份？"

"当然不会。这正是咱们要小心保守的最大秘密。医院为什么一直婉拒两家父母的探访？就是怕有人失口。"

我苦笑道："那为什么不干脆连我也瞒住？如果我一直把她当成真肖曼，也许我和她都会活得容易一些。"

施教授沉重地说："孩子，我们原来确实打算瞒着你，但反复斟酌，最终决定还是如实告诉你。知道为什么吗？你耐心听我讲下去。"

转生的巨人

施教授用一个小时的时间,讲述了有关的背景知识。他说,"你不必担心,科学理论和实践已经做出双重证明:对一个人的精确扫描和逐个原子的精确复制,确实能够再现这个人,既包括此人的硬件——身体,也包括软件——记忆和感情。但毕竟人是上帝最复杂的造物,复制过程难以保证绝对准确,也许会有一些小瑕疵。比如,也许某个原件在刷牙时爱干呕,但新的身体却丢失了这个习惯;或者某个原件是油质头发,但新身体的头发却很干燥。"

施教授说,单就这些小瑕疵本身而言,其实微不足道,但关键是重生者的记忆一般都准确完整,因而能发现新身体的细微变化,这就糟了!此时小瑕疵也会演变成大裂缝,影响重生者对自我的认同,或者说"我识"的重建。一般人都不了解"我识"的重要意义,实际上,具有"我识",即认识到"我"相对于自然界和社会的独立存在,正是人类走出蒙昧的最重要的标志。某些原始民族的语言中,始终没有发展出第一人称,他们不会说"我饿了"这类话,而只会说"阿朗饿了"。他们的"我识"只相当于今天的一岁孩童。因此,重生者对"我识"的心理重建,是手术后最关键的过程。

施教授沉重地说:"这些年的再造手术中,确实有不少重生者没能走过这个坎儿,最终因心理崩溃而自杀!所以一定要防止悲剧在肖曼身上重现。最有效的疏导办法,就是由肖曼最信赖的一个人,当然就是你,守在她旁边,随时发现类似苗头,及时校正她心理进程的偏斜。但这要求你全盘掌握真实情况,我们无法瞒着你。"

"当然,做一个清醒的引路人,时刻观察新肖曼与原件有什么不同,也是很难的,因为这意味着……"施教授谨慎地斟酌着用词,"这相当于在你的心灵伤口上一遍一遍地抹盐。你得把苦处咽到肚里,扮演一个乐观的丈夫。但是,成猛我们信任你,我们对你的性格做过深入了解,知道你有坚强的意志力,能够胜任这件事。所以,我们才决定把所有真相抖给你。成猛,你愿意配合我们,引领肖曼走出这个危险期吗?"

我久久没有回答。我想远离这个"清醒的引路人",但逃避不了做丈夫的责任。我苦楚地说:

"肖曼的遗体在哪儿?我想先看看她。"

"千万不要!"施教授可能意识到自己太冲动,缓和了语气,"我建议你,不,强烈地建议你,暂时不要去看。对类似情况,此前我们有教训,一旦家属看过遗体,就会在潜意识中拒绝认同重生者,这个心理定势很难纠正,因而对重生者的治疗不利。我想,等你与新肖曼相处一段,从感情上确实接受新肖曼之后,再去同遗体告别,好不好?"

我想他说得有道理。如果我与肖曼的遗体告别,也许会就此关闭一扇感情之窗,它就再也打不开了。我点点头,简短地说:"好。"

施教授感动地说:"谢谢你,孩子。一诺重千金啊,你是个勇敢的丈夫,我钦佩你。"

我在手术同意书上签了字。施教授说:"再造手术马上就可以开始,手术时间不长,明天朝阳升起时,你会见到新生的肖曼。"

那晚我俩一直守在哪吒中心。第二天,朝霞满天的时刻,巨大的机器出口缓缓送出一具娇小的、赤裸的女性胴体,首先入眼的是她身上几道明显的伤痕。施教授解释道,这些伤痕在做电脑修复时其实可以消除,但有意保留了一些,以便重生的肖曼不致对自身产生怀疑,毕竟她经历过一次严重的车祸啊。除了这些伤痕,可以说她复制得非常完美,确实是我熟悉的那具胴体。眼睑紧闭,一头青丝散落在枕边,脸庞微侧,表情平静恬淡,乳峰高耸,身体曲线玲珑,修长的双腿微屈着。我紧紧盯着她,心中酸苦,喉头哽咽。如果我不知道真情——真正的肖曼长眠在冷柜中——此刻我将是何等幸福啊。

我忽然想起一件事,趁"肖曼"没有醒来,急忙托起她的左乳来观察。我熟知那儿有个小红点,虽然不显眼,却常是夫妻爱抚中的小话题。我怕复制中把它忽略了。不,没有忽略,它仍在那儿,与我记忆中一模一样。我暗暗呼一口气。

我的轻松并不是为我。既然已经知道这个肖曼是复制的,有没有一个小红点其实无所谓。我是为重生的肖曼轻松,至少在这儿她不会发现什么瑕疵了。施教授肯定看出了我的心思,心照不宣地微微点头。我忽然有些难为情:我抚摸的这个女性究竟是不是我妻子呢。我赶忙缩回手,默默地退到施教授身后。

在我们的盯视中，肖曼的睫毛轻轻颤动，缓缓睁开眼睑，用无焦点的目光茫然四顾。她先把视线慢慢聚焦在施教授身上。老人高兴地说：

"孩子你总算醒过来了。你已经昏迷一个月了。"

肖曼的思维显然仍处于冰冻之中，她努力追赶着老人的话意，喃喃地说："昏——迷？"

"对，车祸后你一直昏迷着。"

"车——祸？"

"是的，你曾遭遇一场车祸。你能回忆起车祸的细节吗？"

肖曼蹙起眉头，她一定在努力翻捡脑中残存的记忆。忽然她的身体一阵颤抖，努力撑起身体，焦灼地问，"猛子——咋样了？猛子——在哪儿？"

我的眼泪夺眶而出！她能回忆起我，说明肖曼的记忆被逼真复制了；她能在第一波意识中就想到我，说明肖曼的感情也被逼真复制了。施教授显然也很激动，声音沙哑地说：

"孩子，不要急不要急……你能忆起成猛我真高兴，这说明，你的意识真正苏醒了。"

"猛子——活着？我要——去见他！"

施教授笑着拉过身后的我，自己悄悄退出房间。我俩四目相对，泪水汹涌。她作势要扑过来，不过动作显得僵硬迟缓，我跨步上前，把她揽入怀中。肖曼和着泪水吻遍了我的脸庞。我感动地回应着她的热吻——但心中却难以排除那个场景：真正的肖曼孤独地僵卧在冰冷的铁柜中。现实场景和心中场景互相切割冲撞，形成陡峭的断茬和尖锐的痛苦。

好在狂喜中的肖曼注意不到我的心事。她心疼地、轻轻地摸我脸上的伤痕，断断续续地说：

"还好——还好，你受伤——不算重。我呢？我——有没有——破相？"她摸摸自己的脸，又低头打量自己的身体，直到这时才发现是裸体，便羞怯地低声喊，"呀，我——光着身子！快——找衣裳，快点嘛。"

一位护士笑着进来，递给我一件洁白的睡衣。我为妻子披上衣服，再次把她搂到怀里。想起冰柜中的肖曼,我忍不住又一次落泪。但我掩饰着,没让新肖曼发现我目光的悸动。

肖曼重生的第一天,行动僵硬滞涩,说话偶尔打顿,有时会怔忡失神。第二天她就完全复原了,精力充沛,笑语连珠,对重新获得的生命充满喜悦。施教授没有让我们在医院多停,驱车送我俩到一幢独立的山间别墅,然后笑眯眯地与我们告别。他昨天已经私下对我说了医疗中心的安排:今后数月内,除了定期的医生巡检外,我俩将在这里过着绝对的二人世界,为的是彻底排除外界干扰,直到肖曼在心理上完全康复。所有来访者,哪怕是两家的父母都会被挡驾,以免来客失口说出"肖曼已死"的真相。

施教授还说,他会透过秘密监控系统观察肖曼的心理恢复。如果我发现什么不好的兆头,有什么难以解决的问题,请尽快与他联系,联系时当然要躲开肖曼。

这座别墅是农家风格,竹篱茅舍,院里满是野花,鸟雀在枝头叽喳,一道山泉从院中流过,汇成一个小小的池塘,长着满池碧绿的秋荷。重生的肖曼对生活充满好奇,常常为荷叶上的水珠、荷尖的蜻蜓而大声惊叹。她同往昔一样活泼、温柔、爱意绵绵。我感慨地想:哪吒中心的技术真是巧夺天工啊,比紫阳真人的法术还要神奇。不光是身体的逼真复制,更关键的是,她确实保留了真肖曼的完整记忆。这些天我们有说不完的话,温馨的往日记忆汩汩流淌出来:初次见面的情景啦,两人的初吻啦,闺房中的隐语啦,甚至她乳房上的小红点啦……两人的记忆互相比照,都能完美地吻合;两人也互相启发,让一些模糊记忆变得清晰。只有车祸后的一个月是记忆上的空白,对肖曼和我都是这样,那段时间,世界在我们脑中是不存在的。

当然,除了这一个月,其他时间段中免不了有个别空白点。肖曼有时会苦恼地蹙着眉头,喃喃地说:

"你第一次给我送的花是什么花,我咋忘啦?我应该记得的,咋会忘了呢?"

逢到这种情况,我就赶紧安慰她:"我也忘啦。没关系,车祸时咱俩都得过脑震荡，忘掉一些东西很正常嘛。"

然后想办法把话头岔过去。

几个星期过去了，我俩越来越如胶似漆——除了晚上。晚上我们一直没有同床。我对她说，施教授有严令，在她的身体完全康复之前不许有性生活。其实施教授没有说过这话，是我个人的决定。我对与新肖曼的性生活有深深的惧意，想把这一天尽量往后推。男女交合是灵与肉的碰撞，是最个性化的体验，至纯至真，玩不得一点儿假。比如说，真正的曼儿有一个癖好，在性高潮之后的放松中，常常下意识地摸我的耳垂。新肖曼还保留着这个癖好吗？我真怕在性生活中出现什么纰漏，让我发现床上是个陌生女人；更怕肖曼发现什么异常，而对自我产生怀疑。

我曾担心她对分房而睡有疑忌，但她很顺当地同意了，每晚与我吻别，虽然恋恋不舍，也总是听话地回到自己的卧室。

也许，她和我一样，也在潜意识地躲避着这一刻？

每隔几天，等另一间房中的肖曼睡熟后，我会偷偷同施教授通电话。总的说情况很好，迄今为止，肖曼并未显出自我怀疑的迹象，心理重建过程相当稳定。倒是我一直受着双重情感的折磨——对"这一个肖曼"越来越浓的喜爱和熟稔，和对"那一个肖曼"的怀念与愧疚。我已经离不开这个肖曼了，但每当想起在冰柜中僵卧的那具身体，就会觉得我们的欢娱是犯罪，是背叛，是冷酷，是薄情。施教授听了我的诉说，叹息着安慰我，说我对旧人的怀念无可非议，希望我不必自责，早日走出感情上的两难之地。

两家父母虽然不能来探望，倒是常来电话。不过，肯定是受过施教授的严重警告，他们的言谈都很谨慎，绝不会失口提及肖曼的死亡。肖曼多次邀请他们来这儿小住，他们总是支支吾吾地找原因推托，弄得肖曼很不高兴。这时我只好抢过话筒，把话题扯开。

最后一队大雁消失在南方的天空，天气转凉了。我们打开了别墅里的电暖气——我没有想到，这件生活上的小事激发了一波涟漪，凸显了一件施教授曾经说过的"小瑕疵"。那天，我们俩像往常一样执手而坐，指尖还未接触时，两指尖间忽然闪过一道细细的紫色电光，两人都被击得生疼，啊了一声，赶忙缩回手，同时喊道：

"静电！"

没错，是静电。这事没什么可奇怪的，开电暖气后屋里比较干燥，再加上地上铺有厚厚的地毯，电荷容易蓄积。两人笑过一阵，就把这件事撂脑后了。不过此后几天，类似的电击越来越频繁，强度也越来越高，弄得两人握手时心里发怵。慢慢地，我心中浮出一片疑云——婚前同居时，我们的小家里同样开电暖气，同样铺有长毛地毯，但从来没有如此频繁强烈的放电啊。也许，重生的肖曼毕竟与原来有所不同，她体内累积静电的能力变强了。

我把这点想法牢牢埋藏起来，只怕肖曼也想到这上面。施教授说过，一道不起眼的小裂缝也能造成千里溃堤。但肖曼可能也意识到了，老是悄悄打量我，有一天忽然神态怔忡地问：

"猛子，过去咱家也开电暖气，也有长毛地毯，但从来没有这样的电击啊。是不是我在车祸后，身体里哪一点发生了变化？"

我暗暗吃惊，想用玩笑搪塞过去："干吗是你变了，没准是我变了呢。"

肖曼低声说："不，一定是我变了，一定是的。"

"你干吗这样笃定？"

她执拗地说："反正我知道。我有直觉。"

她的固执是一种不祥之兆，可以说是自我怀疑的先兆。我非常担心，绞尽脑汁想着如何抚平她的疑虑。没想到这件事轻易就解决了，是以一种意外的方式。有一次我去开卧室门，指尖与铜把手快要接触时，突然爆出一条紫芒，比两人指尖间的紫芒更强烈。我心有所动，找时间又试了几次，都有紫芒；我拉肖曼来试，不，她开门时没有放电。我大笑道：

"你看你看，我没说错吧，确实是我的原因，是我身上有静电！不是因为你！"

肖曼看看我，放心地笑了，目光晴朗如秋水。她从此完全撂开了这个话题。

仍有一道尴尬之墙横亘在两人的心里,而且越来越沉重。肖曼的身体显然已经完全康复,但我们仍然分床睡觉,作为热恋的新婚夫妻,这绝不能说是正常的。这段时间里,肖曼一直顺从地接受我的安排,一次也没有主动找我"亲热"。按她往日的豁达性格,显然也属不正常,她从前并不介意主动求欢。那么,现在她为什么要悄悄约束自己?自卑?可为什么会自卑,因为对自我的怀疑?我暗暗做着心理分析,心中隐有不安,这种感觉,怎么说呢,就像在妻子乳房中摸到一个似有似无的硬结。这也许只是我的错觉,也许是良性的乳腺增生,但也可能是——危险的癌变。

现在,我俩几乎害怕晚上那一刻的到来。因为,每当经历了一天的亲热,晚上互相吻别,装着若无其事的样子各自回房,这一刻实在太尴尬了,而且越来越尴尬。这天晚上,估计肖曼睡熟后,我悄悄拨通施教授的电话,叙述了自己的矛盾心情。我说,"从一个月的情况看,我对你们的再造术已经很信服了,它确实巧夺天工。但即使如此,我对它能否精确复制性生活的个性化体验,也不敢绝对相信,那更像是上帝才有的能力。"施教授没有多加解释,简短地说:

"不必过分多疑。这种冷淡状况再拖下去,副作用更大。别犹豫了,今晚就去吧。"

"今晚?"

"嗯,去吧,我相信会一切顺利。"

挂断电话,我又到凉台上独自待了一会儿,仰望星空,在冰冷的星光中把决心淬硬,然后轻轻推开肖曼的房门。肖曼似乎在熟睡,我轻轻走到床边,像有心灵感应似的,肖曼马上睁开眼睛,眼睛亮晶晶地看着我。我不大敢正视那双明亮的眼睛,嗫嚅着:

"是我……我想……"肖曼猛地搂住我,滚滚热泪在我肩头滴落。"曼儿,你怎么……"

肖曼带泪笑了:"我刚刚梦到你……早就盼着你来……早就盼着了。"

我感动地搂住她,吻干她的泪水。

这晚的性爱还算酣畅,但我内心的恐惧也一直没有消失。我提心吊胆地等着,这个肖曼会不会记着那个习惯动作。它能否出现,对我来说意义重大,就像在夫妻契约中加盖最后一个图章。高潮之后,曼儿紧紧偎着我,搂着我,右手下意识地向上移动。我几乎喘不过气地等着——它来了,真的来了。像过去那样,曼儿下意识地、轻轻抚摸我的耳垂。这一刻,我心中紧绷的弦忽然放松了。

那晚我俩太乏,第二天醒得很晚。看着怀中慵懒而幸福的妻子,我觉得自己十几天的担心真是杞人忧天,是无事生非。我简直奇怪,怎么会有那种不靠谱的担心?纯粹是神经病。这次夫妻生活让两人的关系发生了质变,现在,我已经完全接受这个肖曼了,虽然想起那具在冰柜中的躯体,心中仍忍不住刺痛。

从这天起,我们当然不再分房睡觉了。这给我增加了一点不便——不方便单独向施教授汇报。这天,肖曼在洗澡时,我偷偷联系了施教授。我欣喜地说,"我和肖曼已经开始了性生活,非常和谐,过去的担心实在是庸人自扰。从肖曼的心理状况看,也许我们该返回社会了吧,老这么隐居下去,我俩都会被公司炒鱿鱼的。"施教授为我们高兴,但说:

"工作的事不用担心,我已经替你们处理了。我想你们恐怕还得在那儿住一段日子,也许得十个月。"

"为什么?"

"为了百分之百的保险吧。我知道你们——我是说肖曼——对自我的认同已经有了一定基础,但最好再有一个更有力的证据,那时她的认同才会是铜墙铁壁,今后遇上再大的风浪也不会再反复。"

"什么证据——噢,我知道了,是一个孩子。"

"对。如果她能正常怀孕,正常分娩,孩子健康正常,那——什么怀疑都不会有了。"

我沉默了,不祥的乌云开始在心头堆积,这些天来一直折磨我的内心恐惧又回来了,就像一条打不死的九条命的毒蛇。我低声问:

"教授,你是说——你是在暗示,肖曼仍有'不正常'的可能?"

"你别担心,那种可能性非常小,非常非常小。我只是想为你们的今后加上三重,不,五重保险。"他笑着说。

他说得很笃定,可惜我不是轻信的孩子。毕竟,正常人都有生育怪胎的可能,何况是重生者?女人的怀孕分娩是个非常复杂精细的生化过程,再造手术中一个碳原子氢原子的错误,都可能导致大崩盘。但这些我只能咽到肚里,继续扮演一个快乐的丈夫。肖曼在卫生间的哗哗水声中大声问:"猛子,你在同谁通话?"我赶紧挂断电话,说是施教授,例行问候而已,没什么要紧事,肖曼也没追问。

一个半月后,肖曼欣喜地告诉我,她怀孕了。我同样欣喜地搂紧她,说了一大堆准爸爸的傻话——可我不知道自己的欣喜有多少是真的,多少是假的。

三个月以后,医院来人,为肖曼做了非常仔细的孕检。是一对双胞胎,胎儿完全正常。我对这个结果更为欣喜,这时的喜悦已经大半是真实的了。

现在肖曼大腹便便,我尽心照顾她。我对肖曼开玩笑,说等她分娩后,我就可以到社会上挂牌营业了——专业孕妇护理员。两人的父母都知道了肖曼怀孕的消息,常来电话询问,但却回避了来这儿照护她的事——不用说,施教授肯定已经告诉他们:"等孩子被证实不是一个怪胎或异类时,你们再来吧。"我和施教授对此心照不宣。反常的是肖曼,她对父母不来探望从不埋怨,一直快乐地克服着怀孕的生理反应。肖曼的快乐让我心中疑惧,莫非她已经猜到了父母不来的真实原因,猜到了自己的真实身份?

这些疑惧当然只能咽到肚里。

十个月后,在哪吒中心的产房里,一对儿女呱呱坠地。尽管此前的B超、羊膜穿刺和心电图等所有检查都说胎儿完全正常,但只有在目睹两个丑丑的小家伙平安降生后,我,还有肖曼,才从胸腔深处长长呼出一口气。肖曼看了一眼孩子,马上呼呼入睡,这些天她被分娩阵痛,也许主要是内心的恐惧,折腾惨了,实在是乏透了。我到婴儿室看了孩子,听着两个小家伙不慌不忙的哭声,然后一个人躲到无人处,让泪水痛痛快快地流下来,浑身像抽了骨头似的瘫软。施教授来了,看着我的感情宣泄,没有说话,只是轻轻地抚着我的肩膀。

我难为情地说:"施伯伯,现在回忆起这一年来的种种担心,真觉得可笑,庸人自扰。现在,我已经从心底接受这个肖曼了。"

施教授说:"听你这样说,我太高兴了,太高兴了!"

我说:"该和真正的肖曼告别了吧,我想彻底关闭那道感情闸门,从此心无旁骛地和新肖曼过日子。"

施教授拍拍我的肩膀:"我也认为是时候了。你们一年来的经历,已经足以构建重生者的自我了。"

我问:"肖曼这边怎么办,还瞒着她吗?我想用不着了。她已经有了足够的自信,而且一直瞒下去也不是办法,她早晚会知道,说不定现在就已经有怀疑。"

施教授用复杂的眼光盯着我,苍凉地说:"好的,等她能下地,咱们就一块儿去同遗体告别吧。我相信——她,还有你,都有了足够的心理准备。"

肖曼产后身体恢复得很快,奶水很快下来了,如泉水般充沛。两个饕餮之徒一左一右趴在乳房上,咕咕嘟嘟地咽个不停,那真是天下最温馨的画面。我揶揄地想,看来肖曼是要用乳汁的充足,来对她的身份做最后一次证明吧。

我对肖曼说,"明天咱们去殡仪馆,同一个'最亲近的人'告别。"肖曼的反应很平静,甚至没问是谁,这让我暗暗奇怪,我想只有一个可能:她已经猜到了真相,只是不说破而已。我原想让两个孩子也去,同"另一个母亲"告别,后来还是打消了这个念头。第二天,曼儿把孩子交给护士,一行三人来到哪吒中心的太平间。水晶棺推出来之前,我一直紧紧搂着肖曼,以男人的臂膀为她提供心理上的安慰。肖曼同样紧紧地傍着我,用复杂的目光看我。

水晶棺推出来,我一下子愣了——安卧棺中的不是真肖曼,而是一个男人,是另一个我,是真正的成猛。虽然遗体事先做了美容,但伤势之惨让我立即产生了肉体上的痛苦。最大的痛苦不是肉体上,而是在意识最深处。这会儿,我苏醒前那种黏稠的黑暗又铺天盖地地涌来了,想把我再次吞没。我看见那些散落一地的意识残片,也忆起那些顽强拼拢意识的艰苦努力。原来,那并不是成猛的苏醒,而是新成猛的重建啊!

忽然想起"三言"中一则鬼故事：某人死后其亡魂惦记着家人，千里迢迢赶回家。家人害怕地告诉他，"你已经死啦，灵柩还在屋里停着呢。"听了这个消息，他神色惨然，身体訇然溃散。我想，当我从黑暗中向外挣脱的时候，如果有人告诉我真情，说我并不是真正的成猛，我也会訇然溃散吧。

肖曼箍紧我的腰，脸贴着我的脸。施教授也过来，把手搭在我的肩膀上。我沉默很久，苦笑着说：

"原来死者是我，我才是一个复制的人。"

施教授平静地重复了他昨天的话："我相信，这一年来的经历已经给你足够的自信。"

肖曼用湿润的目光看我，又踮起脚尖吻吻我，一切尽在不言中。

我说："那你们为什么……我知道了。施教授你担心我走不出心理重建期，就采用声东击西的办法，把我的注意力转移到肖曼身上。又激发我做丈夫的责任感，这样我就会时刻盯着肖曼而忽略了自身的瑕疵。"

肖曼柔声说："我想你继承了成猛的品德和感情，你是一个负责任的、勇敢无私的好丈夫，好父亲。你就是成猛。"

我苦笑道："其实这一年中我也曾发现过一些自身的小瑕疵，像身体内的静电较强等。但肖曼很聪明地把焦点拉到自己身上，把我的注意力转移走了。"

肖曼嫣然一笑："施伯伯教我的办法很有效。"

我又想起一年前，机器出口送出肖曼的那一刻，当时她浑身赤裸，从僵死中慢慢苏醒——原来这是一场戏，很逼真的戏。这个过程其实是有的，只不过发生在我身上。我叹息一声：

"曼儿，你把我蒙得好苦啊。"

施教授笑着说："孩子，这会儿我才敢告诉你一个数据，哪吒中心迄今共进行了13例手术，你是完全成功的第一个，是第一个啊！现在，中心的所有技术专家都在痛饮香槟呢，你帮他们确立了自信，从此这项技术可以正式投入使用了。你是他们心目中的英雄，是第一个走出心理迷宫的希腊英雄忒修斯。他们一直鼓噪着要来见你，我费了好大劲儿，才说服他们暂时不来打扰。"

我低下头，看着娇小的肖曼，心如刀割。我想起一年来的心路历程，想起那些砍不绝的内心恐惧：那时我无法忘掉"真正"的肖曼，怯于和新肖曼生活，我担心她的新身体上有小瑕疵，担心她有"非人性"，担心她没有正常的性欲，担心她不会怀孕，担心她生出一个异类，如此等等。其实，所有这些内心折磨都是真的，只不过应该是在——肖曼心中，是这个弱女子担起了引路人的角色，往心灵伤口上一遍一遍地抹盐。她才是我的保护人啊！

以我的真实体验，我能双倍地体会肖曼所承受的磨难。我哽咽着说：

"曼儿，你受苦了，这一年来你太难了。"

我的话正击中她内心的脆弱之处，她的泪水也夺眶而出，哽咽着说：

"猛子，谢谢你的理解。好在都过去了……都过去了。"

要正式同遗体告别了，不过，主角换成了肖曼，而不是我。水晶棺打开，她用手轻轻抚摸着那个成猛的脸，嘴里喃喃地说着什么，泪珠不停地滚落。这个过程延续了很久，最后，她俯下身，吻吻死者的额头。

棺盖盖上了，殡仪工缓缓推着水晶棺进到火化室，关上门。从此，那个男人，那个真正的成猛被关在另一个世界，与我们永别了。门那边传来火焰燃烧的声音，肖曼含泪凝视着那扇门，如石像般伫立不动。此刻她的心完全在那个成猛身上，而我被她从感情世界里完全剔除。尽管对她的悲伤和爱恋完全理解，但我心中仍涌起一阵阵刺痛。

施伯伯人情练达，看懂了我的心理。他走过去，搂着肖曼的肩膀，低声说了几句话。肖曼点点头，走过来，把头靠在我肩上，柔声说：

"猛子，我已经把那扇窗户完全关闭了。从此后，你就是真正的猛子了。"

我声音沙哑地说："我知道，我理解。曼儿，这正是我原打算要对你说的话啊。"

我们取出骨灰盒，把它安放在公墓。肖曼忽然呀了一声，低头看看胸前，不好意思地说："我惊奶了，快点回家吧，两个小家伙肯定饿了。"我们向成猛的灵位三鞠躬，驱车急急回家，一路上肖曼老嘀咕着孩子肯定饿了，肯定饿了。我欣喜地想，从现在起，我们的新生活才算真正开始了。

格巴星人的大礼

真想不到，格巴星人选中咱们地球来送那件大礼，更想不到他们选中我当样板。60亿人选俩，咋就轮上我了呢？我可从没巴望过好运气，我这辈子没受过老天爷的待见，个子低，长得丑，脑子笨，没文化，说话啰唆，挣钱少，35岁才说上一房丑媳妇。我只有一个优点，就是记性好，前朝古代的故事听一遍就能记牢。格巴星人挑中我的那天，我正在河边扒沙，就是用刮板把河底的粗沙刮上岸，卖给建筑队，赚俩辛苦钱。干这活得俩人，我在岸上管柴油机和钢绳滚筒，媳妇翠英站在齐腰深的河水里管刮板。翠英那会儿已经怀孕了，干到半晌，我停下机器，走到河边喊："翠英你歇会吧，上来喝口水，你有身子了，可不能累着。"媳妇说："行啊，我这就上去。"就在这时候格巴星人的光柱子一下把我罩住了。

60亿人只选中俩，另一个是位漂亮女人，又漂亮又高贵，我私下揣摩，格巴星人选中的一定是她，但光柱子一歪，把我也捎带进去了——当时是这么回事，我刚喊翠英上岸，一辆很气派的黑色轿车从坡上开下来，刷地停在我身边。右边的车门打开，一只脚伸出来，让我两眼一下子看"瓷瞪"了。那只脚——完全像电影中女明星那样漂亮，穿着细襻带的高跟皮凉鞋，皮肤白得像雪花膏，鲜红的脚趾甲。两条细溜溜的光腿，穿着短裙。这个女人跳下车就噔噔地向河边走，怒冲冲的，好像刚吵过架。开车的男人比她年龄大得多，坐在司机位上不动，脸色阴得能拧出水。我扫了一眼，觉得这男人很面熟，在地方电视台上见过，好像是俺们这儿一个副市长。女的往河边走要经过我身边，她根本没正眼瞅我，擦过我身边往前走——河里的翠英直着嗓子喊："国柱！国柱！你看天上是啥？"我抬头看，不知道啥时候天上冒出来一个金晃晃的大船，模样我没来得及看清，因为就在这时候一道蓝色光柱子从船上射下来，罩住我和那个漂亮女人，俺俩就迷迷糊糊晃晃悠悠被吸进去了。

后来好多人问我在格巴星人飞船上看到了啥，问我格巴星人是啥模样，我都说不知道。其实我模模糊糊见过，只是不愿对外人说，怕大家对格巴星人生分。他们模样是丑了一点儿，不过只要心好，丑点儿又有啥关系。再说我也没看真切，那会儿就像是做梦，梦见格巴星人在我肚子里说话，梦见我被塞到一个圆筒筒里睡了一小会儿，后来就被放出飞船回到河边的老地方，我也就长生不老了。

我知道自己没文化，讲得乱，没头绪，啰里啰唆。其实我讲不讲清楚没关系，因为这件事人们很快就都知道了，全世界都知道了，是李隽一五一十告诉记者的。归总了讲是这样的：

格巴星人从很远很远的地方来到了地球。

格巴星人的科技比咱们先进得多。

格巴星人很疼爱地球人，就像老爷爷疼爱小孙孙。他们取走了地球上所有人的DNA，化验之后说咱们和他们天生有缘分，用行话说，叫啥子"同质蛋白质"。他们啥时候取的，咋取的，咱们都不知道。但格巴星人很讲信用，不但事后告诉了咱，还要回赠咱一件大礼。

这件大礼当然就是我刚才说的长生了。他们要全世界的人们"充分讨论后进行全民公决"，如果51%的人赞成，他们就会对所有人进行长生手术。他们又挑中我和李隽当样板，先让俺俩长生，再让俺俩"以自身感受来说服大家"接受这份大礼。前边忘记说了，我叫鲁国柱。

要说这样的好事还用得着"说服"？人人都巴不得。秦始皇还想长生哩，派了徐福去东海找仙丹，没找到，徐福不敢回国，流落到小日本，成了日本人的祖先……看我又扯远了，回头说正题吧。为啥这事还得"说服大家"？因为格巴星人有个条件：你要想长生，就得答应不再生孩子，一个也不许生了。这是为咱好，你想想，人人长生不老了，要是再生子生孙，地球不憋破了？格巴星人说那叫"生态崩溃"，他们说"绝不容许这样的悲剧在地球上发生"。所以，格巴星人提的这个条件完全在理。

这么着我就长生了。长生这种事不是三天五天能验证的，可我打心窝里信服格巴星人的话。为啥？自从到格巴星人的飞船上走了这一遭，我就像唐僧吃了草还丹，觉得身轻体健，浑身有用不完的力气。身上的各种毛病，像痔疮、鸡眼、狐臭等全都好了。翠英和邻居们老是很崇拜地看我，说我满面红光，头上有祥云缭绕，肯定已经脱去凡胎、得道飞升了。

村东头的陈三爷听说了，拄着拐杖颤颤巍巍跑到我家，说："柱子啊，那事是真的？啥子鸡巴星人能让咱长生不老？"我说："是真的，不是鸡巴星，是格巴星，他们真的能让咱们长生不老。"三爷说："人人都有份？"我说："人人都有份。"三爷说："也不要钱？"我说："不要钱，一分钱都不要。"三爷又问：

"到底是咋样长生不老？已经老的会不会变年轻？"

他这个问题很实在。陈三爷80多岁，快要油尽灯枯了，哪怕今后永远没病没灾，让他这样子活个千秋万载也没啥意思。这个问题我不清楚，没法子回答。不过临离开飞船时，格巴星人在我和李隽的肚子里都装了"电话"。你只用这么一想，脑子这么一忽悠——格巴星人的回答就从肚子里出来了。我拿这个问题在脑子里忽悠一下，然后对三爷说：

"三爷，不会的，每个人在变长生那会儿是多大年龄，以后就永远是这个年龄。"

三爷很失望，气哼哼地说："不公平，不公平，鸡巴星人不好，还不如咱们的老天爷公平哩。"

我懂得他的意思：咱们的老天爷是公平的，每个人都有年轻和变老的时候，不过是早早晚晚罢了。但长生之后，年老的再不能年轻了，年轻的却永远年轻，全看格巴星人度化咱们那当口儿你是多大年龄，这有点撞大运的味道。我劝他：

"三爷你别钻牛角尖，不管咋说，能长生就不赖，总比已经死去的人运气好吧。再说，长生之后你身上的毛病全没了，俗话说，人老了，没病没灾就是福。三爷你说是不是？"

三爷仍是气哼哼地："你猴崽子是饱汉不知饿汉饥，站着说话不腰疼。没病没灾就是福——这是不能长生时说的屁话。现在能长生了，三爷我也想回到二十几岁，娶个一朵花似的大姑娘，有滋有味地活下去。"

满屋的人都笑，说陈三爷人老心不老，越老心越花。三爷不管别人咋说，一个劲儿央告我："柱子我是认真的，你给鸡巴星人说说，让我先年轻60岁再长生，行不？哪怕年轻40岁也行啊。"还威胁我："柱子，鸡巴星人要是不答应，赶明儿丢豆豆时我可要投反对票。"村里投票是往碗里丢包谷豆。

我答应一定把他的意思说给格巴星人，这他才高兴了。这时明山家娃崽来喊我，怯生生地说："柱子叔，我爹想让你去一下。"

我立马跟他去了。明山是我朋友，年纪轻轻的得了肝癌，已经没几天活头。他家的情形那叫一个惨，屋里乱得像猪圈，一股叫人想吐的怪味儿；明山媳妇在喂男人吃中药，这半年来她没明没夜地照护病人，已经熬得脱了相，蓬头乱发的，也没心思梳理。明山躺在床上，脸上罩着死人的黑气。我一看他的脸色心就凉了，这些年我送走过几个死人，有了经验，凡是脸上罩了这种黑气，离伸腿就不远了。我尽力劝他，说："咱们马上就要长生了，格巴星人说，长生后所有病都会不治而愈。"明山声音低细地问：

"国柱，啥时候投票？我只怕撑不到那个时候了。"

他的那个眼神啊，我简直不敢看。人到这时候，谁不巴着多活几天。格巴星人让我和李隽说服大家接受长生，估计得半年时间吧。依明山的病情，肯定熬不过半年了。看着他有进气没出气的样子，我揪心揪肺地疼。要是这世上根本就没有长生——他病死也就死了；现在，所有人都能长生，他却眼瞅着赶不上，心里该多难受！那就像是世界大战结束时最后一颗子弹打死的最后一个人。我只能说："我尽量加快干，催格巴星人把投票时间提前，明山你可得撑到那一天啊。"我坐在病床前和他聊了一会儿，告辞要走时，明山媳妇可怜巴巴地说：

"国柱你再留一会儿吧，和明山多说几句话。你来了，他还能唠几句。这些天他尽阴着脸一声不吭，咋劝也不行，这屋里冷得像坟地一样。"

这番话让我心里也"冷得像坟地一样"，不过没等我说话，明山就摆摆手：“让国柱走吧，他有正经事。我还指着他把投票提前几天呢。”

我劝明山放宽心，一定要撑到那个时候，然后我就回家了。

明天有专机接我和李隽到中央电视台接受采访，全世界人都要看实况转播，这是格巴星人安排的。我心里很忕，咱这号人从没上过大台面，等对着摄影镜头时，怕是连话都说不出来吧。好在有李隽，那女人肯定能说会道，不会冷了场子。晚上我和翠英睡床上絮絮叨叨地说着话，算起来自打我从飞船上回来，家里就没断过客人，还没逮着机会和她好好聊呢。翠英当然举双手赞成长生，用不着我做啥说服工作。她搂着我兴高采烈地说：

"柱子这事是不是真的？我咋老担心这是一场梦呢。长生不老——这是神仙才有的福气，秦始皇还轮不上呢，没想到一眨眼就来了。现如今你已经成神仙了，我也马上要成仙了，连咱们的儿女也跟着要成仙了。正应着一句古话：一人得道鸡犬升天。你说是不是？"

我没说话。她正在兴头上，我不忍心泼冷水。她看出苗头，坐起身子看我："柱子你咋半天不说话？你有心事？"

我小心地说："今天去明山家，他央我去催格巴星人快点投票，快点对咱们做长生手术，他怕是熬不了多久啦。"

"提前是好事嘛，我也巴不得明天就变长生呢。"

我不由叹气。我知道自个脑子笨，可翠英比我更少根弦。我说："翠英，你咋没想到你肚里的孩子呢。你才怀上两个月，还得七八个月才能生，可格巴星人说过，要想长生就得答应一条：再不能生儿育女。"

"肚里已经有的孩子也不准生？"

"不准，只要是投票通过以后，从那天开始要一刀截断，一个也不许生。"

翠英压根儿没想到这一点，愣了。愣了很久，她非常坚决地说："那我就用剖腹产，赶在投票前一天去手术。我知道，四五个月的胎儿就能活。"

"可是——要是明天就投票呢？按明山的身体，他巴不得明天就投票。"

翠英呆住了。她当然不忍心说：别管明山，把投票时间尽量往后推一点儿；可要让她放弃肚里的孩子，更是门儿也没有。她就这么光着身子坐在暗

影里发呆,半天不说话。我不忍心,拉过被子盖住她,劝她:

"其实你不用担心,我会尽量催格巴星人早点让投票,可是再快也得三个月。60亿人哩,你想哪个人没有自己的小九九,商量起来肯定快不了。三个月之后,剖腹产就能做了。"

翠英这下高兴了,抱着我猛亲一通。我知道她的心思:这下子孩子可以保住了,也不用在良心上对明山欠债。俺俩钻到一个被筒里亲热一阵儿,说起明天和李隽去央视的事。翠英说:"那个李隽我在河边见过,真漂亮,真风骚,嫦娥、七仙女也比不上她。柱子你可给我老实点,你俩一块儿来来去去的,别让她给迷上。"我苦笑着说:"你这不是瞎操心嘛,人家是啥样人,咱是啥样人,她能看得上我?给人家提鞋也不配。"翠英撇着嘴说:

"那也说不定。别忘了,如今这会儿,世界上就你俩是已经长生的人,那叫什么来着——不是一家人不进一家门。"

"你是说门当户对吧?"

"对,就是这个意思。喂,鲁国柱你个没良心的,你是不是已经存了这个贼心?要不你能说得恁顺溜!哼,门当户对!"

"呸,呸呸。真是娘儿们心思,我要真有那个贼心,还会操心把投票提前?要知道,投票一通过,所有人立马都长生了,世界上就不会只有我和李隽门当户对了。"

翠英想想我说的在理,放下心,咯咯笑着钻到我胳肢窝里,很快睡着了。我却有点睡不着,说来惭愧——翠英真是个憨女人,不该说那番话,那番话真勾起了我的贼心。我当然知道这点心思不好,很卑鄙,搂着自家女人想另外一个女人。可是——想起李隽小巧的涂着红指甲的脚,两条细溜溜的长腿,颤颤悠悠的胸脯子,止不住心痒难熬。格巴星人为啥在60亿人中独独选中俺俩,兴许俺俩真有点儿缘分?要是这会儿怀里搂的是那个妖精……不能再想了,再想就走上邪道了。正在这时,怀里的翠英惊叫一声醒来,两眼瓷瞪瞪地看着我。我心里有点打鼓——莫非她真猜到了我的"卑鄙心思"?我问:

"翠英你咋啦?一惊一乍的。"

翠英说她做噩梦了,梦见她生了,是个闺女。可是一生下来格巴星人就来了，要把闺女的肚子割开，说要动手术，让她永远不能生育。翠英紧紧拉住我胳膊，难过地说：

"我咋把这事给忘了呢，咋把这事儿给忘了呢。咱的孩子能保住了，可是她长大后就再不能生儿育女了，是不是？"

我对她的脑筋简单直摇头："这事不是早就说清楚了嘛，要想长生，就不能再生孩子。你又不是不知道。"我劝她，"你甭把这事看得太重。生儿育女传宗接代——这是没有长生前的事。要是人们都长生了，哪还用得着传宗接代？以后咱都是半拉子神仙了，你看如来佛、观音菩萨和太上老君，还有基督教信的那个耶和华，哪个有儿孙？"

我的道理没把她说服，翠英张嘴就接上茬："谁说神仙没有儿孙？玉皇大帝就有，有七个闺女，有娘家外甥二郎神，七仙女还给他生了个姓董的小外孙。"

我给驳得张口结舌，恼火地说："反正要想长生就不能生娃，格巴星人这个条件完全在理。你痛快说吧，想不想长生？"

翠英干脆地说："我想，咋不想？不想长生的是傻子。可我也不想当绝户头。"

我对这娘儿们的固执真是没招儿。先前我根本没看重啥子"说服"工作——哪个人不想长生？根本用不着说服，没想到我在自己老婆这儿先碰卷刃。那晚我真称得上苦口婆心，反复劝她："长生之后根本就没有绝户头这个说法，你自己千秋万代地活下去，咋能算绝户头呢？"又说："你别替儿女瞎操心，说不定他们根本不想生娃哩。你看现在大城市里好多年轻人不要娃，两人有钱两人花，过得逍遥自在，何况是长生之后？"我说得满嘴白沫，连自个儿都没想到我这样能诌，最后我说：

"赶明儿投票时你可不能投反对票哇，连自己老婆都反对，我咋去说服别人？"

翠英很勉强地答应了。

中央电视台转播大厅里挤满了人，黑压压的，怕是有几千人。另外还有

13亿人，不，60亿人都在看着这次实况转播。格巴星人的飞船一直待在地球轨道上，他们也在看着。李隽和我一上台，下边哗的一下就开锅了，人们鼓掌、喊叫，后排的人站到椅子上。我的汗唰的一下出来了，想往后退，主持人崔岳笑着把我推上去。

崔岳很老练，先跟我聊了几句闲话，稳住我的情绪。他说："这会儿摄影机还没开，随便说几句吧，你们紧张不？"李隽笑着摇摇头。她是真的不紧张，这号女人天生就是上舞台的，越是大场合她越是来精神，这会儿光彩照人，眼神飞来飞去，比我第一次见她时还漂亮。她侧脸看看我，甜甜地笑着说：

"我不紧张，有鲁先生给我壮胆呢。"

我给她壮胆？这女人真会说话，也实在难捉摸。你看她这会儿对我多和善，可俺俩坐同一架专机来北京，一路上她没正眼瞅我，更不用说聊天了。我实打实地说："我有点紧张，有啥话都让李隽说吧，你们就当我是个摆设。"崔岳笑着聊了一会儿，宣布访谈开始。他对观众简单地说：

"今天可以说是人类历史上最重要的日子，所以我不想多说话惹人讨厌。两位长生者已经坐在我们面前，大家有什么话，有什么问题，请尽情地说尽情地问吧。"

下面的手举得像树林。

这天李隽回答了大家很多问题，有时候我也说上一两句。虽然我很紧张，但是回答起来一点都不难，因为——其实俺俩只是替格巴星人说话，所有问题的答案他们会立即送到俺俩的脑子里。观众中大部分人是赞同长生的，他们最迫切的愿望是赶紧投票，赶紧实施，跟明山兄弟是一个意思。也有不同意见，一个七八岁的小男孩问：

"叔叔阿姨，我长生之后会不会再长大？"

李隽甜甜地笑着："不会再长了，小朋友，我真羡慕你，你会永远都是爱玩爱唱、天真可爱的小孩子，你多幸运啊。"

"那……我是不是永远都得喊别人叔叔阿姨爷爷奶奶，而我自己永远当不了别人的叔叔爷爷？"

人们都笑了，我也忍不住笑了。这小崽子！还知道巴着当别人的长辈哩。

李隽也笑着说：

"没错，这点小小的缺憾恐怕是没法子补救了。"

"那，我是不是永远得向妈妈爸爸要零花钱？永远不能自己挣钱自己做主？"

我心里猛一动。乍一听这是小孩子家的傻话，细想想并不是没道理。要是小孩们永远不长大，永远靠着大人过日子，我想他们肯定会腻歪的——这可不是30年50年，是千秋万载呀。小家伙又问下去：

"还有我表姐家的小宝宝，才三个月大，他要是不长大，不是永远不会走路了吗？"

我心里又一震——立马想到了翠英肚里的孩子。走前我和翠英只惦记他"能不能生下来"，还没想到"许不许长大"这一层呢。这个小男孩看似傻乎乎的，其实比我聪明得多，都问到点子上了。我不知道咋回答他，就赶紧在脑子里问格巴星人。这回格巴星人没有立即回答我。我有点奇怪，莫非他们心里也没有现成的答案？我心里有点不安，究竟为啥不安，我却说不清楚。

稍过一会儿，格巴星人的回答从我肚子里出来了，肯定也同时回答李隽了。李隽笑着对大家说："是这样的，长生后，年老的人不能再变年轻，因为身体是不能逆向变化的；年幼的人则可以长大，你愿意在哪个年龄截止就能在哪个年龄截止。我再说明白一点吧：比如说，你可以在六岁的年龄上活1000年，等你腻了，再长大到10岁上活1000年，最后在25岁到35岁的最佳年龄上永远活下去。"

从这个回答上看，格巴星人明显对自己的计划做了修改。能这么着倒也不错，可是——下边也有人想到了我的想法，那是个60多岁的老太太，她站起来不满地说：

"那，等所有小孩子都长大后，世上不是再没有小孩儿了吗？要是世上没有一个小孩儿，咱们这样的老家伙活着还有啥劲道！"

她说得对啊。小孩儿都要长大的，不会有哪个小孩儿愿意在四五岁的年龄上"截止"。那样，多少年之后，再没有抱着小孙孙乖啊肉啊亲不够的爷奶们了，没有这样的福分了。这也是个死结，没办法解开，我赶紧在脑子中问格巴星人，很奇怪，这一次他们没有回答。

一个医生模样的人问："请问李女士和鲁先生，你们说人们长生后不会再生病，不会有病死者，可是意外死亡呢？比如飞机失事、战争、淹死等。意外死亡的缺额咋补充？"

李隽马上说："对这个问题格巴星人早就说过了，长生并不排除意外死亡。凡意外死亡的可以申请'补充性克隆生殖'，每个人只用把自己的体细胞保存到冷柜中就行了。"

下边的人和场外的人又问了很多问题。有人问，"长生之后，如果我当男人（女人）当腻了——要知道这一生可不是几十年，而是千千万万年哪——能不能换换性别？"格巴星人说可以做彻底的变性手术；又有人问，"如果一个人当老人腻歪了，能不能再当年轻人？"格巴星人说这个问题已经回答过了，不行，除非他自杀后重新克隆。场外一个观众提了一个问题，我印象比较深。这人的头像没有在屏幕上出现，但说话的口气怒冲冲的，好像世人都欠了他两斗黑豆钱。他说他坚决反对长生，为什么？因为，"我今年53岁，好容易熬到副市长，还巴望着市长早点退休呢。要是人人都长生了，是不是下层的人永远再没有提升的机会了？"李隽立即怒声说："格巴星人说，这是地球人内部的问题，你们内部解决吧，请不要拿来问他们！"

奇怪的是，这次格巴星人并没有给我"打电话"，而在过去，他们总是同时回答俺俩的。兴许——这并不是格巴星人的话，是李隽自己的意思？不知咋的，我心里冒出一个念头：问话的人多半是那天和李隽一块儿到河边、和她吵过架的那个老男人，李隽听出了他的声音，要不她不会这样不冷静。

下边立刻冷了场——人们以为这是格巴星人在发脾气，所以再说话就得谨慎了。谁敢惹恼格巴星人？谁敢拿长生来赌气？李隽大概知道自己的态度有点过头，忙换上笑脸，请大家继续提问。台下一个男人站起来说：

"我劝大家对这件事要谨慎。长生——这真是天上掉下来的大馅饼，不过我知道一句话：天上从来不会无缘无故掉馅饼。再说我有一种感觉，从格巴星人回答问题的情况看，他们对于'长生社会究竟是什么样'好像并没有清晰的概念。这就奇怪了，难道他们自己并没有实现长生，而是把这项大礼先送给咱们？这样的大公无私是不是有点过头了？"

我不由暗暗点头。这个想法我刚才就有，可咱脑筋笨，理来理去理不清楚。这个先生一说，我才明白了我刚才为啥不安。我急忙把他的话在脑子里传给格巴星人，想听他们咋回答，他们平静地说：

"格巴星人确实还没实现长生，但我们将和地球人同时实施。"

这个回答让大家非常感动——他们的确大公无私啊，把最好的东西拿来和地球人同时分享。除了感动之外，听众们心里还有一点小九九——大家都为刚才格巴星人的发脾气而担心，哪能再让这个说话不检点的家伙得罪他们。大伙儿七嘴八舌地责备他，说他是"以小人之心度君子之腹"。又抢白道，如果他不想长生，完全可以退出，没人强迫他。这家伙见惹了众怒，长叹一声，闭上嘴巴坐下了。

电视访谈进行了很长时间，大伙儿的意见基本统一了：接受格巴星人的大礼，而且要尽快！格巴星人对讨论结果也很满意。

这以后俺俩又去国外参加了几次访谈。不管在哪个国家，赞成长生的是大多数。当然林子大了啥鸟都有，也有一些反对的，反对的原因奇奇怪怪。比如有些伊拉克人和伊朗人反对，说"宁可自己不长生，也不愿犹太佬永存天地间"；有些犹太人也反对，说"放弃死亡就背弃了与上帝的盟约"；有些天主教徒虽然不反对长生，但坚决反对把已经怀孕的女人引产——不过这些反对的意见占不了上风。

没有访谈时我和李隽也闲不住。早在第一次访谈结束后，立即有个胖老板把俺俩拉到贵宾楼饭店宴请。是那个卖脑白金的老板，想请俺俩给做广告。他们说长生术之后，别的药都没用了，只有脑白金会卖得更火。为啥？长生的人更需要聪明的脑瓜，也更值得为智力进行投资——想想吧，一次投资就是千千万万年的收益啊！广告的情节他们也想好了，让李隽"含情脉脉"地靠在我身上，两人一同念广告词：

如今人人都长生，长生人更需要脑白金！

胖老板把想法说完，李隽沉下脸，冷冷地横我一眼，不说话。我再笨也能看出个眉高眼低，知道她不想和我这样的次等货色搅在一块儿。这女人像是会川剧的大变脸，眼一眨就变，在台上笑得十分甜，台下看我时眼神像结了冰。我对公司老板说：

"我这丑样儿哪能上得了广告，你们拍李小姐一个人就行。"

胖老板坚决地摇头："不行，必须两人一齐上。为啥？鲁先生虽然——我实话实说，你别见怪——虽然丑了一点儿，可是你这张脸天生有亲和力，显得忠厚，对老百姓的口味儿。再说，男女演员之间的容貌反差大一点并不是坏事，天底下毕竟美人少、丑人多，你们俩这么一组合，让天下的普通男人都存了点指望，所以广告效果一定很好。"他笑着问李隽，"李小姐意下如何？敝公司准备拿出一亿两千万做酬劳，你俩每人六千万。"

六千万！这个数把我吓坏了，六千万是多大的数，要是用百元票堆起来怕是得一间房吧！别说我，李隽也动心了，她略微想想，立即把冷脸换成笑脸，甜甜地说：

"我没意见。鲁先生你呢？——不过我要抗议老板你刚才说的话，谁说鲁先生丑？他的容貌——其实很有特点，很有男人味儿。"

胖老板大笑："那就好，那就好。"

这事就这么敲定了，当场签了合同。宴会回去后我立即给翠英打了电话，那边是一声大叫：

"六千万！我的妈呀，咱俩卖沙得卖多少万年才能赚这么多！"

翠英喜洋洋的，隔着电话我都知道她笑得合不拢嘴。我警告她："广告可是我和李隽俩人去做，老板说了，她得靠在我身上说那句广告词。我事先说明，你别吃醋。"

翠英略略停一会儿，痛快地说："靠就靠吧，她在你身上靠一下，咱六千万就到手了，值！"

我问明山这些天咋样，翠英说他的病没有恶化，兴许是有了盼头，一口气在撑着哩。又笑着问我这几天打喷嚏不？陈三爷可是天天在骂你个"王八羔子"哩，骂你说话不算话，不让他变年轻。我苦笑着说："我确实给格巴星人说啦，说了不止一遍，但格巴星人不答应，我有啥办法。"这时有人敲门，我说："有人来了，过一会儿再说吧。"

挂了电话，打开门，原来是李隽，刚洗过澡，化过妆，穿一件雪白的睡衣，一团香气，漂亮得晃眼，也笑得很甜。我真没想到她会来我这儿串门，忙不迭地请她坐。她扭着腰走进来，坐到沙发里，东拉西扯地说着话，说："看来咱俩真有缘分，要不是那天我去河边，咋能让格巴星人选中咱俩？"又问我："有了这六千万打算咋花？"最后她才回到正题，说：

"鲁哥你想过没有，全民公决之前，咱俩是世上唯有的两个长生人，投票通过后咱就啥也不是了。千万得抓住这个机会，多赚几个广告费。咱俩得拧成一股绳，可不能窝里斗，把价码压低了。"这是她第一次称呼我为鲁哥。

原来她是怕我瞒着她接广告。我说："这回给了六千万，已经不少了呀。"

她自信地说："只要咱俩拧在一起，以后还会更高的。"

我痛快地答应了，说我一切听她的安排。谁跟钱都没仇，能多得几个当然乐意，又不是来路不明的钱，何况又有这样漂亮的女人来求我。李隽非常高兴，跑过来在我脑门上着着实实亲了一下，蝴蝶一样笑着飞走了。在她身后留下很浓的香气，害得我晕了半天才缓过来。

不过俺俩的生意没能做大。倒是有好多家公司来谈，李隽把价码提得太高，双方磨了很久才谈拢。可惜没等签合同，投票就开始了，从那时起再没人找俺俩做广告。这事一点也不奇怪，原先俺俩是兔子群中独独的俩骆驼，自然金贵；如今所有兔子马上都要变骆驼了，原来的骆驼当然掉价了。听格巴星人定下投票时间后，李隽恼怒地说当时真不该起劲地"说服大家"，应该把这个进程尽量往后拖，现在后悔也晚了。我劝她想开点，不管咋说，至少六千万已经到手，这辈子够花了。李隽怒气冲冲地说：

"这辈子够花了？这辈子是多少年？别忘了你已经长生了！哼，猪脑子，鼠目寸光！"

泥人儿也有个土性儿，我好心解劝却吃了这个瘪，忍不住低声咕哝着：

"还不是怪你把价码提得太高,要不好多合同都签了。你把我也耽误了。"

说出口我就知道这句话不合适,正捅到了她的痛处。她脸色煞白,恶狠狠地瞪我一眼,摔上门走了,从那以后再不理我。

投票那天,全世界都像过年一样高兴。男男女女老老少少全来了,重病号让人抬着来投票,吃奶孩由妈妈抱着投票——这中间就有我的小囡囡。翠英赶在投票前做了剖腹产,囡囡只有四斤重,好在娘俩都平安。至于投票的结果根本不用猜:95%的人同意接受长生。格巴星人非常守信,在计票完成后的第二天就开始了对地球人的长生术,把人们一个个吸到飞船里,做完手术后再放出来,两溜子人上上下下,就像是天上挂了两条人链子。他们的工作非常高效,但毕竟地球人多,60亿人做完,怎么着也得一年吧。

可惜这些人里没有明山,翠英在电话里说,明山到底没熬到这一天,是在投票生效前两天咽的气。这些天我只顾忙广告的事,几乎把明山忘脑后了,也没打电话问候他一声,不知道他在死前怨不怨我。

这中间格巴星人又把我和李隽请到飞船上去了一趟。见面时格巴星人显然非常开心,他们说非常感谢俺俩的工作,为了表示谢意,可以为俺俩提供一项特殊服务:就是把俺俩的容貌改造得"尽善尽美",连身高也可以加高。打从那些合同泡汤后,李隽的脸一直是老阴天,这会儿一下子放晴了,她喜滋滋地喊:"太好了,太好了!我一定要变成有史以来最美貌的女人,连西施、埃及艳后和特洛伊的海伦都比不上。"李隽一高兴也不对我记仇了,拉着我的胳膊说:"鲁先生,鲁哥,你也要变成有史以来最美貌的男人了!"

我当然喜得了不得。要我说李隽已经够漂亮了,就是不改造也没啥;可我这辈子还没尝过当漂亮男人是啥滋味儿呢。要是这丑模样改造得像唐国强,身边傍着一个像李隽这样漂亮的女人——我赶紧勒住心里那匹脱了缰绳的马,问格巴星人:"能不能把我媳妇翠英也算上?"格巴星人很温和地拒绝了,说不能开这个先例,他们只对"有特殊贡献者"提供这项服务。我很失望,但也没办法。

说起美丑,其实格巴星人才是真丑。他们的相貌我这次看真切了。不过,还是那句话，只要他们心好，丑点儿又有啥关系。他们——其实长得非常像地球上的蛔虫，没有手没有腿，没有脸没有五官，没有奶子没有鸡鸡，就那么两头尖尖、身体弯曲的一根小肉棒。真的，活脱脱是人肚子里长的蛔虫。就是个头长一些，有猪尾巴那样长。看着他们的模样我直纳闷：他们连嘴巴也没有，咋吃饭呢？反正我知道他们不会说话，他们的话都是用电波送到我的肚子里。

提了那个建议后，格巴星人开始了正式谈话，并请俺俩转达给所有地球人。他们说：很高兴地球人做出了正确的选择，既是这样，他们不打算走了——不过请地球人不要担心，格巴星人绝不会挤占地球人的任何生存空间，因为两种人类的生存空间是"立体镶嵌互不冲突"的。现在他们对自己也同步实施了长生术，将和长生的地球人共生共荣，一起活到地老天荒。

我说过我脑子笨，这些文绉绉的话听不大懂，还有些名词更难懂，像什么"肠胃营养环境"。我忍不住悄声问李隽："他们说的共生共荣是啥意思？他们说不占咱们的地儿，到底要在啥地方安家？"很奇怪，不知咋的，这会儿李隽的脸色死白死白，两眼瓷瞪了，胳膊腿也僵了。我着急地喊："李小姐，李隽，你这是咋啦？"她不吭声。我伸手推推她，她忽然像面条一样出溜到我脚下，两只手冰凉冰凉。

当时真把我吓坏了，好在有格巴星人在，以他们的科技，医治一个虚脱病人自然不在话下。他们很快把李隽弄醒了，把俺俩放出飞船。回到地球上后李隽一直瓷瞪着眼不说话，脸色发青，两条腿软绵绵的，由我拖着走。所以直到俺俩分手，我没敢再拿那个问题去烦她。

天一星

"范小姐,这就是你说的那个藏着宇宙至宝的行星?"船长哈伦特俯视着飞船下的星球,怀疑地问。舷窗内嵌着一颗千里冰封的荒凉星球,远处一颗老年白矮星有气无力地照耀着它。

"不会错的,就是它了,方位和形态都符合。"宇宙考古学家范天怡满脸光辉。

哈伦特看看身旁的大副肯塞,鼻子里哼了一声:"范小姐最好能兑现你的诺言——让我的冥王号载着满满一船黄金返回太阳系。"

"我当时说的是'一船珍宝',并没有专指黄金。"天怡笑嘻嘻地说。

"行啊,钻石也行啊,但最好不要出现另一种结果。我们都是绅士,对女人下不了那个手。再说,相处五年,难免有了感情,说不定你主动往飞船外面跳的时候,我们还得去拉你。"

肯塞鬼笑着加了一句:"没错,船长肯定第一个去拉。"

"那就预先谢谢你的救命之恩啦。"范天怡嬉笑着挽住船长的胳臂。

五年前,范天怡来说服哈伦特驾驶这艘超光速飞船前往银河系边缘探险时,曾开玩笑地说过:"我以生命担保,会让冥王号满载一船无价珍宝返回,否则我就主动'走跳板'。"走跳板是野蛮时代远洋船队处死罪犯的方法。当然,哈伦特最终同意参加这场豪赌,绝非因为范小姐的发誓,也不是因为她的漂亮脸蛋儿,而是因为一个古老的传说。

这个传说流传于银心附近一些古老的土著民族。据说,在很久很久之前,也许是几亿年前,也许是几十亿年前,银河系曾兴起一个神奇的种族。他们以几万年的短暂时间脱去凡胎肉身,成了握有无比神力的神族,足迹曾遍布整个银河系。然后他们因"神的召唤"而一朝飞升,在银河系里销声匿迹。

消失前，他们在一颗荒僻的行星上留下了"宇宙的至宝"，并留下一个家族看守它，一直守护到今天。这件至宝是神族特意留给银河系新生种族的，但只有福缘深厚者才能见到它。这个传说缥缈如梦，也含混不清。比如，传说中的"几亿年"是指哪种行星年？究竟有多长？但它流传得天长地久，成了银河联邦每个寻宝人萦绕心怀的梦。

而考古学家范天怡的游说正是聪明地激活了这个古老的梦，所以才能"一骗而中"。

现在，经过了五年艰难的搜索，已经看到希望了，这让船员们的情绪陡然高涨。降落之前，冥王号先以近地轨道巡视这颗白色星球。这是个富水星球，但都以冰川的形式存在，没有发现液态水，也没有生命的迹象。忽然肯塞喊：

"看！绿色植物！"

果然，地平线处出现一片绿色，是位于赤道冰川上的一个绿岛。飞船上的生命探测仪也发出了强烈的信号。飞船临近了，发现这个绿岛与周围的冰川界限分明，区域内是绝对的绿色，而区域外是绝对的白色冰原，这不大符合一般植物的分布规律，有点古怪。范天怡兴奋地说：

"哈伦特，藏宝地就在这儿了，降落吧！"

哈伦特、范天怡和两个船员驾着星球越野车绕绿岛巡视。组成绿岛的是一种奇怪的植物，没有叶子，绿色藤条显然替代了叶子的光合作用。密密麻麻的藤条向下穿过冰川，深扎在岩石里。在地面之上则互相纠结，结成一片密不透风的网。它浑然一体，多少类似于地球上由单株榕树组成的"榕树岛"。绿岛大约有300平方千米，即半径约10千米。越野车转了一圈，没有发现可以进入林中的任何缝隙。哈伦特停下车，派尤素夫和布加乔夫设法开路。范天怡远远看见两人抽出佩刀打算砍藤条，立即大声制止：

"不要砍！"

在她的急切喊声中，两人生生地收住刀势。这时奇怪的事情发生了：恰恰以两人准备劈砍的部位为中心，绿色藤网泛起一波涟漪，它微微颤动着，在绿色的"湖面"上向远处荡去,渐渐消失。它一定是荡到了绿岛对面的边界,因为不久后一个回波又荡了回来,在起源地汇合并消失。范天怡双手合十,轻声说:

"你们看,它们是有感觉的生命啊。"她温和地埋怨,"你们二位以后可不能莽撞了。"尤素夫和布加乔夫讪讪地答应。

哈伦特忽然指着地下问:"这是什么?"

原来,在绿岛圆周处,万年寒冰的下面,立着一根圆形的石柱。石柱上端离冰面不是太远,拂去冰面上的雪粒,能看清石柱端面上刻着两行符号,很像是文字。再向四周寻找,原来每隔10米左右就有一根石柱!因为有雪粒掩盖,刚才在越野车上没有发现它们。四人重新上车,绕绿岛转了一圈,发现它们把绿岛整个包围了。算下来,60多千米的绿岛圆周上,这种石柱应该有6000多根。"是墓碑?"范天怡喃喃地说。但似乎不是,因为仔细观察发现,每一根石柱端面的铭文显然都是完全不同的文字。当然也可以解释说,碑文是按每个死者母族的文字而书写的,但6000多死者中没有哪怕一对是相同族籍,这肯定不可信。他们绕着绿岛圆周仔细寻找和察看,忽然范天怡指着一根石柱惊呼:

"中国文字!"

那根石柱端面上果然刻着一行象形文字,文字曲里拐弯。哈伦特的第一反应是怀疑——如果在一个荒远的星球上出现地球文字,应该是世界文吧,至少应是早期地球最通用的英文。范天怡猜到了他的疑问,简单解释说:

"是中国古老的甲骨文。绿岛主人一定是早在数千年前到过地球,那时英文还没有诞生呢。啊,我猜到了,石柱上的铭文一定是用银河系各文明种族的语言书写的,以便让各星球的来访者都能找到自己熟悉的文字。但各种文字书写的内容应该是相同的,是对探访者的问候或导游。对,既然有甲骨文,肯定也有苏美尔人的楔形文,那是地球上最古老的文字,比甲骨文古老得多。哈伦特,你去找找!"

哈伦特带着两个船员去寻找,范天怡则努力辨识着这段铭文。汉语的确是最简练的语言,该铭文的长度是各铭文中最短的。它们应该属于早期甲骨文，非常难于识读，范天怡凭着自己的考古学造诣，半读半猜地认出来了。这行字的意思大概是：

请告吾族，吾等尽责矣。

这段平易的话让范天怡心潮激荡。哈伦特返回时，见范天怡俯首合十，对着绿岛默默祈祷，宇航头盔中，她的眼中盈盈含泪。她的目光苍凉而感伤。哈伦特体贴地陪她沉默一会儿，轻声说，楔形文字确实找到了，可惜不能识读。范天怡说：

"我也不能识读。拍下它，交给飞船主电脑翻译吧。但我估计它的意思同这儿应该是一样的。哈伦特，这是那个守宝家族的誓言，正像当年斯巴达人留在温泉关石碑上的誓言一样。"

三个人都问："什么意思？"

范天怡把它翻译成现代语言："请来此地者转告我的母族，我们尽到了自己的责任。"她苍凉地叹息道，"哈伦特啊，不用怀疑了，这儿就是藏宝地，而咱们眼前这片互相纠缠的绿色藤条，很可能就是守宝人家族，他们没有死，还活着。"

"他们是植物种族？"哈伦特震惊地问，两个船员也很吃惊。

"我不能确知，但很有可能。也许那个神奇种族本身就是植物种族或动植物合体的种族；也许是在漫长的守宝过程中对自己进行了基因改造，以便在恶劣的环境中只依赖阳光而生存下去。"

哈伦特和两个船员都不敢置信。但就在这时，眼前的藤网忽然起了强烈的骚动。它们在做着一致的变形，不久一个圆圆的洞口出现了，而且向藤网内无限延伸。范天怡兴奋异常：

"他们听懂了！他们已经知道咱们读懂了石柱上的告白。这是在邀请咱们进去呢。"但圆洞太小，穿着宇航服是进不去的。范天怡想了想，忽然摘下头盔，试着呼吸一次，惊喜地说："绿岛附近是有氧环境！温度也在零度之上。哈伦特，你帮我脱下宇航服。"

虽然心有疑虑，哈伦特还是照办了。四人都脱下了宇航服，试了试，大气果然可以呼吸，气温也不是太低。范天怡迫不及待地向洞中钻，哈伦特一把拽住她,把她推到身后,自己去打头阵。范天怡虽然不大情愿,但无奈地认可了这个男人的好意。这是藤条编织成的甬道,甬道顶有微弱的透光,爬起来并不困难。随后圆洞越来越大,最后下面变成了岩石路面,走起来更容易了。大约十千米后,前面露出一抹明亮的绿光,绿光越来越强,直到照彻四周。他们发现已经来到一个穹隆形的石洞之内,绿光是由洞顶的一盏灯发出的。不,那不是一盏灯,而是一个"光蛋",它飘浮在半空中,边缘是无定形的,微微脉动着。

这就是那个"宇宙间的至宝"?哈伦特走入光蛋的光芒内,觉得万千光点打在脑海中。他感觉到这是对方在试图进行思维交流,可惜他完全不懂。回头看看范天怡,此刻她已经进入禅定状态。她同样感到密密麻麻的光点打在脑海中,觉得这些光点是在努力拼出什么。终于,范天怡认出来,那是在重复刚才她看到的碑文:

请……告……吾……族……

范天怡读懂了,兴奋地在意识中接续上:"请告吾族,吾等尽责矣!"

随着她的"思维调谐",一个巨大的天幕在她脑海中哗然打开,无穷无尽的汉字信息流在天幕上流淌。在过于凶猛的刺激下,范天怡一时几乎休克。对方像是明白了她无法接受如此高速的信息传递,开始让信息流变缓,直到她能够接纳和读懂。她也让自己的思维运转到最高速度,努力辨识着,交流着,记忆着,有时也询问着。她在下意识中盘腿坐下,闭着双眼,双手叠放在丹田处,口中喃喃有声。这个过程持续了一个小时,也许两个小时。哈伦特和两个船员也都屏神静气,盘腿坐在她的周围,耐心地等待着,不去打扰她。

很长时间之后,范天怡结束了同对方的第一轮思维交流,轻轻地长呼一口气,缓缓睁开眼睛,脸上光彩流动:

"哈伦特,尤素夫,布加乔夫,知道这个光蛋是什么吗?"她喜悦地说,"它确实是那个神奇种族留下的至宝!"她顿了一下,亮出谜底,"它是一座图书馆,银河系最大的,馆中蕴藏着那个顶级文明所有的知识!"

"图书馆?"三个男人都疑惑地脱口问道。的确,这个光彩游动的光蛋和他们心目中的图书馆大不一样。而且，这么一个小小的光蛋，说它蕴藏着一个顶级文明的全部知识，似乎也有点过。范天怡猜出他们的心理，扼要地解释：

"科技发展过程中，信息存储密度常常呈阶跃态的跨越。像刚才我们看到的甲骨文，其信息存储点的直径大致是厘米级的；到了地球科技的第一次暴涨时代，即21世纪，在几十年中把它缩小到纳米（10^{-9}米）级。21世纪的一块磁盘足可容纳甲骨文时代地球文明的全部成果；到了我们所处的51世纪，信息存储点直径又缩小到皮米（10^{-12}米）级甚至飞米（10^{-15}米）级。我们时代的一件量子存储器，同样足以存储21世纪地球文明的全部成果——要知道，21世纪的信息量已经是浩如烟海了。而在这儿，"她敬畏地指指半空中悬浮的光蛋，"存储点直径已经缩小到普朗克尺度。所以，一个光蛋足以储存一个顶级文明的全部信息。"

"那么，这些绿色的藤条……"哈伦特问。

"刚才我没猜错，他们确实是神族留下的守宝家族。神族是像地球人一样的动物种族。但是，他们为了图书馆能够长存，决定把它建在最荒僻的星球上；守宝人为了能在不毛之地长久生存，毅然对自己进行基因改造，增加了植物的光合功能，放慢了生命节律。他们仍旧是有意识的，只不过是一种集体意识；而且身体的反应速度相对缓慢，只能做出植物级别的反应。"她想了想，补充说，"我与光蛋只进行了极初步的交流，很多脉络还理不清。比如，我还不知道这些'植物人'是如何进行星际航行的。按逻辑推断，既然他们掌握楔形文和甲骨文的知识，说明六七千年前肯定到过地球，因为这些知识较晚，不会是母族留下的，那时神族早从银河系消失了。"

三个男人不由环视着周围的绿色藤条，脸上浮出怜悯的神色，哈伦特喃喃地说："是这样啊……把自身改造成类植物，放慢生命节律，放弃个体意识……几亿年的漫长守护……值得吗？"

范天怡看看他们，沉默良久后才说："值得。其实在地球上也有类似的人。至少在中国就有这么一个家族，世世代代守护着一个私家藏书楼，把它看成家族的圣物，或者说士大夫精神的象征。历经战乱饥馑、世态炎凉、道德沦丧、社会沧桑巨变，一直坚持到今天。他们的守护没有任何获利而只有牺牲，是普通人很难理解的，即使理解者也难以坚持。但有一种叫做'责任'或'荣誉'的东西在这个家族代代相传，造就了4000年的坚守。"

她说得很动情。哈伦特看看她，没有再说话。

他们撤出了绿岛。船员们都来了，团团围住四人，听他们讲有关"宇宙至宝"的传奇。毋庸讳言，当他们得知辛苦寻找的"至宝"原来只是一个图书馆，不少船员显得失落。一家银河系级别的图书馆当然应该是宝贝，但对于普通船员来说，毕竟和金银珍宝还有距离。范天怡冰雪聪明，知道船员们的情绪流向，笑着说：

"伙伴们，还记得我游说你们参加探险时，我许下的诺言吗？"

船员们的响应不大热烈。有几个人勉强点头说："记得。"

"刚才我与那枚光蛋进行了第一轮交谈。按说，初次交谈，是羞于问起带铜臭味的问题的。但为了在我的哥们儿面前说话算话，我还是厚着脸皮问了。"船员们已经猜到了她下面的话，人群中有了轻微的骚动。"所以嘛，现在我已经敢说，你们肯定能带着一船黄金或钻石回家了。"船员们亢奋起来，目光急迫地看着她，范天怡笑嘻嘻地亮出谜底，"我已经要到一颗黄金星球和一颗钻石星球的准确坐标，都在距地球500光年之内，是咱们冥王号三四十年的航程。还有一则消息你们肯定更乐意听：那两颗星球曾是神族的采矿场，建有永久性的专用运输虫洞，虽然荒废亿年，至今应该仍可使用。冥王号如果找到这条通道，可以在七八年内就完成往返。"

船员们爆起一片狂热的欢呼。尤素夫吆喝一声，指挥大家把范天怡抬起来往空中抛。这儿的重力略小于地球，所以范天怡被抛得很高。她咯咯笑着，娇喘吁吁。抛了几十次后，哈伦特船长才制止住亢奋的众人。他笑着宣布：

"按照银河探险公约，探险船的船长有权对首次发现的星球命名，我现在就宣布对这颗处女星球的命名：天一星。"他看看船员，看看满面酡颜的女士，解释说，"你们是否认为这是'天怡'的谐音？不，猜错了。它是缘于一个古老的名字。天怡小姐，你应该知道我的意思吧？我已经回忆到你刚才说的那件史实：在中国，有一个范氏家族世世代代守护着一个藏书楼，它的名字叫'天一阁'。我贸然猜想，也许范天怡小姐就是这个家族的直系后裔。我没猜错吧？"

范天怡没有直接承认，但满脸光辉地说："谢谢你的命名，我的船长。为了感谢，我愿献上我的初吻。"她搂住哈伦特的脖子，深深地吻了他。众人一片叫好声。

"范，藏宝地已经找到了，你下一步做何打算？"

"我想效法中国的唐僧，用十年八年时间粗粗读懂这儿的经书，再考虑向太阳系各行星译介。你们只管去取宝好了，不必等我，给我留下点生活必需品就行。这儿是有氧环境，有合适的气温，说不定我连食品都不用，学学守宝人的本领，晒晒太阳就能生存了。"她笑着说，又挥手指指四周，"何况我还有这么多的同伴。眼下我只能同'死'的图书馆交流，但我相信会很快找到同'活人'交流的办法，会有一大群朋友伴着我聊天，我不会寂寞的。"

绿色的"湖面"上同步泛起涟漪，那一定是守宝人喜悦的回应。

哈伦特略微思索，断然说："那好！肯塞，我任命你为冥王号的新船长。"肯塞吃惊地瞪着船长，哈伦特自顾说下去，"你按范提供的坐标和高速通道，去弄一船黄金钻石回来，给大伙儿分分——别忘了我和范的两份儿。至于我，将陪着范留在这儿。要知道，在一般有关'蛮荒星球'和'漂亮公主'的史诗电影中，公主都有一位骑士伴随，我不能让范孤单一人，那多没面子。你们返航时，拐到这儿接上我们俩就行——也许我俩之外会多出来一群崽崽囡囡，一个个精通神族的语言文字，让他们的笨老爸望尘莫及。我这个安排可以不，我的女主人？"

他问范天怡。那位女士没有直接回答，只是笑着，挽住男人的脖颈，踮着脚再次送上一个结结实实的香吻。

绿色"湖面"上也再次泛起喜悦的涟漪，比以往的涟漪更强劲，可以说是在婆娑起舞了。

美容陷阱

10月15日

下午陪雅倩去珠宝店，为后天的舞会置买行头。一枚以色列钻戒，一串意大利项链，再加一条紫貂披肩，135万元。

五年前我终于把这只白孔雀拖进爱巢，曾使不少人羡慕。不过，漂亮的鸟是要用金钱喂养的。我总是不大理解女人尤其是美女们狂热的购买欲，如果丈夫有钱又惧内，这种狂热就会发展到疯狂。

不幸这两点我都占了。

不过雅倩确实迷人。晚上，她穿着半透明的睡衣，在落地镜前一遍一遍试首饰，她的容光比钻戒更照人。我忍不住从背后过去，吻吻她丰腴的肩头，雅倩报以热烈的回吻。

我早就发现，她的热情与我付出的金钱数恰成正比。承认这一点实在有伤男人的自尊心，可是我没办法。

我确实被她降伏了，我拜伏在她的石榴裙下，心甘情愿。

10月16日

早上仍陪雅倩出门。雅倩已坐上汽车了，我正要出门，听见妈妈喊我。王妈正扶着她下楼，我赶快迎上去。

妈妈说："坚儿，明天是你爸爸的忌日，别忘了啊。"

我忙赔笑道："怎么会呢，我记得清清楚楚。"抬头看见老爹的遗像正盯着我，满脸嘲讽与玩世不恭，似乎在说："小子，骗得了你妈，可骗不了我。"我朝他挤挤眼。

老爹确实不是凡人，出身草莽，白手起家，30年挣就亿万家产。60岁他撒手西去，把偌大家财留给我这个不争气的儿子。

有时我常胡思乱想：如果老爹事先知道这个结局，他还会不会苦挣苦斗一辈子？

有人说老爹是卖假药起家。恪守为尊者讳的准则，我家中从不谈论此事，不过私下我认为并非虚构。记得老爹一次醉后吹嘘，说他卖的婴儿万宝丹和超级猫王耗子药，用的都是精面粉、四环素之类的正经材料，无论对小孩子还是小耗子都绝对无害。后来才发现四环素能使小孩子的牙齿变黄，他对此颇为痛悔。

妈拉我坐到沙发上，从上到下摸我。摸摸脸颊、胳膊、胸膛，是胖了还是瘦了？50岁双目失明后她常这样做。我尽量耐心地坐着任她抚摸，一边侧耳听着大门外的动静。

妈摸到我曾患小儿麻痹症的左脚，问："还是那样吗？走长路还疼吗？"

我佯笑着说："不疼不疼，一点都不疼。"七岁时做的脚内翻矫正术很成功，但多多少少还有些跛脚。这始终是妈妈心中的一块阴影，是我自尊心上的一处脓疮。

妈妈叹息说："都怪我啊！"我听到雅倩不耐烦的喊声，忙不迭道："妈你别胡思乱想了，我得赶紧去公司上班，我走了。"

10月17日

舞会很盛大，但我已经毫无兴致。

与雅倩跳舞时，我感到她越来越冷淡。大部分时间她撇下我坐冷板凳，自己则兴致飞扬，搂着一个个英俊男子全场飞旋。

回程中她没有说一句话，下车后挣脱我的搀扶，噔噔噔自顾往前走。我苦笑着摇头：宋坚啊宋坚，何苦来哉？135万元买来两天的热情，然后是长达10天的冷淡，这已是百试不爽的规律了。

不过也难怪雅倩。舞会上的富姐们儿个个搂着白马王子，英俊潇洒，比蜡人还精致。她却摊上一个相貌平平又有残疾的丈夫，这种羞辱不是一枚钻戒一串项链所能补偿的。

整个晚上我小心翼翼，生怕冒犯雅倩。上床后老老实实待在床这边，不敢碰她。两人都瞪着天花板不说话。

半夜，雅倩侧身过来，把手臂轻轻搭在我身上，我又惊又喜，试探着把手伸过去，雅倩果然没有拒绝。一阵亲昵后，雅倩抬起头说："阿坚，一定要把你的左脚治好，花多少钱也不在乎。"

我苦笑着说："我七岁那年，父亲就为我请了名医。现在我已经三十五岁了。"

雅倩热情地说："没关系。我打听到一个地方能治，是陪我跳舞的一位漂亮绅士告诉我的，叫 22 世纪赛斯与莫尼公司。"

我疑惑地问："赛斯与莫尼？"

"对，要不就是赛斯与麻雷，那儿能治任何病。那个绅士说，即使你想换脑袋也不是办不到，只要你口袋里有足够的钱。当然，这是开玩笑。"

我说，"是啊，钱。"

雅倩热烈地说："不怕花钱，需要的话我把首饰都卖了。"

我不忍拂逆她，勉强说："那好吧。"

雅倩高兴得抱住我一阵猛吻，憧憬地说："等你的脚治好了，咱们去舞会上跳个痛快，让别人眼红。"

我想说："那时你的首饰已经卖了，没有首饰你还会去跳舞吗？"不过我没有说出来。

10 月 30 日

22 世纪赛斯与莫尼公司确实气派！与它相比，我的公馆只不过是一间鸡舍。

这是一幢无比壮观的大厦，类似埃及金字塔结构。基石是乌亮的黑色大理石，大厦通身镶嵌着彩虹玻璃，在阳光下闪耀着梦幻般的色彩。一道巨大的三角形水幕从大厦顶端漫流下来，水池中的喷泉随着音乐声舒缓地变换着力度。

大厦前方有一排几人高的铜字：Science and Money · 22 Century。

科学与金钱。

大厦两侧立满名家雕塑，一个个男女裸体展示着健与美的力量。大厦中央的公司徽章却是一个硕大的外圆内方的金钱，与凝神沉思的塑像不大协调。不过在这雍容华贵的气势里，极俗也变成极雅。

接待我们的是一位40多岁的秃顶男子，西装革履，相貌和善，像笑弥陀一样给人以值得信赖的感觉。我总觉得他与我老爹有某些相似之处。不是外貌，是外表上的令人信赖感？我也说不清。

他满面笑容地在大门口迎接我们："欢迎夫人和先生提前来到22世纪。"

他介绍说，这是一家高科技公司，网罗了全世界的科技精英，运用很多属于22世纪的尖端技术，尤其是生物技术，几乎可以为你做任何事情。

"至于敝人，"他不无得意地说，"10年前加盟本公司后的微薄贡献，是把科学与金钱联系起来，为真理之火浇上利润之油，促进了公司的飞速发展。"

我低头看看他的黑色烫金名片：钱与吾，公司副总经理，销售部经理。

钱先生殷勤地问："请问我能为二位效劳什么？"

我问他能否治疗跛脚，他扫一眼我的左脚，毫不经意地说："毫无问题。"

"真的？"我激动地说，"是不是再做一次矫正术？"

"不，我们不会做矫正术。"

我大失所望，讥讽地问："你不是说几乎可以做任何事情吗？"

钱先生心平气和地说："我们不会做矫正术，就像我们不会用金刚钻去补破碗一样——这在200年前还是很常见的职业。现在，由于科技与大工业生产的高度发展，使用一次性产品更为廉价，至于质量就更不用提了。"

他说，"多说无益，请先看看我们公司的展品厅再洽谈吧。否则，宋先生可能把我看成卖假药的江湖郎中了。"

我恼怒地瞪他一眼。当然，他不会是有意冒犯我的父亲。

我从未见过如此有气魄的展厅，一开始它就显示了震撼人心的力量。大厅里苍茫一片，随着脚步声，一排排顶灯依次打开，延伸到几乎无穷。我们走过屏风时，华灯大放，一个个通体透明的水晶展柜突现在面前，里面是——一条条人腿、人臂、躯干，全部密封在水晶柜的真空中。

雅倩惊叫一声，紧紧偎住我瑟瑟发抖。我觉得应该显示一下男子汉的胆量，就轻轻拍拍她的面颊，其实我自己也觉得嗓子发干。

钱先生大笑起来："不要怕不要怕，这儿绝不是孙二娘的人肉作坊，这些都是高科技的产物。要知道，生物除了生殖细胞外，其他任何细胞实际上都含有复制自身的全部DNA信息。一旦激活它，那么一块皮屑、一截发丝都能复制一个不失真的克隆人。我们从全世界精选了体格异常健美、智力超绝的人作为父本，从他们身上取下细胞进行DNA激活，就培育出眼前这些产品。"

我厌恶地问："培育出一个人，然后大卸八块，分装在各个展柜里？"

钱先生优雅地摆摆手："不，不，请不要用这些血淋淋的字眼，我们绝不这样做。因为其一，这违犯了'不得复制人'的法律；其二，虽然复制人没有法律地位，即使大卸八块也算不上杀人罪，但毕竟太残忍了。我们用的是科学的、文明的办法。"

他说，当受激细胞开始发育时，只需做一个精确的显微手术，使无用部分萎缩就行了。也就是说，一个细胞可以只发育成一条腿、一颗眼球，或一颗心脏，依人们的指令而定。当然这样效率就低多了，好在作为父本的人体细胞是取之不尽的。

我喃喃地说："多人道的办法。"

钱先生宽厚地笑了，温和地反问："至少它比堕胎人道吧，可是人们对堕胎已经无异议了，连曾经激烈反对堕胎的教皇也承认了现实。"

他的雄辩使我无法反驳，我哑口无言。

钱先生继续介绍道："我们在受激活细胞中嵌入快速生长的基因，建立了模拟人体的养料供给系统，克服了受体排斥问题，这样整个工艺就成熟了。"

他领我们继续参观，一个个展柜里分别展示着心脏、肝、肺、肾、生殖器……甚至还有一个瞑目沉思的头颅。雅倩的恐惧已经过去，她完全被征服了，瞪大眼睛，不停地低声赞叹。

压轴节目是一条孤零零的手臂，后端固定在不锈钢支架上，并连有模拟人体的人造神经。钱先生不无卖弄地对它下命令：

"请与宋夫人握手。"

手臂立即抬起来，轻轻地同雅倩握手，雅倩手足无措，咯咯傻笑着。我不由暗暗摇头，雅倩虽然美貌过人，却始终未能养成雍容大度的大家风范。不过，看着孤零零的手臂做出这些动作，真像进了魔幻世界。钱先生又命令：

"请为宋夫人题字留念。"

手臂拿过活页簿放在桌子上，唰唰地写了一行字，撕下来交给雅倩。纸上写着："选用 22 世纪赛斯与莫尼公司的产品，是您明智的选择。"

我们三人笑起来。

参观完毕，钱先生领我们回到会客厅，仆人为我们斟上咖啡。钱先生呷一口咖啡说："二位还有什么顾虑，请坦率直言。先从女士开始吧。"

雅倩急急地说："我完全信服。阿坚，咱们就定下来吧。"

我叹口气问："换一只左脚的费用是多少？"

钱先生沉吟一会儿，诚恳地说："先不谈费用。我有一个冒昧的建议请二位权衡取舍。由于小儿麻痹症的影响，宋先生的整个左腿都不太健美。如果仅更换脚部未免不太协调，所以不如整只左腿一起更换更为合适。"

我挖苦地问："你为什么不说更换整个身体？"

钱与吾不为所动，仍心平气和地说道："再者，一条左腿的更换费用为 50 万元，仅换左脚为 35 万。从经济观点看，不如一步到位更为合算。"

我哼道："50 万！这就是你说的廉价的大工业产品！"

钱先生委屈地叫起来："老天作证，这个开价已经很低了！请问宋夫人的钻坠花费多少？至少 30 万吧。"雅倩下意识地摸摸钻坠，高兴地点点头。"曾有一句名言，搞原子弹的不如卖茶叶蛋的，这个悲剧至今仍未落幕。中华民族的悲剧啊！"他半开玩笑地夸张吟诵。

我看看雅倩，雅倩目光热情地示意：快答应吧，钱先生的话完全可以信赖。

钱先生笑着站起身："这样吧，为了宋夫人无与伦比的美貌，我们最后一次忍痛降价，优惠到 45 万元。请二位回去认真考虑好再来。"他礼貌周全地送我们出门。

10月31日

其实考虑是多余的,我知道早晚得按雅倩的主意办。

雅倩整个被钱先生迷住了,就像我被雅倩迷住一样。有风度、心地善良、幽默,40岁男子的成熟……

算了,就把左腿整个换了吧。

11月1日

我们又去了赛斯与莫尼公司,通知钱先生我们同意他的意见。钱先生反倒犹豫起来,他说要我们看看电脑设计再定。

电脑屏幕上显出我的裸体行走及跳舞的姿态。这是我第一次以第三者角度观看自己的跛行,我偷偷看看雅倩,脸上有些发烧,雅倩更是深深埋下头。

钱先生按了转换键,屏幕上的我立即换了一条左腿,又换一条,再换一条……画面停下来,钱先生得意地说:

"这一条如何?与躯体连接天衣无缝,你看那脚弓、小腿、膝盖和大腿,线条流畅,筋腱有力,已经无可挑剔了!"

屏幕上显示出新腿行走、跳舞的潇洒姿态。这一刹那我甚至想,即使花费450万也是值得的。

钱先生又按一下转换键,屏幕上显出双腿的特写,右腿仍是原来的。钱先生诚恳地说:

"请二位认真比较,宋先生的右腿资质不错,但与新腿相比仍是天壤之别。为了匀称协调,我们只有两种办法:一是左右腿一起更换;二是降格以求,按右腿的条件定做一条不那么健美的左腿。只是,我想挚爱丈夫的宋夫人首先就不会同意降低档次吧?再者,由于定做的腿是单件生产,价格就相差无几了。"

没等我表示,雅倩就急忙摇头。

我叹口气。我知道钱先生玩了一个小小的障眼法,他把"不换右腿"的可能性已经事先排除了。不过我知道有雅倩在旁,辩之无益。我问他总价多少,是不是45万乘2,钱先生迷人地一笑:

"不，整部件出售时我们要打折扣的。两条下肢一起更换，包括住院费、质量保险费等一共83.4万元。如果能敲定，现在我们就签合同，一个星期后，宋先生就能用新腿同夫人共舞了，怎么样？宋夫人，为了丈夫的健康，你恐怕要牺牲一件狐皮大衣了。"

雅倩嫣然一笑："我十分乐意。"

"至于产品的质量请完全放心，我们投的是双倍保险，一旦发生医疗事故，你们将得到至少166.8万元的赔偿。"

我接口道："和一个没有下肢的身体。"雅倩急忙用胳膊触我，我说："当然啦，这是开玩笑。我很信任你们，签合同吧。"

我们在英文合同上签了字，一式三份。我注意到题头印的是"产品供货合同"，而不是通常的"手术同意书"。

11月2日

半夜醒来，我急忙摸摸双腿，它真的要失去吗？

我穿着睡衣，在地上走来走去。我想在失去双腿之前多用一会儿。

雅倩醒来，对我的多愁善感颇为不耐烦。她说又不是换装两条不锈钢假腿，这是货真价实的真腿呀，有什么可愁的。

我说："毕竟不是我的原装货呀。"

雅倩伶牙俐齿地反驳："去年你还换过一颗牙呢，也没见你这样难舍难分。"

我嘿嘿地笑了。女人总是另有一种逻辑方式，实际上她说的也不无道理。因为牙齿的坚硬，下意识中我把它看作非生命体。实际上它和腿脚一样，也是我身体的一部分嘛。

我心绪变好后逗妻子："雅倩，你的身体几乎可以说是完美无缺了，只有一点小瑕疵。你知道是什么吗？"

雅倩瞪大眼睛追问是什么。我说："你的左耳略小，与右耳不完全对称。要不要也换一只？"

雅倩茫然若失，没有答话。

11月4日

上午我到老太太卧室，让她摸摸我的双腿。老太太惊惶地问："怎么啦，怎么啦？"

我嬉笑地说："怎么也不怎么，就是让你再摸摸。"

妈放心了，轻轻地摸我的腿脚、胳膊，逐渐陷入沉思中。她低声道：

"可怜的坚儿，你小时候家里穷，不能为你治病。邻居小孩骂你小瘸子，你跷着脚和他们打架，打伤了，回来还瞒着我……"

我忽然感情冲动，泪珠扑簌簌掉下来。妈感觉到了，惊惶地问："怎么了，你是怎么了？"我凄然一笑："没什么。妈，真的没什么。"

11月18日

换肢手术很顺利，复原也很快，钱先生说其中嵌有海参快速生长的基因。"不过你绝对不用担心变成软体动物。"他笑着说。

现在我确实能用新腿同夫人共舞了。

雅情急着把我展示出去，她到处打听哪儿有舞会，拉着我场场必到。我向她求饶："你总得给我一段复原的时间吧。"

看来钱先生确实不是卖假药的。他们的技术巧夺天工，我从肉体上感觉不到新肢的异常。

不过心理上还有后遗症。我的意识一直顽固地拒绝那两个"家伙"是自己人，下面的梦境也成了我的保留节目：我总是梦见自己是一个无下肢的残疾人，被两个无头人抬着飞跑，前面是深渊，我喝止不住……

我想慢慢会习惯的。

11月20日

我不准雅情和仆人们告诉老太太我换肢的事，我只说又做了一次手术。

那天妈来看我，我说手术很成功，一点也不跛了。老太太很是激动，仔仔细细地摸我的左腿，然后是右腿，她的动作越来越犹疑。我忐忑不安地看着她，最后老太太一言不发，惶惑地走了。

老太太怎么个想法？是否摸出了新肢的破绽？我不大相信这一点，因为在她的理解力中，根本不存在换肢的可能性。

但老太太从此不再抚摸我的腿脚了，只到躯干为止。也许母亲对自己身上掉下来的血肉，真有一种灵与肉的感应。

这几天常想起《三国演义》中的夏侯惇，一次作战中眼睛中箭，他拔箭时把眼珠也拔出来了。他大叫道："父精母血，不可弃也。"遂吞之。

我却把妈的血肉轻抛浪掷。我愧见老娘。

11月24日

这些天雅倩常摸着左耳对镜呆望，莫非她真的要换耳？我后悔不该开那个玩笑。

1月20日

今天钱先生来了，我不在家，是雅倩接待的。听雅倩说，钱先生是来做质量回访的。

钱先生及22世纪公司的工作作风确实令人钦佩。

但雅倩的心绪突然变坏了，整个下午烦躁不安，一言不发。晚上我洗过热水澡，她狠狠地盯着我的胳膊，盯得我心里发毛。等我上床后，她鄙夷地说：

"看你那两条精瘦胳膊，与两腿太不相称了！"

我在心中叫苦，其实这一点我早就注意到了。我讨好地说："从明天起我一定认真锻炼，练出健美运动员的体魄。"

她不耐烦地说："那要等到什么时候！"

我悲伤地叹口气问道："钱先生的主意？"

她一愣，强辩道："钱先生没来之前我就有这个意见。"

我黯然道："好吧。开价多少，两只胳膊一起换？"

雅倩立刻眉开眼笑。"很便宜，他开价60万，我一直压到42万成交。"

她伏在我的怀中，轻轻捏着我的肌肉，"我希望自己的丈夫是天下最健美、最潇洒的人，你不会怪我这点私心吧？"

我说，"我当然不会怪你，连钱先生也是真心为我好，并不是为赚钱。我如果是穷光蛋，他一定会免费为我手术的。"

4月10日

很久没记日记了，我不愿用"别人"的手写出自己的思想。

换臂手术也很成功，现在我的双臂健壮有力，肌腱凸出，确实令人羡慕。

只是我却没有什么自豪感，我是以第三者的身份超然地作出评论。我仍旧瞒着老娘，但她的抚摸区域又自动减少了。

舞会上我搂着雅倩大出风头。有这么一位四肢健美的白马王子，雅倩自然十分光彩。

晚上我搂着雅倩入睡，梦中常涌出强烈的失落感和负罪感。我眼睁睁地看着"别人"的一双手在抚摸雅倩的肩头、乳房、臀部……而自始至终，我也能清晰地感觉到快感。我似乎成了一个性无能者，教唆别人对妻子非礼以满足自己卑劣的精神需求。

梦中惊醒，额上冷汗涔涔，雅倩也被惊醒，睡意浓浓地问我怎么了。我告诉她这个梦境，她笑着在我额头上印上一吻：

"别胡思乱想了，雅倩是你的。别怕，即使我枕的是别人的臂弯，我心里还是想着阿坚。"

她翻过身又入睡了，我忧伤地看着她的背影，喃喃地说，"我倒宁可你枕着阿坚的胳膊去想别人。"

4月15日

钱先生又来做质量回访，仍是雅倩接待。

他似乎专找我不在家的时机。就在两天前他还来过电话，是我接的，钱先生只是问候老太太身体可好，老太太是什么时候失明的……我立时警觉起来，怕她在老娘的眼睛上寻找突破口，就既委婉又坚决地说，"多谢关心，老娘已70多岁了，思想又旧，我不想让她受折腾。"

当时钱先生圆滑地转过话头，寒暄几句就挂了电话，根本没提家访的事。

晚饭后，我像做贼似的躲着雅倩的目光，我知道自己的肩膀不宽阔，胸膛不挺，肚子有点过早发福……熄灯后，雅倩钻进我怀里，慢声细语地劝我，把躯干也换了吧。我第一次发火了：

"你纵然不为我，也该为我娘留下一块血肉啊！"

雅倩捧着我的面颊轻轻拍着，甜蜜地笑着："这儿不是？这才是你身上最重要的部分啊。"

她眯着眼，送上醉人的一吻。

6月17日

躯干已经更换，102万。最后一块阵地——头颅也没能保住，其实这个结局我早就料到了。与健美绝伦、毫无瑕疵的躯干四肢相比，我的头颅即使不算丑陋，也实在太平凡了。现在我的全身上下都十分完美，尤其是容貌，"貌比潘安"这些词对我已经不足用了。

换头费用是203万，全身合计430.4万。我很为雅倩的牺牲精神所感动，虽然我有亿万家产，但半年之中净增四百多万元的开支，我想恐怕今年无力给雅倩买新首饰了。

也许，我的美貌就是她的新首饰。

雅倩拉着我去22世纪赛斯与莫尼公司签约时，钱先生真诚地感到痛心。他声调低沉地说："我愧见漂亮的宋夫人和宋先生。实际上，从一开始我就应该建议宋先生全躯更换，那样费用最省，整体协调性最好，只用花费360万到380万即可。但我知道欲速则不达，躯体更换的优越性只能循序渐进地体会，我公司的销售计划不得不受用户觉悟程度的制约。"

我苦笑道；"钱先生是在与宋先生说话吗？我是宋坚吗？"

钱与吾一挥手，坚决地说："请你彻底扬弃这种陈腐的观念。以22世纪的眼光来看，人的本质在于大脑，其他眼耳鼻舌身只不过是满足大脑思维运动的工具或辅助品，就像眼镜或汽车一样。你不会认为换一副眼镜就影响你的自我人格吧？"

我冷冷地说:"既然如此,追求躯体的健美还有必要吗?"

钱先生一愣,立即拊掌笑道:"宋先生思维敏捷,语含机锋,足见还保持着清晰的自我。"

我疲倦地说:"谢谢你的恭维,其实你的思维更敏捷,我自愧不如。"

7月14日

美貌也是一种权势,我家的风向已经不知不觉地改变,雅倩变得十分贞静贤淑。

这副躯体确实已完美无瑕,我想如果米开朗琪罗看到我,一定会把大卫的雕像砸碎。

晚上浴罢出来,雅倩痴痴地近乎崇拜地看着我。我恶毒地瞪着她,她觉察了,畏缩地垂下目光。她色眯眯的目光让我十分憎恶。

我伴笑着问:"雅倩女士是否十分欣赏这副躯体?这个顶替宋坚的漂亮小白脸?"我的话越来越刻毒,"你是否喜爱在宋坚的目光注视下与这个小白脸偷情?"

雅倩战栗着低下头,偷偷抹去眼泪。

这个结局她大概始料未及吧。现在我们在美貌上至少是扯平了,她却比我少了一样至关重要的东西——钱。

夜半醒来,她还在偷偷啜泣。我叹口气,把她揽过来,雅倩立即趴在我怀里放声痛哭起来。说起来,她除了浅薄虚荣外,算不上是坏女人,我不知道自己为何越来越乖戾。如果这副完美的躯体生来就属于我,而贞静贤淑生来就属于她?……上帝啊!

7月16日

我与老太太的感情十分真挚浓烈,即使雅倩女皇终日颐指气使时,她也从不敢对老太太有一句不恭之辞。我与母亲的感情是一方净土,不容任何人玷污。

但现在我最怕与老娘单独相对,我能感受到老人日甚一日的冷漠。

我知道我是她的儿子，我又算不上她的儿子。我身上只余下这一块大脑与老人有血缘关系了。

今天老太太冷淡地问我："结婚六年了，为什么不给我生个孙子？"

可怜的母亲。她对儿子的异化已无可奈何了，只好把母爱寄托在孙辈上。我很羞愧，这几年只顾与雅倩灯红酒绿醉生梦死，把生儿育女抛在脑后。下意识中，我是怕怀孕破坏雅倩的美貌。

对，应该给老娘生个孙子，给老人的晚年一份慰藉，只是有一个小问题——在我的那玩意儿换过之后，这个孩子还算不算我的儿子，妈的孙子？

神思越来越恍惚。多少天没记日记了，是一个月，还是一年？我是谁，晚上与雅倩同床共枕的是不是宋坚？

妈，我的的确确是你的儿子啊，为什么你"看"我时，那样生疏疑虑？我哭了。我眼中没有哭，心里在哭。也可能我没有哭，是藏在脑颅里的那个宋坚在哭。

……

钱与吾趴在病床边对我大声说话，我睁大眼睛茫然四顾，不知道是否记住了他的话。我听见雅倩在床后压抑地抽泣。

"你的大脑灰质有极少见的过敏性，对新脑颅有中毒性反应……绝不是我公司产品质量问题……可以给你换脑。不，不，你仍然存在，你的思维将全部移入新大脑，就像旧抽屉里的东西倾倒在新抽屉……为表示同情，这次思维导流手术我们公司仅收 50% 的成本费，计 123 万元……"

我感觉到我被慢慢抬出头颅，暂放到一个仿形容器内。柔软的机械手仍使我产生剧痛，我知道此刻有一个空白的新大脑正缓缓移入我刚才待过的脑颅里。忽然我被龙卷风吸起来，通过一个绝对黑暗的喇叭口通道唰唰地流过去。眼前豁然开朗，我知道这是我的新居。千千万万个我的碎片熙熙攘攘地乱过一阵，便像蜂群散归各自六角形的蜂巢内。

10 月 20 日

神智已复清醒，雅倩笑哈哈地告诉我今天是 10 月 20 日。妈来过，我们仅冷淡地互相打了一个招呼。

这会儿钱与吾满面笑容地立在我的床前，他身后是一群身着白大褂正襟危坐的先生。钱先生亲切地说：

"衷心祝贺宋先生康复。为了对思想导流手术有一个绝对客观公正的评价，我公司特地请来全国的神经学、心理学泰斗。现在我来问你一些问题，请给予清晰肯定的回答。好，第一个问题，你是谁？"

我沉默很久。权威们沉默静思如老僧入定，钱与吾从容自若地微笑着，像一个老练的节目主持人。

"我曾是宋坚。"我缓缓地说，"我是亿万家财和一个美女的主人，又是他们的奴仆。现在我是 22 世纪赛斯与莫尼公司生产的、代号宋坚的一件新产品。"

钱先生满意地笑了，回头介绍道："这正是宋先生特有的机智与玩世不恭。各位先生请提问题吧。"

我忍住烦躁回答他们的问题。"你多大？""我今年 36 岁，属鼠。我没有上大学。""为什么？""因为我太有钱。细想起来，金钱并没给我带来什么幸福。"

"你平生最得意的一件事？""很少，大概只有小学时放风筝比赛了，我自制的知了风筝得了第一名，风筝飞得那么高远！蓝天白云是那么纯净！……噢，还有一件得意事，我轻而易举地骗了一个叫宋坚的傻蛋，推销了 553.4 万元货物，自己得到 7% 即 38.7 万元回扣。其实促销方法再简单不过——从夫人处迂回进攻，循序渐进。"

……

我忽然顿住！

我骗了一个叫宋坚的傻瓜，那么我是谁？我自然是宋坚，那么是我骗了我自己？

我能感到骗了宋坚的得意，又能感到顿悟真情后的愤怒……天哪，这是怎么回事？

我狂怒异常，瞪着血红的眼睛，似乎要择人而噬。纵然我自知已成一件赝品，但至少我要知道我的正式代码是什么！

脑海中浊浪翻滚。几分钟后，浊浪渐渐平息，沉淀成泾渭分明的两层思维——我总算把思路理清了。我当然是宋坚，但在思维导流过程中，因为未知的原因，掺杂了钱与吾的少量伴生思维！

对面几位科学泰斗已觉察到异常，惊惧地面面相觑。钱与吾做手势让他们镇静，他缓缓走过来，甜蜜地微笑着。我狂怒地想扑过去掐住他的喉咙，但我的身体似乎被蛇妖的目光催眠了，大脑指挥不了身体。

我从牙缝里嘶嘶地说："你这个畜生！"

钱与吾的微笑冻住了，逐渐转为狞笑。我从来想不到这位笑弥陀会变得这么狰狞。他一字一句地低声说：

"希望宋先生识相一点，按法律规定，人身上人造器官不得超过50%，且大脑不得更换，否则此人不再具有人的法律地位。宋先生是否希望雅倩女士成为亿万家产的新主人，并带着家产下嫁一位新的白马王子？"

我冷笑着，这种威胁对我无效，这副皮囊的穷富荣辱甚至生死存亡关我什么事！……但我知道我不会再反抗，那正是我与生俱来的劣根性。

我感到渗入骨髓的疲倦。

钱先生又笑了，笑得十分和蔼，一派长者之风。他诚恳地说：

"当然我们不会这样做。我们有自己的职业道德，我和这几位先生会终生为你保守秘密。宋先生只需每年支付50万元的保密费。"

后排的几位科学泰斗又恢复老僧入定的姿态。

几分钟后，钱先生笑容灿烂地宣布，经权威们一致认定，思维导流术质量完全合格。掌声中，我漠然与钱先生和几位科学前辈握手，漠然挽着雅倩的手臂，在镁光灯的闪烁下走出22世纪赛斯与莫尼公司，坐上罗尔斯—罗伊斯轿车。一路上雅倩紧紧偎住我，兴致勃勃地唠叨什么事，好像是关于更换耳朵的费用。我漠然置之。

我想几个月后雅倩也会从头到脚焕然一新。

替 身

秘书卡罗尔小姐向哈里森先生通报了李胜龙的到来，令她惊异的是，哈里森立即到门口迎接，这可是不多见的。作为美国最著名的制片人和导演，他是电影界教父级的人物，大牌明星全都对他俯首帖耳，女明星们则恨不得投怀送抱。所以，一般来说，哈里森认为不必对明星们讲什么礼节，何况李胜龙只是一个替身演员。

李胜龙32岁，长脸庞，小平头，中等身材，身体匀称。胸肌和三角肌没有施瓦辛格那样张扬，但也十分强健。四肢修长，走路富有弹性。一只黑色小狗紧紧跟在后边。

哈里森同他紧紧拥抱，亲热地拍着他的后背："李，很高兴见到你。完全复原了？"他的目光扫视李胜龙的右臂，李胜龙简单地说："复原了。"

"我想你肯定见到了对《深海鲨王》的评论！绝对真实！绝对刺激！一个令人永世不忘的八分钟的长镜头！本月票房收入已突破一个亿。李，我在你身上花的800万没有白花。"

李胜龙冷静地说："是我应该做的。"

哈里森把目光转向他的小狗："是你新买的宠物犬？什么血统？我没辨认出来。"

李胜龙咧嘴笑了："你当然认不出来，它可不是什么名犬，是最普通的杂种狗。我在辛比拉医学研究所附近捡到的。不过它极聪明，能听懂人类的谈话。来，布莱克，同哈里森先生握手，向他点头问好。"

布莱克步履从容地走上前，伸出前爪同哈里森相握，又向他轻轻点头。

"不错，真聪明！"哈里森掏出手绢擦擦右手，不易察觉地扔到身后。"言归正传吧。《深海鲨王》第二集马上就要开拍，观众的胃口已经吊起来了，该给他们准备点更刺激的东西。就看你啦。"

他用锋利的目光看看李胜龙的右腿，分明在大腿窝那儿犁了一刀。李胜龙知道，那儿就是这次该让鲨鱼咬掉的部位。他平静地说：

"没说的，这是我的工作。当然，我的报酬也应该……"

哈里森打断他的话："请放心，我一定会给出公平的报酬。1100万，怎么样？"

"好的。主角是谁？"

"是里根。"哈里森对麦克风说："卡罗尔小姐，让哈吉进来。"他回头说，"是哈吉·里根，他的身高、肩宽和你完全一样。你知道，观众越来越挑剔了，替身的面容、肤色、发色、瞳孔颜色都容易对付，但身高和肩宽是不容易做假的。"他笑起来，"从前是为演员挑选替身，现在是拿替身做标准来挑选演员。李，你的人望已经超过这些大牌明星了。"

里根推门进来，和李胜龙打了个招呼。不过，显然这次会面让他很尴尬，尽管他努力掩饰这一点。李胜龙看看他，冷淡地对哈里森说：

"对不起，哈里森先生，我不为这家伙做替身。"

里根更尴尬了，满脸涨红，哑口无言。哈里森平静地说："为什么？李，我想你应该知道一条规矩，从没有任何明星敢在我这儿耍大牌。"

"对不起，我不是对你。但我和这个家伙有点儿过节，不愿拿自己的血肉为他扬名。或者你换他，或者你换我。我等你的通知，再见。"

他转身走了，小狗布莱克很有礼貌地向两人点头，跟在主人后边。哈里森不快地问里根："你和李有什么过节？你应该提前告诉我。"

里根满脸通红："没什么，一次酒宴上我喝多了一点，骂过他。"

"骂的什么？我很想听听。"他冷淡地说，"我要听真话。"

"我……我说他不是演员，只是一个敢零卖自身血肉的泼皮。一只手臂800万，这是从未有过的天价。"

"对，是天价。不过它为我赚来一个亿的票房收入，它值这个价。里根先生，我想你该对现实有个清醒的认识，观众来看《深海鲨王》，不是冲着主角的脸蛋和演技，而是冲着那个八分钟的强烈刺激。李胜龙是干这一行的好手，没人能替代。这件事由你自己来摆平吧。"他转身走向办公桌,"给你三天时间,希望你能同他和好。否则,我只好换你了。"

他低下头,开始工作。里根尴尬地犹豫片刻,说:"好的,我去找他。"

他转身欲走时,哈里森抬起头:"我能为你提供一条途径,李胜龙有一个十分宠爱的华人情人,找她去吧。"

沿途仍能看到为《深海鲨王》第一集所做的巨型广告:

你想目睹鲨鱼吞噬肌体的真实场面吗?

你想品尝肢体被鲨鱼咀嚼的真实痛苦吗?

绝对真实,绝对刺激!

八分钟的长镜头,绝无任何电影特技!

较小的一行字是:

请你瞪大眼睛寻找电影的破绽,

人狼电影制片公司向你郑重承诺:

一旦发现以电影特技代替真实,

你将获得500万美元的赔偿!

李胜龙看看放在方向盘上的右手,崭新的右手,精美绝伦,与旧胳膊的连接处天衣无缝,仅仅肤色略有不同。这点差别算不了什么,到海滩上晒两天就好了。他想在《深海鲨王》第二集投拍前的空闲时间里,领黎青枝到澳大利亚大堡礁玩一玩。现在他有钱啦,他用一只右手换了800万美元,而且他身上的可卖品还多着呢。

右腿腿窝处——就是哈里森用目光犁过的地方——灼灼发疼,这已经是惯例了,是心理因素引起的肉体的预疼痛。20天后,鲨鱼的利齿会准确地从那儿把右腿切断。他是"神风替身"中最能干的一位,动作敏捷,遇事冷静,能准确实现导演的设计——也就是说,绝不会让鲨鱼多咬去或少咬掉一块肌肉。而且,更可贵的是,他能以顽强的毅力抵抗昏厥,把表达痛苦的神经脉冲送给观众,使他们如醉如痴。

手机响了,是黎青枝打来的:"胜龙,这会儿你在哪儿?有人想请你赴宴。"她撒娇地说，"看在我的面上，不要拒绝和他见面，好吗？我不要求你给出什么允诺，但你得给我一个面子。来吧，还是那家'千世龙'中餐馆。"

李胜龙知道这会儿在青枝身边的是谁，他的嘴角浮出冷笑，爽快地说："好的，既然你为他说情。"

"快来吧，你们好好谈谈。无论如何，他也是有名的大牌明星哩。"

"千世龙"的门口摆着关圣帝君的塑像，走廊上挂着红色的宫灯。身穿旗袍的侍女把他引到"听松斋"小雅间里。青枝和一个白人男子在那里等候，果然是哈吉·里根。他站起来迎接胜龙，仍显得局促不安。青枝用一双会说话的眼睛劝说胜龙：请保持绅士风度，对他客气点儿，好吗？李胜龙点点头，伸手与里根相握。

里根说："黎小姐已经帮我把饭菜点好了，都是你爱吃的。李，我想当面向你道歉。"李胜龙微笑着，但言语中丝毫不减锐利：

"里根先生，我希望你不要误解，我应约来这里，但并没有给出什么承诺。"

里根叹口气："当然，但我希望最终能取得你的谅解。"

饭菜还没上来，青枝偎在胜龙的怀里，询问去大堡礁的日程，又问："在《深海鲨王》第二集中你将被咬掉什么？哈里森开出多大价码？"她不高兴地说：

"半只手臂800万，一条整腿才1100万！胜龙，你该同那老家伙争一争。你不用怕他，你的声望已经具有足够的资本啦。"

哈吉·里根一直被晾在一边儿，心里暗暗窝火。他用一根蓝宝石项链才打动了这个娘儿们，但现在她和李胜龙似乎忘了他的存在。今天真不该来向李胜龙低头，什么时候替身演员变得比明星还牛气？他骂李胜龙的话实际没错，这些目中无人的替身只是些敢零卖自身血肉的泼皮。关键是观众，观众已经没有闲情逸致去欣赏什么表演，他们所要的就是最直接最痛快的刺激。这不奇怪，好莱坞一代一代的导演倾尽才情，去尽力提高影片中刺激的阈值，所以，最终培养出这样的观众口味是顺理成章的事。

"我是一个不合时俗的家伙。"他忽然冲动地说,"我认为电影应该是艺术,而不是血淋淋的刺激。可惜我不得不向现实投降。李先生,我不想冒犯你,但咱们都是社会陋习的牺牲品。"

李胜龙中止了同青枝的谈话,回过头冷淡地说:"这是你的道歉?我听着不怎么顺耳。"

里根看来豁出去了:"这是最真诚的道歉,我不想虚言粉饰。"

"你仍然认为我的工作没什么品位?"

"你把自己的工作做得非常好,但从本质上来讲……"他耸耸肩膀。

黎青枝听着两人带着火药味儿的对话,心想今天里根的饭局怕是要白请了。李胜龙冷淡地看着他,盯了很久,忽然说:"去告诉哈里森吧,我愿意做你的替身——不管怎样,你还敢讲几句真话。"

里根没料到这样的结局,愣了许久,他才如梦方醒,连声道谢:"谢谢你,谢谢你。"

《深海鲨王》第二集即将开拍!神风替身中第一号人物李胜龙伤愈归队,仍将担纲第二集的拍摄。相信他这次能为观众提供更有刺激性的经历!"

"胜龙,我不去拍摄现场啦。"青枝甜蜜蜜地说,"毕竟目睹那个场景需要很大的勇气。我知道那都是真刀真枪的活计,万一鲨鱼的嘴巴偏一点儿……我真的不敢看。等到影片拍完,我到电影院里去看吧。胜龙,吻你,祝你成功。"

这里是夏威夷南边的海面,海洋深处竖着一个巨大的平台,海水里扯着钛合金的护网。护网围住的区域有数平方海里,鲨鱼演员们就住在这儿。像第一集的拍摄一样,第二集也是先拍本片的戏核——那个长达 10 分钟的长镜头。因为,万一这部分拍摄失败,其他部分就不用拍了。

八架水上水下摄影机做好准备,从各个角度对准这处海面。虽然摄影机已检查过多次,但哈里森仍严厉地督促摄影师们复查。要知道,这种"真实拍摄"和普通的拍摄不同,这儿不允许失败,不允许重来——那不是浪费胶卷的问题,李胜龙可没有多余的右腿供鲨鱼再吃一次。也不允许切换镜头,观众是极挑剔的,他们一定要看绝对真实的镜头,任何镜头的切换,淡出淡入等都会被怀疑是使用了电影特技。

一只小船晃晃悠悠地摇向海面中心,船上只有李胜龙一人,他戴着哈吉·里根的面模,瞳孔也变成里根的颜色。说到底,他仍是替身演员啊。尽管替身演员的分量已被世人承认,影片片头要打上替身的名字,观众在欢呼时总喊李胜龙李胜龙!——但他仍是替身,永远不能以自己的真实面貌出现。他的头发里藏着无线发送器,通过它,他的脑电波将同千百万观众直连,把肢体被咬断时的神经脉冲送到观众的脑波接收仪上。

哈吉·里根站在平台上,用望远镜向海面上观察,暗暗祷祝替身的表演成功。他知道,一旦李胜龙的表演失败,自己的演出合同就告吹了。"你是个孬种,"他在心里骂自己,"你曾骂过李胜龙,但你一点不比他强。你为什么不把演出合同撕碎,扔到哈里森那个杂种的脸上?"

小狗布莱克也在平台上,它似乎知道今天主人的命运,凄楚地低吠着,远眺着海面上的小船。

小船泊在水面上,李胜龙屏息静气,摒除杂念,把自己的竞技状态调到最佳。尽管他是神风替身中最能干的一位,但这是真刀真枪的活,谁也不敢为成功打保票。他要同鲨鱼搏斗,逃避,还要不失时机地把自己的躯体送进去——要绝对准确。如果你按导演要求被咬去一条右腿,你会得到1100万美元;但你若是失去脑袋,那你只能得到菲薄的人身保险。

他觉得准备妥当了,便对着微型麦克风说一声:"开始。"八台摄影机同时咝咝地转动起来。李胜龙抽出匕首,用力划破右腿——反正一会儿要失去它,不必心疼———滴滴血珠滴到海水里。他用手搅一搅,加快血液的扩散。鲨鱼的嗅觉极灵敏,可以嗅到半海里之外的含量极微的血腥味儿。按一种未经证实的说法,鲨鱼还能辨别出每个人血液的味道,所以,一开始就用自己的血液来引诱鲨鱼,可以使它们的攻击更为凶猛。

10分钟后，鲨鱼的背鳍出现了，它们不慌不忙地围着小船打转，用残忍的小眼睛打量着小船。不过人和鲨都不着急，他们知道主角还未登场。两分钟后，一条大白鲨悄然出现。它的身体有普通鲨的一倍半，锋利的牙齿在水里闪着寒光。这只深海鲨王已是著名的影视明星，甚至比李胜龙还要出名——毕竟在两者的搏斗中，鲨王总是胜利者，总要从演员身上咬掉一块儿、一条胳膊或一条大腿什么的。观众就是冲这一点来的。

按照剧情，女主角将在海上遇险，男主角跳入鲨鱼群中救美。这些镜头将在以后补拍，在没有鲨鱼的安全水面上补拍，再用电影特技合成。这些不得已之处，观众是宽宏大量的，给予充分的理解——你总不能让演员个个缺胳膊少腿吧。但那个10分钟的长镜头绝不允许有一点儿虚假，替身演员拿着天文数字的工资，就是干这个的嘛。

李胜龙向莫须有的女主角喊一声："蓓蒂不要慌，我来了！"他纵身跃入鲨群中，手中仅握着一把匕首。几条小一点的鲨鱼闻到他身上的血腥味，鲁莽地围过来。李胜龙的泳技出神入化，灵巧地闪避着鲨鱼的攻击。一条鲨鱼冲过来，张开的利齿几乎咬住他的肩部，他急忙闪过去，用匕首在鲨鱼肚皮上剖开一条长口子。血液汹涌地流出来，把鲨鱼刺激得更为凶暴。

八架摄像机不停地拍摄着。

混战了10分钟，鲨王正式登场。看它冷冷的眼神，似乎在呵斥："无能之辈躲开，我要亲自出马了。"李胜龙绷紧肌肉，知道最重要的时刻来了，从现在起，摄像机将一刻不停地把他罩到镜头里，直到鲨王咬断他的一条大腿。然后大白鲨将退出镜头，镜头中是他同肉体剧痛的搏斗。

迎上去。哈里森公平地拿出1100万，现在该是他还债的时候了。李胜龙浮出水面，深吸一口气，径直冲向大白鲨。他用匕首在鲨王身上划了一道又一道血痕，也一次又一次从鲨王口中逃生。他在计算着时间，该到那个时候了。鲨王又一次向他进攻，他机敏地把身体躲过去，却有意把右腿送到鲨口中。

这就是他的绝技，这就是他拿1100万片酬的原因。有不少身手敏捷的替身演员敢同鲨鱼搏斗，也有能力从鲨鱼嘴中逃生。但是，恰如其分地把某一部分身体送到鲨王的利齿之中——只有他做得从容自若,坦然不惊。

他在咫尺之内看着两排利齿寒光一闪,嘎嘣一声,右腿从腿窝处齐齐被咬断。恰到好处,他在心里评价着,然后疼痛感传到大脑,就像白热的铁棒猛地杵入脑浆,脑浆咝咝响着,白气升腾,巨大的疼痛像千斤闸一样压迫着他,要关闭他的意识。不,不能休克,他还要摆脱鲨王的追击,还要把疼痛脉冲不打折扣地送给观众呢。他忍着剧痛,按动腰间一个开关,立时一股液体喷出去,这是从豹鳎身上提取的咬肌麻痹液,鲨鱼立即牙关麻痹,狼狈逃走。豹鳎麻痹液是整个拍摄过程中唯一做手脚的地方,不过观众不会注意的,他们此时的目光都盯在演员身上,盯在断腿的地方,品尝着白热的铁棒搅动脑汁的感觉,鲨鱼已经不在他们的注意力之中了。

鲨王率着四条鲨鱼逃走,李胜龙用力控制着残缺的身体,游回小船,艰难地爬上去。这是长镜头的结尾,相当于京剧中落幕前的亮相,要给观众一个明白的交代——他确实被鲨鱼咬掉一条腿,刚才送给观众大脑的疼痛感是真实的,他们的钱没有白花。然后,拍摄停止,救生船飞快地开过来。李胜龙的意识已经不大清楚了,目光开始模糊,他看到哈里森站在救生船上,感情外露地喊着:

"绝对一流!非常成功!李,你真是一个天才。"他命令医生,"快给李先生注射麻药,不要浪费他宝贵的痛苦。快去医院!"

手术台上躺着缺少右臂的李胜龙——不是缺少右腿的真李胜龙,是他的克隆体。上次演出之后,该克隆体的右臂已经被截下来,对李胜龙做了修补。所以,在哈里森的连续剧中,每次鲨王咬下的部位肯定各不相同。这是理所当然的,要充分利用克隆体的每一部分嘛,不能暴殄天物。

克隆李胜龙已经24岁,一直保持在植物人状态。这样,在截去某部分肢体时,他就不会有任何痛苦。这一点绝对确实,人道组织曾组织过严格的检查,确信克隆体没有任何神经反应,才同意这种零割碎切的手术。

天上传来直升机的轰鸣声,机身有白底红十字标记。直升机在楼顶停稳,一副担架被迅速抬下飞机,通过电梯送下来。外科医生迅速测量了伤员下肢被咬断的部位，然后电锯在克隆体的相应部位开锯。创面清理，血管缝合，神经缝合，骨头对准，皮肤缝合。五个小时后，最后一件外科工具当啷一声扔到不锈钢盘中，手术顺利结束。

还处于麻醉状态的李胜龙被推出手术室。小狗布莱克一直在病房门上焦急地抓挠着，这时才安静下来，颠颠地跟在手术床的后边。

哈里森没时间来看望李胜龙，他正督促着里根和一位大牌女明星尼亚加兰紧张地拍戏。哈里森很兴奋，现在，已经可以提前祝贺《深海鲨王》第二集的成功了！10 分钟完美的长镜头，无可挑剔，绝对刺激！至于里根和尼亚加兰的表演则是相对次要的东西。这是可以理解的嘛，当一根白热的铁棒塞入观众脑腔里搅过之后，当观众大张着嘴回味极度痛苦后的极度快感时，谁会在意演员的演技呢！

黎青枝俯下身，深深吻着情人："胜龙，你的表演真棒！电影我看了两遍，现在我耳边还响着鲨鱼咬断腿骨时的咔嚓声呢，太刺激了！你的经纪人说，1100 万片酬已全部打到你的账上——可是你为什么要养一个经纪人呢，我来当你的经纪人吧，我干得不会比他差。"

李胜龙微微笑着，没有答话，一上一下地踢着那条新安的腿。他要抓紧锻炼，下一次还指靠着它从鲨鱼嘴中逃生呢。新腿的感觉很好，稳定，灵敏，甚至比原来的腿还要好用。哈里森常说他请的是世界上最好的外科医生，他没有食言。

青枝摸摸他的腿："完全复原了吗？胜龙，在第三集中你将在哪儿被咬断？我想最好把'那儿'留着。"她看看李胜龙小腹以下的部位，咯咯地笑起来，"否则我会感觉你成了另外一个男人。"

布莱克忽然恼怒地吠起来，朝青枝龇着牙齿。青枝惊怒地跳起来："咄，你这只脏狗，为什么对我露出牙齿？真没教养！"

李胜龙说："我告诉过你，这条杂种狗非常聪明，能听懂人的谈话，有时它还要发表自己的评论呢。听它吠叫的口气，你刚才的话它不乐意听。"

青枝不屑地说:"一条肮脏的杂种狗,有这么聪明吗?胜龙,你该为我买结婚戒指了吧?"

"我会为你买一条钻石项链。"李胜龙有意绕开了直接回答。

"好——吧,什么时候?"

你想目睹鲨鱼咬断肢体的真实场面吗?
你想品尝肢体被鲨鱼咀嚼的痛苦吗?
绝对真实,绝对刺激!
《深海鲨王》第二集,10分钟的长镜头,
绝无任何电影特技!

哈里森同他拥抱,亲热地拍打着他的后背:"李,很高兴看到你出院。完全复原了?"

"复原了。"

"我想你一定看到了对第二集的评论!绝对……"

"我看到了。"李胜龙平淡地说。

哈里森咳了一声:"我很想让你多休息几天,可是不行啊,观众逼着我们出第三集呢。"

"我很乐意,我身上剩的东西还能再卖三四次呢。"

"那就言归正传吧,《深海鲨王》第三集就要开拍,但观众被宠坏了,他们要更刺激的东西,要一点真正属于躯干的东西——听懂我的话了吗?单是四肢已经不能满足他们了。"

他的目光扫过李胜龙的肚脐,李胜龙立即感到那儿一阵灼痛,这是心理因素引起的肉体疼痛。这一次他表现出一刹那的犹豫,没有立即点头。哈里森机敏地接着讲下去:

"这就牵涉到内脏的缝合,手术难度会大一些。不过,你完全不必担心!我的医生绝对保证手术的安全。这么说吧,我对你的安全比你本人更重视呢,哈哈!另外,报酬当然会大大提高,2500万,怎么样?"

李胜龙点点头:"好吧。这次的主角是谁?"

"哈吉·里根在上部影片中已经'失去'一条腿,当然不能是他啦。这次是麦克·布什。"

"鲨王当然不变了。"

"对,唯有你和它是这部连续剧中的常青树。"

李胜龙身后的小黑狗忽然愤怒地叫起来,甚至狂怒地向哈里森龇出白牙。哈里森不快地说:"还是那条杂种狗?没有教养的野狗!你已经是千万富翁了,应该买一条与你身份相称的宠物犬。"

"不,它与我的身份很相称。它刚才的吠叫是对你的谈话发表评论呢,可惜,它似乎对我所有的朋友都持批评态度。"

"唯独对你忠心耿耿?那么它的审判并不严格。"他刻薄地说,"李,我们的身上都有同样的血腥味。"

在水里搏斗10分钟后,李胜龙准确地把自己的下半身送到大白鲨嘴中。两排利齿在他的肚脐处咬合,咔嚓一声,白热的铁棒杵到脑浆中。不能休克,不能休克,他用力挥动着双臂,半截身体实在难以平衡,他艰难地攀住小船的船舷……

在极度的痛苦后是极度的快感,观众们几乎癫狂了。人狼电影公司真是好样的!他们有强烈的职业道德,绝不会让观众有白花钱的感觉。这次被咬断的可不仅是一只胳膊、一条腿,这次连五脏六腑都在鲨鱼的利齿中咀嚼。12分钟的长镜头,就像你一眼不眨地目睹了全过程,真过瘾。第四集什么时候投拍?当然,第四集里应该把刺激的阈值再提高一点。不过,相信人狼公司吧,它不会让观众失望。

医生们个个大汗淋淋,这次的躯干缝合比过去难多了。被咬碎的内脏已无法拼复,不过主刀医生早有了周密的手术计划,这要得益于有充分的克隆体备件。他下令把李胜龙残缺的内脏全部清理掉,再把克隆人的下体连同全部脏器拿来，放置在李胜龙的体腔内。这样一来，缝合的工作量就大大减少了。七个小时后，手术顺利完成。电话打到哈里森那里，他长出一口气，欣慰地说：

"太好了，干得好！我一直担心他闯不过这道关口——《深海鲨王》第四集还在等着他呢。"

黎青枝抱住他："亲爱的，我真为你骄傲。评论界对《深海鲨王》第三集一片叫好声，而且，几乎没有人提麦克·布什的名字，他们都知道，你才是这部电影中真正的灵魂。2500万已经到账。胜龙，我真的希望当你的经纪人，考虑一下，给我个答复，好吗？"

李胜龙下意识地摸着肚脐以下的部位，那儿皮肤的颜色稍浅一些，不过不要紧，晒两次日光浴就好了。肝胆脾肾都是新换的机件，不过他感觉不到有什么不对劲。他说："青枝，你看我已经换了半个身体，我已经是另一个男人了。"

青枝咯咯地笑着："没关系，我会重新熟悉你的。我会更加爱你，包括你的新身体。可是，你为什么不给我买一个结婚戒指？"

"我更愿意给你买一艘游艇。"他不动声色地说。

"游艇？"青枝不知道是高兴还是失望。不过——也好，婚戒总归要买的，在买婚戒前多要几件礼物也不错呀。

小狗布莱克烦闷地摇摇尾巴，从她身边离开。它已经厌倦了，不愿再以吠声表示自己的意见。

"很高兴见到你。完全复原了？"哈里森关心地问。

"不，内脏上的伤口还在隐隐作痛，下肢的肌肉也没完全恢复……"

"可是观众等不及了呀！真为你骄傲，你有数千万非常忠实的影迷，我们不能惹恼他们。第四集的拍摄不能再耽误了。"

李胜龙平静地说："好的，拍吧，我的身体可以应付。"

"太好了，我知道你是个职业荣誉感非常强烈的好演员。当然，第四集要给出一些新东西,一些比四肢、内脏更贵重的。"

"是吗?那我只有大脑了。"

"大脑?好主意。如果一个人的脑袋被鲨鱼咀嚼,那是何等的刺激!我会为你付 5000 万美元,你认为这个价钱公平吗?"

"很公平。但……5000 万元你给谁?那时,我只留下一个无头的躯干,我想,它似乎不会使用金钱。"

哈里森体贴地搂住他的肩膀:"放心,我已经为你筹划好了——对你的安全,我比你本人更关心呢。在这部影片中,我们将不得不使用一点儿特技——真对不住我们忠实的影迷,但在关键时刻我们只能从权了。拍摄将这样组织:鲨鱼咬掉你的脑袋,一定要从脖颈处咬断,这一点很重要。我们立即施放豹鳎麻痹液,使它不能继续咬合。拍摄停止,我们用麻醉弹麻醉大白鲨,取出你的脑袋。对你大脑发出的痛苦脉冲我们将适当编辑,增加一些诸如脑壳被咬碎这样的感觉,以便使观众满意。然后我们把你的脑袋和身体缝合。万一身体被咬烂不能再用,也没关系,启用 2 号克隆人就行了。怎么样,我勇敢的小伙子?"

李胜龙没有立即回话,小狗布莱克倒是立即发言了,它焦灼地狂吠着,拉着主人的裤腿往外走。李胜龙淡淡一笑:"看来我的伙伴不同意你的安排呀。"

哈里森朝小狗走来:"它真的能听懂人的对话?果真如此,我会让它进入影片,让它变成一个当红的名角儿。"

布莱克恐惧地叫着,当哈里森俯身想抚摸它时,它一下子跳开,凶狠地龇出牙齿。哈里森的手在半空中停下了,厌烦地瞪着它。

"哈里森先生,我想……"

哈里森机敏地截断他的话:"我还没把安排讲完呢。我们将签订一个严格的合约,一旦你有什么不幸,公司将为你提供一亿美元的抚恤金!一个亿呀,单单为了这笔巨款,我也会细心筹划,确保万无一失。"

布莱克悲哀地叫着,努力扯着主人的裤角。李胜龙拍拍它的头,让它安静下来。他抬起头:"好吧,"他叹息着,"好吧好吧,我已经走到这一步,为什么不善始善终呢？我不会让自己的影迷失望的。"

"好样的，你是天下最勇敢的人！"

"胜龙，你答应拍《深海鲨王》第四集？五千万片酬和一亿抚恤金？胜龙，你在这个世上还有亲人吗？"

"没有了。我是一个弃儿，父母没在我身上留下任何标记或地址。现在，我在世界上只有一个亲人。"

青枝感动地钻到他怀里："我真高兴——不，不，不是高兴我将成为遗产继承人，而是高兴你说我是你唯一的亲人。胜龙，我为你的安全担心，可是我不会阻拦你的，我知道你是天下最勇敢的男人。胜龙，我们结婚吧，我要用有契约的爱情来保佑你平安无事。"

她没想到这次李胜龙痛快地答应了："好的，我们马上结婚，我还要把律师喊来起草遗嘱。"

青枝由衷地感动了，狂吻着情人："你真好，你是一个负责的好男人。"

这是一场世纪婚礼，比英国王子的婚礼还要奢侈。有人说，单是新娘的婚纱和首饰就超过一千万美元。唯一与婚礼气氛不协调的是那只普通的杂种狗，新郎始终带着它，而它竟然不受抬举，一副郁郁寡欢的样子。

小报《万花筒》刻薄地评论道：

这是一次典型的暴发户的婚礼，不计后果的奢侈和排场。据信，李胜龙现在比影迷们还要迫切地等待着《深海鲨王》第四集的拍摄。没有那五千万的片酬，他恐怕很快就要破产啦。当然，如果再加上一亿美元的抚恤金，那么他还能为未亡人留下一笔令人艳羡的遗产——我想这正是那位新娘隐秘的愿望。

他从鲨王的利齿中一次一次逃脱，匕首在它身上留下一道道血痕。今天他的竞技状态特别好，新安装的下体同他心意相通，甚至更为年轻有力，反应更加灵敏。鲨王被它自己的血液刺激得狂性大发，小眼睛射出凶暴的光。

它再次恶狠狠地扑来，张开利齿，但李胜龙在间不容发的时刻又成功脱身。

听筒中传来哈里森的声音："很好。表演已经做足了，进行下一步吧。"

他的语调很平和，不过李胜龙能听出其中的不耐烦。那么，就开始下一步吧。不过，他真舍不得这样终结自己的替身生涯。鲨王又向他劈面冲来，一人一鲨有刹那间的对峙。尖鼻子，冷厉的小眼睛，锋利的牙齿，优美的身躯，身躯两边的感觉线……他和鲨王已经有三年多的交情了，这是个值得尊敬的对手，做它的腹中物不算是侮辱。他长笑一声，双臂贴在身上，用脑袋向鲨鱼嘴巴冲过去，咔嚓一声，他的脖子被咬断。恰到好处，他的大脑做出最后的判断，同时右手按下了豹鳎麻醉液的开关。但似乎鲨王的咬肌并未受影响，它咬碎这颗脑袋，又开始撕扯他的残躯。他的意识落入一个幽深的黑洞，随后被关闭。

但那一瞬间的痛苦脉冲足以使观众发狂。哈里森也在脑波接收仪中品尝着痛苦脉冲的质量，他是这方面的老行家了，立即判断出这次的痛苦阈值比上一集还要高出三个分贝。没错，电影已经成功了。

副导演气喘吁吁地问："鲨王的咬肌似乎没有麻痹，是否发射麻醉弹？"

哈里森轻松地说："不必，继续拍摄。"

他会为这个决定付出一亿美元，但他不会后悔。关键是李胜龙已经把戏演到极致——他的脑袋都被咬碎了，你还指望他能干出什么更轰动的事情？他如果活下去，只会成为废物，坏了他自己的名声。可是，如果他在最后一部片子中英勇地死去，就会成为烈士，成为神风替身中的圣者。那时，他演过的任何电影包括他的前三集都会卖上或重新卖上一个好价钱，足以补偿一亿美元的损失。然后，哈里森就要转向，去拍另外有杀伤力的主题。

《深海鲨王》第四集的首映式上笼罩着浓厚的宗教情怀。在此之前，观众们与李胜龙之间只有买卖关系——我拿钱去买你的痛苦。但是，这位无比敬业的替身演员在绝笔之作中以身殉职，这使他呈献给观众的痛苦有了往日没有的悲壮。鲨王张开利齿，脖颈咔嚓一声被咬断，极度的痛苦，脑袋在滚入鲨胃前的最后一瞥……观众泪流满面。

首映式后为死者做了追思弥撒,观众们含泪诵祷:"主啊,请你感念你的仆人李胜龙,他既因圣洗和你的圣子一样死亡,求你也使他和你的圣子一样复活。"

哈里森悲痛地走上台,当众将一亿美元的支票交给李胜龙的律师。由于悲痛过度,他只说了一句:

"人狼电影公司将用金字把李胜龙的名字镌刻在史册上。"

黎青枝焦急地望着律师。李胜龙的遗嘱是什么内容?他还有别的亲人吗?不会的,他亲口说过,在这个世上他只有一个亲人。仆人终于把小狗布莱克找到了,抱过来,放在女主人身边的凳子上。黎青枝真不明白,律师在宣读遗嘱时为什么一定要它也在场。

遗嘱打开了:

"我对我的遗产做如下分割:

一、按合约付讫律师费用;

二、给我法律上的妻子留下10万美元,再加上我已经送给她的首饰、房产和游艇,我想已足以补偿她对我的'爱情';

三、其余财产赠予我在这个世上唯一的亲人——小狗布莱克。"

身穿葬服的未亡人脸色苍白,眼中冒火。只有10万!一亿五千万遗产中才给她留下10万!她恨不得让鲨王把李胜龙的灵魂带到地狱中去。仆人们把艳羡的目光转向布莱克,现在,它已经是一亿多财产的唯一继承人了!可惜布莱克不知道品味横空飞来的幸福,它在坐椅上阴郁地沉默着,忽然它窜到地下,朝门外一溜烟跑了。

女主人最先醒悟过来,喊道:"抓住它!拦住它!请它停下!"仆人们纷纷追上去,她转向律师,"先生,我想取得对布莱克的监护权,可以吗?我相信你能办成的。"她走过去,低声说:"我的报酬是百分之……"

律师不动声色地说:"我会尽力。"

仆人们惊慌地跑回来说:"布莱克失踪了。"

布莱克悄悄潜入哈里森的拍摄场地。没人知道它是一条基因嵌接狗，它的狗脑袋里的智力不亚于一个12岁的孩子。主人李胜龙也不知道这一点，但他爱布莱克，把它当成自己的哑巴朋友，常常向它诉说心里话，诉说他的孤独，他的痛苦，他在"神风"外表下的软弱。现在，他死了，离开了这个陌生残忍的世界，把一亿多财产留给"世上唯一的亲人"。

布莱克跑到野外凄厉地吠了一夜，然后，它决心为主人做点什么。

拍摄场里，哈里森的另一部影片《杀人鳄》正在拍摄。杀人鳄已经物色到了，个头很大，凶残丑陋，足以刺激观众的神经。但替身演员太糟糕，没有一点儿李胜龙的"酷"劲儿，面对杀人鳄的血盆大口他总是畏畏缩缩，在这种心态下，当他的左腿被杀人鳄咬断时，痛苦脉冲也不会像李胜龙那样强烈和壮美。哈里森用尽导演的技巧，也没能让替身演员入戏。他恼怒地暂停拍摄，开始有点后悔，也许，不该让李胜龙死去。

一只小狗站在他面前，目光沉静地看着他。这种熟悉的目光立即让他回忆起，这是李胜龙的爱犬！要知道，它身上还背着一亿多的家产呢。哈里森蹲下身，用最动人的声音唤它：

"你好，小宝贝，你是叫布莱克，对吗？来吧，到新主人这里来，我会让你过上王侯一般的生活。"

布莱克来了，它箭一般扑过来，干脆利索地咬断哈里森的脖子。周围的人发现异常，赶来把布莱克打死，一直到死，它都紧紧吊在哈里森的脖子上。

时空商人

我是在回北京的路上认识任有财的。三十五六岁，中等身材，微胖，长相不是太困难，但绝对配不上轩昂、儒雅这类褒词。戴着几枚粗大的金戒，皱巴巴的廉价西服。"咱这长相和身板，穿名牌辱没了好东西。"熟稔后他对我自嘲。那天他进卧铺车厢后就脱下袜子抠脚趾，抠得痛快时闭上眼睛，龇牙咧嘴的。他是商人，大概经营牛皮、猪鬃等土产。旅途中手机几乎没停过，我听见他的如下一些对话：

"这事你不用管，我已经摆平了。"

或者："操，告诉他七天内把欠款还清！我任有财白道黑道路路通，再要赖我把他的蛋黄挤出来。"

有时变得腻声腻语："小咪咪，明早我就到北京了，办完正事去找你……三天不行，只能陪你一天。记着，把屋里收拾干净，别让我看见不该看见的东西，否则我饶不了你。"

这人健谈，自来熟，和同车厢的人聊得火热。吃烧鸡时先撕下一只大腿非要塞给我，我当然不会接受，婉言谢绝了——再说，想起他抠脚趾的手，我也不敢接呀。

无疑这是改革大潮中涌现的暴发户，这种人现在太多了。我对他颇不感冒，但我受的教育不允许我把鄙视露出来。我一直和他闲聊着，想就近观察一下这类人物。后来我才知道，他同样在近距离地观察我"这类书呆子"。他问了我的收入，这一般是犯忌的问题，我没瞒他，这位老兄啧啧连声：

"这么点钱咋能过得下去？老实说，我每月的手机费都是你工资的两倍。"他推心置腹地说，"老弟，我真弄不懂你们这些念书人，透精透能的，咋在发财上不开窍？你看像我这样的粗人都能发，何况你们？关键是胆子太小，没悟性！"

　　这番话太张狂，我听着很不是味。不过他声言"像我这种粗人"，又显然对自己的出身怀着自卑。我没计较，笑着说："龙生九子，各有各的活法。"

　　他问我在哪儿工作，我说是中国科学院超物理研究所。他问什么是超物理？我解释说，就是超出正统物理学的东西，比如时间机器。"这些你不懂，"我怕伤他的自尊心，忙改口说："你不会相信的。"

　　"我怎么不懂？怎么不信？就是能到过去未来的那玩意儿嘛，美国电影上见得多啦。原来咱国家也能制造？"

　　我哑然失笑。我常说只有两种人相信我的研究，一种是超越正统物理学的智者，一种是什么也不懂的文盲。你看，按这位任老兄的意见，美国早就有时间机器啦。不过，他粗俗的天真勾起我的兴趣，我不想中断谈话，便告诉他："你说的电影上的时间机器只是科幻，我这台才是世界第一台呢，样机已经基本成功。"

　　他兴高采烈："真的？你坐时间机器到过什么时候？"

　　"没有，还没有正式试验。这是很大的工程，至少要进行四次无人旅行后才进行有人旅行。"

　　"它能到多远的时间？"

　　"样机功率有限，大致能到2000年以内的过去和500年以内的未来。"

　　"第一次有人旅行——大致是什么时候？"

　　"不好说，这项研究实际上已差不多停滞了。主要是经费。"我叹息着，"这毕竟不是关乎国计民生的紧迫事，现在国家用钱的地方太多。"

　　据我后来回忆，我们的聊天到此就结束了。任有财难得地安静下来，枕着双臂躺在床上，两眼灼灼地瞪着窗外。火车进入夜间行车，顶灯熄灭了，只有脚灯幽幽地亮着。火车在通过郑州黄河大桥，哐哐当当的震动从车下传来。任有财忽然从茶几上俯过身来问：

　　"需要多少钱？"

　　我一时没醒过神："什么多少钱？"

　　"你的研究，把时间机器发展到有人旅行。"

"不多,大概一千万吧。主要研究已经完成,目前只需研制用于无人旅行的自动控制系统。"

"你给我交底,成功有多大把握?"

我开玩笑:"差不多能到24K金的成色,至少99%吧。我说过,主要研究已经完成了。"

他果断地说:"好,一千万我出。"他看出我的惊讶,咧嘴笑道,"老哥我不像千万富翁是不是?不是跟你吹,再多拿几个一千万我也不含糊。"

"但是……"

"我赚钱的秘诀就是抢挖第一桶金!时间机器既然是前无古人的东西,冒点险也值得。当然,明天你得领我仔细看看那台机器,不见兔子我是不撒鹰的。"

我原想这位老兄第二天早上就会忘掉他的大话,但他显然十分认真。他推掉所有业务,跟我一头扎进超物理研究所看了两天。那位"咪咪"打电话纠缠他,他软声软气地解释半天,最后恼火了:

"妈的,老子说过有正经事,你还死缠不放……我就是另有相好啦,你把老子那玩意儿咬了!"

他啪地摁断电话,并关了机,不再接任何电话。

在参观和询问中,他根本不听关于时间旅行原理的解释:"甭说这些,我反正听不懂。我做这笔生意就是冲着你姚老弟。你是老实人,我这双眼看人从没错过。"他关注的问题是:这台样机的可靠性如何?时间"定位"的精度如何?特别是,如果不进行无人试验而直接进入有人试验行不行?我说:

"我想没问题,但我们不能冒险,人的生命是最宝贵的。"

他哼了一声,当时没吭声。两天后,他在东来顺饭店宴请我。我去时他已经到了,坐在雅间的皮沙发上,一位高个子性感美女腻在他怀里撒娇。那女人穿露肩晚礼服,白皙的脖颈上挂着一串钻石项链——我想多半是任有财刚刚送她的礼物。任有财介绍说这是咪咪小姐,我认出她是京城一位有点名气的模特,但我想这种场合还是佯作不认识为好。入席后咪咪小姐的举止倒是无可挑剔,吃菜时樱口半张,很淑女的样子;吃螃蟹时殷勤地剥出蟹肉送到任有财盘里,又像一位贤妻。酒至半酣,任有财开始正题,他干脆地说:

"我决定了,这个项目我投资一千万,分两次付清。不过我有个条件,要求你们跳过无人试验,直接进入有人旅行。"

我摇摇头:"我们不能……"

他打断我:"我来做试验者!让我坐一次,一千万就白给。再说,还省了你们一大笔试验费用呢,省了试验员的工资呢,这样合算的事你到哪儿去找?"

我耐心地说:"我很佩服你的勇敢,也感谢你的慷慨,但我们要为你的生命负责……"

他粗鲁地说:"扯淡!你说过时间机器成功的可能性是 99%,比坐飞机还安全呢。去年中国民航、东航接连栽了两架飞机,中国人就不坐飞机啦?再说万一回不来也不怕,哪儿黄土不埋人。吹个牛吧,任有财到哪儿也不会是窝囊废,落到乱世我是领袖级人物,落到治世我是一流商人。放心,我给你立军令状,真回不来不让你嫂子来要人。"他看看咪咪,打个哈哈,"我是指我的黄脸婆,至于像咪咪这样的露水夫妻,肯定不会来纠缠啦。"

咪咪的面孔稍稍红一下,仍然谈笑自若。一时之间我不知该如何回答,这个貌不惊人的粗俗家伙有一股霸气,叫你不能等闲视之。他有霸气的资本啊,不答应他的条件——一千万就要泡汤。而且,最关键的是他的理由极有说服力。时间机器与别的东西不同,它最可能的失败不是试验者的死亡,而是陷入某个时空区域回不来。但像任有财这种生命力强悍的家伙,真的不害怕这种结局。我犹豫地说,"这事怕得从长计议。"任有财的脸说变就变,粗野地骂:

"娘的,像你这样前怕狼后怕虎,吃屎都赶不上热乎的。"他看见我的怒容,嘻嘻笑着,"别生气,我是个粗人,刚才的话全当是放屁。怎么样,今天能不能拍板?不能就散伙,我还去干我的牛皮猪鬃生意。"

我终于做出了此生最果敢的决定:"好——吧,我同意。"

我们跳过了无人试验阶段，也就省去了自动控制系统的研制。现在，余下的工作就是尽可能检查样机的可靠性，同时从零开始对任有财进行训练。我曾提出，即使按他的意见跳过无人旅行，也不必让他去呀，我去更合适些，有什么小故障也容易处理。他的回答是斩钉截铁的：

"少废话，要么我去，要么合同玩儿完。"

我耐心地教会他所有操作，同时进行时空旅行的道德教育。我说，你不能和异相时空有任何物质上的交流——要是把一支五四手枪交给荆轲，历史就得重写啦。历史处于行进过程时有无数的可能性，但"已存在"的历史则凝固了，板结了。时空旅行必然对历史形成一些微扰，这是允许的；但一旦超过限度，就会造成时空结构的破裂，那时的剧变或灾难就非人力所能控制。我反复问他：

"这些道理你懂不懂？"

"懂。你放心，我是商人，不是革命家。我干吗要造成时空结构的破裂？眼前这小日子我过得蛮滋润呢。是不是已形成法律？"

"什么？"

"你说的时空旅行的禁令是否已形成法律？"

"没有。法律总是滞后于现实。第一次时空旅行还没开始呢，怎么可能有正式法律？"我从他的追问上悟到某种危险，便正告道，"虽说还没形成正式法律，但它是时空旅行者最起码的道德底线，是一种潜法律。你必须无条件遵守，这上面没一点通融余地，否则咱们的协议就玩儿完。"

话一出口我就感到惊奇，和任有财才接触三天，我怎么也学会他的切口？任有财笑嘻嘻地说："别担心，我一定严格执行——再说我是在你们眼皮子底下出发回来，就是想有什么夹带也办不到哇。"

五天后，一切准备妥当。他此次的旅行时间预定为 15 天，所带的给养是我们双方商定的，尽可能简单。食物和用水之外，还有一把电筒，一把匕首，一只打火机，一盒清凉油——他说他最怕蚊叮虫咬，一只指南针，一支签字笔，一本日记——精装大开本带拉链，他说虽然他是粗人，也要好好记下这历史性的时刻——还有一面小圆镜——他得注意仪容,不能给 21 世纪的人丢脸是不是?最后还有一块手表。他原想带计算器和手枪的,我觉得这两样东西万一遗忘在古代太危险,没有同意,他也没有坚持。

在他坐上时间车之前,我指派研究所的小李借口做安全检查,对他进行彻底搜身。说实话,对他的承诺我只相信一半,我可不能让他在第一次时空旅行中捅出什么娄子。检查结果很满意,他带进时间车的全是上述日用品,没有夹带纸币首饰什么的。咪咪也赶来送行,缠着他从隋唐五代给捎回一件小礼物。任有财很有道德感地说:

"扯淡,我可不想造成时空断裂——时空断裂后谁知道你会跟哪个男人?"

我彬彬有礼地请咪咪让开,不要妨碍我们的工作。任有财坐进时间车,盖好顶盖。在这么个重大的历史关头,甚至可以说是生死关头,再勇敢的人也难免紧张,但任有财不会。他神情自若,意态昂扬地说:

"姚老师,我要出发了!"

"祝你一路顺风!"

他按下转换钮,一片绿雾包围了时间车,然后它失踪了。

异相时空的活动无法进行精确的监控,控制室里只能约略测出断续的轨迹。眼见这辆时间车马不停蹄,先到了"文革"期间,又奔向北宋,拐到唐朝、西晋、汉朝、南宋,像火流星一样四处飞蹿,我真担心这一趟下来就把时间车跑报废了,时间车的设计寿命只有十万千米日。不过我们都很兴奋,至少从断续的轨迹看,时间车工作完全正常,甚至可以说是非常出色。

一天一天过去,我们开始有点焦灼。本来,时间旅行者不管实际行程如何,都可以在出发的那一时刻就返回,甚至在出发前返回,但那会造成不必要的时空冲突,我们都自觉地避免这种做法。但任有财似乎忘了这个技巧,我们只有耐心等下去。

15 天后,试验室中央泛起一团绿光,他终于回来了!绿光散尽,时间车出现,他迫不及待地顶开顶盖,跳出来大喊大叫:

"棒极了！这趟旅行真刺激，姚老师你是个天才，俺服你！"

他和时间车一样风尘仆仆，瘦了一圈，但精神很好。我们迅速做了初步检查，身体状况良好，车况也很好，只是车里空空如也，没有一件杂物。只剩下那本笔记，他珍重地抱在怀里。问起出发时带的日用杂物，他不在意地说：

"都送人了。打老远回去见祖先们，手里空空的没一点儿礼物，多难为情！我只好把那些小玩意儿送人了。"

我不由皱起眉头。不允许同异相时空有物质上的交流，我们讲过多少次啦，他全当成耳旁风。不过他这次立了大功，此刻正在兴头上——再说送的都是些无关紧要的小东西，我把这些责备咽下去了。

接下来三天我们详细询问了他的行程和时间车的运行情况。他按照日记上的记载，一一做了说明。日记本上记得乱七八糟，还夹着什么纸片帛片。他说：

"等我把日记整理好你们可以复制，但原件是我的，这是我最珍贵的纪念，投资一千万的唯一回报。"

我笑着答应了。总的说任有财表现不错，驾驶很出色，也没从古代走私夜明珠金元宝什么的，除了这本笔记外他是两袖清风。

三天后，任有财在老地方宴请我，仍是咪咪作陪。饮酒半酣，他把500万的现金支票交给我，出发前他已兑现了500万。经过这段接触，我对他的印象大有改善，虽说举止粗俗，但他处事果断，一诺千金，一千万扔出去眼都不眨，我就没有这样的气度。我说，"谢谢任先生，这次合作很愉快，希望以后还有合作的机会。"他对我的话直皱眉头：

"别那么酸文假醋啦，有了这段交情，咱们就是兄弟了。米，老哥给你一件小礼物。"

他又递过来一张现金支票，赫然是100万！我愣住了，不快地说："任先生，不，任大哥，这是干什么？"

他狡猾地眨眨眼睛："小意思，你让老哥发了笔横财，老哥也得让兄弟喝点汤。"

发财？他刚破了一千万的财呢。任有财得意地朗声大笑："不理解吧，兄弟呀，你们这些高智商的科学家，咋在赚钱上这么不开窍？"他掏出那本精装大开本日记拍到桌面上，"就它，抵去我的投资，至少给我净赚两千万！来，老哥教你学点能耐，古往今来，都是第一桶金好挖，就看你有没有悟性……"

那晚他兴致勃勃地吹了三个小时，让我受益匪浅。他说，"时间车一启动，我就直奔1968年11月25日去。为什么？那时邮电部发行了一套纪念邮票，叫'全国山河一片红'。但邮票上出现了一些错误，发现错误后邮电部立即把邮票回收销毁，只有1000枚流到市面上。这套错票也就成了集邮家们垂涎欲滴的珍邮。

"我在邮票首发日赶到丰台，那儿接邮电部通知晚了一点，照旧在出售。可惜呀，你不准我带现金，否则我把那几版邮票全买回来！不过也难不倒我，我和卖邮票的小姑娘叽咕叽咕，用手电筒换来两张四方联。它值多少钱？21世纪初曾拍卖过两枚竖联，成交价180万！这两张四方联至少值300万。不过我不打算卖，要留给子孙做传家宝。

"邮票到手后正赶上一场群众游行，上万人疯了似的喊口号，偏偏没一人知道他们身边就有唾手可得的价值千万的珍宝。傻子，全是傻子！

"第二站是北宋庆历年间，毕昇不是发明了活字印刷吗，我本想把毕昇的第一套泥活字弄来一套，那可是价值连城的宝贝。不过咱要遵守时空旅行的规矩——但几张纸问题不大吧。我找到了毕昇做试验时的第一个印张——绝对是第一张，毕昇亲口对我说的。至于印刷内容暂时保密，我已经把这则消息卖给美国《基督教科学箴言报》，独家报道，成交价80万美元。至于实物当然不会给老外，我要捐给历史博物馆，要一个捐赠证书。

"你说我下一站是唐朝？没错，天宝年间。我送给杨国忠一盒清凉油，我说这玩意儿延年益寿，经他介绍见到杨玉环，把那面圆玻璃镜献给她。你想象不出贵妃娘娘有多高兴！那时宫中都是用铜镜，难以清晰地照出花容月貌，镜面隔段时间还得重磨。她有了这面宝镜，可是把三宫六院全比下去啦。可惜杨贵妃后来没有善终，否则你准能在她的陪葬品中找到她最珍爱的这面镜子。贵妃娘娘要赏我金银财宝，我没要，只求她转请李白给留下一副手迹。她当时就把李白召来，在我日记本上亲笔抄录了他的三首诗，就是'借问汉宫谁得似，可怜飞燕倚新妆'什么的，等一会儿我让你看。史书上不是说李白因这三首诗得罪了杨贵妃吗？全是扯淡，贵妃高兴着哪，不过也可能是高力士还没来得及进谗言。

"签字笔我送王羲之了，他乐得手舞足蹈，说这种笔可随身携带，无须墨盒，其制作穷天地之工，好极好极！趁着他的高兴劲儿，我向他索要他最值钱的那副字帖，叫什么《兰亭集序》。他说：'那篇行书我不是太满意啊，另外给你抄一篇《离骚》吧。'打火机我送给项羽了，我说：'你要火烧阿房宫三百里，就用它点火吧。不过，你与刘邦划鸿沟为界的誓约得交我留个纪念，我说老项啊，咱俩对脾气，我给你说个透底话吧，你反正得死到刘邦那泼皮手里，那份誓约没啥用。'指南针我送给郑和了，我说：'这个是不是比你的司南精致好用？不过作为交换，请你把三宝太监的官印在我日记上盖一下。'我还抽空看了岳飞岳爷爷，可惜手边的东西快送光了，只有把匕首和手表留给他。我打小敬佩岳爷爷，什么东西也没要，但他硬给我塞了一份他亲自抄的前后《出师表》……

"我还想到国外去转转，瞅空把摩西十诫、伽利略手稿什么的弄一点，可惜不懂外语，试巴试巴没敢出去。不过就这些收获也差不多了，七件国宝级的文物，论实价能值几个亿吧。除了那张邮票留给儿孙外，我准备全都捐给历史博物馆，只收两千万的补偿费。钱是龟孙，不能光钻在钱眼里，也得讲青史留名。春秋时期不是还有个商人弦高舍牛救国的事么。怎么样老弟？我基本上遵守了你定的规矩，最多不过打了几个擦边球。"

我不快地说："这些历史文物……"

"几张破纸，不至于在时空结构上造成破裂吧。你别吓唬我，我可不怕。直说了吧，你就是告到法院里我也不怵，时空旅行的法律还没颁布呢，没人能定我的罪。我说过，想发财就得吃早食。"

我仍板着脸,但内心里真的佩服任有财,他能化腐朽为神奇,几件极廉价的日用杂品就鼓捣出这么个场面。我笑了:"好啦,我不会找你的麻烦。毕竟你是第一次进行时空旅行的勇士,借机发点财——就由你吧。"我看看咪咪,"给咪咪小姐带来什么礼物?我看她喜洋洋的,肯定大有所得吧。"

咪咪抿嘴乐,任有财嘿嘿笑着:"没什么。我临回来时也拐到未来看了看。下个月,香港赛马要爆出一个冷门,20∶1 的赔率;另外,我在上海、深圳股市中记下了一两家涨停板的绩优股。我正帮咪咪筹措资金呢。怎么,你想不想凑一份儿?"

我摇头拒绝:"我不参加,你们且去发财吧。不过,跨时空商业活动到此为止,我要堵上这些蚁穴,免得明天溃堤。任先生——不,任老哥,希望你也能参加时空禁令的草拟工作,"我微嘲道,"以盗制盗历来是最高明的办法。"

"不能让我再来一次时空贩运?不能再通融一次?"他试探地问。

"不能。到此为止!"

他笑骂:"我这 100 万白送啦?"他略一思索,"娘的,也好!那我就铁定成为历史上唯一的时空商人——光这点名声也值两千万呢。行!我去帮你制订这项禁令,把所有可能的路子全堵死。"

"我绝对相信你在这方面的天才——还有动机。"我正容说。

宴会在欢洽的气氛中结束。我收下他的 100 万元馈赠,还清了我购房的欠款,又给妻子买了两样像样的首饰。几年后,时空旅行成了最热门的旅游项目,不过谁也甭想借此进行商业活动,他们必须遵守一部严格的、详尽的、极有预见力的时空旅行禁令。大多数人不知道,这部禁令原来是一位时空走私商制定的。

透明脑

前总统卡米·吉特为首的七人团到达关塔那摩监狱后，先在监狱长的陪同下匆匆参观了一番。他们此番并非冲着虐囚丑闻来的，而是应军方邀请，来对一项重大技术做出裁决——不是技术上的而是道德上的裁决，所以七人团成员都是社会上重量级的人物，除了一位前总统，还有一位前国务卿舒尔茨，两位参议员布雷德利和麦克莱恩，一位众议员兼众院道德委员会主席佐利克，一位获诺贝尔奖的作家贝尔，和一位同样获诺贝尔奖的物理学家钱德尔曼。

这座所谓的"临时"监狱至今仍关押着650名囚犯，大多已经关押数年了，都是在伊斯兰国家逮捕的恐怖分子嫌犯。他们被关押在单人牢房中，牢房中只有简单的床具，而且与墙壁紧紧相连以免犯人用床具做武器。囚犯中显然有不少死硬分子，看见参观团时脸色阴沉，满怀敌意，有人怒气冲冲地向外面啐着。七人团还看见了两个正在押解途中的犯人，据监狱长说一会儿的裁决会要用上他俩。押运工作戒备森严，犯人平躺在特制的两轮小推车上，用铁链锁得紧紧的，小车由两位高大雄武的军人前后推拉。

吉特看见这一幕，与团员们相视苦笑。他是关塔那摩监狱直言不讳的反对者，一直呼吁关闭它——"如果我还是总统，我肯定会把它关掉，不是明天，而是今天早上。"但吉特也知道，为了对付席卷全球的恐怖主义浪潮，美国政府有很多难言的苦衷，干了很多不得不干的事。备受舆论攻击的这座监狱即是一例。

参观之后，裁决会开始了。军方的主持人是怀特将军，满头白发，精明强干。他笑着说：

"开会之前，首先请各位先生忘掉菲利普·迪克的科幻小说，忘掉心灵感应、思维传输之类玩意儿。那是科幻,而今天你们将听到的是实实在在的技术,虽然这种技术比较超前,多少带着点科幻性质。各位做好心理准备了吗?"

吉特微笑着回答:"做好了。你们可以开始了。"

主讲人罗森鲍姆走上讲台。他是一位神经生理学家,40岁左右,穿便服,亚麻色头发,中等个子,长着一副娃娃儿脸,笑容明朗而灿烂。他借助投影仪,简略清晰地介绍了这项被称为"透明脑"的技术。

他说,这项研究原先并非军事项目,也不是美国科学家搞成的。率先做出突破的是德国伯恩斯坦计算神经科学中心,项目领导人是约翰—迪伦·海恩斯。这些德国人通过一台个人电脑、一台核磁共振成像仪和一套思维解读软件,可以把人或动物的大脑变得透明。因为当一个人去"想"某种具体的事物时,大脑不同区域就会发亮,核磁共振成像仪可以"读出"大脑各区域的活动状况。再通过解读软件的解读,就能判断出这个人或动物想的是什么。"这项技术成就简直不可思议,所谓眼见为实,下面我会为各位先生做几个简单实验,使你们有一个直观的印象。"

他的助手已经准备好了第一个实验。三只小白鼠头上戴着与成像仪相连的头盔,囚在一个笼子里。笼子周围是等距离的七个小洞,洞口的颜色各自不同。罗森鲍姆解释说:"七个洞口中只有一个通向美味的奶酪,但究竟是哪一个则是随机的。所以,小白鼠已经学会随机地选取一个洞口进去,而我们借助透明脑技术,可以在它们行动之前就探知它们的选择。"

囚笼打开了,三只小白鼠闻着美味的奶酪,在几个洞口前犹豫着,逡巡着。片刻后,屏幕上打出了它们的选择:一号白鼠将要进黄门,二号——红门,三号——紫门。果然,几乎在屏幕显示的同时,三只白鼠准确地走进各自在"大脑"中选定的洞口。

七位仲裁员赞赏地点头,两位参议员多少有些怀疑。罗森鲍姆笑着说:"这项技术是不是很神奇?也许还有某一位心存怀疑,不要紧,下面你们将亲自参加实验。"

助手们为七个人都戴上那种与成像仪连通的特制头盔。然后在大家面前摆上一个双色旋转盘，盘上有涡状的蓝黑相间的条纹。罗森鲍姆解释说，当这种双色盘高速旋转时，由于人类视觉上的错觉，每人只能看到一种颜色，究竟表现为哪一种是完全随机的，外人不可能知晓，这就排除了任何作弊或心理暗示的可能。但利用透明脑技术，仪器能读出每个人大脑中的特定认知。

旋转盘开始旋转，蓝黑相间的条纹在观察者视野中破碎，很奇妙地转换成一种单色，比如在吉特眼里，它变成了黑色。这时，成像仪的打印口吐出一张纸条，上面列着七个人在"意识深处"所认定的颜色。七个人依次传看后，都微笑点头，承认结果完全正确。这次，连两个参议员也信服了。

罗森鲍姆得意地说："怎么样，确实很神奇吧？不过我不想贪天之功，我刚才说过，以上进展完全是伯恩斯坦计算神经科学中心做出的。该成果于2007年6月份发表，有关资料可以通过公开渠道查询，没有任何秘密性。我想，你们中肯定有人看过相关的报道吧？"

物理学家钱德尔曼点点头："嗯，我详细读过有关报道。其实海恩斯是我的老友，我曾特意打电话向他祝贺。"另外有四个人也点了头，说他们浏览过，但看得比较粗略，细节回忆不起来了。罗森鲍姆说：

"不过，下面我要讲的进展，就完全是我们小组的功劳了。不错，伯恩斯坦中心发明了神奇的透明脑技术，但毕竟它还非常初级，非常粗糙，尤其是，这项技术中最关键的因素——大脑思维解读软件——不是普适的，只能适用于特定对象和特定场合，要想准确，必须针对特定对象反复校正。由于这些局限，这项技术估计在一百年内无法投入使用。毕竟，我们的世界太复杂，千姿百态，光怪陆离，不能简化为单纯的两色，你们说对不对？但——坦率地说，我很佩服怀特将军，他的目光比业内专家更敏锐。他看到那份德国资料后立即给我打电话，说透明脑技术至少有一个实用的用途，而且是非常重要的用途，足以改变世界的政治生态。他希望我能对它做延伸研究，那就是——用于反恐战争。"

他略做停顿，扫视着七个人。吉特他们这才明白，为什么军方把仲裁会的会址选在关塔那摩监狱。吉特说：

"我们对此很有兴趣，请往下讲。"

"今天的反恐战争有一个很显著的特点，那就是它的高度符号化。请看以下几幅经典画面，我想世界上至少有一半人很熟悉它们吧。"

投影屏幕上显示着：

两架飞机撞进纽约世贸大楼，浓烟烈火从大楼中部冒出来；

本·拉登挂着步枪在山地行走，戴阿拉伯缠头巾，白色长须，清癯的甚至可以说是慈祥的面容；

领导反恐战争的一对铁哥们儿——布什和布莱尔，意气风发，并肩站在讲坛上；

被伊拉克的路边炸弹炸毁的悍马军车；

基地组织三号头目扎卡维的尸体；

……

罗森鲍姆的画外音："诸位看到这些画面是什么心情？我相信，你们一定会激起强烈的情绪反应。同样，如果让狂热的恐怖分子观看这些画面，肯定也会激起强烈的情绪反应——当然是完全相反的情绪。有一点情况对'透明脑'技术实用化更为有利，那就是，全世界所有狂热的恐怖分子们都按同一个模式被洗了脑，因此他们对上述符号会做出非常雷同的反应。这就使得解读软件大为简化，简化到可以投入使用的水平。下面我们再做一个实验。"

他把屏幕切换到审讯室，那儿靠墙坐着十个人，每人头上都戴着与成像仪相连的头盔。其中两名正是刚才用手推车押来的犯人，此时仍戴着重镣重铐，其他人是做对比试验的工作人员。十个人都漠然地看着审讯室的屏幕，罗森鲍姆向那些人依次展示了刚才那些经典画面，十个人默默地观看着，虽然都没有明显的表情，但他们大脑皮层的活动区域被成像仪读出，再通过解读软件的转换，转为截然不同的色彩：正常人是明亮的金黄色，而两名恐怖分子则是邪恶的黑色。

实验结束，罗森鲍姆关了那边的影像，回头说：

"这只是一个简单实验，让你们对这项技术有一点直观的了解。至于对这项技术的质疑和验证，军方已经做得非常严格，你们不必怀疑。我可以负责任地说，以透明脑技术目前所能达到的水平，完全有能力从十万人中把一个恐怖分子准确地拣出来。我们请诸位来，只是想对这项'读脑术'做出道德上的裁决。"

他加重念出了"读脑术"这三个字，然后认真察看七个人的表情。如他所料，七个人乍然听到他换了名称，都是先有点吃惊，继而默默无语，交换着复杂的目光。透明脑技术——这个名称比较中性，比较顺耳；如果称之为读脑术就比较犯忌，容易引起一些不愉快的联想。罗森鲍姆苦笑着说：

"看来，这个名词确实带着撒旦的气味儿，是不是？但我说得不错，透明脑技术其实就是读脑术。作为这项研究的首席科学家，我今天想坦率地披露我的矛盾心理。一方面，我高度评价这项技术，它能以相对低的费用，彻底改变我们在反恐战中的被动局面，挽救成千上万条宝贵的生命；另一方面，我对它心存忌惮，因为它很容易被滥用，侵犯公民的隐私权，毁坏'思想自由'这个神圣原则——但它在反恐战中的好处太大了！我无法战胜它的诱惑。诸位先生，我是一个业务型的科学家，不是政治家、伦理学家或哲人。我无法在这个两难问题上做出明晰判断。今天我把这个责任完全推给你们，希望以你们的睿智作出裁决。如果裁决结果为'是'，我将带领手下完善这项技术，尽快用到反恐战中去；如果裁决结果为'否'，我将毫不留恋地退出研究小组，远离撒旦的诱惑。所以——请你们裁决吧。"

这番话语中的沉重感染了七人团的成员，相当长一段时间内，七个人都没有说话。

怀特将军没料到他竟在会场上撂出"读脑术"这个名称，颇为不满。这次会议是罗森鲍姆竭力促成的，原因正如他刚才所说。最近一段时间，随着研究的进展，罗森鲍姆对这项技术越来越忌惮，最后干脆停下来，说一定要"先通过社会的批准"，然后他再进行下一步研究。怀特将军觉得他过于迂腐，过于死脑筋。当然，个人的隐私权非常重要，但如果局势迫使民众在"放弃隐私权"和"死于自杀炸弹"之间作出选择的话，人们肯定会选择前者吧。现在国家处于非常时期，反恐战局势严峻。一味沉迷于知识分子的高尚，会害死人的。

他迅速接过罗森鲍姆的话头，但悄悄扭转了方向：

"其实,'透明脑技术'已经有过一次成功的实践了!是用到关塔那摩的在押犯人身上。众所周知,这些犯人历来是美国政府手中的烫手山芋。我们明知道,650 名囚犯中大部分是死硬分子,如果轻率地放虎归山,势将贻害无穷。但这些家伙一直拒不招供,没有充分的证据来起诉他们。你们都知道,为了撬开他们的嘴巴,早期狱方曾经使用过所谓'进攻性审讯',结果被新闻界披露,弄成虐囚丑闻,搞得政府狼狈不堪,这就是反恐战争的困境啊。"怀特感叹道,"它是典型的不对称战争:弱小的一方完全没有任何道德约束,可以肆意屠杀最无辜的民众;强大的一方则被法制、道德和新闻监督重重约束,有力使不出来。我今天并非在为关塔那摩的虐囚和长期非法监押辩解,但有些事我们是明知挨骂也不得不干的。"怀特将军话锋一转,"但透明脑技术将从根本上改变我们的被动局面。我想宣布一个好消息:不久前,我们用透明脑技术对 650 名在押犯做了全面甄别。他们中有 32 人被甄别出是冤枉的,我们准备向他们道歉并马上释放;有 43 人属于一般性的恐怖分子,我们也准备随后用某种方式释放;其余 575 人确属狂热的恐怖分子,如果今天被释放,明天就会带上炸弹腰带到纽约地铁站去杀人。所以我们仍要长期监押这些人,不管舆论界如何鼓噪!"

吉特看看罗森鲍姆,后者点点头:"嗯,怀特将军说的情况属实。我的读脑术首先洗雪了 32 人的冤屈,这对我是一个很大的安慰。"

怀特将军继续说:"在关塔那摩试验成功后,我们非常盼望把它推到全美国。到那时,对入境的外国人,或者被疑为恐怖分子的飞机乘客,或是地铁站中形迹可疑者……诸如此类的人吧,只需做一个透明脑检查,他们的思想倾向就会暴露无遗。从此恐怖分子在美国将没有遁身之地,而美国人可以不在刀口上过日子。"他笑着说,"干脆我再透露点内幕消息吧。其实,罗森鲍姆小组甚至能基本做到下一步——对嫌犯进行更细致的'读脑'后,能大致确定他们大脑中有无袭击计划,如果有,是撞机、纵火还是自杀炸弹。这样,就能把恐怖袭击扼杀在他们的大脑中!所以,透明脑技术的重要性是无与伦比的。可惜罗森鲍姆走到这儿就不敢往前走了,执意要先通过'道德的裁决'。"怀特将军说,"诸位的裁决有多么重要,我想这会儿你们已经很清楚了。它虽然没有法律效力，但对今后最高法院的裁决，或参众院的立法，肯定有重大影响。所以，我请诸位在投票时慎重考虑，要以天下苍生为念！"

吉特前总统先开了口。他有意轻松地笑着说：

"不，我对你们的技术还没有完全信服呢。我有个请求：能不能在我们七位身上再做一次计划之外的试验？比如，检查我们七人的性心理，看看我们如果处在特定的环境下——眼前有一位漂亮可人的、很容易得手的女秘书，各人会做出什么举动。"他笑着对其他六人说，"只是一个纯粹的小试验，试验结果绝对保密。如何？"

他的提议似乎颇为孟浪，而且牵涉到各人的隐私，所以众人的第一反应是有点迟疑。前国务卿舒尔茨素知吉特为人持重，这个孟浪的提议一定含有深意，便率先表示赞同。其他五个人也都同意了。罗森鲍姆轻松地说：

"这件事可难不倒我。要知道，性欲、食欲和暴力倾向是人类最原始的冲动，它们在大脑电活动图像上非常明显，而且各有独特的印记，科学家已经研究得很透彻了。你们先休息半个小时，等我做点准备。"

他很快做好了试验的准备工作。七个人再次戴上头盔，罗森鲍姆在他们面前放映着富有暗示意义的图像：一位漂亮可人、衣着暴露的女秘书；她俯在上司身边轻言曼语，发丝拂着上司的面颊，显出清晰的乳沟和浑圆的臀部；她迷人地笑着，笑容中含着挑逗的意味……在放映图片时，七个人都如老僧入定，表情上不起一丝涟漪。但他们大脑的电活动被成像仪读出，经解读软件解读，得出了结果。罗森鲍姆大笑着宣布测试结果——他有意以玩笑来冲淡其严肃性：

"我遗憾地宣布，你们中有三位不怎么坚定，很可能屈服于美色的诱惑，与这位女秘书共度良宵。"他顿了一下，又说，"干脆我把所有测试结果都抖出来吧。有两位的大脑电活动图像显示，他俩与配偶之外的某两位年轻女性，很可能是女秘书，早就有了情人关系。吉特先生，为了验证透明脑技术的准确性，你是否需要向当事人私下求证？"

吉特笑了："不，用不着。我请你对结果保密。"

"当然，我会绝对保密的。现在我就把有关记录销毁。"

他当着众人的面，在屏幕上执行了删除程序，七人对这个涉及隐私的实验一笑置之。吉特说：

"这只能算是一个小游戏，其实我对透明脑技术的能力是深信不疑的。好了，开始正题吧。咱们该如何从道德层面上裁决，大家讨论一下。"

大家开始发言。

作家贝尔毫不犹豫地说："我坚决反对这项技术，不管它在反恐战中有多大的好处！如果我们生活在一个人人能被读脑而且被强迫读脑的社会，那——太可怕了！我们素来珍爱的权利，像个人隐私、思想自由，都会被肆意强奸。依我看，这是一项非常邪恶的技术。"

参议员麦克莱恩温和地反驳："贝尔先生过于偏激了。我有个建议，你不要把它看做读脑术，而是看做一种经过改进的、更高效的测谎仪，如何？毕竟，美国法律一直允许测谎仪的使用，而美国的人权并未被它扼杀。"

众议员佐利克："麦克莱恩先生其实不必否认这项技术内含的邪恶性。它很有可能被滥用，这点没有疑问。世上所有东西都有两面性，但它在反恐战争中的巨大作用足以抵消它潜在的害处。我建议：在严格控制下使用它，就像我们现在严格限制测谎、窃听和秘密摄像头的使用一样。"

物理学家钱德尔曼："潘多拉魔盒一旦打开就关不上了。我同意贝尔的意见，应该在这项读脑术的襁褓期间就扼死它。"

前国务卿舒尔茨："我基本同意佐利克先生的意见，严格立法限制之后用于反恐，也算是以恶制恶吧。"

……

一轮发言过后，基本意见是"在严格控制下使用"。罗森鲍姆认真听着，没有什么表情，怀特将军则明显露出喜色。吉特在这轮发言中基本没开口，最后大家把目光聚到他的身上。吉特笑着说：

"我在表达意见之前，先说点题外话吧。我历来认为：做总统并非一定要做道德上的完人，比如克林顿总统，虽然任内有莱温斯基风波，但他仍然是非常成功的总统，至少比我成功吧。我一向敬重他，不过话说回来，那件丑闻的确对美国社会有相当的杀伤力：它造成了政府执行力的长期瘫痪，政府公信力的下降，尤其造成了社会性阈值的降低——相当长时间内，美国报刊电视网络成了世界上最污秽的媒体，到处充斥着'精斑''性交''偷情'这类字眼，想想它对少男少女们会有什么影响吧。所以，总的说，那个事件对美国社会的软性杀伤力不亚于一次恐怖袭击。我希望今后的美国总统再不要出类似的丑闻了。而且——这点其实很容易做到，是不是？"他突然把话头转回本题上，"记得咱们刚才补做的那个小实验吗？它完全可以用到未来的美国总统身上，也就是说，对总统候选人事先进行道德甄别，以杜绝类似丑闻再次发生。"

吉特又轻声补充一句："而且，对平民和总统都同样使用思想甄别，这才符合美国社会的平等原则。"

他多少有点突兀地推出了这种前景——把读脑术用到总统身上——众人都有点不寒而栗。此后的讨论基本中断了，他们默默思索着，有时与邻座低声交谈几句，这样一直到开始投票。投票结果与第一轮发言的倾向不同，基本是一边倒的反对：五票反对继续发展这项技术，两票弃权。

怀特和罗森鲍姆事先就猜到了投票结果。吉特前总统巧妙地运用"归谬法"，把透明脑技术的发展归结到人们不能接受的一种极端的远景上。偏偏这个远景又是"合理"的，并非危言耸听，因而有内在的逻辑力量。对这个结果，怀特将军颇有些恼火，罗森鲍姆也说不上喜悦。吉特温和地说：

"咱们事先都说过，这次只是民间裁决，并没有法律效力。怀特将军，你仍然可以把这件事拿到参众两院和最高法院去。"

怀特坦率地说："我会继续争取的。我不能眼看着这样有用的技术被束之高阁。"

怀特和罗森鲍姆送七人离开关塔那摩基地。途中他们又看到了那两个犯人，这次是从审讯室押回牢房。犯人仍平躺在小推车上，身体被锁链锁得紧紧的，两个高大雄武的军人一前一后地推拉着他。犯人的表情麻木而阴郁。吉特心情复杂地目送犯人远去，回头问怀特：

"怀特将军，如果透明脑技术最终未能被法律认可，那么此前用它甄别出的 32 个无辜者会不会仍被关押？"

怀特想了想，说："我会努力促成释放他们。当然，不能以透明脑技术的鉴定为法律依据了，我看能否找到其他变通办法。我尽量努力吧。"

"谢谢你，真的谢谢你。这句话是代表我们七个人说的。"

"不必客气。我这样做的原因是：我坚信透明脑技术的鉴定非常准确。"

吉特叹息一声，歉然说："从技术上说，我对它同样坚信不疑，也相信它在反恐战中能起非常重要的作用。可惜，为了坚守一些神圣的原则，我们不得不拒绝某些诱惑，哪怕是非常强烈的诱惑。说到底，这正是美国社会和恐怖分子的区别啊。怀特将军，希望你能理解我们。"

"不必客气，我能理解。"

罗森鲍姆看看吉特，对他的那番话颇有感触，到这会儿，他也做出了最后决定。他说：

"吉特先生，虽然我不忍心放弃自己的研究，但我已经决定撒手不干了，因为你们的裁决与我内心的裁决是一致的，"他对怀特说，"请你尽快指定这项研究的继任者，我要与他办理交接。"

怀特虽然满腹不快，但没让它流露出来，平静地说："好的。罗森鲍姆，其实我很羡慕你。你的地位比较超脱，闻到臭味后可以一走了之，免得鞋上溅到粪便。我不行啊，世上有些肮脏事总得有人干。我这辈子被拴死在这儿了。"他半开玩笑地说，但语调中有浓浓的怆然。

已经到了基地门口，主人客人握手告别。七个人在与满头白发的怀特握手时，手下都加大了力度，像是以此表示对他的歉疚。

我们向何处去

就在爸爸要去被淹没的图瓦卢接爷爷的头天晚上，我做了一个梦，梦见爷爷已经死了。

梦中我可不是在澳大利亚的西部高原。这儿远离海边，傍着荒凉的维多利亚大沙漠，按说不应该是波利尼西亚人生活的地方。可是，28 年前一万多图瓦卢人被迫撤离那个八岛之国时，只有这儿肯收留这些丧家之人，图瓦卢人无可选择。波利尼西亚语言中，图瓦卢就是八岛之群的意思。实际上，应该再加上一个无人岛，共有九个岛。听爸爸说，那时图瓦卢虽然还没被完全淹没，但已经不能居住了，海潮常常扑到我家院子里，咸水从地下汩汩地冒出来，毁坏了白薯、西葫芦和椰子树。政府发表声明，承认"图瓦卢人与海水的斗争已经失败，只能举国迁往他乡"。

后来，我们就迁到了澳洲内陆。我今年 12 岁，从来没有见过大海，但在梦中我非常真切地梦见了大海。我站在海岸上，极目远望，海平线上是一排排大浪，浪尖上顶着白色的水花，在贸易风的推拥下向我脚下扑来。看不见故乡的环礁，它们藏在海面之下。不过我知道它们肯定在那里，因为军舰鸟和鲣鸟在海面下飞起，盘旋一阵后又落入海面下，而爸爸说过，这两种鸟不像小海燕，是不能离开陆地的。当波利尼西亚人的祖先，一个不知名字的黄皮肤种族，从南亚驾独木舟跨越浩瀚的太平洋时，就是这些鸟充当了陆地的第一个信使。然后，我又看见远处有一团静止的白云，爸爸说，那也是海岛的象征，岛上土地受太阳曝晒，空气受热升到空中，变成不动的白云，这种"岛屿云"对航海者也是吉兆，是土地神朗戈送给移民们的头一份礼物。最后，我看到白云下边反射着绿色的光芒，淡淡的绿色像绿宝石一样漂亮，那是岛上的植物把阳光变绿了。爸爸说，当船上那些已经在海上颠簸了几个月的濒死的男人女人看到这一抹绿光后,他们才能最终确认自己得救了,马上就能找到淡水和新鲜食物了。

然后,我看到了梦中的八岛之群。最先从海平线下露头的是青翠的椰子树,它们静静地站立在明亮的阳光下;然后露出树下的土地,由碎珊瑚堆成的海滩非常平坦,白得耀眼。九个珊瑚岛地面都很低,几乎紧贴着海水。岛上散布着很多由马蹄形珊瑚礁围成的潟湖,平静的湖面像一面镜子,倒映着椰子树妖娆的身姿,湖水极为清澈,湖底鲜艳的珊瑚和彩斑鱼就像浮在水面之上。这儿最大的岛是富纳富提,也是图瓦卢的首都,穿短裤的警察光着脚在街上行走,孩子们在潟湖中逗弄涨潮时被困在里面的小鲨鱼,悠闲的老人们在椰子树下吸烟和喝酸椰汁,猪崽和小个子狗在椰子林里打闹。这种小个子狗是波利尼西亚人特有的肉用狗。

这就是图瓦卢,我的故乡。我从来没有见过它,但它在我的梦中十分清晰——是因为爸爸经常讲它,还是它天生就扎根在一个图瓦卢人的梦里?但梦中我也在怀疑,它不是被海水完全淹没了吗?图瓦卢最高海拔只有 4.5 米,当南极北极的冰原融化导致海平面上涨时,图瓦卢是第一个被淹没的国家,然后是附近的基里巴斯和印度洋上的马尔代夫。温室效应是工业化国家造的孽,却要我们波利尼西亚人来承受,白人的上帝太不公平了。

我是来找爷爷的,他在哪儿?我在几个环礁岛上寻找着,转眼间爷爷出现在我面前。虽然我从没见过他,但我一眼就认出来了。他又黑又瘦,须发茂密,皮肤松弛,全身赤裸,只有腰间围了一块布,就像是十字架上的耶稣。他惊喜地说:"普阿普阿,我的好孙子,我正要回家找你呢。"我说:"爷爷您找我干吗,您不是在这儿看守马纳吗?爸爸说图瓦卢人撤离后您一个人守在这里,已经 28 年了。"

爷爷先问我:"普阿普阿,你知道什么是马纳吗?"

我说,"我知道,爸爸常对我讲。与圣经中上帝给沙漠里的摩西吃的神粮不是一回事,马纳是波利尼西亚人信奉的一种神力,可以护佑族人,带来幸福。不过它也很容易被伤害——就像我们的地球也很容易受伤害一样。如果不尊敬它,它就会减弱;马纳与土地联在一起,如果某个部族失去了土地,它就会全部失去。所以爷爷您一直守在这里，守着图瓦卢人的马纳。"

爷爷说："是的，我把它守得牢牢的，一点儿都没有受伤。可是我老了，马上就要死了，我要你来接替我守着它。"

"爷爷，我愿意听您的话。可是——爸爸说我们的土地已经全部失去了呀。明天是10月1日，是图瓦卢建国80周年。科学家们说，这80年来海平面正好上升了4.5米，把我们最后一块土地也淹没了。爷爷您说过，失去土地的部族不会再有马纳了。"

就在我念头一转的时候，爷爷身后的景色倏然间变了。岛上的一切在眨眼之间全部消失了，海面漫过了九个岛，只剩下最高处的十几株椰子树还浮在水面之上。我惊慌地看着那边的剧变，爷爷顺着我的目光疑惑地回头，立即像雷劈一样惊呆了。他想起了什么，急急从腰间解下那块布仔细查看，不，那不是普通的布，是澳大利亚国旗。不，不，不是澳大利亚国旗。虽然它的左上角也有象征英联邦的"米"字，但旗的底色是浅蓝而不是紫蓝，右下角的星星不是六颗而是九颗——这是图瓦卢国旗啊，九颗星星代表图瓦卢的九个环礁岛。爷爷紧张地盯着这九颗星，它们像冰晶一样的晶莹，闪闪发光，璀璨夺目。然而，它们也像冰晶一样慢慢融化，从国旗上流下来。

当最后一颗星星从国旗上消失后，爷爷的身体忽然摇晃起来，像炊烟一样轻轻晃动着，也像炊烟一样慢慢飘散。"爷爷！爷爷！"我大声喊着向他扑过去，但我什么也没有抓到。爷爷就这样消失了，只剩下我一人独自在海面上大声哭喊：

"爷爷！爷爷您不要死！"

爸爸笑着说："普阿普阿，你是在说梦话。你爷爷活得好好的，今天我们就去接他。"

爸爸自言自语："他还没见过自己的孙子呢。你12岁了，而他在岛上已经守了28年，那时他说过，等海水完全淹没九个环礁岛之后，他就回来。"

爸爸叹息着："回来就好了，他不再受罪，我也不再为难了。"

爷爷决定留在岛上时说不要任何人管他。他说海洋是波利尼西亚人的母亲，一个波利尼西亚人完全能在海洋中活下去。食物不用愁，有捉不完的鱼；淡水也没问题，可以接雨水，或者用祖先的办法——榨鱼汁解渴；用火也没问题，他还没有忘记祖先留下的锯木取火法，岛上被淹死的树木足够他烧了。话虽这样说，但爸妈不可能不管他。不过爸妈也很难，初建新家，一无所有，虽然图瓦卢解散时每家都领到了少量遣散费，但也无济于事。族人们都愿意为爷爷出一点力，但大部分图瓦卢人都分散了，失去联系了。爸爸只能每年去看望一次，给爷爷送一些生活必需品，如药品、打火机、白薯、淡水等。我家已经没有船了，那儿又没有轮渡，爸爸只能租船。虽然每年只一次，但所需的旅费已把我家的余钱用完了，弄得28年来我家没法脱离贫穷。妈妈为此一直不能原谅爷爷，说他的怪念头害了全家人。她这样唠叨时爸爸没办法反驳，只能叹气。

今天是2058年10月1日，早饭后不久，一架直升机轰鸣着落到我家门前空地上，三个记者走下飞机。他们是送我们去图瓦卢接爷爷回家的——也许说是让他"离家"更确切一些。他们是美国CNN记者霍普曼先生、新华社记者李雯小姐、法新社记者屈瓦勒先生。这三家新闻社促成了世界范围内对这件事的重磅宣传，因为——报纸上说，爷爷提卡罗阿是个大英雄，以一己之力，把一个国家的灭亡推迟了28年。那时国际社会达成默契，尽管图瓦卢作为国家已经不存在了，但只要岛上的图瓦卢国旗一天不降下，联合国大厦的图瓦卢国旗也就仍在旗杆上飘扬着。但爷爷终究没有回天之力，今天图瓦卢国旗将最后一次降下，永远不会再升起来了。所以，他的失败就更具有悲壮苍凉的意味。

三个记者同爸爸和我拥抱。他们匆匆参观了我家的小农庄，看了我们的白薯地、防野狗的篱笆、圈里的绵羊和鸸鹋。屈瓦勒先生叹息道：

"我无法想象波利尼西亚人，一个在大洋上驰骋的海洋民族，最终被困在陆地上。"

妈妈听见了，28年的贫穷让她变得牢骚不平，逮着谁都想发泄一番。她尖刻地说："能有这个窝，我们已经很感谢上帝了。我知道法国还有一些海外属地，那些地方很适合我们，不知道你们能不能为图瓦卢人腾出一小块地方？"

忠厚的屈瓦勒先生脸红了，没有回答，弄得爸爸也很尴尬。

这时，李雯小姐在我家的墙上发现了一个刻有海图的葫芦，非常高兴，问："这是不是就是传说中波利尼西亚人的海图？"

爸爸很高兴能把话题扯开，自豪地说，"没错，这是一种海图。另一种海图是在海豹皮上缀着小树枝和石子，以标明岛屿位置、海流和风向，我家也有过，但现在已经腐烂了。"他说，"在科技时代之前，波利尼西亚人是世界上最善于航海的民族，整个浩瀚的东太平洋都是波利尼西亚人的领地，虽然各个岛屿相距几千海里，但都使用波利尼西亚语，差别不大，互相可以听懂。各岛屿还保持着来往，比如塔希提岛上的毛利人就定期拜访2000海里之外的夏威夷岛，他们没有蒸汽轮船，没有六分仪，只凭着星星和极简陋的海图，就能在茫茫大海中准确地找到夏威夷的位置。那时，波利尼西亚民族中的航海方法是由贵族阿里克掌握着，我的祖先就是一支有名的阿里克。"

李小姐兴高采烈地对着葫芦照了很多相，霍普曼先生催促她说："咱们该出发了，那边的人还在等着我们呢。"

我们上了直升机，妈妈坚决不去，说要留在家里照顾牲畜。当然这只是托辞，她一直对爷爷心存芥蒂。爸爸叹息一声，没有勉强她。

听说今天有几千人参加降旗仪式，有各大通讯社，有环保人士，当然也有不少图瓦卢人，他们想最后看一眼故土和国旗。所有这些人将乘彩虹勇士号轮船到达那儿。

直升机迅速飞出澳洲内陆，把所有陆地都抛到海平线下。现在视野中只有海水，机下是一片圆形的海域，中央凸起，圆周处沉下去，与凹下的天空相连。我们在直升机的噪声中聊着，霍普曼先生说，在世界各民族中，波利尼西亚人最早认识到地球是球形的，因为对于终日在辽阔海面上驰骋的民族来说，"球形地球"才是最直观的印象。如果哥白尼能早一点来到波利尼西亚诸岛，他的太阳中心说一定能更早提出。

直升机一直朝东北方向飞，但机下的景色始终不变，这给人一种错觉，似乎直升机是悬在不动的水面上，动的只有天上的云。法国人屈瓦勒先生把

一个纸卷塞给我,说:

"普阿普阿,我送你一件小礼物。"

这是我第一次见到保罗·高更的名画。高更是法国著名画家,晚年住在法属塔希提岛上,在大洋的怀抱中,在波利尼西亚人的土著社会中——他认为这样的环境更接近上帝——重新思考人生,画出了他的这幅绝笔之作。画的名称是:

我们从何处来?我们是谁?我们向何处去?

一个12岁男孩虽然还不能理解这三个问题的深义,但我那时也多少感悟到了画的意境:画上有一种浓艳而梦幻的色彩,无论是人、狗、羊、猫以及那个不知名的神像,都像在梦游。他们好像都忘了自己是谁,正在苦苦地思索着。我大声说出了自己对这幅画的看法:

"这幅画——还不如我画得好呢。你们看,画上的人啦狗啦猫啦神像啦,都像是没睡醒的样子!"

三个记者都笑了,屈瓦勒先生笑着说:"你能看出画中的梦幻色彩,也算是保罗·高更的知音了。"

霍普曼先生冷冷地说:"恐怕全体人类都没有睡醒呢。一旦睡醒,就得面对那三个问题中的最后一个也是最现实的一个——当我们亲手毁了自己的诺亚方舟后,我们能向何处去?上帝不会为人类再造一个新方舟了。"

图瓦卢到了。

完全不是我梦中见到的那个满目青翠、妖娆多姿的岛群。它已经完全被淹没了,基本成了暗礁,不过在空中还能看到它,因为大海均匀的条状波纹在那里变得紊乱,飞溅着白色的水花和泡沫,这些白色的紊流基本描出了九个环礁岛的形状。海面之上还能看见十几株已经枯死的椰树,波峰拍来时椰树几乎全部淹没,波峰退去时露出椰树和一部分土地。再往近飞,看到椰树上搭着木板平台,一个简陋的棚子在波涛中若隐若现,不用说那就是爷爷居住了28年的地方。最高的一棵椰树上绑着旗杆,顶部挂着一面图瓦卢国旗,因为湿重而不会随风飘扬,只有当最高的浪尖舔到它时,它才随波浪的方向展平。国旗已经相当破旧褪色，但——我看见了右下角的九颗星星，它并没有像梦中那样变成融化的冰晶。

爷爷一动不动地立在木板上迎接我们，就像是复活节岛上的石头雕像。

彩虹勇士号游船已经提前到了，它怕触礁，只能在远处下锚。船上放下两只小划子，把乘客分批运到岛上。我们的直升机在木板平台上艰难地降落，大家从舱门跳下去，爸爸拉着我走向爷爷。很奇怪，虽然眼前景色与我梦中所见全然不同，但爷爷的样子却和梦境中非常相像：全身赤裸，只在腰间围着一块布，皮肤晒成很深的古铜色，瘦骨嶙峋，乱蓬蓬的发须盖住了脸部，身上的线条像刀劈斧削一样坚硬。

爸爸说："普阿普阿，这是你爷爷，叫爷爷。"

我叫了一声"爷爷"。爷爷把我拉过去，揽到他怀里，没有说话。我仰起头悄悄端详他，也打量着他的草棚。棚里东西很少，只有一根渔叉、一个装淡水的塑料壶、一篮已经出芽的白薯，它们都用棕绳绑在树上，显然是为防止被浪涛卷走；地上有一条吃了一半的金枪鱼，用匕首扎在地板上，看来是他的早饭。现在是落潮时刻，但浪头大时仍能扑到木平台上，把我们还有几位记者一下子浇得全身透湿，等浪头越过去，海水迅速在木板缝隙中流走。我想，在这样的浪花飞雨下爷爷肯定不能生火了，那么至少近几年来他一直是吃生食吧。这儿也没有床，他只能在湿漉漉的木排上睡觉。看着这些，我不禁有些心酸，爷爷一个人在这儿整整熬了28年啊！

爷爷揽着我，揽得很紧，我能感觉到他对我的疼爱，但他一直不说话，也许28年的独居生活之后，他已经不会同亲人们交流了。这时，记者们已经等不及了，李雯小姐抢过来，把话筒举到爷爷面前问：

"提卡罗阿先生，今天图瓦卢国旗将最后一次降下。在这个悲凉的时刻，请问你想对世人说点什么？"

她说这是个"悲凉的时刻"，但她的表情可一点儿也不悲凉。看着她兴致飞扬的样子，爸爸不满地哼了一声。连我都知道这个问题不合适，有点往人心中捅刀子的味道，但你甭指望这个衣着华丽的漂亮姑娘能体会图瓦卢人的心境。爷爷一声不吭，连眼珠都没动一下。李小姐大概认为他没有听懂，就放慢语速重复了一遍。爷爷仍顽固地沉默着，场面顿时变得尴尬起来。大概是为了打破这种尴尬，霍普曼先生抢过话头，对爷爷说：

"提卡罗阿先生，你好。你还记得我吗？28年前，你任图瓦卢环境部长时，我曾到此地采访过你，那时你还指着自己的院子说，海平面已经显著升高，潮水把你储存的椰干都冲走了。"

原来他是爷爷的老相识了，爷爷总该同他叙叙旧吧，但令人尴尬的是，爷爷仍然一言不发，脸上也没有表情。这么一来，把霍普曼先生也给窘住了。这时爸爸看出了蹊跷，忙俯过身，用图瓦卢语同爷爷低声交谈了一会儿，然后回过头，苦笑着对大家说：

"他已经把英语忘了！"

凡是图瓦卢人都能说英语，尤其是爷爷，当年作为环境部长，英语比图瓦卢语还要熟练。但他在这儿独自待了28年后，竟然把英语全忘了！爸爸摇着头，感慨不已。这些年他来探望爷爷时，因为没有外人，两人都是说图瓦卢语，所以没想到爷爷把英语忘了，却记着自己的母语。这个发现太突然，我们都有点发愣。不知为什么，这句话使霍普曼先生忽然泪流满面，连声说：

"我能理解，我能理解。在这28年独居生活中，他肯定一直生活在历史中，和波利尼西亚人的祖先们在一起，他已经彻底跳出今天这个令人失望的世界了。"他转向其他记者，"我建议咱们不要采访他了，不要打扰这个平静的老人。"

他的眼泪，还有他的这番话，一下子拉近了他和我的距离，我觉得他已经是我的亲人了。

其他记者当然不甘心，尤其是那位漂亮的李小姐，他们好不容易组织起这个活动，怎么能让主角一言不发呢，怎么向通讯社交代？不过他们没有机会了，从游船上下来一群人，欢笑着拥了过来，把爷爷围在中间而把记者们隔在外边。他们都是50岁以上的图瓦卢男女，是爷爷的熟人。今天他们都恢复了波利尼西亚人的打扮：头上戴着花环，上身赤裸，臀部围着沙沙作响的椰叶裙。他们围住爷爷，声音嘈杂地问着好，爷爷这时才露出第一丝笑容。

不知道他们和爷爷说了些什么，很快他们就围着爷爷跳起欢快的草裙舞。

转生的巨人

他们跳了很长时间，大浪不时打在他们身上，但一点儿没有影响大家的兴致。鼓手起劲地敲着木鼓，其实就是一块挖空的干木，节奏欢快热烈。男男女女围成圆圈，用手拍打着地面。女人们赤脚踩着音乐节拍，曲下双膝，双臂曲拢在头顶，臀部剧烈地扭摆着。大家的节奏越来越快，人群中笑声、喊声、木鼓声和六弦琴声响成一片，连记者们也被感染，不再专注采访任务了，都加入到舞阵中来。

爷爷没有跳，他显然是被风湿病折磨着，连行走都很困难。他坐在人群中间，吃着面包果、木瓜、新鲜龙虾，喝着酸椰汁，这都是族人为他带来的。他至少28年没有见过本民族的土风舞了，所以看得很高兴，乱蓬蓬的胡须中露出明朗的、孩子一样的笑容。有时他用手指着那个舞娘夸奖几句，那人就大笑，跳得格外卖力。

后来人群开始唱歌，是用图瓦卢的旧歌曲调填的新词，一个人领唱，然后像波涛轰鸣般突然加上其他人的合唱。歌词只有一段，可惜我听不大懂，我的图瓦卢语仅限日常生活的几句会话。我只觉得歌声尽管热烈，但其中似乎暗含着凄凉。这一点从大伙儿的表情上也能看出来，他们跳舞跳得满面红光，这时笑容尚未消散，但眼眶中已经有了泪水。爸爸跳累了，坐在我身边休息，用英语为我翻译了歌词的大意：

> 我们的祖先来自太阳落下的地方，
> 驾着独木舟来到这片海域。
> 塔涅、图、朗戈和坦加罗亚四位大神护佑着我们，
> 让波利尼西亚人的子孙像金枪鱼一样繁盛。
> 可是我们懒惰、贪婪，
> 失去了大神的宠爱。
> 大神收回了我们的土地和马纳，
> 我们如今是谁？我们该往何处去？

他们一遍一遍地重复着，刚才跳舞时的欢快已经消散，人人泪流满面。

爸爸哭了，我听完翻译也哭了。只有爷爷没哭，但他的眼中也分明有泪光。

太阳慢慢落下来，已经贴近西边的海面，天空中是血红色的晚霞。该降旗了。人人都知道，这一次降旗后，图瓦卢的国旗，包括联合国大厦前的图瓦卢国旗，将再也不会升起。悲伤伴着晚潮把我们淹没，我们都不说话，静静地看着血色背景下的那面国旗。最后爸爸说：

"降旗吧。普阿普阿，你去，爷爷去年就说过，让我这次一定把你带来，由你来干这件事。"

一个12岁的男孩完全体会到爷爷这个决定的深义，就像我梦见过的，爷爷想让波利尼西亚人的后代接替他，继续守住图瓦卢人的马纳。我郑重地走过去，大伙儿帮我爬上椰子树，记者们架好相机和摄像机，对准那面国旗，准备录下这历史的一刻。就在这时，一直不说话的爷爷突然说话了，声音很冷：

"不要让普阿普阿降旗。他连图瓦卢话都忘了，已经不是波利尼西亚人了。"

我一下子愣住了，爸爸和周围的族人也都愣住了。我想也许我听错了爷爷的话意？但显然不是，这几句简单的图瓦卢话我还是能听懂的。而且我立即回想起来，自从爷爷看见爸爸为我翻译图瓦卢语歌词之后，他看我的眼光中就含着冷意，也不再搂我了。我呆呆地抱着椰子树，进也不是退也不是，羞得满脸通红。爸爸低声和爷爷讲着什么，讲得很快，我听不懂，身旁一位族人替我翻译。爸爸是在乞求爷爷不要生气，他说，"我一直在教普阿普阿说图瓦卢话，但图瓦卢人如今已经分散了，我们都生活在英语社会里，儿子上的是英语学校，他真的很难把图瓦卢话学好。"

爷爷怒声说："咱们已经失去了土地，又要失去语言，你们这样不争气，还想保住图瓦卢人的马纳？你们走吧，我不走了，我要死在这里。"

爸爸和族人努力劝说他，劝了很久，但爷爷执意不听。这也难怪，一个独居了28年的老人，脾气难免乖戾古怪。眼看夕阳越来越低，爸爸和族人都很为难，急得团团转，不知道该怎么办。几位记者关切地盯着我们，想为我们解难，但他们对执拗的老人同样毫无办法。这时，我逐渐拿定了主意，挤到爷爷身边，拉着他的手，努力搜索着大脑中的图瓦卢话，结结巴巴地说：

"爷爷——回去——"爷爷看看我，冷淡地摇头拒绝，但我没有气馁，继续说下去，"教普阿普阿——祖先的话。守住——马纳。"想了想，我又补充说，"我一定——学好——爷爷。"

爷爷冷着脸沉默了很久，爸爸和大伙儿都紧张地盯着他。我也紧张，但仍拉着他，勇敢地笑着。我想，尽管他生气，但他不可能不疼爱自己的孙子。果然，过了很久，爷爷石板一样的脸上终于绽出一丝笑意，伸手把我揽到他怀里。大伙儿如释重负地松了一口气。

最后，仍然由我降下了国旗。我、爷爷、爸爸上了直升机，其他人则乘游船离开。太阳已经落到海里，黑漆漆的夜幕中，灯火通明的游船走远了。直升机在富纳富提的正上空悬停，海岛、椰子树和爷爷的棚屋都淹没在夜色中，海面上浮游生物的磷光和星光交相辉映。登机前爷爷说，把椰子树和木棚烧掉，算是把这块土地还给朗戈大神吧。离开前我们在它上面浇上了柴油，最后的点火程序爷爷仍然交给我来完成。爸爸箍着我的腰，怕引起舱内失火，我将火把举到机舱外，用打火机点燃了它，然后照准海面上影影绰绰的木棚轮廓扔下去。一团明亮的大火立即从夜空中暴起，穿透水雾，裹着黑烟盘旋上升。直升机迅速拉高，绕着大火飞了两圈，我们在心里默默地同故土告别。爷爷把我拉进去，关上机舱门，我感觉到他坚硬的胳膊紧紧搂着我。然后，直升机离开火柱，向澳大利亚方向飞去。

胡　须

克拉克定律：任何充分发展的技术都和魔法无异。

逆定律：任何上帝的魔法都能还原成毫无神秘性的技术。

早上 7 点 45 分，工厂高音喇叭的乐曲换成规定的进行曲。6000 名员工从马路对面的家属区涌出来，涌向厂区，把干线马路的交通都暂时隔断了。在 21 世纪末，"中国制造"独步天下，这家工厂在世界同行中更是位列其尊。雄伟的办公楼上立着巨大的标语：

"提供一流产品，为人类作贡献！"

"谨慎务实，锐意创新！"

"顾客是我们的上帝，我们是顾客的上帝！"

"尊重上帝就是尊重自我！"

人流进了厂区大门又自动分开，天蓝色的人流流向二道厂门，再分散到各个天蓝色的车间。这是穿统一工衣的一线人员；另一道杂色人流流向办公楼。厂规不要求办公楼人员穿工作服，但也另有严格规定：不准穿裙子、短裤和拖鞋，不准穿露脐和低胸装。爱美的女士们当然对这条厂规很有腹诽，但——厂规就是厂规，在工厂里不允许任何反秩序的行为。

人流中有技术中心的设计师高士朋和他的女友女工艺师卓尔。他俩都是本厂子弟，又是清华大学的不同届同学，已经恋爱七年，同居三年，很快要结婚了。技术中心张主任看见他俩，放慢脚步，特意告诫道：

"喂，厂办昨天通知，今天下午四点召开立项评审会，评审你俩那个项目，林老板要亲自参加。你们可得小心点。"

林老板是董事长兼总经理，中国工程院院士，早年当过技术中心主任，素以"技术上的锐敏和道德上的严格"著称。高士朋笑着说：

"早就准备好了，放心吧。"

张主任走后卓尔担心地问："士朋，你说咱们的项目今天能不能通过？"

"我想通过是没问题的，就看林总能否给'快速化试验'的授权了。"

这种"快速化试验"控制极严，全世界只有七个人能够授权，林总是其中之一。卓尔撇撇嘴：

"那你还不是白说。如果不能得到快速化授权，项目通过也是白搭。"她压低声音笑着说，"我想老板肯定授权。你是谁？林总的干儿子啊。"

高士朋在年轻一代设计师中出类拔萃，林总确实对他宠爱有加，常有人这样开玩笑。高士朋笑着低声说：

"没错。你是咱媳妇，就等着'一人得道，鸡犬升天'吧。"

卓尔叹一口气，很实际地说："我倒从没打算跟着你得道升天。不过，这个项目只要能成功，拿到项目奖，咱那间单元房就能换别墅了。"

下午四点钟，技术中心会议室里有关人员都到齐了，技术中心、标准化办公室兼质量控制部、科技办公室、市场部、生产部，等等。标准办的陈工守在门口认真地让各人签到，这是例行程序，按照ISO9001质量控制体系的可追溯性要求，评审记录是要归档保存的。满头白发的陈工原来也是搞设计的，曾是林总的重要助手。后来年纪大了，眼神不行，不能在电脑上画图了，就调到标准化办公室干一些杂事。老板的女秘书小王也早早来了，在会场里架好摄像机准备拍摄，这让会场气氛比平常要凝重。卓尔看看高士朋，不免有点紧张：他们的项目虽然比较重要，但也用不着这个阵势吧。高士朋倒是满不在乎。

他们忙着挂图纸、调投影仪、发资料。一切准备完毕，张主任对秘书低声说：

"可以通知老板了。"

小王退出会场，一会儿又袅袅婷婷地陪着林老板进来，手里捧着老板的不锈钢茶杯。大家都起身迎接，老板向大伙儿招招手，在中间空位上坐定。小

王把他的茶杯放到桌上,侧身退下。张主任用眼神征求了老板意见,对高士朋说:

"可以开始了。"

按照程序,首先要由设计师做出立项说明。高士朋笑着说:

"林老板……林总常说:好的设计创意来自灵感的火花,我这次的创意就是因为未婚妻的一句闲话。"

张主任微微一笑,心想这个马屁拍得熨帖。老板在厂里威望素著,私下喜欢别人称他老板,但这个称号从来不能上正规场合。高士朋一向是个机灵鬼,今天的"口误"也许是有意为之吧。

高士朋说下去:"有次我在刮胡子,卓尔开玩笑说:'男人天生不会过日子。你们如今都不留胡子,干吗还要天天往外长,十足的浪费。'正是这句话让我开始注意人类的'胡须'问题。"

卓尔配合着打出第一张图片,是各种各样男人的胡须:八字胡,一字胡,仁丹胡,络腮胡,甚至有长达 2.67 米的胡须。高士朋说:

"胡须曾是人类雄性最重要的外部性征之一。它主要受雄性激素影响,因为睾酮能刺激毛母细胞生长。历史上有关胡子的趣闻轶事举不胜举。比如,法国国王路易七世因为剃掉胡子,王妃不再爱他,离婚后改嫁有胡子的老公。为了王妃陪嫁的土地,英法两国争夺了 300 年,这就是历史上有名的'胡子之战'。又比如图片上这个 2.67 米的世界最长胡须,主人是澳大利亚巴兰纳市市长,后来因踩到胡子不幸坠楼,为了男性美而壮烈牺牲。总之,在文明早期,胡子曾是男性美的象征。但随着文明的进步,逐渐淘汰了这种与野性相连的雄性性征。我查阅了大量统计数据,也到社会上进行实地抽样调查,结果表明,在当今中国社会中,不留胡子的男性占 92.4%~94.5%;在全世界,由于穆斯林男人留胡子的多,这个数字降为 75% 左右——仍是相当高的。

"与之相近的一个问题是女性的腋毛,我也一并说了吧。女人的腋毛也曾被当做性感的表现,在一百多年前的文学作品中还能找到对它的赞美。但文明社会中,女人几乎 100% 不留腋毛,在公众场合露腋毛被公认是不洁和不庄重。

"人类审美观的这种变化意味着野性的消退。它究竟是对是错,不是咱们能评判的。但这种改变业已形成,并且无可逆转,这点谁都不会否认。可惜我们在思维上的惯性太重,对这个事实一直视若无睹,没看到它隐含的巨大商机。如果现在人类还是自然繁衍,那就什么都不必说了,咱们照旧用吉列剃须刀,每天不厌其烦地去消灭胡子和腋毛吧。但实际呢,人类早在20年前就迈入'人工生产胎儿'时代,单单咱厂的流水线上每天就有十万件产品下线。这些婴儿使用人类父母的天然精卵子,但仔细剔除了遗传病基因。依我们厂对基因的操控水平,想生产出'无毛儿'——这是我新造的技术用语,是对无须男性和无腋毛女性的简称——绝对不在话下,而且这种新产品一定会受市场欢迎。"

高士朋说到这儿,没等别人反驳,就连忙解释道:"当然,我们都知道那条人类大法——尊重上帝的设计。任何技术进步都不能违背它,我上面的设想也并没有违背。因为,是人类社会首先摒弃了胡子和腋毛,而我们只是被动地用技术手段来作出追认。换句话说,即使我们不做这件事,能不能改变今天的'无毛现实'?不能。既然这样,我们为什么不去顺应它呢?"

说到这儿他停住了,注意观察林总的表情。林总现在一般不参加技术会议,但只要参加,最后肯定会由他一锤定音。虽然林总一向提倡技术民主,但他的权威过于强势,没人会违逆他的意见。此刻张主任也是同样的心理,小高刚才说的理由不错,很雄辩——但严格说来只是诡辩。生产无毛婴儿,从本质上说还是改变了上帝的设计——但此前早就实行的"剔除遗传病基因"就不是改变?这个分界线并非截然分明,有一些灰色地带,对于这点,大家心里都心如明镜。不过,至少在公开场合,林总一向强调"尊重上帝的原始设计",且看他对高士朋的创意会是什么态度吧。

林总平淡地说:"请继续。"

高士朋很鬼,听了这简单的三个字,马上吃了定心丸,知道自己的别墅八成是保险了。他按捺住内心的喜悦,笑着说:

"下面是工艺可行性论证,这部分工作主要是卓尔做的,请她讲。"

卓尔配合着图片,讲了无毛儿的工艺设计,因技术保密制度限制,她没

有细讲,最后总结道:

"如上所述,去除男性胡须和女性腋毛并不困难,难的是在去除它们的同时,还要保留头发、阴毛和男人胸毛等。不过,我厂在20年的产品开发中已经积累了足够的经验,只需对某条基因的某个位点进行某种操作,就能定向阻断性激素的某个通道,比如说,不让它通向男人下巴和女性腋窝,也就不会长出胡子和腋毛。这个新增工序的费用很低,据估计,无毛儿比普通产品的单件生产成本只增加区区15元。最后补充一点:上述工艺设计还没有经过动物实验,但进行了超级电脑模拟,模拟结果是可行的。"

卓尔的讲解虽没有高士朋激情,但条理清晰,论证严密。她的内容讲完了,话筒又交回高士朋手里:

"下面我讲讲预期的经济效益和社会效益。做一个粗略估算:假设男人每三天刮一次胡子,女性每七天刮一次腋毛,每次均需五分钟,每次操作的费用——刀片及剃须液——为一元钱;又假设无毛儿能推广到40亿人,那么,可以为社会节约多少时间和金钱呢?这个数字是——请大家听好——这40亿人每年节约时间12亿个工作日,节约金钱3480亿元!真是不算不知道,一算吓一跳,连我自己都被吓住了!至于这项新产品带给我厂的经济效益,就不用细说了吧,它能使我厂的年产值至少翻上一番,达到年产七八千万件。按现行价格,本厂可新增产值约3700亿,新增利润400亿。"

他俩的内容基本说完了,下面进入讨论。今天因为林总在场,技术人员都有点拘谨,会场上有点冷场。林总笑着说:

"说呀,怎么都哑巴了?要不我点将,老肖,你先说说市场预期。"

市场部的肖经理说:"我相信这种无毛儿肯定有市场!小高的估计不冒进。我连广告词都想好啦:给儿女一个洁净的人生!永远告别剃刀和烦琐!你们说,听了这两句广告后,为了儿女的一生,哪个年轻父母不愿多掏15元钱?不过我提一点担心:万一某个无毛儿长大后不满意,说我们的设计更改没有征得他的同意,从而提出天价索赔,那该咋办?不得不防着这种可能。"

高士朋笑了:"你这条意见让我想起一个真实案例:上个世纪,某西方国家的一个男人起诉其母亲,说母亲在'未经他本人同意'的情况下生下他,从而使他不得不忍受人生的痛苦，要求其母亲做出赔偿。当然他最终败诉了，我想碰到你说的情况，我们可以援引这个案例。"

卓尔补充道："其实用不着这样麻烦去打官司。谁要是想长胡子或腋毛，只需对其进行局部睾酮注射就行。这种治疗技术在上个世纪就成熟了，属于'基因前技术'，而且费用很低，咱们可以免费做。"

肖经理点点头："那我就放心了。"他开了一个玩笑，"这个新产品要是成功，林总得请保镖来保护高士朋和卓尔小两口儿——生产剃须刀的吉列公司一定对他俩恨之入骨，必欲杀之而后快。这项技术把吉列的饭碗给彻底砸啦！"

林总微笑着没有应声，高士朋凑趣道："不怕！为了咱厂'百分之三百的利润'，我和卓尔都不怕杀头。这句话是不是马克思说的？"

大家都笑了，会场内的拘谨开始消散。张主任低声问林总："是不是进行下一个程序？"

林总点点头。张主任这下放心了，看表情，大致能肯定林总对这项新产品是赞成的。会议准备往下进行时，标准办的陈工站起来，难为情地说：

"我得打断一下。我知道我的意见太书生气，但 ISO9001 质控体系就是这么死板。它要求新产品立项时必须提有两个以上的设计方案，但刚才你们只说了一个。"

高士朋反应很快，立即回答："那你就再加一个'无须也无胸毛'的方案。然后随便编个理由把它淘汰，就说当今喜爱胸毛的男性仍然保有较高比例，如此等等。"

陈工自嘲地说："行，行，反正只要符合程序就行。你们别怪我死抠条文，既然我今天吃的这碗饭，就得按标准办事，这叫'程序正义'。"

下面讨论新产品试制进度安排。高士朋说：

"我们准备在一年内完成动物试验，试验对象仍选生长快和廉价的小白鼠。"他笑着解释，"当然，小白鼠不是合适的试验对象，它虽然算得上有胡子，但不能说有腋毛。不过，只要在它们身上实现'给定区域无毛'，就算成功了。一年之后，我们将转入'无生命权个体快速化试验'，准备在一年内完成出厂试验，三年内完成批量工业试验，争取在五年内正式批量投产。林总，这就需要您的授权了。"

在场的技术人员都很熟悉"无生命权个体快速化试验"这个术语，用不着多加解释。它是指：确定为试验对象的婴儿不再被认为有生命权，出生后也不上户籍册。无论最后试验成功与否，它都要被销毁。这种规定是基于人道主义。否则，一旦出现畸形儿，就得让他忍受终生的痛苦，这就太残忍了，而在技术进步的过程出现畸形儿是无法避免的。另外，正常人体试验周期太长，如果按人的正常生长速度去做试验，哪家婴儿工厂也承受不起。但对于无生命权试验对象，由于没有道德上的禁忌，就可以用激素使其快速生长，在一年内完成30年的实验量。

虽然上述理由很正当，很雄辩，但无法否认的是，这种试验非常敏感。所以，"无生命权个体快速化试验"的批准程序极为严格。这会儿，全屋人都眼巴巴地盯着林总。如果他吐出一个"不"字，那这个项目就算完蛋。在众人的等待中，林总久久沉吟着。人们都理解他的慎重：一方面，这种新产品虽然不算违背"尊重上帝"这条人类大法，但至少是打了擦边球；但另一方面，如果否定这个项目，工厂就得损失3700亿的产值和400亿的年利润。两相权衡，确实难以取舍。林总注意到大家饥渴的目光，笑着说：

"嗨，这么多人的目光聚焦在我身上，快把我烤熟啦！这个项目牵涉到很多东西，我无法当场表态，你们容我考虑考虑。下面该进行什么程序，你们继续进行吧。"

他虽然没有表态，实际上已经默认了。高士朋又讲了项目预期的前期投入、合作单位、项目组人员构成等内容。标准办的陈工在评审表格里写上评审结论：

> 下文中所说的无毛儿指无须男性和无腋毛女性，以后它将升格为固定的技术术语。
>
> 经评审会审定：无毛儿项目在技术上是可行的，预期经济效益和社会效益良好，准予立项。对于项目进度安排，待"无生命权个体快速化试验"获林总授权后再行确定。

转生的巨人

　　大家都说这个结论写得好,言简意赅,很"标准化"。众人陆续签字,最后是张主任和林总签字。会议开得长了点,这会儿已经到晚上七点,办公楼其他人早下班了,窗外也变成朦胧的夜色,但张主任还是不宣布会议结束。女秘书小王在会议期间一直枯坐,这会儿忙碌起来,准备拍摄。大家都有点摸不着头脑,疑惑地互相看着。少顷,屋内灯光突然熄灭,一位白衣白帽的厨师推着小推车进来,上面是一块儿硕大的蛋糕,蛋糕上28只蜡烛散发着温馨的金光。无疑这是要为某人过生日,但这样在办公大楼过生日是前所未有的事儿。大伙儿更摸不着头脑了,轻声问:"谁的生日?谁的?"

　　林总笑着站起来:"我想借今天的评审会宣布一个小秘密,一个在我厂保守了28年的秘密。这个秘密,在场的人中只有我和陈工知道。众所周知,全世界人造胎儿的流水线生产是20年前从我厂开始的,这已经成为各种教科书上的标准论述,但实际上呢?我来告诉大家:第一个完全人工生产的人是28年前诞生的,而且是首件合格,他就是——高士朋!"

　　高士朋觉得脑袋轰地一下,傻傻地愣在当场,往常的聪明机变都跑到爪哇国了。自己竟然也是个"人造人"?"人造人"已经成为社会的常态,虽然本厂员工中还没有,但在中学甚至大学里,在20岁以下的孩子中,他们已经占有过半比例,高士朋从八岁起就对此司空见惯,对"人造人"没有丝毫鄙视感或异己感。但不管怎么说,这件事突然摊到自己头上,还是令他震惊,就像突然听到"你不是爸妈的亲生孩子"一样。

　　闪光灯在闪烁,这些照片连同这个消息要对社会公布。周围洋溢着微笑和惊异。卓尔呆呆地看着已经同居多年的未婚夫,目光非常复杂。林总走过来同他握手,对大家说:

　　"我今天很兴奋,第一个'人造人'已经能担当起工厂的设计重任,这件事有重大的象征意义——它象征着:'人造人'已经可以甩掉自然人保姆,能够自我设计、自我繁衍了!小高,我向你祝贺!顺便说一句,今天的宣布事先征得了你父母的同意。"

　　高士朋机械地同林总握手,心里只有一个想法:怪不得林总一直对他宠爱有加，原来有这个因缘在里边。他想不通的只有一点：这个秘密为什么今天才宣布？张主任温和地提醒他："小高你该许愿吹蜡烛了。"高士朋机械地吹熄蜡烛，屋里的灯光复明，小王笑着为大家分蛋糕，第一块儿当然是高士朋的。大家争着过来同他合影，笑着说，在这个重要的历史时刻，大家都要来沾沾他的喜气。

这个晚上，高士朋一直在云里雾里度过。惊定之后，他对林总难免有点不满：这么重大的、牵涉到个人隐私的秘密，在宣布前应该征求一下本人的意见吧——但是，一个人的"出身"其实算不上隐私，那就像是人的性别一样，从来都是公之于众的。这 20 年来出生的所有婴儿，履历表上都要填上是"自然分娩"还是"人工孕育"。这么想想，高士朋也就想通了。何况林总在今天这个场合宣布这个秘密，无疑意味着——他肯定会向这个项目开绿灯，否则岂不是焚琴煮鹤大煞风景。

于是高士朋也抛开杂念，融入到欢乐的人群中。欢乐的中心始终是林总，陈工也非常亢奋，有点不酒自醉的样子。无疑，在这一刻，这位满头白发的老设计师重温了往日的辉煌。众人热闹一会儿，林总和小王先走了，其余人收拾了资料，也陆续离开。收拾资料时卓尔一直没有说话，老是用特别的眼神瞟着男友。他们走出大楼，明亮的绿光照着大楼上的标语，与白天相比另有一番意味：

"提供一流产品，为全人类作贡献！"

"谨慎务实，锐意创新！"

"顾客是我们的上帝，我们是顾客的上帝！"

"尊重上帝就是尊重自我！"

陈工追上来："小高你停一下，我有句话对你说。"

高士朋和卓尔停下，看着陈工的眼睛在灯光阴影中发亮。陈工说：

"有一个秘密，我原想永远藏在心里。既然林总说了你的一半秘密，我就把它说完吧。"

"一半秘密？"

"嗯。小高，你不光是第一个人造人，也是第一个'无生命权个体'，原是用来做试验的。不过那时候还没有后来的'快速化成长手段',是在你出生一年后林总和我才搞出来的。此后,因为用'快速化试验个体'代替你做试验更有效率,所以就让你退出试验,按正常人那样成长。正好,对你所做的基因手术完全成功,是难得的首件合格。所以——你真的很幸运。"

高士朋一向反应敏锐,但这次他顿了片刻,才艰难地说:

"你是说,我原来是要被销毁的,是不是?"

"嗯。但在确认你的成长完全正常后,林总和我不忍心那样做。好在那时的规章还不严格,我们偷偷抽掉了你的档案,让你爹妈对外说你是自然分娩的。正因为这个原因,28年来一直没有公开你的出身。现在它已经不敏感了,可以公布了。"

卓尔的目光更复杂了,把目光转向别处。高士朋冷冷地看着陈工的满头白发,问:

"陈工我问你一件事,卓尔比我小半岁,她是否也是人造人?"

陈工看看卓尔:"不是。她是自然孕育的。"

高士朋沉默良久,突兀地说:"陈工你今年60岁了吧?"

"是啊,年底我就退休了。退休前能吐出这个秘密,我也心安了。小高,你这么健康,这么聪明,我真高兴28年前我们的那个决定……"

高士朋不客气地打断他的话头:"你老这么大年纪,记性干吗这样好。这些事你为啥不忘记呢,那样无论对你,还是对我,都会好一些。"

他撂下这句重话,拉上卓尔转身离开,留下陈工一个人发呆。小两口儿默默地走着,一直到马路对面的家属区。前面就是两人住的简易宿舍,卓尔停下来,勉强笑着说:

"士朋我心绪很乱,今晚想回我爹妈家住。咱们在这儿分手吧。"

高士朋冷冷地说:"是不是永别?没关系,你直说就行。"

"哪能呢。士朋你知道,我对人造人从来不歧视。只是——这个消息太突然了,我想这点情绪明天就会过去的。"

卓尔离开了,在陈工——他真是个不识时务的老傻瓜——这番话后,高士朋心情也很烦乱,想回去质问爹妈——有关他的出身秘密,应该二老告诉

他更为合适吧。但在这个微妙的时刻,他又不愿回去面对父母。想了想,他给家里打了个电话。妈妈接到电话,立即高兴地说:

"朋儿,会议开完了?林总说要在会上宣布你的秘密,他宣布了吧……当年我和你爸都有遗传病,所以同意林总的意见,采用新的生育方式。感谢林总,给了我们一个健康聪明的孩子。那次成功也带动了咱厂的转行,从医疗器械厂转成婴儿工厂……朋儿,虽然没有十月怀胎,你仍然是妈身上的一块儿肉……"

高士朋说:"我知道。妈,你们休息吧,我也要睡了。"他想了想,为了让妈妈安心,又说了一句谎话,"卓尔已经睡下了。"

他挂断电话,信步走出家属区,来到厂区大门口。他忽然想去看看成品车间,那儿原是他设计的产品出厂的地方,现在才知道也是自己降生的地方。门卫看了他的证件,让他进去。其实成品车间没有多少可看的东西。为了便于运输,胎儿并不在厂里分娩,当发育成熟后,直接从机器子宫送到地下管道,管道里面充盈着羊水,这时的胎儿仍能在水中存活,胎儿随着水流被安全送达各个大城市的配送中心。胎儿的分娩实际是推迟到各个配送中心才完成的。

所以,成品车间里完全没有小孩的哭声,最多有几声微弱的宫啼。机器子宫的仪表盘上,各种红绿灯有条不紊地闪亮着,显示一切正常。值班工人与高士朋相熟,过来问他有什么事。高士朋说没事,刚开完会,来这儿看看流水线是否正常。两人闲聊了一会儿,高士朋告辞走了。他想起来,这条流水线实际上不是自己降生的地方。早就听陈工说过,第一个人造胎儿出生时一切还不正规,是在试管和试验瓶中诞生的,现在才知道陈工津津乐道的"第一个胎儿"就是自己。

在车间熟悉的环境里转了一会儿,他的情绪转过来了,心平气和,于是回家睡觉。第二天,他和卓尔都没提昨晚的那个小插曲,因为一上班,小王就送来了林总的正式授权书,两人立即启动了"无毛儿项目"的工作。忙了一天,晚上回家时,卓尔从后边追上他,很自然地挽住他,一块儿回到那个小小的二人世界。于是,生活又恢复了往日的秩序。

四年后,两人的爱情结晶,也是世界上第一个无毛儿,在本厂的流水线上下线。小家伙和他爸爸一样幸运,也是首件合格。

三人行

一、成功者

北京，中国科技会堂312会议厅。

阶梯形的会议厅挤满新闻界和科学界人士。屋里很静，时有相机的闪光，伴着咝咝的进胶卷声。人们专注地盯着前面的高清晰度投影屏幕。

屏幕上的图像是用X光层析技术拍摄的，不是十分清晰，但这更增加了真实感。图像上显示的实际是人的一条细血管，经过放大，变成了一条宽阔的河流，红色的河水在河床里缓缓流淌，翻着泡沫，搅着漩涡，其景象如同从飞机上看黄河。不同的是，这条河的河床不是静止的，而是随着心跳节律搏动和胀缩。

这是高血脂病人的一条微血管，胆固醇堆积在血管壁上，形成一个个弓形洲坝，有的地方只剩下一条狭窄的峡口，血流在这儿受阻，借着心脏的搏动力从峡口挤出去，形成长江三峡般的急流。

随着激光电筒的指点，主角登场了。它大致像一个水滴状的微型潜水艇，头端有螺旋桨，在屏幕上显得有甜瓜那么大，"实际上，"报告人郝水青先生说，"它的长度只有300纳米，和针尖差不多。" 1纳米是 10^{-9} 米。这台纳米机器在宽广的血液之河中显得过于弱小，在黏性河水的拍击下似乎不能把稳方向，但总能及时调正航向，不屈不挠地前进。它的螺旋桨同时也是锋利的旋刀，把胆固醇堆积物搅成米黄色、半透明的残屑，残屑随即被血流冲走。现在它到了最狭窄的峡口，在它的勇猛进攻下，河水几乎变成了黄色的浓汤。忽然，它的螺旋桨被卡住了，观众们都失声"噢"了一声。纳米机器立即倒车，挣脱束缚，再度扑上去。峡口终于被切开，战场归于平静，纳米机器随着平缓的血流，驶向屏幕之外。

屏幕上打出一行字：

"2008年5月20日，中国第一例由纳米机器完成的血管清理手术顺利完成。"

年轻的郝水青关闭了自己的笔记本电脑，拨出馈线，平静地补充一句："这次成功也表明，中国已正式跨入纳米时代，比美国、日本等科技先进国家晚了两年。我的报告完了，谢谢。"

台下响起掌声。郝水青向听众鞠躬，走下讲台。他没有发现后排座位上有一双火辣辣的目光一直在盯着他。她是华西都市报记者俞洁，一位相当漂亮的年轻姑娘。

整个报告会上，我的目光几乎须臾不能离开郝先生。从相貌上看，这个男人并不出众，身体单薄，皮肤略显苍白，但他的举止自然而大气，一身名牌西服十分得体随意。他早已看淡成功，看淡掌声和赞颂，在一群记者的簇拥下显得从容不迫。他当然可以这样，这位32岁的青年已经功成名就，是中国顶尖的科学家之一，他所创立的纳米机器公司已为他挣下亿万资产。另外，他还有一个贤淑美貌的妻子。

他身上有着强大的磁力，尤其对一位23岁的年轻异性。

我是一名刚出道的科学记者，对科学家们怀着宗教般的仰慕。我常常想，他们的脑瓜——也是1.4千克重，也由140亿个神经元组成——究竟有什么魔力，使他们能发现亿万众生无缘涉足的宇宙的玄妙？人类历史上有许多伟人：释迦牟尼、孔子、拿破仑、亚历山大……但据我看来，只有科学家们才够格做真正的伟人，他们带着人类，一步步开凿着未来之路。当然这看法很偏激。

简而言之，我从看见他的第一眼起就爱上他了。我不奢望做他的妻子，但我要分享他的爱情。

郝水青终于摆脱记者，坐上电梯，来到一楼的大厅。一个年轻姑娘等在那儿,穿着白色的西服裙,领口很深,露出白皙润泽的胸脯,双手交叉放在腹部,深潭般的眸子中含着微笑,那微笑能让任何男人入迷。姑娘戏谑地说:"郝先生,刚摆脱记者的纠缠,没想到这儿还有一个狙击者吧?"

郝水青笑道:"这样的狙击者还是可以忍受的。请问……"

俞洁递上一张名片:"我是你的崇拜者,想进行一次有深度的采访,请问我能有幸请你喝咖啡吗?"她调皮地笑着,歪着脑袋等他的回答。郝水青不由得又把她扫描一遍——她的身形确实让人怦然心动——淡然道:

"你相信我不会拒绝你,对吧?你对自己的魅力有充分的自信,是吧?那么,我今天要送你一个意外:不,我拒绝你的邀请。"他有意做一个停顿,看着她的大眼中掠过一丝惶惑窘迫,甚至准备泪水盈眶。"但我愿意邀请你去喝杯咖啡,我有这个荣幸吗?"

俞洁的表情马上阳光灿烂!她笑着挽起郝水青的胳膊。

郝先生领我去"半日闲"咖啡店。门口的装潢古色古香,左右是一副篆书对联:"因过竹院逢僧话,又得浮生半日闲"。进了圆形大门,迎面是一堵照壁,绘着深山古寺、文士僧人,一副邈远静谧的仙景。但照壁之后却是另一番情调,灯光柔和,乐声轻柔,四周是色彩艳丽的壁画,裸体的小天使在壁画中飞翔。酒店女侍衣着大胆暴露,在茶座中无声无息地穿行。看来,设计者是刻意营造强烈的反差。

郝先生为我拉开座椅,问我要什么,我说咖啡吧。于是他要了两杯咖啡,隔着咖啡的雾气含笑看着我。我笑道:

"谢谢你对我的邀请。你让我恢复了自信——那会儿,我以为自己的魅力失效了呢。"

郝先生笑了:"怎么会呢,它是无往而不胜的,俞小姐……"

我打断他的话:"趁我的勇气还没消失,让我把话说完。我想告诉你两点:一、我是相信一见钟情的;二、我是一个西方化的女子,丝毫不受缚于中国式的道德律条。接受我的挑战吗?"

我咄咄逼人地盯着他。郝先生看来惊讶于我的大胆直率,慢慢呷着咖啡,在嘴角绽出一丝微笑:

"相信没有一个男人会逃脱这样的诱惑——不过,今天我想试一试自己的毅力。"

我大笑道:"反正我已把球踢过去啦,无论你何时回球,或是否愿意回球,我都会耐心等待。好,现在请你忘掉我的魅力,忘掉我的性别。华西都市报的科学记者俞洁想就纳米机器对你做一个深入的采访,可以吗?"

郝先生久久地凝视我:"当然可以——而且,我会把那个美丽的球永远保存在心中。请吧。"

"纳米时代最早发端于1959年,那时,科学家理查德·费因曼发表了一个题为'在底部还有很大空间'的演讲,指出,人类对物质世界的制造工艺从来都是'自上而下',是以切削、分割、组装的方式来制造,那么,为什么不能从单个分子、原子开始组装?但这篇过于超前的文章没能引起人们的注意。我讲的历史没错吧?"

"对,讲下去。"

"1986年,科学家德雷克斯勒运用更为形象的语言,把27年前的天才思想传达给大众。他说,为什么我们不能造出无数肉眼看不见的微型机器人,让它们在地毯上爬行,把灰尘分解成原子,再组装成餐巾、肥皂和电视机呢?"

"嗯,是这样的。"

"于是纳米时代开始了。1990年,IBM公司用35个原子砌成了'IBM'这三个字母。2008年,中国在你的带领下也跨入纳米时代。"

郝先生轻轻摇头:"我不是领头人。这不是谦虚,真的不是我。请你说下去。"

"更有人说,纳米技术甚至不该被仅仅看作技术,而应看成一场哲学革命。因为纳米技术甚至打破了被奉为金科玉律的哲学界

转生的巨人

限——生物和非生物的界限。想想吧,如果在一块石头上放一个纳米机器人便能复制出无数的同类,就像一只细菌在琼脂上大量繁殖,这时谁又能分清'制造'和'繁殖'的界限呢。因此,从纳米时代开始,人类抛弃了'自上而下'的制造方法,学会了上帝用来创造万物的'自下而上'的生长方式。我说的对吗?"

郝先生没有立即回答,只是慢慢地呷着咖啡。我等待着,作为中国最著名的纳米科学家,他会给出什么回答呢。良久,郝先生说话了:

"这个评论言过其实。至少到目前为止,纳米技术仍然只是技术,或者说,是人类的技术而不是上帝的技术,人类还远远没有成为上帝。为什么?因为一个简单的词——模式。"

"模式?"

"对,纳米机器的行为模式。不要忘了,当纳米机器人在'自下而上'地建造物体时,它们的行为模式仍是'自上而下'的。"

我端着咖啡,但忘了啜饮。我艰难地追赶着他的思路:"'自上而下'的行为模式?"

"对。你刚才看了我的机器清道夫,它能有效工作是因为有无线电指令,自上而下的指令。我们造了不少有用的纳米机器,但还没有一只可以'自主'完成任务。德雷克斯勒预言,纳米机器人会把灰尘原子组装成餐巾、肥皂和电视机,这真是激动人心。可惜,激动的人疏忽了,这里有一点漏洞——纳米机器人把原子组装成餐巾或肥皂的行为模式,是从何而来?实际上,如果没有'自上而下'的指令,它们最多只能干反方向的工作,把餐巾和肥皂分解成乱七八糟的原子!毕竟,把有序变成无序,才是宇宙万物最自然的方向啊,这是熵增定律所规定的。所以,纳米技术还不能算是一场哲学革命。它只提出原子可以'自下而上'地砌筑,却没提到原子团的行为模式也可以'自下而上'地建立。"

他说的道理很艰深,但我听懂了。我看着他,心中充满叹服。

一个明晰的、极具说服力的理论。当郝先生把它分解成条条缕缕摆出来，我会愉快地接受它。可是，如果不是郝先生提出来，也许我花一万年也想不到。我叹息道："我现在才清楚，为什么你是科学家而我只能在科学殿堂之外对你膜拜。不过，我发现你的论述中有一个小小的逻辑漏洞，你偷换了一个概念。"

"噢，什么概念？"

"你原来在说'纳米机器人'的行为模式，最终却归结成'原子团'的行为模式。"

他微笑着反问："在微观世界里，'纳米机器人'和'原子团'有什么区别吗？"

他把我问愣了。是啊，两者有什么区别？看来我在无意中又局限于宏观世界的传统概念了。我皱着眉头说："还有，那个词怎么听着别扭，行为模式——这个词应该只能用于动物，可你把它栽到原子身上！原子或原子团也会有自己的行为模式？"

"当然，从宇宙诞生那天起就有啦。如果物质粒子没有先天的行为模式，世界上就不会有天体，不会有化合物，不会有晶体，不会有云、风、雾、雪，不会有芸芸众生——不过这个话题太大，我不想用枯燥的论述糟蹋一个美妙的夜晚。喂，小姐，请结账。"

吧台小姐送来了账单。

咖啡厅外，一辆象牙白色的漂亮非凡的宝马车正候在那里。郝水青打开遥控开关，拉开右边车门，请俞洁入座。他没有说要到哪儿去，俞洁也没问。宝马低声吼着，很快加速到时速 120 千米。

郝水青瞟瞟俞洁，上车后她一言未发，满脸喜色，目光迷醉。郝水青不觉心头一荡，笑问："你不问我把车开到哪儿？"

俞洁笑着轻声说："我不会问的，因为你复活了一个女人古老的梦：被一名剽悍的骑士抢到骏马背上，奔向不可知的远方。"

郝水青大笑道："剽悍的骑士！我能算得上剽悍的骑士？不过，这匹马倒确实是一匹骏马。好吧，闭上眼睛，让我带你到不可知的远方吧。"

俞洁真的闭上眼睛，靠在郝水青的肩上。宝马抖擞神威，快如飞箭。俞洁从半闭半开的眼帘中，看着公路两旁的标志牌飞速向后倒去，然后是迅速后移的绿树。一个小时后，宝马慢慢降速，停下来，郝水青笑着说："远方已经到了，请公主下车吧。"

俞洁轻盈地跳下车，欣喜地打量着四周。就像电影上的镜头切换，霓虹闪烁楼房壁立的场景不见了，朦胧月色映着四周的浅山，林木葳蕤，松涛阵阵，一片闪亮的湖水嵌在夜色中。远处有星星点点的灯光，夜很静，偶尔传来几声狗吠。俞洁已经无酒自醉，脸庞灼热，她愿在这片仙境中融化，与她的偶像合为一体。

郝水青搂着她的纤纤细腰说："这儿去年我来过，觉得它美极了。今天，特意把它献给一位美极了的姑娘，来吧。"他拉着俞洁的手来到湖边，并排坐在绵软的草丛中。俞洁偎在他身旁，仰望着他，正要说话，郝水青的手机响了：

"喂，玉如。你问我在哪儿？"他笑道："我在不可知的远方，陪一位漂亮迷人的女记者……好，11点前赶回家。"

他关了手机，俞洁沉默着，幽幽叹息道："看来，我们缘尽于此了，你的毅力最终战胜了我的魅力。"

郝水青搂住她的肩膀，诚恳地说："不，你的魅力已经把我俘虏了，我只是想更长久地拥有它。你知道，友情比私情更为长久。"

俞洁很快从伤感中走出来，活泼地说："谢谢啦，谢谢你给一位失败者留下面子。也好，能长久拥有你的友情，我已经心满意足。可是，我首先要完成这次采访，让一个睿智的科学家活在我的文章里。明天我还会采访你的妻子，你的三岁儿子。怎么样，欢迎吗？"

"欢迎。"

"真的欢迎？"她戏谑地笑着，"不是口是心非？"

"当然真心欢迎。不过，最好别采访我，我不值得采访。"

"哈，谦虚过度了吧。当今最耀眼的科学界明星，时代的弄潮儿……"

"我不是开玩笑。"郝水青严肃地说,然后陷入沉思。借着月光,俞洁从他的目光中读出一丝感伤。沉思良久,他说:"按我的分类法,科学家有三种。一种是幸运者,他们遇上好的天时。你知道,科学发现的诞生就像火山爆发,必定经过酝酿期才能成熟。幸运科学家恰恰遇上或主动挑选某个已进入成熟期的学科,这样,他们的才华很快会变成成果,变成名誉、地位、金钱,甚至能博得美女的青睐——就像我这样。"他微笑着搂紧俞洁的肩膀。"第二种科学家是比较幸运者,他们的思想超前于时代,研究成果不被世人承认,一生充满艰难和孤独,直到死后,他们的成果才被追认。法国数学家伽罗瓦就是这种典型,他创立的群论曾多次被法国科学院退稿,一生坎坷,在青年时期就死于决斗,但幸运的是,他的成就最终为世人承认了。第三种科学家是不幸者,他们的思想更为超前,虽然方向是正确的,但缺少与之相应的环境条件,所以,毕生探索却一事无成。这样的例子不好举,因为这些不幸者的名字都淹没在历史长河中了。不过我可以举一个例子——爱因斯坦。"

"爱因斯坦?你把他称为失败者?"俞洁惊奇地问。

"爱因斯坦后半生一直致力于统一场论,即把宇宙间的电磁力、强力、弱力和引力用统一的数学式表达。他的方向是正确的,直到今天科学界还在为此努力,但他的思想太超前了,所以后半生一事无成。如果没有前半生的光量子理论和相对论,他会变成消逝于历史长河的不幸者。依我看,"郝水青认真地说,"在三种科学家中,后两种科学家更值得讴歌。"

俞洁微微摇头,觉得他的看法过于偏激。郝水青敏锐地看到她的表情,说:"不,我不是假谦虚,也不是走偏锋。我一点也不否认'幸运科学家'的价值,毕竟他们才是科学发展的主力。正是有了他们的幸运,科学才能一波一波地发展。不过,从个人角度来看,我更敬仰后两种,尤其是第三种科学家。比如说,我刚才在咖啡馆提到原子先天具有的行为模式,那是一个极为深邃的领域,是一个意义极为重大的课题,与它相比,研究什么'血管清道夫'只不过是马戏团的杂耍。不过,虽然我认识到这一点,却不敢投身于此,因为它太难了,很可能此生得不出成果。这样,探索者就不会有地位、金钱、美女这类奖赏。其实这些奖赏我都可以舍去,但我唯独不能承受失败,一辈子的失败，一辈子在黑暗中摸索，看不到一点儿光明……我是一个懦夫，对吧？"

俞洁不知该怎么回答，她没想到，这位人生顺遂的科学明星会有这种近乎悲凉的感受。她握住郝水青的手说："不，你是一位勇者，你敢于袒露真实的自我。"

"所以，我强迫自己绕开荆棘之地，选取了容易取得突破的课题。不过，我知道有人在研究这个题目，40年前就开始了。"

俞洁的记者神经立即被惊醒了："谁，他是谁？"

郝水青自顾说下去："40年前就开始，但至今毫无建树，在他有生之年也不一定能取得突破。在科学界，他至今籍籍无名。"

"他是谁？快告诉我他是谁？"

郝水青笑起来："我早料到，只要一抛出这根鱼饵。你会一口咬住不放的！"他收起笑谑，认真地说："写写他吧，他才值得你去讴歌，即使他终其一生是个失败者。实话说吧，这正是我今晚约会的目的，我想向你介绍这位科学界的耶稣。"

"我当然要写！但你快点说，他是谁呀？"

"他叫鲁明，南京理工大学生物工程系一名副教授。不过，我事先警告你，对他的采访十分艰难，他一直拒绝记者采访，不想把失败暴露在闪光灯下。我已经说动三个记者去采访，都吃了结结实实的闭门羹。不过，那三位都是男性，"他狡猾地笑道，"也许对一位漂亮迷人的女记者，他不会如此无情。"

俞洁解嘲道："算啦，我的魅力已经吃过一次败仗啦。再拿它去征服一位青灯古卷的老学者，我可没有信心。鲁先生多大年龄？如果40年前就开始研究，现在快60岁了吧？"

"对，明年他就退休。"

俞洁站起来，性急地说："请你把我送到车站，我现在就去南京。凭我的直觉，这次我一定能写出震撼人心的好文章。"

郝水青拉着她的小手，站起来，赞许地说："我没看错你，你有激情、有才华，对鲁明的报道一定会成功的。走！"

两人转身欲走，又不约而同地停下来，俞洁的眼睛在夜色中晶莹闪亮，佯作伤感地问："那么，我的骑士，在同爱情失败者告别时，连吻别都吝于赐予吗？"

郝水青笑了，搂住她的双肩，在额头上轻轻吻一下。俞洁冲动地搂紧他的脖子，把热吻频频印到他的脸颊上。"再见啦！"她大声笑道，"告诉你，我可不会甘心服输，也许有一天我会卷土重来的。"

她笑着，率先跑向汽车。

二、失败者

我坐上当晚的特快，是郝水青为我买的软卧。他成功地激发出我临战前的亢奋，他的身影老在眼前晃动。在今晚之前，我仅是仰慕他的才华，是一见钟情式的，缺乏深度。但在他坦承自己是懦夫并力荐我去采访鲁明之后，他在我心目中反倒更高大了。

赶到南京理工大学住宅区已是夜里 10 点，我毫不犹豫地敲响鲁明的房门。门开了，对面是一位个子矮小的老者，枯瘦，头发花白，很随意的一身便服。但他的随意与郝水青明显不同，郝水青的'随意'是用名牌服装包装成的，而鲁明的随意则透着清贫和简朴。我笑着问："李姨在家吗？我找她问件事。"

这是我在火车上盘算好的策略，以防鲁先生给我一个闭门羹。方法果然奏效，鲁先生以冷淡的客气说："她去取票了，马上就回来。请进。"

他把我让到客厅，便自顾去收拾一个提包。我饶有兴趣地打量着屋内的陈设。房间整洁简朴，给人印象最深的是几架大书橱，几乎与天花板平齐。鲁先生一直没与我说话，似乎已忘了我的存在。他收拾好提包，抬眼看看挂钟。我忽然心中一动，不由叫起苦来。刚才他说李姨是去'取票'，又在收拾行李，看来他马上要出门啊。我原计划从鲁明妻子那儿着手，慢慢绕到正题，现在来不及了。

"鲁先生，"我走过去轻声唤道，同时堆出最温柔迷人的微笑，我想即使石像也会心软的，"我是华西都市报的记者俞洁，想问先生几个小问题，可以吗？"

鲁明回身打量我一眼，冷淡地说："我想，介绍你来这儿的人一定也告诉过你，我是拒绝采访的。"

"鲁先生……"

"不必说了，"鲁先生平淡地说，没有任何转圜的余地，"我从不改变主意，请你走吧。"

我马上把早已备好的泪水释放出来，不说话，也不离开，只是让泪水一颗一颗溢出来。鲁先生看看我，没有再重复他的逐客令，但表情上没有松动的余地。

这是很尴尬的时刻，幸好救星来了。听见门锁响，一位老妇人推门进来。她的目光扫了一圈，马上明白是怎么回事，笑笑，拉着我进了卫生间：

"喂，洗洗脸，"她递给我毛巾，又拿来化妆品让我补妆，"是记者吗？"

我委屈地点头，她叹息一声："老头从不接受采访。"

我可不愿轻易服输，我执着她的双手，哽咽道："李姨，我……"

她怜爱地打断我的话："而且今天你来得很不巧，我俩马上要出门，半个钟头后的火车，老头要回家去朝圣。下次吧，下次我尽量劝劝他。不过，我不敢打保票。"

这已经是莫大的成功了，我立即带泪笑了："谢谢李姨，请问你们外出多长时间？"

"最多三天吧。"

"好的，三天后我再来，李姨，你一定帮我劝劝鲁先生啊。"

李姨不置可否地笑笑，送我出门。

我在灯光寂寥的便道上拦住一辆出租。出租车司机问我到哪儿，我茫然没有回答。司机很有耐心，缓缓开着车，等着我做决定。我忽然想起半小时后有一列回家乡南阳的快车，已经一年没回家了，干脆回家看看，为去世的爸爸烧香祭奠，三天后再返回南京。相信只要打动了李姨的怜悯心，绝不会空手而归的。抛掉失败的懊恼，我快活地说："快，去火车站，快一点！"

妈妈没料到宝贝女儿从天而降，少不了激动一番。下午4点，我独自到烈士陵园为爸爸烧纸。爸爸是心肌梗死死的，自然不属于烈士，但这些年烈士陵园已向普通百姓开放了，新建了高档骨灰存放厅，只要你付钱就行。烈士陵园就在卧龙岗下，与著名的诸葛草庐面对面。街道两侧是一家连一家的珠宝商店，洁净的玻璃柜中摆放着玉雕的仕女、熏炉、山水，材料多为本地特产的独玉，也有伊朗玉、阿富汗玉、缅甸翡翠等。还有玲珑剔透的牛角雕工艺品和巧夺天工的烙画。

南阳曾是历史名城，是著名的"四圣之乡"——医圣张仲景、商圣范蠡、科圣张衡、智圣诸葛亮的故乡。东汉以来，南阳战乱频仍，城市数毁数建。但我总觉得，南阳仍保留着几千年的灵气，无影无形却又郁结不散的灵气，这灵气已融入南阳人的血液之中。

今天不是节日，陵园内几乎没人。院子角落处，一位个子瘦小的老人正在祭奠，是中国最古老的礼节——跪拜，老人一丝不苟地叩拜，一束藏香在骨灰盒前缭绕。

我从骨灰厅中取出父亲的骨灰盒，放到另一角的祭坛上，摆上供果祭奠。等我把骨灰盒送回大厅，忽然心有所动。刚才那个虔诚跪拜的老人，从背影看似乎熟悉，是谁呢？我特意绕过去，老人已行完礼，端坐蒲团，双手放在两膝上，如老僧入定。看见他的面容，我不禁眉开眼笑——是那位拒人千里之外的鲁先生！他竟是我的同乡！刹那间，许多细节被串在一块儿：他要回家乡朝圣；半个小时后的火车；他略带南阳口音的普通话……我预感到，这次采访绝不会失败了。

可是，他祭奠的是谁？我揣摸着鲁明妻子无意说出的那句分量颇重的话：回家乡朝圣。哪个人有资格享受他的朝圣呢？

鲁明在沉思中没注意到身后有人，他站起身，离开蒲团，立刻有一位衣着时髦的姑娘抢上前，俯伏在蒲团上行叩拜之礼。她显然做不惯这种古老陈旧的礼节，但一板一眼，十分认真。

这是谁？鲁明纳闷地盯着她的背影。她行完礼，快活地跳起来，"鲁伯伯，"她欣喜地喊，"没想到在这儿碰上你，没想到我们是同乡！"

原来是那位漂亮的女记者。鲁明淡淡地点点头，算作招呼，转身去抱骨灰盒，俞洁手快脚地抱起来："伯伯，我帮你送过去，好吗？"她捧起骨灰盒，偷偷瞄瞄上面嵌的小照片。是一个中年男人，大约45岁，形貌枯槁，头发凌乱，穿老式的中山服。照片肯定有相当年头，纸色已经发黄。头像太小，难以辨认他与鲁明是否相似，因此无法判定他是否为鲁明的长辈。俞洁随鲁伯伯到了二楼的高档存放厅，站在椅子上，把骨灰盒细心放到上层玻璃柜中，灵位牌上写着死者的名讳：

恩师陈天曾之位。

老人在灵位前默默鞠躬，退出存放厅。俞洁快手快脚地收拾好供品："鲁伯伯，我送你回去吧。"她甜甜地笑着，期待地看着他。鲁明在心中叹息一声，知道无法躲过这位女同乡的软磨功夫了，也许这是缘分？他点点头，俞洁立时眉开眼笑，亲热地挽起老人的左臂。

鲁伯伯住在城西，一处小独院，两间小青瓦房，房顶上长满了瓦棕。正房东边是厨房，西边有一间矮小的机瓦房，不知做何用。这里显然久未住人，衰草疯长，门窗油漆斑驳。一位妇人正在屋里打扫卫生，她一眼认出我，马上显出不以为然的神气，我知道她误会了，连忙用家乡话喊：

"李姨，我可不是盯梢追来的，我想在这三天里先探探家，为爸爸上坟,没想到撞上鲁伯伯!"

她听到我一口南阳话,不由莞尔一笑,又满含深意地斜了老头一眼:"看来你被缠紧啦。"我挽起袖子,接过李姨手中的掸子:"李姨,我来帮你打扫——晚饭可要在这儿吃啦。"

李姨笑了,转身到厨房里做饭。我干得十分卖力,等到屋子打扫完,李姨也把香喷喷的羊肉糊汤面端上饭桌。这时我才发现鲁伯伯失踪了。李姨朝西边努努嘴,说:"在小西屋里呢,你去喊他吧。"

我快活地喊着"伯伯",推开用木条钉成的简易门,看见伯伯默然伫立在屋子中央。这儿十分简陋,一张用土坯和高粱薄垫就的矮床,一张白茬木桌,房顶残留着烟熏火燎的颜色。地上倒是干干净净,看来李姨打扫过。我从鲁伯伯身上感到一种肃穆,一种冷峻,一种深沉和苍凉,不由得收住笑声,体贴地挽起伯伯的胳膊,轻声说,"饭好了,去吃饭吧。"

饭桌上只有我和李姨说话,她询问了我家的情况,我也从她口中知道,这儿是鲁伯伯的祖居,不过他父母去世后,已经没人住了。房屋没有卖,每年他们至少要回来一次,住上三五天再走。鲁伯伯面色平和,但说话很少。饭毕,我到厨房洗碗回来,听见李姨在低声劝丈夫:

"这姑娘也算与你有缘,去吧,把你闷在心中多年的话对她讲讲吧。"

我紧张地等着鲁伯伯的回答。几分钟后李姨过来对我说,"哎,老鲁在小西屋里等你。"我激动得声音发颤,低声说:"谢谢你,李姨,太谢谢你啦!"小西屋新摆了两张竹椅,小桌上放着两杯热茶。鲁伯伯在这儿等着我,我轻手轻脚地走过去,像小学生一样并紧膝盖,仰望着他。

"这屋子还是50年前的模样,我一直没动它。"鲁伯伯忽然没头没脑地说,他一改口音,操起地道的南阳话。"是啊,50年啦。"他怅然叹道,"你知道我的研究课题吧?"

我知道正题开始了，忙回答："我知道你在研究原子团先天具有的行为模式。别人告诉我，这是一个最深邃的宇宙之谜。"

"对。你也知道我是毕生的失败者，是不是？"

我窘住了，思索片刻，决定实话实说："是的，有人告诉我，你终生探索，至今没有突破。不过他们说，你是伟大的失败者。"

鲁伯伯面色惨然："只是安慰罢了。其实40年前我就预知自己的失败。科学研究毕竟不是刨红薯，要想取得突破，一半靠勤奋，一半要靠灵性。我很勤奋，但我的灵性却不足以攻克这样艰深的课题。不过，我不后悔，我只能这样做。因为50年前，一位先哲就为我树下了人生目标，我也对他立下最庄严的许诺，我不能失信啊。"

我立时想起他虔诚跪拜的那个人："是陈……天曾先生？"

"是的，你想听听他的故事吗？"

我连忙点头。这次采访到这儿突然转向，我苦苦追踪的鲁先生悄然退下，另一位不速之客却闯了进来，我沿着他的人生之路一步步追踪下去。

三、一个卑贱者的故事

鲁明从怀里掏出一个白色的圆球，交给俞洁。洁白的象牙球，光滑、温润，带着鲁明的体温。小球上有六个圆孔，孔中可以看到小一号的空心圆球，一层套一层，共有16层。每层空心球的壁都很薄，呈半透明状，用手指插进去一拨，它们便灵活地转起来，层与层之间互不干涉。俞洁被这个小巧的玩意儿迷住了，反复把玩，赞不绝口。

鲁明说："是陈先生留给我的，是他的传家宝。这种多层象牙球是200年前广州一位翁姓艺人最先琢磨出来的，从圆球的六个小孔中，用特制刀具向里掏挖，直到把里层的圆球剥离出来，最多可雕出34层，每层薄得近乎透明。这种手艺真是巧夺天工，不过，它的精巧首先要归功于象牙本身的质地，细腻、坚韧、强度极大。看着象牙球，我常常佩服造化之神力。要知道，这些质地优异的象牙是由蛋白质矿物质组成的，原料是最平凡不过的野草和树叶。但经过生物体这个奇妙的化学工厂,就变成优质的象牙。"

象牙球摆在两人之间的茶几上,在灯下闪闪有光。鲁明的故事就从它身上开始。他说,他与陈先生的交往自49年前开始,那年他10岁……

那时我家就住在这儿,父亲是小学教师,母亲是烟厂卷烟工,生活很苦。一天半夜醒来,听见爹妈在商量什么事。妈说:"把他收留下来吧,好歹是我的小舅……真够可怜的,人'神经'了,老婆带着孩子跑了,还是个大学问人哩……别怕日子过不下去,不就是锅里多添一碗水嘛。"爹说:"咳,不是因为这个。咱家成分高,凡事没担待,万一他神神经经地闯下什么祸呢。"妈立即说:"没事儿,我打听清楚了,他是个'文疯子',从不惹事,每天尽戳在地上,仰头看星星看云彩。"停了很久,爹说:"行啊,依你吧,把灶房收拾一下让他住。"

陈先生,或者说我的小舅爷,就这样来到我家。苍白羸弱的40岁男人,破旧的中山装,绵羊般的眼神,温顺、自卑、惶惑。真像妈说的,他是一个非常省事的"文疯子",他的饭量小得可怜,每天到堂屋匆匆吃完饭就溜回小灶屋或后院,仰着头,呆呆地戳在地上,半天都不动。

孩子们也有势利之心啊。我从小就知道小舅爷在我家的地位,没拿正眼看他。尤其是,这个吃白食的舅爷从不帮家里干活,连扫地、刷碗都没干过!我没理过他,最多站在灶屋门口,不耐烦地喊一声:"喂,吃饭啦!"一直到成年后我才理解他,他不干活不是因为懒,而是没时间,他的肉体是为思考宇宙机理而存在的。

两个月后,这位讨人嫌的舅爷才找到了他该干的活儿,是一种基本不影响思考的营生。那时是"文革"后期,什么东西都缺:火柴、烟、糖……连自来水管中也闹起水荒。公共水龙头前常排着七八十人的队伍,听着水珠滴滴答答滴出来。有了自来水后,城里的水井都被抽干了,所以,大家只能压住心火,目光阴沉地盯着这个唯一的水源。那时，用水是家里头等大事，一放学我就拎上水桶去排队，晚上爹爹再去换我。常常闹腾到凌晨一两点。

一天晚饭后，舅爷没有走，怯怯地说："打水的事……交给我吧。"

妈看了爹爹一眼，高兴地连声答应。从此，家里再不用操心排队接水的事儿了。每天早上，水缸、水盆、水桶，凡是能盛水的家什儿全都盛满了清亮的水。疲惫不堪的舅爷像留声机似的劝妈妈："用吧，洗吧，别心疼水，有我哩。"他那总是惶惑不安的眼神分明透着一丝欣喜。妈私下里得意地对爹爹说："看见没？再窝囊的人也有用处！"

一天夜里，爹在学校值班。我突然发高烧，额头像火炭一样烫人。凌晨三点，妈说等不得了，得赶快去医院。她到灶房里找舅爷，那儿没人，水缸已满了，但水桶不在家。妈只好背起我朝医院跑。在医院打了针，回来已是凌晨四点。疲惫的妈妈特意绕到街头的水龙头前看看，舅爷果然还在那儿。那时我伏在妈妈背上，被高烧折腾得半昏半醒。但很奇怪，恰在这种状态下我似乎获得了一种"通觉"，周围发生的事极其清晰地嵌在我的记忆中，甚至包括凡人看不到的。我听见水滴落在桶里的清亮的声音，这声音不疾不速地敲打着静谧的夜空。我看见水桶溢出的水在地下静静地流淌，月光在水面上变幻不定。我看见舅爷呆呆地立在桶边，仰望天空。不是在数星星，他是眼中无物的。他的思维游离于身体，犹如一团白亮的岩浆，在宇宙中缓缓流淌，努力摸索着宇宙结构之间的微穴。思维的探索一次一次失败了，它换个方向，继续不知疲倦地前进……

我不知道自己怎么能看到他的思维，也许是一个热昏病人的谵思罢了。但不管怎样，这些似真似幻的景象刻在我的记忆里……妈不耐烦地喊："小舅，水满了！"舅爷从冥思中清醒，那团白亮的思维突然失去了张力，垂头丧气地一下子缩回他的头颅内。他惶惑窘迫地看看妈妈，急忙提上水桶走了。

我烧了三天才逐渐康复，妈让我休学三天。一个人在家，我没把舅爷当成家人，自己闲得心烦。为了哄我，爹拿出了轻易不让我玩的宝贝：一个旧痕斑斑的放大镜。于是我就开始我最喜欢的游戏：观察蚂蚁。

从小我就对此非常入迷，能一连半天趴在地上观看。放大的蚂蚁显在镜框中，一双复眼，一双不停点动的头须，细腰身，尖圆的尾部，六条纤细的瘦腿。它不慌不忙地奔跑着，有时停下来，用头须向四周探听。如果碰上同窝的伙伴，双方便心平气和地用头须交谈一会儿；如果对方是个陌生家伙，四只头须一碰，马上像火烙一样收回，然后倒着身子避开对方。前方的泥地上有一道小小的裂纹——对于蚂蚁来说，这恐怕也算得上悬崖深涧了吧。但蚂蚁并没有在意我的担心，它轻巧地爬下去，又沿着立陡的峭壁，轻松地攀上来。

小小的蚂蚁身上有我看不完想不尽的东西。我玩得入迷，干脆拿铁锹挖开一个蚁穴。失去巢穴的蚁群慌作一团，四处乱窜。少顷它们清醒下来，每只衔一颗蚁卵，急急忙忙藏到土粒后。蚁王也出来了，她比工蚁大了几倍，圆滚滚的身子，笨拙地乱跑。几只工蚁立即冲上去，把它强行拉到一块大土粒的阴影里。

放大镜汇聚了正午的日光，变成一小团白亮的光斑，镶着金黄的边。光斑在地上游动，无意中罩住一只蚂蚁，它立即冒起一缕青烟，细腿抽动几下，便仰天不动了。这引起我的兴趣，便用光斑又罩住一只，它同样弹动着细腿死了。有人焦急地喊：

"别，别烧死它！"

我揉揉被强光弄花的眼睛，舅爷的面孔从虚浮中逐渐清晰。他的眼神焦灼、痛心，没有往日的畏缩和自卑。很奇怪，这会儿我也忘了平时对他的鄙视，羞愧地收起放大镜。舅爷小心地拾起死蚁，放在手心里，痛惜地说：

"别毁坏它呀，它也是天地间的生灵，是穷天地之工造出来的，看它的细须、复眼、细腿，多么精妙绝伦啊！"

我很羞愧，想找一个逃脱尴尬的办法，忽然我问："你说，人能不能造出一个真的蚂蚁？我是说真蚂蚁、活蚂蚁，而不是用铁或塑料制造的死玩意儿；可也不是蚂蚁生出来的。你懂我的意思吗？"

舅爷显然听懂了我疙里疙瘩的绕口令，他说："当然能，任何生物都是物质的，最终必然能用物理的办法把它造出来——不过太难了。你知道有多难吗？"

"有多难？"

"据我估计，至少要到200年之后才行。为了用人工办法造出一个真蚂蚁，花的费用大致相当于迄今为止人类所创造财富的总和。"

我吃惊地张大嘴巴。不过，吃惊归吃惊，我还是本能地信服了他的话。从这时起，一种思想开始扎根在我心中：敬畏，对大自然的敬畏。我诚心诚意地说："舅爷，我再也不欺负蚂蚁了，可是，以后你得给我讲故事，行不？"

从那天起，我和舅爷的关系一下子变了，没事儿我就溜到小灶屋里，听他讲天地间的哲理。那是"文革"后期，是文化、思想和知识的沙漠。多亏有了陈先生，我才能了解DNA、夸克、宇宙爆炸等知识。我也逐渐接触到先生思维的核心，就是我刚才提到的那句话，原子团的行为模式。

俞洁浑身一震，抬头望望鲁伯伯。鲁明知道她的意思，肯定地点点头。俞洁依在伯伯的膝盖上，急切地问：

"原子团的行为模式……是陈先生最先提出来的？早在49年前？"

"对，他超越时代半个世纪。"

鲁明轻轻抚摸着俞洁的头发，继续讲下去：

舅爷那时的理论核心已经十分清晰了，他认为，物质微粒的先天行为模式或者说自组织方式，是宇宙中极重要的机理。有多重要？它和另一条宇宙大定律即熵增定律同等重要。按熵增定律，宇宙在无可逃避地走向无序、混沌和热寂。熵增定律的正确性无可怀疑，但是很奇怪，宇宙中还同时存在另一种趋势：在大爆炸后的宇宙浓汤中，自发进化出夸克、轻子、重子、原子和星系，产生矿藏、季风和间歇泉，直到产生高度组织化的生物包括人类。为什么？这是因为，熵增定律只在一个层面上是正确的，在另一个层面上，由于各层级的物质微粒所具有的行为模式，会自动从混沌无序中进化。可以说，熵增定律主管宇宙的死，而自组织定律主管宇宙的生。舅爷还说，生物和人类也有行为模式，它们当然比原子团的行为模式复杂多了，以至于常被看成神赐之物。实际上，这些生物行为模式归根结底来源于原子团的行为模式，比如说，来自DNA原子团的自我复制。

舅爷说，"这些东西太深奥了，把它们放到一万年后再研究吧。我所研究的只是其中最简单最浅近的一层：如何掌握某些特定原子团的行为模式，让它们廉价、快速地生长出性质优异的生物材料，比如——象牙。"

那天，我入迷地触摸着坚实温润的象牙，看那薄得透明的球面，心中又兴奋、又怀疑："舅爷，象牙真的能从机器里大批大批地造出来，就好像工人预制水泥电线杆那样？而且，叫它多粗多长，它都会乖乖听话？它可是从象的身上长出来的呀！"

舅爷肯定地说："能。任何生物行为的本质仍是物理行为。我们不妨把这个问题简化，用虚拟球面把一只象牙与身体隔绝。在这个封闭单元里，有什么条件能使象牙不断生长？无非三个：外来能源、外来物质流和内在的生长模板，这种生长模板也即原子团的行为模式。再看看食盐结晶，它同样只需三个条件：外来能源、外来物质流、内在的氯化钠分子的行为模式，该模式由氯化钠分子的内部结构——化学键——所决定。生物的成长从本质上说和食盐的结晶过程没什么两样，不过，生物体中起模板作用的不是简单的原子，而是结构复杂的原子团即 DNA。"

舅爷强调：DNA 模板是在亿万年的进化中偶然形成的，是上帝妙手偶得的至宝，它能提供自然界最廉价最高效的生产方式。想想吧，假如用化学方法生产象牙，肯定要有高大的反应塔、昂贵的反应釜、高压高温、挑剔的原料……而天然象牙呢，是在常温常压下生成的，原料是最廉价的野草树叶，耗能也极少。所以，一旦破译了生物模板的秘密，人类就能大批量生产各种优异的材料，像细腻坚韧的象牙、坚固的鲍鱼壳、比钢丝强度还高的金蛛蛛丝，等等。还能随心所欲地控制它的尺寸和形状，比如长出笔直的 100 米高的象牙圆柱，长出水桶粗的蛛丝。

"他成功了吗？成功了吗？"俞洁急切地摇着鲁伯伯的胳膊追问，少顷她黯然自答："当然没有成功。至少到现在为止，我还没有见过 100 米高的人造象牙。不过，这确实是一个极有价值的思想。"

鲁明很久没回答，然后他突兀地问："你相信费马大定理的传说吗？"

俞洁茫然摇头。鲁明说："十七世纪，法国教学家费马提出了著名的费马大定理，并在一本书的空白处注明：'我已经找出巧妙的证明方法。'可惜他没把证明写出来。其后 300 年，很多数学家全力寻找费马定理的证明，直到 1994 年才完成，那是一个极为烦琐的证明，绝对超过十七世纪的数学水平，即使像费马这样的超级数学家。这么说，是费马错了？"

俞洁犹豫地说："应该是吧，再聪明的科学家也不能超越时代数百年啊。"

鲁明摇摇头："不，我仍然坚信费马没说错，他的确找到了一个'巧妙'的方法，而不是现在的烦琐办法。这类似于平面几何与解析几何的区别。解析几何是万能的，只要把图形转化成代数式，通过烦琐的计算，它几乎能证明任何几何定理。但平面几何的证明却更多依赖于巧思，你如果能设法给出一条辅助线，一条定理可在十几步推理中证明。但如果想不到这条辅助线，你便一筹莫展……我相信，陈先生当时的确成功了，他找到了一个巧妙的简捷方法，不幸丢失了。50 年后，科学家们包括我还没有再度找回。"

他又陷入深思，俞洁只得晃晃他的胳臂，鲁明恍然抬头："我刚才说到哪儿啦？"

"你说，陈先生找到了巧妙的方法，可惜丢失了。"

"不，不是丢失，是被我父亲、一个胆小的小学教师毁坏了。这可是天地间的至宝啊，我真后悔，为什么当时不……50年来，我一直想找回恩师的成果，想探出他曾走过的道路，可惜没能成功。"

他沉重地叹息一声，低声说下去。

那时我很快变成舅爷的小尾巴，一放学我就扎到小灶屋里，入迷地倾听那些似懂非懂但绝对有震撼力的观点。爹妈当然看到了我的变化，他们对此很欣慰。

一天晚上，我发现舅爷躺在土坯床上，面色发白，但目光炽热，像是发高烧的病人，我问："舅爷你咋啦，病了吗？"舅爷摇摇头，让我走近床边，拉住我的手说："我成功了！我已经找到表述原子团行为模式的数学公式，用这些公式人们可以轻而易举地设计出特定的原子团，让它自下而上长成特定性质的材料，甚至可以预先设计它的形状。人类的生物材料时代就要开始了！"

我不能完全理解他的话意，但我为他高兴。舅爷皱着眉头按按心口，好像那儿很疼。他喜悦地说："我已把公式写在这本书里，只等条件成熟，就能开始研制了。"

土坯台上放着用白线钉成的白纸本，封面上写着很奇怪的题目："藏书"。我翻了翻，里边尽是稀奇古怪的符号，一点也看不懂。我说，"你为什么把它叫作藏书？你要把它藏起来吗？"舅爷难过地说："对，恐怕得藏起来，眼下没人能读懂这本书，就是读懂了，也没办法研制，要很多很多钱呢。"

"要多少钱？"我鲁莽地说，"我也帮你凑！我可以去割草、捡杏核、糊烟盒……都能赚钱嘛，我早就帮妈糊过烟盒了。"舅爷笑了，旋即皱起眉头，又用手按按心口。我说，"舅爷你是不是不舒服？"

舅爷说:"没关系,我太高兴了,休息一会儿就好了。你给我倒碗开水,回去睡觉吧。"我倒了碗开水,放在土坯台上,临走时怕水洒到书上,又特意把书本挪到舅爷枕边。舅爷疼爱地看着我,说,"真是个好孩子,快去睡吧。"

我细心地拉上门,走了。这是我一生抱愧的事,如果我事先知道……第二天上学时,我轻轻拉开门,见舅爷还在睡,便带上门走了。两个钟头后,爹慌慌张张赶到学校把我叫出来,他说:"你舅爷昨晚心脏病发作,已经不在了!"我哇地大哭起来,撇下父亲往家跑……之后是悲痛忙乱的两天,直到舅爷变成火葬场的一股青烟。离开火葬场时,我回过头来,泪眼模糊地望着烟囱。青烟,一种结构松散的原子团,以它特有的行为模式摇曳着,升腾着,溶入无垠的蓝天。

晚上我才想起舅爷那本书,即使在一个11岁孩子的懵懂心灵中,也知道这是一本弥足珍贵的宝书,它描述了宇宙万物赖以生成的至理,预言了崭新的生物材料技术。我要好好保存着,直到我能读懂。我从床上爬起来,赤足奔到小灶屋。灶屋中没有书,我发疯般地寻找,把灶屋掀了个底朝天,仍然找不到。妈惊惶地跑来问:"明娃,你找啥?"我带着哭声喊:"书!舅爷的书!书皮上写着俩字:藏书。"

爹也跑来,紧张地捂住我的嘴说:"别瞎说,可不能瞎说。"我挣扎着说:"我没有瞎说,真的,舅爷写了一本最宝贵的书,无论如何不能丢失啊!"爹这才无奈地说:"别找了,爹已经烧了。"

"烧了?"我瞪大眼睛,祈盼爹说的是谎话。爹无奈地说:"本不该告诉你的,你知道藏书是啥意思?明朝一个学者叫李贽,写了两本无君无父的邪书,名字是藏书、焚书,意思是只能藏之深山或者烧掉,后来他果然为这两本书送了命。你舅爷肯定知道自己写的是禁书,才起了这个倒霉书名。我不烧了它,让它去害人啊!"

我这时才确信,那本书再也找不回来了。我悲哀地哭诉着:

"不，那不是害人的书，那是宝书啊！"我泣血而哭，眼前一黑，坐在地下，听爹妈在耳边焦急地喊："明娃！明娃醒醒……"

"50年来，我一直在寻找这本书的精髓，用我的全部心血去找。"鲁明苍凉地说，"可惜我的才智太平庸了，一直到今天也没找到，很可能这一生也找不到了。不少人，包括介绍你来找我的郝水青，都极为信服陈先生关于'原子团行为模式'的思想，但他们大都不相信陈先生曾破译了它的数学表达式。他们认为，用数学公式描述和设计原子团的行为，应该是下个世纪的超级电脑才能完成的任务。但我至今仍相信陈先生的话，相信一个天才在几十年的苦苦寻觅中，曾经灵智忽现，找到过一个极为巧妙的平面几何式的解题思路——可惜我没能再找回它。"

俞洁感觉到老人心中的沉痛，怜悯地挽紧老人，脑袋倚在他肩上。静默很久，俞洁突然心有所动，抬起头笑道："鲁伯伯，要是你能原谅一个毛丫头的狂妄，我倒想给你提个建议。"

鲁明勉强驱走心中的沉闷，笑道："我当然原谅。说吧。"

"这些年——你一直在尽力追寻陈先生的思维脉络，对吧？"

"对。"

"你相信陈先生找到了一个极为巧妙的方法，他的睿智是无人可及的。于是，你只能努力找回那条他曾发现但后来又丢失了的路，对吧？"

"对，你……"

"也许这正是你失败的原因！你一直向心目中的伟人跪拜而不敢超越他！既然你寻不到陈先生的旧路，为什么不干脆找一条新路呢？即使必须用平面几何式的方法，也不见得只能有一条辅助线啊！"

鲁明的双眼倏然亮了，愣了一会儿，他一把扯起俞洁就往屋里跑，一边喊着："老伴儿，老伴儿，这姑娘把我的心病医好了！我要换条新路去做！"他兴奋地笑着，像一个活力充沛的青年，"谢谢你，好姑娘，还来得及，我才59岁嘛。"

他吩咐妻子收拾东西，说明天就回南京。俞洁当然很高兴，虽然在伯伯的感谢声中不免脸红。鲁明妻子很兴奋地说，"孩子，我对你感激不尽。时候不早了，我替你喊一辆出租，早点回去吧。"俞洁又是难为情又是顽皮地说："李姨，你可不能赶我走，我今晚就住小灶屋，可以吗？我想睡在陈先生曾睡过的土坯床上，也许我在梦中能与陈先生的灵魂会面呢。"鲁明和妻子相视而笑，为她铺好了床褥。

久未住人的小灶屋显得阴冷，朽坏的高粱秆在身下咔咔作响，隔墙传来鲁明夫妇絮絮的说话声。俞洁瞪着眼，久久不能入睡，今天的事太令人兴奋啦！她无意中追寻到两个伟人的踪迹，又轻易解开了鲁伯伯的心结。现在，她似乎能感到小屋内仍存留着一个思想场——陈天曾的思想场，这位身世窘迫的智者在顽强地叩问天地，叩问过去未来，探索宇宙最深奥的机理。

她微笑着入睡了。

    我乘着时光之船，越过石器骨器时代、青铜器时代、铁器时代、塑料时代，然后在一个美轮美奂的大厦前停机。大厦的横匾上写着六个大字：生物材料时代。大厦是薄壳屋顶，我知道那是真正的龟壳，是用自下而上的人工办法长出来的。这些自相矛盾的词语正是新时代的通用词。大厦立柱是洁白的象牙，外侧墙壁是贝壳材料，光滑润泽，闪着珍珠贝独有的光泽。硕大的窗户缓缓张开，露出虹膜材料制成的玻璃。天气凉了，墙壁外长出御寒的绒毛，是银狐毛的质地。屋内，恒温动物的神经系统维持着25摄氏度的恒温。屋里还有种种性能奇异的材料：弹性极大的、极硬的、导电性极佳的、具有形状记忆功能的……这些材料都依靠特定的原子团模板自动长成。

    有三个人从大厅里边出来，向我点头微笑："欢迎你来到生物材料时代。"其中一人英俊潇洒，意气飞扬；一个衣着简朴，沉默寡言；一个容貌枯槁，须发尽白。不过三人有一点是共同的：他们的目光都十分坚毅，身上笼罩着圣洁之光。我知道他们是谁，高兴地喊："水青，鲁伯伯，陈爷爷，谢谢你们把我带到生物材料时代，带进奇异的梦境，我知道这梦境一定能实现。"

三个人都笑了，然后幻化成一个人，向我走来。我愣住了，不知道该怎么称呼他，因为他身上带着三个人的所有特征。我看到他手中托着的东西……一本书！用白线装订的白本，封面是笔力遒劲的两个字：藏书。我惊喜地喊："书！你们找到它了？这是天下至宝啊。"

高尚的代价

一个人不该高尚到如此地步。

叶禾华是我大学的铁哥们儿。他的脑袋瓜绝顶聪明,是那种五百年一遇的大才。这么说吧,如果把他放到爱因斯坦、牛顿的档次,我不大有把握;若放在麦克斯韦、费米、霍金、杨振宁的档次上,我敢说绝对没问题。

他又是个品行皎洁、志向高远、厚德笃行、以天下为己任的君子。在这方面我就不用瞎比喻了,想想他的名字与谁谐音——你对他的志向也就一清二楚了。

他是我的铁哥们儿,也是我不共戴天的仇敌,情场上的。话说我俩在南大物理系读大三时,大一来了个艳倾全校的校花叫易慈,要想形容她,用什么冰清玉洁、风华绝代等都嫌不够味儿,只能借用多情公子段誉比较酸的一句话:"老天把这个女儿造出来后,一定把天地的精华都用光了。"她不光漂亮,更兼才华出众,能歌善舞,能诗善文。自打易慈来到南大,她走到哪儿,哪儿的气温就会唰地升高几度——是周围男生们火热的目光聚焦烧灼而致。

我当然不会耽误时间,立即全力向她发起攻势。按说我的条件也颇可自负:亿万富翁的独生子,身高一米八五,全校有名的帅哥,虽然学习不拔尖,但体育方面却是健将级的。那时,跟在我身后暗送秋波的女生不在少数,当然,易慈一出现,其他姑娘就全部淘汰出局了。

叶禾华既是我的铁哥们儿,当然不会在我的攻坚战中袖手旁观。他充分开动他的聪明脑瓜,为我运筹于帷幄之中,有时也陪我决战于战场之上。长话短说,一年之后,我们俩终于抢在众多男生之前,合力攻下了这个堡垒——不过胜利者不是我。

说句公道话，在这一年的征战中叶禾华绝对光明磊落，没有做过任何假虞灭虢、暗度陈仓之类的小动作。最后易慈淘汰我而选中了他，那纯粹是她自己的选择。尘埃落定后，我既伤心又纳闷地问易慈："你怎么能看上这个小子？身高不过一米六，属一等残废品，瘦不拉叽的，一副眼镜都能把他压成驼背。我并非中伤自己的铁哥们儿，我说的哪样不是事实？易慈你再看看我，剑眉星目，宽额隆准，胸部和胳膊上肌肉鼓突突的……"易慈拦住我的话头，笑靥如花，声音如银铃般醉人，这声音让我心中滴血！她说：

"虎刚哥，凭三角肌找丈夫的时代已经过去啦！你为啥不生在美国西部牛仔时代呢？"

"那咱不说三角肌，说说经济条件——当然，21世纪的姑娘不看重金钱，但那都是情热如火时犯傻劲儿，等真正走进婚姻殿堂时，你就会变得现实了。我敢说，这辈子我能用金屋子把你供奉起来，让你过公主的生活。他能吗？"

易慈仍然笑得那么欢畅："凭我俩的脑袋，"她指指自己的头，"想要当个亿万富翁还不容易？分分钟的事，只看我们想不想找那个麻烦了。"

啧啧，她已经以"我俩"自称了。我不死心，还要说下去，易慈忙拦住我：

"虎刚哥你就不要浪费唾液了，你想劝动我放弃华华，那是绝不可能的，哪怕是他变心，我还要追在他后边死缠烂打呢。不过你千万别想不开，不是有句话嘛，大丈夫何患无妻，更何况像你这样的白马王子，剑眉星目，三角肌鼓突突的，还怕找不到一个好姑娘？"她咯咯地笑。

我绝望地喊："问题是我的心已经死在你这儿了！曾经沧海难为水，除却……"

易慈赶忙截断我的苦吟："打住打住。"她略一沉吟，"这样吧，我给你一个许诺：如果我最终没能和华华成一家，你肯定是我的首选，行不？或者，如果我和华华结婚后还需要一个情人，那我也肯定找你，行不？"

"你——会找情人吗？"

她的眼睛深处闪呀闪地笑，就像深潭中的亮星："说不定，你可以抱着百万分之一的希望嘛。"

我悻悻地说："你给我画了一个好大好圆的饼啊，小生这里先谢谢你了。"

这儿说不通，我又去找叶禾华谈判，我还没张嘴，他就先说："虎刚，我在这件事中绝对光明磊落，这你是知道的。"

我哼了一声："我知道你没做小动作，可是，易慈找你亮牌时你不会坚决拒绝？你就说：'我叶禾华响当当一条汉子，义薄云天，绝不重色轻友……'"

叶禾华喊起来："说得倒容易！这么迷人的女子主动跑来说：'我爱你，这辈子非你不嫁。'如此等等——谁能拒绝？换了你，你能吗？"

他说得不错，平心而论我也不能。我悻悻地说："看来我只好满足于当候补人选啦。"

显然易慈那小蹄子已经把她的"许诺"事先告诉了叶禾华，这家伙笑得喘不过气："好的好的，你就在'第二位'那个位置上耐心等待吧，我绝不反对。也许有志者事竟成呢。"

那时谁都没想到，我的奢望最终竟成了事实，但我宁可不出现这样的结局。上天太残酷了，谁说善有善报来着？

大学毕业后我到了父亲的公司，三年后父亲因病退休，我接手了他的事业，而且干得相当不错。内心深处我知道这多半是为易慈干的——让她后悔她拒绝了一个多么优秀的男人。这当中我身边自然少不了女友，但我没让任何一位对婚姻抱有奢望。我当然不会傻到相信易慈的"许诺"，但不管怎样，易慈结婚前我绝不结婚，这是我难以解开的心结。父母身体都不好，想让我早点结婚，给他们生个孙子孙女，我都借口工作忙而推脱了。

叶禾华和易慈联手办了一个高科技小公司。依他俩的才气，这个公司应该办得很红火，实则不然，那个公司举步维艰，像个倭瓜佬似的一直长不大。听说他们把赚到的钱都投到某项研究上了，忙得连结婚都顾不上。至于是什么研究，俩人都说：

"暂且保密，等到该公布的时候一定第一个告诉你。"

大学毕业后第六个年头的春天，俩人携手来我的公司总部找我。看他们心花怒放的样子，我知道那项研究有了重大突破。我唤女秘书倒了咖啡，让

她退出去,关上门,然后直截了当地问:

"是不是成功了?看你俩开心的样子。"

"对,我们第一个来告诉你。理论设计和理论验证已经全部完成,下边该投入制造了。绝对是一项划时代的发明,可以说,人类历史上任何一项发明,无论是火的使用、石器工具、铁器、核能、电脑等,连它的零头都比不上。"叶禾华平静地说。

这个牛皮虽然吹得不着边,但依我对他们的了解,他的话应该没有水分。"好啊,祝贺你们。"

"现在万事俱备,只欠东风——我们缺乏制造它的经费。"

"找我借钱?"

"嗯,你愿意投资更好。"

"咱哥们儿好说,你说吧,需要多少?"

"三个亿。"

"什么什么?三个亿?"我狠下心考虑一会儿,试探地问,"你说的当然是美元,三亿美元,大约相当于四千万人民币,这笔钱我挤一挤也许能凑出……"那时人民币在连续几十年的升值后,对美元的比值达到了反向的1比7.8。

"少扯淡,咱们三个都是中国人,干吗说美元?当然是人民币。"

"那我就爱莫能助了。"我摊开手,干脆地说,"给你三亿人民币,我的公司也该关门了。要不,你去找一家风险银行?我可以为你介绍一家,那个银行经理同我很熟,很热情的一个人。"

"他再热情我也不去。用句孙悟空对老龙王说的话'走三家不如坐一家',我俩就认准你了。"

"那也行啊,华华你只要忍痛割爱,"我朝易慈努努嘴,"我把半个家业割给你,眼都不眨一眨。"

易慈笑吟吟地骂我:"狗嘴里吐不出象牙。喂,姓陈的,你到底帮不帮我俩的忙?你口口声声说铁哥们儿,为朋友两肋插刀,就这样插刀?你肋巴上穿铜钱吧。"

"我再义气也不能把三个亿打水漂啊。这样吧，说说你的发明是啥，我得先研判它的市场前景。你总不能让我隔着布袋买猫吧？"

"这话说得对，当然应该告诉你。"叶禾华侧脸看看易慈，"是时间机器。"

"什么什么，时间机器？听着，叶先生和易女士，我这个总经理很忙，你若想讲笑话，咱们可以等到共同度假的时候。"

"谁开玩笑？的确是时间机器。英国著名作家克拉克的话：高度发展的技术就是魔术。科学家能把凡人眼中的不可能变成可能。"他仍是刚才那种平静的表情，"你不会不相信我俩的实力吧？"

"我相信你的实力，问题是发明时间机器并非只是技术上的困难，而是如果能实现时间旅行，必然会干扰已经塌缩的时空，从而导致逻辑上的坍塌。有这么一则故事：一架时间机器降落在侏罗纪时无意压死了一只蝴蝶，于是就引发了强烈的蝴蝶效应，让它出发前的时空变得不可辨认。"

易慈大笑："你说的正是我们成功的关键！与科幻小说中的时间机器不同，我们的机器是理想流线型的，不会对时空造成任何干扰。"

我不由失笑："理想流线型？那不是时间机器，是鱼雷。"

"原理是一样的。"叶禾华说，"你应该听说21世纪初期就已经发明的隐身机器，它也可以认为是理想流线型，其工作原理是：让光线从它身边平稳地流过，不激起任何反射、散射或涡流，于是在旁观者眼里，它就成为不可见的了。这是我们的时间机器的技术关键，它在时空中的游动不会造成任何干扰。"

我迟疑地说："你别以为我傻就想蒙我。这一步跳跃太大，对光线的理想流线型，怎么一下子就跳到了对时空的理想流线型……"

"具体推导过程就不说了，要牵涉到很高深的知识，一两句说不清。再说，"他微笑着说，"我不认为，在商场中堕落了五年之久的陈虎刚先生，还有足够清晰的思维来听懂我们的讲解。反正一句话：我们的时间机器从原理上无可怀疑。"

我辩不过他，但他想说服我也没那么容易。我想了想，突然高兴地喊："我发现了你话中的一个大漏洞！"

"什么漏洞？请指出。"

"即使你的机器不会对时空造成非人为的干扰，还有乘客呢？俗话说：人上一百，形形色色，众人的行为是不可控制的。这就有可能导致人所共知的外祖父悖论，假若一个人回到过去杀死他尚在幼年的外祖父……"

他打断我的话，坚决地说："任何时间旅行者都不能做任何影响历史进程的事，否则那就是比弑父乱伦更丑恶的罪行。凭这样的道德律条，我们就能躲开这个逻辑黑洞。"

我哂然道："用道德律条来保障物理定律的可靠？你不是在说梦话吧。"

"你以为呢？科学发展到今天，的确已经无法把人——自然界唯一有逻辑自指能力的物理实体——排除在物理定律之外。我想你总不会忘了量子力学的内容吧，它在逻辑上的自洽就取决于波尔的一个假定：一个有意识的观察者的存在必然导致量子态的塌缩。很多科学家，包括爱因斯坦都猛烈攻击这个假定，结果是谁赢了，是爱因斯坦还是玻尔？"

在他的利舌面前我没有任何取胜的机会，只好撇开这种玄学上的驳难。我思索片刻，试探地问："好，现在先假定你说的是真的……"

"当然是真的！虎刚哥你今天真黏糊！"易慈不耐烦地说。

"好，我承认它是真的。但你说，决不能做任何影响历史进程的事，那就是说，即使它成功，我也不能回到过去，带回一件毕加索的手稿，或一件中国元代官窑瓷器……"

"当然不能。"

"也不能到未来，去预先了解纳斯达克股票的走势或香港赛马的输赢……"

易慈恼怒地喊："虎刚哥，你怎么堕落到如此地步！一身铜臭，不可救药！"

我嘿嘿地笑着："没有我这个一身铜臭的朋友，你到哪里去借钱？不过对不起了，我不能借给你们这笔钱，也不想投资，任何企业家都不会把钱投到毫无回报的项目里。抱歉啦，这会儿我还有公务，要不咱哥们儿得空再聊？"

易慈恨恨地瞪着我，拉着叶禾华说："咱们走！少了这个猪头咱就不敬神啦？"

华华倒是挺能沉得住气，示意她少安毋躁，平静地说：

"咱虎刚哥绝对不是那种只认金钱的庸俗小人，怪咱没把话说透。"虽然知道他是在对我灌迷汤，但我心里还是很受用。"虎刚你听我说，我们的时间机器虽然不会对时空造成任何干扰，但它能把人类历史进程整体加快。不不，这并不矛盾，"他看我想驳难，忙抢一步说，"这种加快是全人类甚至是整个生物圈的整体向前平移，其内部状态并无任何变化，这就避免了外祖父悖论。比如说，我们可以把历史进程提前十万年，那么我们仨照样去南大上学，当铁哥们儿，你成了成功的企业家而我们醉心搞研究，只不过这些事件都向前平移了十万年。"

我不怀好意地瞟易慈一眼："那易慈仍然是你的恋人，而我只能喝干醋？"

他略带歉然，但很坦率地说："是的，只能是同样的结果。但你想想，你的三亿元会起多大的作用！人类文明史从有文字计起不过万年，即使从猿人学会用火的那一刻算起，也不过50万年左右。"关于这一点尚无准确的说法，有人说是100万年。"对于45亿年的地球史来说这是很短的一瞬，但在这短短的50万年中，人类文明有了何等伟大的飞跃！可现在呢，这个进程能够随心所欲地加快，滴——答，提前50万年；滴——答，再提前100万年。这样的历史伟业归功于谁？咱们仨，南大三剑客。"

他描绘的灿烂前景让我怦然心动。果真如此，我们将是人类史上第一功臣，什么摩西、耶稣、释迦牟尼、穆罕默德、大禹、孔子、牛顿、爱因斯坦、唐太宗、成吉思汗、亚历山大、恺撒、大流士……所有伟人捆在一块儿，也赶不上俺仨的零头。最多只有创造万物的耶和华或补天造人的女娲，敢拍拍我们仨的肩头称一声哥们儿。有了这样的伟业，陈氏家族企业就是垮台又有啥值得顾惜的，那时光凭我的名声就值一万亿。我心动了，仍不放心，问：

"你说的乾坤大平移，究竟咋实现？"

易慈不耐烦地说："虎刚哥你还有完没完？你反正相信我们俩就成，痛快把钱拿出来，一年之后让你亲眼看到结果，不就得了。"

这事说起来简直像个天字一号的大骗局，问题是我确实相信他俩，如果世界上还有人能鼓捣出时间机器,我相信非他俩莫属。再说,有易慈轻嗔薄怒地在旁边烧底火,叫我如何开口拒绝?我狠狠心掏出支票,写了一个三,又心疼地写了八个零,不过把支票递给他俩时我决定要回一点补偿。我说:

"支票可以给你,你得答应我一个条件。"我点点自己的腮帮子,"某个人得在这里着着实实地亲一下。"

易慈见钱眼开,心花怒放地说:"小事一桩,当妹妹的亲吻哥哥再平常不过了,别说一下,亲一百下都行。"

她抱住我的脖子,在我脸上啧啧有声地亲了三下,然后劈手夺过我手中的支票。我摸摸腮帮,那儿像遭了电击似的麻酥酥的。我长叹一声:

"美人一吻值亿金哪,这可是古今中外最贵的三个吻了。走吧走吧,省得我看见这张支票就肉疼。还有——祝你们早日成功。"

那俩家伙真不是吃素的,钱一到手,一年时间就把他们的"理想流线型时间机器"鼓捣成了。第一次试机时他俩请我去。那玩意儿真的呈流线型,个头不大,也就两米长吧,前部浑圆,向后逐渐缩成一个尖尾。机身不知道是什么材料造成的,半透明中闪着光晕,漂亮得无以复加。我去时,华华正在做"流线度"的测验,即对着机头,严格顺着机身的水平轴线,打去一束水平方向的激光——这时从正前方看过去,时间机器忽然隐身了!华华说,这说明它的流线度为百分之一百,激光绕过它时仍严格保持着层流,没有发生任何反射、散射或涡流。

机身是从中间剖分的,打开上盖,里边有仅容两人躺下的舱位,侧边是各种神秘的仪表,可以在躺倒状态下方便地操作。他们这就准备进去,开始这项人类文明史上最伟大的实验了。我说:

"喂,实验之前总得把话说明白吧,你们究竟是用啥办法把人类文明史进程提前50万年的?我是这样猜的,不知道对不对。你们是想……"我推敲着词句,"是想溯历史而上,找到猿人第一次使用火的时刻,再从那个时刻上溯50万年,找到另一个猿人,然后教会它使用火。对不对?"

华华夸我:"猜得很好,大方向是对的,证明你这个商人还保持着起码的科学思维。不过这个方法尚有根本缺陷，因为那时的猿人已经生活在生物圈中，与环境息息相关，单单把猿人的进化提前而让其他生物保持原状，仍然会对时空造成强干扰。"

"那该怎么办？"

"很容易。众所周知，生物是从普通的无机物进化来的。大约38亿年前，在地球的原始大气和原始海洋中，借助雷电的作用，普通的无机物因自组织行为，偶然组成了第一个能自我复制的团聚体。这就是地球所有生物的元祖，唯一的元祖。当它在地球上出现时并没有生物圈存在，所以把它前移，一点儿也不会干扰生物圈的整体进化。我们找到它，再把它移到自那刻计起的50万年前的海水中就行了。"

我简直是目瞪口呆，没想到如此伟大的历史跃迁能用如此简单的办法完成。但他们的想法非常有说服力——只要时间旅行能够实现，那么这事干起来确实就这么简单，想复杂都不行。这就像是克隆多莉绵羊，那也是算得上一项伟大的突破，是在生物最重要的繁衍行为上夺过了上帝的权柄。但这事是如何干的？用一根细玻璃管抽出细胞核，再注入空卵泡就行，其原理再简单不过。

他俩已经跨进机舱，头前脚后，平躺在相邻的舱位上，按动电钮关闭了舱盖，在通话器里对我说：

"虎刚，虎刚哥，我们要走了。"

我的心绪极为纷乱，既有行大事前的热血偾张，又有无法排除的担心——谁知道这趟处女行是否顺利？两个朋友能不能回到今天？我用开玩笑来掩饰我的心境：

"祝你们一路顺风，回到过去后别多耽搁，那时有恐龙，或火山大爆发等等危险。尤其是，你俩别在那儿弄出个小宝宝，38亿年前可没有下奶的鲫鱼。"

易慈笑着骂我："狗嘴里吐不出象牙。喂，我们要出发了，再见。"

时间机器并没有动，舱盖缓缓打开，两人从舱位上坐起来，喜悦地说："成了，成了！"

我满脑子雾水，纳闷地说："什么成了？"

他们一边从时间机器里往外爬，一边说："就那件事啊，我们已经找到那粒生物元祖，并把它前移50万年了！噢——"华华恍然大悟，对我说，"看来我真是高估了你的理解力。我原想你应该知道的：时间旅行不管经过了多长时间，都可以在出发的原点时刻返回。当然，你想在出发后返回也行，甚至在出发前返回也不难。但那样会对时空造成不必要的干扰，所以，我们严格采用'原时返回'制。"

他们说得不错，但我在直觉上就是无法相信。我狐疑地打量着周围，喃喃地说："人类文明已经提前了50万年？但我周围没有任何变化呀。"

易慈对我的低能很是摇头："你真是个猪脑壳，对你说过多少遍啦？这种提前是把整个生物圈做平移，是相对于地质年代的向前平移；但在生物圈中，当然包括人类社会中，不会看到任何变化。严格说，我们说的'原时返回'并不是地质年代的原时，而是提前50万年的、在人类社会中的原时。你听懂没有？"

我听懂了，但也不敢说完全懂。我想任何人处在我的位置——看着两位时间旅行者刚进机舱就出来，而且周围没有任何变化——也同样不会相信这俩家伙说的话。不过，这俩哥们儿（妹们儿）的正直高尚我是深知的，他们不会编了这么大个圈儿来骗我。而且我也发现，从机舱出来后，这两人身上多了一些深沉和苍凉，那是经过沧桑巨变后才能形成的气质，只可意会不可言传。这种变化也让我倾向于相信他俩的话。叶禾华看出我的犹疑，笑着说：

"你难以相信，这我理解。俗话说眼见为实嘛，想要你相信也很容易——让你亲自去一趟不就成了？作为这个项目的投资人，你完全有这个资格。走，我领你去一次，让你亲自动手，把人类文明史再往前提它50万年。"

"真——的？"

"当然。来，现在就去。"

我飞快地转着脑子，说："好，我去。但我有个条件——同易慈一块儿去。华华，你别担心我把你老婆拐到另一个时空卖掉，我是觉得易慈比你老实些，不会跟我玩障眼法。"

转生的巨人

两人都没反对，易慈只是哂笑着撂了一句：

"拐人去卖？就冲你那个猪脑壳，不定咱俩谁卖谁呢！"

然后她顺从地随我进到机舱，仍然像前次那样，两人头前脚后，平躺下来。我不满地说：

"华华你这小子太自私，设计机器时只考虑你们小两口儿的身高，你看我躺下来连腿都伸不直。你别忘了，我还掏了三个亿呢。"

华华脸红了，小声反驳："时间机器的尺寸越小越好，因为穿越时空所需能量与重量成指数关系，我这样设计还不是为你省钱。再说，连普通歼击机都对驾驶员有身高限制，何况是时间机器？谁让你长这么个熊个子。"

舱位也很窄，我和易慈的身体紧紧地挨在一起——对这一点我倒是没啥抱怨。我用手拍拍身下的舱位，叹息着说：

"唉，咱俩身下假如是一张婚床，我死也甘心了。"

易慈半支起身子，恼火地说："陈虎刚我真佩服你，现在是多么伟大的时刻——是把人类文明再度提升50万年的前夜，你竟然还念念不忘一个'色'字！"

我涎着脸说："宽容点嘛，我现在只剩下嘴巴痛快痛快的福分了。喂，躺下躺下，咱们开始吧。华华再见，我保证让易慈完璧归赵，你尽可把狼心放到狗肚里。"

时间机器一开动，我就乖乖地不敢耍贫嘴了。丝毫看不出它在移动，但外界突然被黑暗所笼罩，就像掉进了宇宙最深处的黑洞，让人胆战心惊。易慈熟练地操控着一个类似游戏机控制柄那样的玩意儿，说：

"既然要你亲眼验证，我就在途中多停留几次，尽量让你多一些感性体验。第一站，咱们先降落到侏罗纪的恐龙时代吧。"

舱外的黑暗忽然退去，景物变得清晰，在草木森森的丘陵地带，十几个半猿半人的家伙在和一只华南虎拼命。我惊奇地喊："猿人！按地理方位看，一定是咱中国的南召猿人。"已经经历过一次时间旅行的易慈一点也不好奇，咕哝了一句："我把时间调错了。"她把手柄那么一推，猿人唰地消失在黑洞

中,等黑暗再度变成晴空,外面出现一只凶恶的霸王龙,它惊怒地盯着从天而降的时间机器,准备向我们发起进攻。我惊慌地喊:

"快,快离开这个时空,别让这家伙把机器弄坏了!"

就在霸王龙向我们冲来时,时间机器倏然飞走了。我们就这样一站一站地往前溯,舱外的景观越来越荒凉,繁茂的被子植物变成裸子植物,变成蕨类,变成苔藓,变成海中的蓝藻,然后连蓝藻也消失了。易慈告诉我,时间机器已经越过显生宙、元古宙、太古宙,现在到了太古宙与冥古宙的交界时刻,即大约38亿年前。往舱外看时,我脑海里立即浮出一个词句:天地玄黄,宇宙洪荒。蓝天白云倒是我熟悉的景象,但太阳比较小;地上的景观则完全陌生。没有一丝绿色,更不用说动物了。没有常见的土壤,没有风化后变圆的山顶,只有棱角尖锐的蘑菇状岩石,或者是刚刚凝结、流痕清晰的火山岩流。清亮的水在火山岩上漫流,但极目所及看不到一条河床,这是因为,水力切割和风化效应必须有"时间"做同盟军才能显出威力,而此时"时间之神"还没有深度介入。易慈警告我:这会儿可不敢打开舱盖,因为外边是甲烷和氨所形成的大气,氧气极少,而紫外线又极强。

望着这蛮荒景象,我被深深震撼了。

易慈驾着时间机器进行地理上的平移,来到大洋之中。按照电脑中记录的时空四维坐标,探视头很快发现了上次放在这儿的"生物元祖",是一个在放大镜下才能看见的团聚体,有一个透明的外膜,说它是一个水泡似乎更合适些。我在屏幕上仔细观察着它,实在难以相信这么个小不点儿竟是所有生物,包括美洲红杉、非洲猎豹、恐龙、座头鲸以及人类的源头。易慈操纵一只机械手捞上了它,笑着说:

"再把它提前多长时间?还是50万年吧。不能再提前了,否则原始海洋温度过高,不适宜它的存活。"

她拉了一下操作手柄,时间机器又唰地坠入黑暗。我俩盯着仪表盘,看着时间刻度往前一格一格地走,回溯50万年后,她把时间机器停下来。外面的景象与50万年后没有任何区别,唯一的区别是:这时的海水中绝对没有一个团聚体。易慈让我依靠探视头进行了仔细探查,确认这一点后,又教我操纵着机械手,把那粒"生物元祖"小心地倒入海水中。然后她微调着时间手柄,从这一刻缓缓向后退,五年,十年,一百年。屏幕上显示,海水中的团聚体果然在一代一代繁衍,一代一代增多。易慈笑眯眯地看着我:

"时空大平移成功完成。看,你亲手把人类文明史又提前了50万年,这回你该满意了吧?"

我已经佩服得五体投地:"信了,绝对信了。请开始回程吧,华华恐怕已经等急了。"

我这句话仍是十足的外行话,叶禾华绝对不会着急,因为不管我们在"过去"逗留多长时间,仍然是在"原时"返回的——是相对于人类社会的原时,而从地质年代来说,已经提前两个50万年了。叶禾华笑眯眯地迎接我,作为过来人,他当然知道这趟时间之旅对我的震撼。没等他问,我主动说:

"信了,我信了。我没法子用语言来确切地描述我看到的一切,拍个马屁吧,我确信你俩是人类文明史上最伟大的人。"

"怎么是俩人?是我们仨嘛。没有你的三个亿,我们怎么能成功?"

这话让我心里再熨帖不过。我问:"什么时候公布?"

"公布什么?"

"向新闻界公布啊,这样伟大的进展能不让社会知道吗?你们别担心大伙儿不信,我会用亲身经历来说服他们。再不行,拉上联合国秘书长和五大国的总统主席们去旅行一趟,不就得了?保管把他们震得一愣一怔的。"

那两人相视而笑:"不,不发布任何消息,你也不许对任何人泄露。咱们说过,时间旅行者最严格的道德准则是:不准做任何影响历史进程的事。对外公布——就有可能影响历史进程。你想嘛,那时候会有多少人想回到过去旅游?谁又能保证100万个旅游者中没有一个道德沦丧的家伙?不,这件事只限于我们仨知道,连你老婆——将来的老婆——都不能说。"

这么说,我投了三个亿,不但得不到物质上的回报,连我曾寄予期望的"名声"也没了。我懊恼地说:

"咱们甘当无名英雄?要知道这可是空前绝后、顶天立地的超级大英雄啊。"

"对。无名英雄，永远的、千秋万代的、地老天荒的。"

"你们就一点儿也不受诱惑？干了这样的历史伟业却默默无闻？"

两人相视一笑："说一点儿不受诱惑是假的，不过我们有力量拒绝它。"

"那我呢，我那三个亿就这么扔到38亿年前的海水里，连个扑通声都听不见？"

易慈故意气我，眉开眼笑地说："心疼了？后悔了？后悔也来不及了。"

我强辩道："咱陈虎刚干过的事绝不会后悔，不就是三个亿嘛，身外之物，不值一提。我只是觉得，这么着把文明史提前100万年并没有任何实际意义，你看咱们周围啥也没变……"

"但是等到太阳系毁灭时——任何星系都会毁灭，它的寿命用时间机器也改变不了——人类就会多出100万年的时间来做准备。100万年！足够我们向类星体移民了。"叶禾华说。

这种高瞻远瞩的目光和上帝般的胸怀，我是自愧不如。我叹息一声：

"难怪你妈给你起了个那么伟大的名字，我看连那尊耶和华真神也比不上你的胸怀。赶明儿坐上时间机器，去太初时代找到他，让他把那个位置禅让给你吧。"

自那之后我们都恢复了旧日的生活，就像一切都没有发生。我还在当我的总经理，叶禾华继续办他们那个不死不活的小公司，易慈这一段不怎么工作，忙着准备结婚的东西。社会上没有一个人知道我们是干过乾坤大挪移的英雄，连点些微的涟漪都没有，让我难免生出一点儿衣锦夜行的遗憾。当然细微的变化还是有的，那两口子干了这件事后，似乎毕生的心愿已毕，今后可以放开来当普通人了，所以连他们的心肝机器也抛在一边，不再研究改进。这种心情我完全理解，想想他们干出了什么成就！凭两人——应该是三人——之力，硬生生把人类文明史往前拨了100万年！干了这样空前绝后的历史伟业后，如果还不满足，那就太贪得无厌了。

唯有我心里总是不甘心。为啥不甘心，不甘心又该怎么着，我不知道，

反正心里觉得窝憋,连我曾干得有滋有味的总经理也没心思干了。半个月后我找到叶禾华:

"华华你别担心,你说咱们的功劳不对外公布,这事我已经想通了。就是想不通我也不会纠缠你。"我先让他吃颗定心丸。"我只有一个小小的心愿,你一定要满足我。"

华华多少带点警惕地问:"什么心愿?只要它不过分。"

"不过分,不过分。我来问你,这个时间机器既然能回到过去,当然也能到未来,对不对?"

"那是自然。"

"咱们已经把人类文明往前提了100万年,对不?假如咱们还能生活在原来的时刻,那时的社会应该比未做乾坤大挪移前额外进步了100万年,对不对?"

"对。"

"那我就是这个希望——到那个'原来的时刻',也就是现在的100万年后去看看,看看社会能进步到什么程度,这个要求不算过分吧?"他有点犹豫,我忙保证,"我只是看看,绝不做任何影响历史进程的事,连机舱门都不踏出去一步,只待在机舱里朝外看。等于是我掏了三个亿看了场无声电影,华华你就答应吧。"

叶禾华考虑一会儿,答应了,说:"可以。不过我和易慈先去一趟吧,100万年后谁知道是什么情况,也许地球人已经全都移民外星了呢。等我们看完,再让你这个外行去,这样比较保险。"

他说我外行,其实我已经很内行了,我知道让他们先去一趟耽误不了我的一秒钟——时间机器都是原时返回嘛,便大度地说:

"行,你俩先去。"

叶禾华想给易慈打电话,临时又变了,说:"她正忙着筹办结婚,我一个人去就行。"

我们来到停放机器的地方,他预热了机器,坐进去,同我说了再见。舱盖合上旋即缓缓打开——我知道,他已经经历了一次到未来的旅行,看到了灿烂的未来，可能也有惊心动魄的经历，然后在原时返回了。我问：

"已经去过了？是什么样子？有危险吗？"

他的表情非常奇怪，与往日返回时大不相同。他坐在舱位上，很久一动不动，眼睛中是冰封湖面般的平静。虽然我总的说是个粗人，但也能看出他一定经历了极为剧烈的感情激荡。现在大火烧过去了，只留下满地灰烬。我担心地问：

"华华，你这趟旅行——发生什么意外了吗？"

他从忧郁中挣扎出来，勉强笑笑："没什么。"

"一定有，华华，你要当我是朋友，就别瞒我。"

他苦涩地看看我："我不瞒你。虎刚，我没有回到100万年后，因为我在八万年后就停住了，我偶然注意到那个时代出了一个姓陈的伟人，是带领人类向外星系移民的先驱。我查了一下，知道吗，那人是你的直系后代。"

我十分高兴。"真的？你说的可靠吗？"

"当然可靠。那会儿我为你高兴，也很好奇，就从那个时刻溯着他的家族之河往回走，把这条谱系全部查清了，最后确实是归结到你这儿，没错。"

我乐得咧着嘴："那应当是好消息嘛。说说，查出我的老婆是谁？她的肚子这么争气，为我传下来一个这么伟大的玄玄玄孙。"

他又看看我——我真无法形容他的眼神！那是悲凄，是无奈，但似乎经历了千年的沉淀，已经结冰了，变成余灰了。他说：

"我也查清了，是易慈。你和易慈两年后将生下一个儿子，传下这个谱系。"

"你你……你他妈胡说八道！"我又惊又怒，已经失态了。"你把我陈虎刚当成什么人了？我怎么会抢你的老婆？过去咱们争过，那不假，但自从你们确定了婚姻关系后，我一直把她当弟妹看待。"

"不是你主动抢的，但世上很多事并非人力所能为。"

"那你死到哪儿去了？你怎么肯把易慈让给我？"

他的眼神猛一颤抖，看来我脱口说出的这个"死"字戳到了他的痛处。他痛楚地说：

"你说得不错,那时——我已经死了,是在去未来的第二次航行中,时间机器失事了。"

我在脑子里猛一转悠,想通了这件事的脉络,猛然轻松了,不由哈哈大笑:

"华华呀华华,别难过了,你虎刚哥可以保你死不了,你的易慈也跑不了。你刚才说,你是去未来的第二次航行中时间机器失事——咱不去第二次不就结了?听我说,赶紧从机器里爬出来,找到易慈,今晚就结婚,明年就生儿女。这就把你说的那场灾难禳解了。就这么干!你赶快出来。"

我虽然在大笑,故做轻松,实际上内心深处还埋着恐惧,我觉得虽然我说的办法简单易行,但冥冥中的命运恐怕是无法阻挡的。这会儿我火烧火燎地催他,实际是在掩饰我内心深处的焦躁。叶禾华摇摇头,平静地笑着说:

"我不会做任何改变历史进程的事。"

这个平静的决定让我心中猛然颤抖——这正是我潜意识中担心的事。我破口骂他:

"放屁放屁,全他妈放屁!要是明知道死神在前边守着还巴巴赶去,那你就是天字第一号的大傻子。别迂了,听我的话,咱们找易慈去,今晚就给你们举行婚礼。"

叶禾华似乎已从灰暗情绪中走出来,轻快地跳出机舱,笑着说:

"好吧,我这就去找易慈。不过,干吗要你陪,我一个人去就行。"

他步伐轻捷地走了,把我一个人留在机器旁。我心里像刀割一样难受,我知道他刚才的表态是假的,轻松也是假的。关键是这人太高尚!他不会违背自己的道德准则,为了保持"原来的历史进程",他一定会巴巴地赶去送死。我该怎么办?找易慈劝她?恐怕不行,那女子虽然开朗活泼,在道德方面的洁癖也不亚于华华。

忽然我茅塞顿开,怎么这样傻!我把眼前这个机器毁了不就万事大吉了?他们目前就造了这么一台,即使再赶造第二台,我不给钱,到哪儿去找三个亿的经费?再说,就是把资金弄到,造出机器也至少是一年之后了,一年中我肯定能想出更多的办法来改变这个"宿命"——说不定逼着他俩把儿子都生出来了。说干就干，我向四周扫视一遍，找到一件大扳手，拎过来，朝着舱位侧边的仪表盘狠狠地砸过去。刚砸了一下，忽然有人高喊：

"住手！"是易慈，她手里托着洁白的结婚礼服，正惊怒莫名地瞪着我。"陈虎刚你在干啥？你是变态狂？嫉妒我俩——咱仨——的成功？"这话说得颇不合逻辑，但这位才女在盛怒下没有意识到。"陈虎刚，我真没想到，你竟是这样的卑鄙小人！"

她扔下结婚礼服，哭着朝外走，我赶紧追过去，把她死命抱住：

"易慈你听我说，完全不是那么回事！"

我颠三倒四地说明了情况，我怀里的易慈不再挣扎了，没有力气了，软软地跌坐在地上，泪眼模糊地瞪着天空。我陪她坐下，看着她悲伤的样子，锥心地疼。我说："易慈咱们绝不能让他赶着去送死，一定得制止他！"但让我心惊肉跳的是——她并没有像我那样，紧赶着去设法改变这个结局。她的态度让我心凉，也许这真是不可改变的宿命？也许她像华华一样，把坚守"不改变任何历史进程"的道德律条看得比一个人的生命更贵重？可那个要去送死的人是她的至爱呀！

我们凄然相对，默默无语。等我发现华华绕过我俩偷偷钻到机舱里时已经晚了。华华在通话器里喊：

"易慈，虎刚，我要出发了。"

我们大惊失色，连忙扑过去。舱盖已经锁闭，我用手捶着舱盖：

"停下，快停下，这事得容咱们长远计议！"

易慈放声痛哭，但让我焦怒的是，尽管她悲痛欲绝，但她只是哭，并没开口求华华改变主意。我知道根子在哪里——他俩研制时间机器时，把时间旅行者的道德律条也当成基石，嵌在物理大厦的墙基内，如果硬要抽出它，他们建立的科学体系就要整体崩塌。这样做的残酷不亚于让华华去送死。舱内的华华笑着说：

"我要走了。虎刚，我还得告诉你一句话：青史上的毁誉并不全都符合历史真实，对它不要太看重。古人还说过：'周公恐惧流言日，王莽谦恭未篡时。向使当初身便死，一生真伪复谁知。'只要咱们于心无愧，也就够了。"

他往下说时相当犹豫，但最终还是把那句话说出来了，"据我见到的未来的历史记载，我第二次时间旅行的失事，是因为你想害我而破坏了机器。我和易慈当然知道这不符合真实。"

这么说，当我被盖棺论定时，我成了一个卑鄙小人，为夺人之妻而对朋友暗下毒手。但我那会儿无暇顾及本人的毁誉，嘶声喊：

"华华，我确实破坏了时间机器，刚才我已经砸坏了仪表盘，你千万别开机！"

他笑着向我们扬扬手，然后——我和易慈一个前扑，几乎跌倒，因为我们扶着的时间机器突然凭空消失了，没有像以往两次那样在同一瞬间返回。操作系统受损的时间机器虽然勉强出发了，但它肯定无法正常旅行和返回。我和华华以阴差阳错的接力棒方式，最终实现了华华的宿命：

——华华告诉了我他的宿命，

——我砸坏时间机器以改变它，

——华华乘着我部分毁坏的时间机器出发，但不能再返回。

时间机器这会儿在哪儿？它可能落在遥远的未来，那时地球上人类已全部移民而寂无一人；也可能是落在久远的冥古宙，那是没有任何生命的蛮荒之地。那么，待在不能重新启动的时间机器内，孤独地熬完最后的岁月，我的朋友该是怎样的心情？单单想到这点就让人肝肠寸断。

易慈肯定也想到了这一点，她晃了晃，晕倒在我的怀里。

从时间机器未能原时返回的那一刻起，我俩就知道叶禾华肯定回不来了。即使在那个与我们不同相的时空里，华华改变主意要回来，并能够修好时间机器，那他也只会选择仍在"原时返回"。所以，他肯定不会回来了。但我们仍在这里守了几天，一直到心中的希望一点点飘散。

易慈经受不住这个打击，精神有点不正常，这几天她常常捧着结婚礼服，喃喃地说：

"华华，咱们不后悔，是不？咱们不后悔。"

或者苦涩地对我说：

"虎刚哥，对不起，让你在未来落了个恶名。不过咱们不后悔，是不？咱们于心无愧。"

我只有苦笑，既怜悯又感动——照华华所说，易慈要成为我的妻子。那么，作为一个卑鄙小人的妻子，她的名声也好不到哪儿去吧，可她这会儿只知道为我叫屈，没想到自己。我装作大大咧咧的样子，说："没事！那都是八万年后的事了，誉之何喜谤之何悲，只要咱们于心无愧就行。"

一年之后我俩结婚了。按易慈的心结，她宁可为未婚夫守节终生，但我们不能"改变历史的任何进程"。这样做也是为华华赎罪，因为我俩后来不约而同地想到，叶禾华在决意赴死前的情绪激荡中犯了一个大错——不该把未来的情况告诉我俩。一旦我俩因感情冲动而做出任何改变历史进程的事，对华华的道德操守都是一种玷污。比如彻底砸坏时间机器，而让他的第二次时间旅行根本无法成行；或者我和易慈为了避免历史的恶名而执意不结婚。所以，说句不中听的话吧，哪怕只是为了让华华不白死，我们也只能按他所说的历史原貌走下去。

我爱易慈，爱到骨头缝里，只要能同她偕老百年，让我上刀山下火海我都不会皱眉。但千不该万不该，叶禾华不该让我"预知未来"，把我踮脚以盼的"幸运"变成"不得不做"的义务，尤其是，把我俩的婚姻建立在他横死的基石上！结果，这场婚姻变成了我和易慈的原罪，它将伴随我们终生。

我想易慈也是同样的心结，看着她在夫妻生活中强颜欢笑，比杀了我都难受。

再两年后，就在我们的儿子过周岁的那天晚上，我撇开她们娘儿俩，独自来到叶禾华的衣冠冢前。我带了两瓶五粮液，一边向坟上祭奠，一边自己喝，同时喋喋不休地诉说着。我说："华华呀，我和易慈的儿子已经诞生了，那条历史上应该有的宗族谱系不会断裂了。我，未来历史书上盖棺论定的卑鄙小人，到此为止已经尽了自己的本分。"我涕泪交加地说，"华华呀，你害苦了所有人，害了你自己，害了易慈，也害了我。你把一切都搞得乱七八糟。事情弄成这个样子，不是因为你的卑鄙、野心，或者是嫉妒心。都不是，恰恰是因为你的过分高尚。你不该这样高尚，一个人不该高尚到如此地步啊……"

那晚我喝得酩酊大醉,在公墓待到深夜。易慈担心我,带上已经熟睡的儿子,开车来公墓找我。听见我在华华坟前的哭诉,她没有惊动我,抱着儿子独自待在车上,也是哭得一塌糊涂。

论本能

一、死者的召唤

发育完全的正常动物，不需经过学习、练习、适应、模拟或经验，即能表现出某种协调一致的固定性、程序性行为。这种行为即本能。

于哲走下研究所的大楼时，正好碰见那辆开来的大奔。大奔风尘仆仆，显然是从远地而来，车牌是辽宁的号。一个女人从驾驶位下来，30岁出头，蛮漂亮，带着东北女性特有的人高马大，身体浑圆，皮肤白皙，深眼窝，说不定多少带点老毛子的血统。一身行头齐全，钻戒、白金项链、宝石耳坠，把她烘托得金碧辉煌。她扫了于哲一眼，立马认出他，风风火火地走过来：

"于哲！——我没认错吧。"她的声音洪亮，普通话中带着地道的东北老黑土味儿，人很健谈，一张嘴就滔滔不绝。"于哲我知道你。你是这个生物研究所里挂头牌的研究员，专攻'生物本能'。在今天的科学界，你几乎是孤军作战，因为这个领域多多少少仍是神学的领地——这种文绉绉的话我是说不来的，是一位老人家的原话。"

于哲不由扫一眼她的胸前，一个精致的白金十字架在那儿闪光，女人注意到他的目光，笑道：

"啊，我说的神学跟它没关系，我不是教徒，戴它只是好玩，时髦呗。"她继续说下去，"听说你的研究已经有了根本性的突破，能轻易用实验来证实你的理论。那位大爷说啦，说你已经能控制某些本能行为的显现，就像一个法力无边的魔法师，在 DNA 里随便这么一捣鼓，就能改变下一代蜘蛛的结网方式，让下一代母蜘蛛不再吃儿子，等等。我原来不知道母蜘蛛竟然有吃儿子的天性，你说世界上咋还有这样的混蛋母亲？老天爷为啥要造出——哟，扯远了扯远了。我问你，你真能掌握这些魔法？"

于哲在她的逼视下有些窘迫，点点头，对这位女性暗生亲切感：孤军作战，神学领域，这些比较独特的感悟不是普通人能达到的。不过也可能如她所说，她只是鹦鹉学舌。他平静地说：

"你说的这些突破倒是真的，不过都是些小杂耍，拿它去换一阵喝彩没问题，但没什么实用价值。我期待的是真正有实用价值的突破，可惜它还很远很远，也许——这一辈子都达不到。"

最后一句话的情绪有点灰暗，因为这确实是他真实的估计。但对那个女人来说，他贬之为"小杂耍"的东西已经是匪夷所思了，她很张扬地连声惊呼：

"这么说，那老头没吹牛？你真能做到这些？太神奇了，太不可思议了，我听他说后一直不敢相信，压根儿不信。别看我是外行也知道，这可比克隆出多莉羊难上千万倍，要知道，你改变的是动物行为，看不见摸不着、玄而又虚的玩意儿，它们咋能和DNA联系起来呢？累死我我也想不通。"

她这么一惊一乍地唱赞歌，于哲被弄得有点难为情，转了话题，"你是记者？哪家科学杂志？"

"啊不，我不是，我肚里那点墨水儿可当不了科学记者。我——用时下的说法，是个养尊处优的富姐儿，只对时装、首饰和玩耍感兴趣，按说绝不会关注你这些玄而又虚的研究。你猜我是咋知道的？猜不到吧——我在网上结识了你的外公刘志刚老先生，他死缠烂打地劝我来'成就'你——听清了，是'成就'，而不是'拯救'——他说我是上帝赐予你的、可遇而不可求的至宝，500年才出我这么一个。至于我为啥这样金贵，暂时不能告诉你。"何若红眼中闪着戏谑的光芒。"他劝了我一年，我一直没当回事。但他最近一次来信，就是两天前的那封邮件，把我说动了，我决定来这儿旅游一趟，顺便来一次实地考察，看看他说的魔法大师究竟是几只鼻子几双眼。"

"两天前的邮件？"

"嗯，接到信的第二天我就动身了。"她笑道，"我干事一向是凭脑子发热,说整就整,说扔就扔,说不定这事晾上一两天,我就永远不会来了。"

于哲的眼圈红了。"我外公七天前就去世了。"

若红大为吃惊,甚至明显打了一个寒战:"可那封邮件是两天前的事儿,我肯定没记错!难道……"

于哲对她的震惊很平淡:"难道是他的鬼魂?不,绝不会有这类事——世上绝对没有超自然力,这是我外公从小就帮我确立的信仰。这事大可不必奇怪,估计他在去世前预设了一个程序,可以在他去世后还定期给你发邮件。他虽然已经82岁,但电脑玩得很熟,这对他来说是小事一桩。"

这番解释合情合理,把一件"灵异之事"瞬间归于普通。何若红想想是这个理,被惊走的三魂七魄归窍了,自嘲地笑着。于哲声音低沉地说:

"只是……从去年外婆死后,外公的灵魂实际已经随老伴脱离尘世了,他把自己紧紧封闭起来,基本不同人交流。他最疼爱的儿孙是我,就连我也很难撬开他的嘴巴。没想到在这种自我封闭状况下,他竟然还默默关注着我的研究,甚至把这种关注延续到死后。"他叹息着,加了一句,"大爱无言。"

何若红也被感动,很体贴地陪着主人沉默,过一会儿于哲说:

"很抱歉我不能多停,今天是外公的头七,我正要出门,到100千米外的丹江水库边、我外公外婆合葬的地方去祭奠他。"

何若红立即说:"那好啊,坐我的车去,我也要祭奠他老人家。"

"你也去?好——吧。那就坐我的车,你刚跑了长途,肯定累了。"

"不累不累,我这人爱玩爱跑,体力特好,打麻将能连打两三个通宵,开车旅游跑个千把千米不用打盹。别婆婆妈妈的了,快上车吧。"

何若红开车很冲,110千米的路程,不到50分钟就赶到了。这儿是南水北调的源头,自然风貌保持得很好,建筑不多,林木葱茏中露出几片红色的房顶。那是霞风水岸假日公寓,里面有外公一套房子,是于哲为二老置买的,让他们晚年在这里享受清静。两位老人生前嘱咐要在这儿树葬,于哲遵从了他们的遗愿。现在二老灵魂所倚,是一棵只有手杖粗细、枝叶细嫩的银杏树,就在公寓的楼前不远,紧傍湖边,面对万顷碧波,沐浴八面和风。这么一棵小不点儿树颇出何若红的意料,在她心目中,82岁的老人应该和那种树皮皱裂、虬枝盘绕的老树联系在一起才对头。当然这只是想当然而已，按时间算，这棵银杏树是于哲外婆去年过世后才种下的，自然是棵幼树。其实这样才对，它正好象征了人生的枯荣交替、世代轮回。

于哲没有带任何奠品，只是神情肃穆地鞠躬静默。他显然很动情，眼圈红红的。这一点也让若红嗟叹：看看人家，不愧是读书人啊，就是与俗人不同，不弄那些噼里啪啦的鞭炮和烟雾腾腾的烧纸。两位老人能安静地长眠在这样的波光山色中，应该是有福之人了。若红也随着三鞠躬，曼声说：

"老人家，我答应了你的劝说，今天已经来了，见着你外孙了。你看我说话算话吧。请你放下心，和婆婆安心睡吧。"

于哲扭回头，认真地看她一眼，到现在为止，他还猜不出这位性格张扬的东北女人和外公之间究竟有什么约定。当然，内心深处也有揣测，不过他几乎不敢相信。

祭奠后两人没有立即返回，在湖边漫步，观赏这儿的浩渺烟波。白色的水鸟在水面上跳跃，几只小船在水天连接处荡漾。现在是禁渔期，所以这些肯定不是渔船，而是公寓住户们自备的小游船。若红好奇地打量身边这个男人，中等身材，比较瘦削，一头不驯服的乱发，衣着普通。作为"男人"他还有点嫩，与陌生女性打交道时略显窘迫。一双眼睛倒是灼灼有神，像是他的生命在那儿熊熊燃烧，烧得若红有点心旌摇荡。他三十三四岁，肯定比自己大一两岁，但不知怎的，若红心中把他定位成"大男孩""小弟弟"的形象。这么个大男孩竟然会是法力天下第一的魔法师？谈笑之间就能改变各种动物的天性？！那本该是上帝、老天爷或如来佛祖才有的道行，想来连孙悟空和他师傅菩提祖师也没这能耐。

也许，真的值得应他外公的恳求，留在他身边"成就"他？

若红想不至于吧，虽然她今天来了，但只能算是心血来潮，她无法推却一个老人的苦苦哀求，甚至算是对他的施舍——不过那也是因为她当时不相信老头的"吹牛"。这会儿她的想法已经有了突变，这个一头乱发的大男孩激起了她的强烈崇拜，外加同样强烈的怜爱。居高临下的怜爱和仰视般的崇拜——这两种感情不搭界，但确实很奇特地共处于她心里，相处得很和谐。

不过这也不奇怪，何若红本来就是个行事不循常规的女人。她用肘子扛了于哲一下，笑着说：

"我知道你在《科学》杂志上发表过一篇论文，篇名是《论本能》，在国际科学界很轰动，你外公名列第一作者。但他和我网聊时说，他从来没有参加过具体研究。"

于哲承认了："实打实说，是这样的。我外公人极聪明，思维敏捷，到老也不弱，你同他聊天时可能也有感觉吧。"

"对，网聊时他打字速度很快，反应敏捷，开始我以为他肯定是年轻人。他说他81岁，我还以为是哪个小男孩和我捣蛋，就骂他：'你81岁，老奶奶我已经108啦。'后来开了视频，才知道他说的是真话，弄得我挺不好意思。知道刚才我咋认出你的吗？视频中我瞄见墙上有一张三人合影，你，他，还有一个应该是你外婆吧。在相片上你只有五六岁，但还是能看出你的模样。"

"依我的看法，如果外公从小就搞科学研究，一定能成大器。但他属于被'文革'耽误的一代，没能上正规大学，一辈子只是个普通的中学生物老师。后来还因文凭不硬，被领导劝说提前退休了。"

"那你干吗署他的名字，还排在第一位？这么着你损失可大啦，得不了诺贝尔奖了。我听说诺贝尔奖只颁给在世的人。"

于哲摇摇头，对诺贝尔奖这个话头提也没提，自顾说下去：

"但我走上这条路却完全是受他影响。不仅如此，他的直觉异常惊人。从我十岁之后，他在和我的闲谈中，对于'生物本能'提出过不少揣测，似乎都是些不经意的想法，结果最后证明它们几乎全都正确！说来我很有失落感，因为十年的研究中，我对生物本能的认识基本没有超出他这个业余者划定的圈圈，我只不过是用实验证实了他的直觉，把他比较散漫的提法严格化，如此而已。"于哲总结道，"太可惜了，他天生是科学家的材料，可惜生不逢时。虽然他只是业余性的涉足，但对我的研究也功不可没。所以，我列他为第一作者绝不是施舍，那是他应得的荣誉。"

若红真心地说："他去世前已经见到你的成功，一定很欣慰。"

"不，我没多大成就，我的研究实际已经半停滞了，再往下进行，就得吃

'望天饭'。"他不大想继续这个话头，抬头看看天色，"哟，时间不早了，咱们该返回了吧。"

"望天饭"这个提法对若红来说有点突兀，但她能够理解，因为于哲外公一直讲的其实是同一个意思。她笑着摇头，拉他坐到河畔的草地上：

"别忙走，难得遇见这么好的山水风光，干吗不多享受一会儿。再跟我聊聊你的外公吧，聊聊你们祖孙俩的故事，还有你那些'上帝的法术'。等你讲完，我再告诉你，你外公为啥非要劝我来'成就'你。"

她重复了"成就你"这句话，于哲心中顿时扑通扑通跳了几下——也许天门真要开启，那难得的幸运就要随这位女菩萨的祥云而降临？他不敢相信，因为那个幸运实在太渺茫太难得了。他说：

"那——好吧，咱们聊一会儿，然后去渔家酒店吃晚饭，我请你吃这儿的野生红尾鱼，这种鱼肉质细嫩，味道很好，就是鱼刺多一些。现在虽说是禁渔期，少量的鲜鱼还是有的。"

二、隔代的亲情

> 动物的本能一般都是相对简单的固定程序，但也有高层面的本能，比如动物中广泛存在的母爱本能，就超越了"行为程序"而属于"目标程序"——目标确定而行为可变，只要遵从"保护亲子"这个目标，动物可以根据环境的变化而演化出种种新行为。

母爱父爱是所有动物的本能，但"隔代亲"在动物中却不多见，可以说它是人类特有的本能吧。大象等少数群体生活的动物，祖代也参与抚养孙代幼仔。打从于哲一降生，外公外婆就非常疼他，绝不亚于他的爸妈。小哲很聪明，五岁时外公就教会他下象棋、围棋，不过小哲最喜欢下五子棋。因为五子棋的输赢不大取决于经验而更多取决于敏锐的反应，这正是五岁孩子的强项。外公头天教会小哲五子棋，第二天就下不过他了，稍不留神，小哲就偷袭成功，把五个棋子在棋盘上连成直线，咯咯笑开了：

"刚爷爷笨，你又输啦！"

对自己智力一向颇为自矜的外公输得很不服气，总是央告小外孙让他悔一步棋，而外孙是绝不答应的，弄得老头很沮丧。不过他更多的是高兴，在邻居中到处宣扬：

"我家那小崽子太聪明了，下棋老是赢我！"

小哲妈嫉妒地说："爸，我小时候你没有这样疼我吧？"

五六岁的小哲对世界充满了好奇，那忽闪忽闪的黑眼睛总能发现大人看不到的新鲜。他最喜欢问大人"为什么"，而且问得穷追不舍，追得大人难以招架。外公是小哲最耐心的老师，那时他已经提前退休，有了闲暇，便大量阅读科普书籍，上网查资料，然后认真回答小哲的提问。外婆笑他，被小外孙逼得"焕发第二春"，老喽老喽变成学问家了。小哲在家中只崇拜外公一个人，尽管五子棋外公下不过他，他撇着嘴贬损爷奶爸妈和外婆：

"你们都不行，没学问，就我刚爷爷是个科学家！"

那天他在外公家看《动物世界》，非洲荒野上的小角马刚刚被产下，在地上竭力挣扎，一次又一次跌倒，终于晃晃悠悠地站起来，转眼之间就奔跑自如。这个本能对它来说太重要了，因为狮群就在旁边窥伺着，晚一分钟学会奔跑，它就可能变成狮子的美餐。小哲很好奇，不光好奇还有联想。他问：

"刚爷爷，小角马生下来就会跑，我知道小鸡也会，为啥小狮子小花猫就不会？还有咱楼下的小圆圆，真笨，都一岁啦还不会走。"

外公很高兴小哲有浓厚的好奇心。好奇心和探索欲是动物的本能，更是人类社会中科学发展的原动力，不过它很娇嫩，很快会被岁月磨蚀。外公笑着说：

"小哲你也是一岁半才会走，为教你学走路，把奶奶和外婆累惨了。这事刚过去三四年，就把自己的'笨'给忘啦？"

小哲不好意思地笑了，他真的把这些忘了。外公说：

"简单地说吧，小角马生下来就会跑，是它们的本能。"

"啥叫本能？"

"就是生下来便会的本事，不用学，不用爸妈教。"

"为啥小角马有这样的本能？为啥小猫和小娃娃没有？要是我生下来就会

跑，那该多好！外婆可就省劲了。"

外婆插嘴说："为啥？老天爷的安排呗，老天爷咋样安排自有他的道理。你想嘛，小角马生下来会跑，就不会被狮子吃掉；小狮子小娃娃不会跑不要紧，有爹妈护着呢。"

"可是老天爷咋安排？他是钻到角马妈妈肚子里教小角马跑步吗？"

终于问得连外公也招架不住了。他搔着头皮，小孩子这样一层一层地问下去，真的连老天爷也会被问住。天真的小孩子常常能提出最深刻的问题，直指宇宙和生命的本元。"天真"这个汉语名词造得很巧，因为小孩子最接近"天"启之"真"理。像小哲问的这个问题，大人们都因司空见惯而丧失了好奇心。信神的人把它归因为上帝的设计，不信神的人归因于本能，两类观点其实没什么区别，五十步笑百步而已，反正是用一个黑箱子把它罩起来，当成一种理所当然的存在，不去追究其内部的运行机理和技术原理。而小哲的疑问直指黑箱的内部：小角马和小猫之间本能的差异一定有其技术性原因！只不过这个问题太深奥，现在还没人能了解。

最后他说："小哲，这个题目太大，我也说不清。而且你还小，就是告诉你答案，你也听不懂，等你长大了再说吧。"

"刚爷爷，等我长到多大？"

"至少十岁吧。这几年我多看些书，把这个问题想透，等你过了十岁生日再回答你。好不好？"

"好——吧。刚爷爷你可不能忘，咱俩拉钩，不许赖账。"

外公笑着同他拉钩："你放心，刚爷爷绝不赖账，除非我被无常提前勾走了。"

小哲想问啥是无常，外婆先骂起来："呸呸！你个老东西，老鸹嘴，说什么晦气话！"

不久小哲的爸妈离婚了，是文明离婚，没有吵架，也瞒着孩子。妈妈搬出去了，但仍常常回来和儿子玩，有时也在家过夜，但这时爸爸就到客厅去睡。小哲非常盼望三个人还像过去那样挤到一张床上疯闹，这一直是他每天中最大的乐趣。就向爸爸求告哭闹，但如今他的哭闹不灵了，再怎么哭爸爸也不松口。慢慢地，小哲知道爸妈从前是"假吵架"，这回是"真吵架"了。不吸烟的爸爸学会了吸烟，老是闷着头抽，一根接一根；爷爷那时已经死了，奶奶老是哭，眼泡老是肿着。外公外婆住在另一个城市，来一趟不容易，但他们来得更勤了，带来很多好吃的好玩的东西。只是外婆常常会忽然搂紧他，毫无来由地落泪。外公倒没有流泪，但眼圈也会变红。

等到他该上小学时，外公外婆又来过一趟。外婆陪着他在客厅玩，外公和爸爸在小屋子里悄悄说话。小哲那时已经很敏感，知道这些悄悄话肯定与自己有关，便躲开外婆的注意，偷偷趴在门缝上听，他们果然是在谈自己。外公说："小哲是个好苗子，小脑瓜极灵光，长大能当科学家，绝不能把他耽误了。你们闹成这个样子，对孩子的心理发育肯定有影响。你工资低，常出差，孩子他奶又没文化，不能辅导孩子的学习。我劝你把小哲交给我俩，让孩子有一个好的成长环境，我俩的退休工资虽然不高，足能养得起他。我们老两口这把年纪，按说该享清福了，但俺俩下决心再操劳十年，交还你们一个大学生。"

爸爸只是摇头，说："孩子奶离不开小哲，我也离不开他。"外公着急地说："我理解你们的心情，但你们得为孩子的前途着想啊。"

爸爸生硬地说："那是他的命，谁让他碰上这样的爸妈呢。"

外公不再说话，起身就走。拉开小屋门时，小哲正仰着脸，惶惑地盯着他——他不理解外公为啥非要自己离开爸妈？而且外公这会儿的脸色咋这样难看，他病了吗？外公抱起他亲亲，泪水涂满他的小脸蛋，然后拉上外婆走了。

爸爸并没有放弃对小哲的培养，用尽办法把他送到本县重点小学的重点班。那是个很有名的重点班，全县人都挤着开后门，把孩子塞到这儿。有一天学校里喜气洋洋，市教委组织各县人员来这儿观摩教学，这当然是学校的极大荣耀。30多个观摩者都挤在窗户外——小哲所在的重点班整整有120个人，是额定人数的三倍，屋里是半个人也挤不进去了。学生们紧紧地楔在有限的空间中，个个半侧着身子，左手背到身后，只用一只手写字，每人所占的空间只容许这样的姿势。那是夏天,虽然教室里有电扇,但四个电扇吹不走 120 个学生加一个老师这 121 个热源发出的热量,屋里满是汗味儿和人肉味儿。因为是观摩教学,今天老师讲得特别卖力,特别神采飞扬妙语连珠。当老师挑中哪个孩子到黑板前来答问板书时,那孩子当然是走不过去的,周围孩子就同心协力,把他从大家头顶传过去。七岁的娃娃们做这些动作已经非常熟练,在观摩者中引起一阵笑声。

那天外公正好也来学校看外孙,目睹了这个场景,他脸色铁青地跑到小哲家,发脾气,坚决要带走小哲,谁反对也不行。他说小哲现在上的不是重点小学,是工业化养鸡厂的鸡笼,是监狱。全世界恐怕只有中国才有这种鸡笼学校。他不能让小哲的童年就这样度过,不能让他的童趣和好奇心被彻底摧残。

这回爸爸和奶奶没有再反对。他们当然舍不得让孩子离开身边,但叹息着答应了。

外公把他带回家,为他找了一个不那么残酷的学校。外公很关心他的学习,但从不强求他的考试名次。多亏老人的保护,小哲才能在其后的年月中自由舒展枝叶,踢球,野游,上网,博览群书,问外公一些刁钻古怪的问题,听外公搜遍网络和书籍之后给出的回答,也常常和外公争论一番。

长大后于哲意识到,他之所以能成为科学家,正是因为外公保护了他的童趣和好奇心。至于外公在潜移默化中向他传授的知识,虽然也很重要,相对而言倒是第二位的。当然还有一点也并非不重要:在外公外婆保护下,他避开了父母离异可能给自己造成的心理畸形。

等他吃过十岁的生日蛋糕,外公笑着说:

"小哲,还记得你小时候咱俩的一个约定吗?你说十岁后要问我一个大问题。"

于哲记得。其实,他为此已经看过不少书和网络资料。"刚爷爷我记得!那个问题是:动物为什么会有不同的本能?它们是从哪里来的?"

"小哲,为了回答这个问题,这些年我可没少看书啊。不过老实告诉你,这个问题至今没一个人能回答,最顶尖的科学家也不能。这个问题太深奥,超出目前科学的能力，可以说它还属于'神学'的领域，至多算是'潜科学'吧。现在我能告诉你的，只是我从书中网上搜索到的知识，再加上自己一些模糊的猜想。就像到迷宫里去探宝，走啊走啊，找啊找啊，这会儿刚瞅见林木荒草之后，远远的有一道围墙——而且那究竟是不是真的迷宫围墙，还不敢确定哩。爷爷学问有限，只能说些围墙外的事。至于真正的答案，真正核心的机密，恐怕得等你长大后去发现。"

小哲以初生牛犊的勇敢，痛快地应允："没问题，等我当上科学家后，一定找到围墙的大门！刚爷爷，先说你的猜想吧。"

天色渐晚，丹江湖上的游船都靠岸了。驾船闲游的多是白发族，公寓里的常住户，老夫老妻抬着小船上岸，小船都是轻便的玻璃钢船体，说说笑笑地回公寓去了。湖面空荡荡的，平铺着夕照红霞，水天之间漫溢着柔柔的静谧。灵山无言，灵水不语。于哲凝视着这空灵水景，对何若红说：

"我的人生目标在那一刻就确定了，我下定决心，长大后一定当生物学家，破解这个'上帝的核心机密'。此后二十几年中，我和外公就这个话题不知道讨论过多少次。他关于生物本能的四个猜想一点点渗到我脑海里。"

何若红是个难得安静的人，上学时老师说她屁股上长草，连一堂课的45分钟都坐不住。但这会儿两眼亮晶晶的，听得十分入神。她挽住于哲的胳膊，催他说：

"四个猜想？哪四个猜想？讲下去，于哲你讲下去，你把我的好奇心勾起来了，我想知道动物和人的本能到底是咋回事。"

三、没有上帝

即使实现最简单的生物本能，也需要精巧的设计和巨大的信息容量，似乎很难靠小小的DNA来实现它们，以至于大多数人把本能的实现归因于上帝。

"小哲你先说，关于动物本能你总共知道多少例子，都讲给外公听。"

转生的巨人

十岁的小哲说："啊呀那可太多了，一年也讲不完，十年也讲不完。像小尺蠖遇到惊动会装死；小蜜蜂生下来就懂得跳圆圈舞——指示蜜源远近和方向的舞蹈；小袋鼠一生下来，马上抓着妈妈的体毛向上爬，爬到育儿袋中——你说，那么一个小肉团，它咋会知道那儿有育儿袋和奶头呢？杜鹃妈妈总是把蛋偷偷下在别的鸟窝里，等小杜鹃孵出来，它就会用脊背把其他鸟蛋努力顶出窝外摔碎，好让义母只哺育它一个；'十七年蝉'的幼虫会在地下耐心等待17年，然后准确地在同一时刻爬出地面，黑压压一片。它们这样做，是以数量优势来对付捕食者，增加活下去的几率，但它们怎么确定这个时刻？它们分散在深深的地下，没办法靠声音、气味或其他通讯手段来互相约合，所以它们体内肯定有一个精确的、事先定好'叫醒时刻'的闹钟。而且它们选择繁殖周期竟然知道选取17这个质数，因为质数周期能最大限度地避免与捕食者的繁殖周期重叠；再说小海龟，出了蛋壳就知道向海边爬，它们是根据海水所反射的微光来确定方向的，如果远处有城市的微光，有时也会干扰小海龟的正确判断；还有小蜘蛛，结网本领肯定不是母亲教的，因为母蜘蛛会拿它们当食物，它们从不敢靠近母蜘蛛，但这并不妨碍它们个个是结网好手。"他笑着说，"刚爷爷，我曾用半天时间，仔细观察过蜘蛛的结网过程，是这样的：它会先爬到一定高度，吊下一根蛛丝，再荡啊荡啊，荡到高度大致相等的另一点，把这根蛛丝固定，然后爬回蛛丝的中点，从这儿吊下一根蛛丝到地面，固定，形成一个Y字。然后蜘蛛就会从Y字的中心开始，沿着一个不变的角度，一圈一圈地织成螺旋形网。"

外公赞许地点头，他知道小哲非常注意观察大自然，也常鼓励小哲这么做。"还有例子吗？"

"还有非洲织布鸟，能用草织出精巧的小巢，用斑马毛或羚羊毛系在树枝上，还会用嘴将毛发打成一个固定式样的结子作为记号。有一个叫玛雷的自然科学爱好者做过研究，从织布鸟巢取走几粒卵，放到家中金丝雀的巢里去孵化。雏鸟长大后不让它们接触任何筑巢材料，逼得它们只能把卵产在笼底。产下的卵又取走，再让金丝雀孵化……就这样反复试验，使第四代的织布鸟完全断绝了与亲代的联系。到这时，玛雷才向鸟笼里放进草、细树枝和马毛，织布鸟立刻动手——不，是动嘴，利用这些材料织巢，就好像它脑子里一个沉睡四代的程序突然被激活了！巢的式样与野生织布鸟所造的完全一样，甚至也会用毛发打出那种特别的结子。"

"对，这是个很好的例子，证明织布鸟织巢的技巧，或者说那个巢的形状蓝图，肯定是通过DNA传下来的。"

小哲眸子晶亮地说："刚爷爷，我最爱看这类书或电视纪录片，喜欢观察野外的鸟兽虫蚁。这些例子我知道得越多，就越入迷。动物本能当然都是天生的，但它们究竟是咋样一代代传下去的？依靠DNA？我真的难以想象，核苷酸的物质结构会和虚无缥缈的'行为'有啥联系。再说，染色体那么一个小不点儿，不可能有那么大的信息容量吧。正好昨天我在网上看到一篇文章说，生物的本能只能解释为超自然力，是生物与另一个灵异世界的谐振。还说，虽然几百年来自然科学家打了那么多胜仗，但在这个问题上只能向上帝投降。刚爷爷，这种说法有没有道理？"

这是小于哲成长过程中在"神学"和"科学"之间唯一的一次摇摆。这不奇怪，一个少年开始领略到对大自然的敬畏，而人类对大自然的这种敬畏，实际上正是宗教产生的初始原因。不过他的摇摆非常短暂，很快就被外公拉回来了。外公笑着说：

"那是屁话，很臭很臭的屁话。这些神创论者代代都有，不会轻易绝种的。开始他们还说尿素和酵素必须从有机体里才能产生呢，但'有机物'和'无机物'的鸿沟早就抹平了；后来又说猎豹进化出如此完美的身体，肯定少不了上帝的设计；又说电脑不能产生智力，等等，这些高论都已经被科学发展驳倒。现在又说生物本能属于超自然力，绝不可能产生于普通物质的缔合。不过，这恐怕是他们最后一块阵地了。来，我给你做个简单的实验。"

外公拿出早就备好的简单教具，小哲饶有兴趣地看着。外公拿一张硬纸，在上面撒了一把铁砂，然后在硬纸下放一块磁铁，铁砂立即排成磁力线的形状，并且在高度方向堆叠起来，就像纸上长出一撮一撮的黑毛毛。外公说：

"你看，这是个非常简单的图形。但即使它这样简单，如果要求你用文字，或图样，把它精确描绘出来，然后不使用磁铁，完全用人力依这些信息重新复制一个它——必须完全相同，包括每个黑毛毛的形状、高度、所含铁砂数量、每粒铁砂的形状，等等，你能办到吗？"

小哲憨笑着摇头。不行，这太难了，哪怕用 10 米高的图样来描述，用最精确的原子钳进行手术，也只能是某种程度的近似。外公说：

"但其实要生出它非常容易，你已经看到，只需用一个磁铁放到纸下就行了。所以，为了生成某种事物，并不需要对事物的最终形态进行精确完整的描述，只需确定它的起始条件和运行规则就行。动物的本能也是这样形成的：起始程序肯定非常简单，然后它会自我导引，自我激励，一层接一层地自动展开，一直到形成复杂的本能。由于它需要的初始信息非常简单，小小的 DNA 就足以容纳了。"

这倒是个新鲜提法，不过小哲还不大信服，认真揣摸着。外公又说：

"世上万事万物都是这样生成的。宇宙咋形成的？大爆炸中形成最初的简单粒子，然后它们开始自组织，一层一层进行下去，变出今天千姿百态的星团星系。是不是需要一个上帝来进行先期设计和全程监造？当然不需要；地球生物圈咋形成的？地球的'太初汤'内因为自组织产生微小的有机物团聚体，然后是一步一步的自组织，直到今天的生物圈，同样不需要上帝预先设计出兰花或猎豹的最终形体；人的身体是咋从受精卵发育成的？受精卵中事先并没有人体成品的蓝图。这个蓝图太复杂了，即使把有史以来人类所有书籍的信息量用完也不足以表达。它也是产生于一个简单的自导引程序。至于动物本能，与上面的例子一样，肯定也是这样编码遗传的，一点也不神秘。"

外公拿走磁铁，把铁砂抹平，用磁铁在纸下又点了一下："看，多简单，圈状的毛毛又长出来了。"

小哲敏锐地说："但你这不是复制！这次的形状和上次并不完全相同！你在偷换概念！"

外公朗声大笑，得意地说："我就知道你会想到这一点！其实这才是万物产生的关键所在，对这一点，我是好容易才想通的。咱们还回到'本能'上，这么说吧，DNA 中隐含的关于本能的程序，并不是要确保动物行为能实现某种给定的终端状态；而是反过来，动物的行为只是自导引程序可能达到的某些结果之一。这两句话很绕嘴,很艰涩,是不是?举个例子就清楚了:如果你非要蜘蛛网结出太极图或波音飞机的形状,肯定无法实现;但假定蜘蛛DNA中的自导引程序能让它结出圆网、三角网、立体网等二十种网,其中有六种网适合蜘蛛的生存,这六种结网行为就能因自然选择而保留下来,这就成了几种蜘蛛的本能。这其实是物理学上那个'人择原理'——为啥能有今天的世界,就因为它是某种有最简化初始设定的自导引程序所能达到的结果。当然啦,你得记着它只是结果之一。"

小哲的眼睛扑闪扑闪的,外公这番话在他心中激起宗教般的敬畏。只有相信科学的人才能真正敬畏大自然,即使像"小角马生下来会跑"这样简单的事实都让他们感到无比的震撼。因为,如果你把它理解为上帝的神力,你的敬畏只是浅层面的——上帝的造物为什么神奇是因为上帝有神力,这只能算是一个同语反复;现在你知道了,上帝并没有超自然力,它也只能是使用普通的砖石比如原子分子等,使用凡人都能理解的普通手段,最终却造出了如此神奇妙奥的动物行为,这时你对大自然的魔法才会有最深刻的敬畏。小哲说:

"刚爷爷,我听懂了。我觉得你说的有道理,我再也不会信那些'灵异世界'之类的屁话了。"

于哲和若红在湖边一个渔家饭店里吃晚饭,桌子摆在露天,凉风吹着湖水,月光透过稀疏的凉棚网,水一般洒在他们身上。时间已经晚了,饭店里只有他们两个食客。老板娘端来饭菜后,坐在旁边织着毛衣,以乡下人特有的好奇和不懂避讳,兴致勃勃地看着这一对。好在两个客人不大在意第三者的存在,谈兴丝毫不受影响。于哲已经没有了初见面的窘迫,只要一谈起他钟爱的这个话题,他就会进入最佳竞技状态,口若悬河舌灿莲花。何若红倒是开始纳闷:这个刚健自信、声音恁般磁性的男人,是她才见面时看到的大男孩吗?他好像脱胎换骨瞬间成熟了。于哲说:

"外公那个小小的实验虽然简单粗糙,但内蕴厚重,足以说明事物的内在机理。因为从广义来说,那个铁砂图形的生成也属于自组织过程,它的有序取决于磁力线，而磁力也是物质自我激励的一个中间结果，而'自组织'正是脉动于宇宙每一个角落的最重要的机理。外公关于动物本能的四个猜想，其实都能从刚才那段话中导出来。不过，那是些很枯燥艰涩的东西，圈外人很难理会其细微之处。我想年轻姑娘尤其不会感兴趣吧，我就不细讲了，不折磨你的耐性了。"

何若红不依了："看不起人？是不是说爱打扮的女人就没智力？不，我很感兴趣，听不懂也要听。接着讲！讲你外公的四个猜想。就是对驴弹琴，你也得坚持着弹完。"

旁边的老板娘听得有点纳闷：这俩人很般配，男的文气女的漂亮，这么晚了俩人还在这儿聊，肯定是两口子或"相好"吧。可是，那男人咋净说没油没盐的淡话，好多绕舌头话完全听不懂。但何若红的话老板娘听得懂，听得忍不住笑：这姑娘骂自己是驴，那可是一头漂亮的小草驴哩，双眼皮长睫毛，高胸脯大屁股，浑身金灿灿的，眼里一放电就能勾住男人的魂。她哧地笑出声，引得俩客人转过头。她忙笑着摆手：

"你们聊。你们别管我，接着聊。这位大妹子说话真逗，我爱听。"

四、四个猜想

题目：论本能。

谨以此文献给我的外公、一个普通的中学生物教师。

……自然科学业余爱好者刘志刚老人生前提出的关于动物本能的四个猜想，今天都由我的小组用实验加以证实。四个猜想简述如下：

一、动物本能的遗传过程中没有超自然力，仍是源于普通物质的复杂缔合。在其最基本的层面，信息传递仍是数字化的。

二、与动物形体的遗传一样，动物行为的遗传即本能同样是依靠遗传物质 DNA 进行。遗传物质中并没有存储动物行为最终表现态的完整描述，而是一个有最简化初始设定的自我导引程序。

三、程序进行自我导引并逐步展开的结果不唯一。至于哪个结果成为表现态，即动物表现出哪种行为，将由环境进行选择，并从而形成相对稳定的固定程序。

四、由于行为遗传是依靠自我导引程序的逐步展开来实现，形体的遗传其实也一样，所以可实现的最终结果是有限的，只能是该程序展开过程中可能出现的结果之一。换句话说，即使科学完全破解了本能遗传的奥秘，生物的行为也并非能任意设计和实现。

五、天地间的至宝

宇宙万事万物都是由自组织形成。所不同的是，初级自组织不需要特殊的模板，比如宇宙大爆炸状态下的质子和电子不需模板就能组成同样的氢氦原子，而高级自组织必须有某种特殊的模板，如地球各种生命的复制需要不同的DNA。这些特殊模板产生于漫长进化中偶然的机缘，并且从几率上说基本上不可重复。假如地球生命在完全相同的条件下再演化一次，也不大可能出现会结螺旋形网的蜘蛛了。

两人边吃边聊，吃过饭后发觉时间太晚了，他们没有走，住在于哲外公那套房子里。房子是两卧室的小户型，大飘窗里嵌着漂亮的湖景，月光下能隐约看到岸边那棵"灵魂树"。房子空着，于哲给外公请的保姆做完善后工作后已经走了。墙上的镜框里是一张三人合照，外公外婆夹着五岁的小哲。照片正好对着电脑的视频头，这就是何若红在网聊视频中瞄到的那张合影。现在，已经仙逝的二老安详地看着两位年轻人，小于哲也隔着28年的时光看着自己。

于哲和若红在照片下站了很久，与二老及小于哲目光交流，心中有酸酸的软软的说不清的感觉。若红特别有一种梦幻感——说来她此行竟然是老人在冥间促成的，他对孙辈的爱跨越了生死之界，真的让人感动。

他们先后洗浴毕，穿上二老的睡衣，于哲说她开了一天车，一定困了，早点睡吧。但若红仍不愿回自己的卧室，她是夜猫子，这会儿仍精神奕奕，笑着说：

"不困,一点儿也不困,我说过我打麻将能连打两三个通宵。再聊一会儿嘛,你今天说的东西都很新鲜,我爱听。"她心里有句话憋不住,有那么一点委屈,有那么一点恼火:"于哲我就纳闷啦,我纳闷已经一天啦。我来这儿的原因,或者说,你外公夸说的我的金贵处,难道你一点儿不好奇?你不问清这点底细竟然能安心睡觉?"

于哲笑了,实话实说:"怎么会?我当然好奇,心里猫抓似的想问,不过我知道,即使我不问,你也会自己开口的。我不问,没准你还说得早一点。"

"可你应该先开口问!你这人一点不懂情趣,起码你得照顾一个女人的虚荣心吧。好吧好吧,我不和你这种粗蠢男人计较,我来告诉你吧。你刚才说的'四个猜想',虽然比佛家的般若经还拗口,但我还是能听懂的,因为你外公其实已经零零碎碎讲过多少遍了。不过他也说,四个猜想,尤其是最后一个,被证实后,实际也捆住了你的手脚,给你划了禁行线,让你对今后的研究一筹莫展。"

于哲叹息道:"是这样的。我研究动物本能,不是只想玩纸上游戏,我想让它造福人类,有实用价值。比如,想要人类幼儿生下来就会跑并不困难,但没有多大价值。但如果能让孩子生下来就会说话,会数学运算,那该多好!那对人类文明的发展会是多大的促进!"

何若红瞪大眼睛,下意识地摇头,虽然她已经相信于哲能改变动物行为,但刚才说的这些仍超出她的想象。于哲说:

"当然这只是我童年时的遐想,现在我已经知道,生而能言这一条永远不可能实现,因为语言是历史形成的大杂烩,不同的民族有不同的语言,不可能用'最简化的初始设定'和'自我导引程序'来表达。但数学不同,数学恰恰符合这两个特点!几条公理,加上逻辑规则就行了。而且生物界中有现成的例子,很多生物天生具有数学能力!向日葵每圈结籽的数量精确符合斐波那契数列(一种整数数列,每一个数等于前两个数之和);海螺和三叶草的形状符合某种数学曲线;蜜蜂能造出符合数学精确的最省材料的蜂巢;蚂蚁能对它走过的路径进行积分,以便返程时走最短路线。过去人们对这些本领司空见惯,不感到惊奇,那是因为人们把它们归因于超自然力。但排除了超自然力后你就会想到，这些行为的实现肯定得通过某种技术性的途径，绝不是巧合。我想只能是一个原因：数学规律与 DNA 的物质缔合有某种深层次的联系，或者说生物天生具有数学能力，这两种说法只是同一件事的两种表达。既然这样，那就能通过科学手段，在人类的本能中表达更强的数学能力。"

何若红大为惊叹："要是这样，全天下的学生们，尤其咱中国的娃娃们，就太幸福啦。"

于哲微笑着说："你这样想还是太浅了，它的意义远非如此。人类为啥能超越动物？是因为人类能用语言向后代传播上代学到的经验和知识，产生了代际间的累积效应，文明大厦才能一层层升高。可以把它定义为后天累积；如果人类再进一步，在 DNA 中也能传递上一代的知识和能力，就会产生另一种累积效应，即先天累积。人类发展肯定会进入一个全新的时代。"

何若红喃喃地说："那——太不可思议了。"

于哲平淡地说："没什么不可思议。科学家早就能在生物中进行基因拼接，比如让老鼠具有荧光水母的发光本领，让西红柿具有北极鱼的耐寒基因。这在 100 年前绝对是不可思议的魔法或神力，现在已经是生物学的基础操作了。咱们只不过是把基因改进的领域从'生物形体'扩充到'动物行为'上，多走一步而已。当然这是很大的一步，是一个重大突破，而科学上每一个重大突破都会打开一个神奇世界的大门，把一大堆魔法神力还原成技术。"他承认，"当然，由于我说的第四个猜想的限制，要从零开始设计出某种本能，几乎是不可能的，这条路只能反过来走——如今我已经熟练掌握了这样的技能：只要现实中存在某种动物行为，我就能把它移植到相近的动物中去。比如，让原本结圆网的蜘蛛结三角网，让苍蝇学会蜜蜂的圆圈舞。所以，只要老天给我一个生来具有数学能力的人的'样本'，让我把他研究透，找出是哪一点 DNA 变异导致了他的数学能力，我就能把它变成所有初生婴儿的本能。"

若红点头："嗯，你外公说过，这就像袁隆平搞杂交稻的雄性不育样本。"

"对呀，你想嘛，如果袁隆平从零开始进行设计，以碳氢等原子为材料，人工组装出一种雄性不育稻的 DNA，不说理论上能否实现，实际上绝不可能。所以，如果不是他助手在自然界中偶然发现一株雄性不育稻样本，他一辈子再努力也只能一事无成。这就是生物学家比核物理学家难的地方，是生物学家的悲剧之所在：核物理学家到处可以找到相同的氢2氢3原子进行研究，而生物学家呢，只能睁大眼睛，在自然界中寻找某个特殊的模板。这种模板是可遇而不可求的，所以，生物学家不得不受'运气'的制约。我比袁隆平更甚啊，因为我需要的样本比雄性不育稻更稀有。我真的不知道，这一辈子能不能碰到一个。"

"你外公说，世界上确实曾出现过这种有特异数学能力的人。"

"是的，最典型的是一位叫莎姑达拉的印度妇女，她天生会计算，六岁时就表演过计算100以内数字的立方根。上世纪中期，美国科学家曾请她到美国达拉斯，让她和当时世界上运算最快的计算机比赛。比赛题目是计算一个201位数的23次方根，这个巨型数字让一位科学家抄了四分钟，整整写满一黑板！但她在50秒内就给出正确答案，546372891，很巧，正好是一个整数。而计算机的输入加上运算耗时一分钟，结果计算机输了，在场的科学家个个瞠目结舌。"他叹息道，"非常可惜，她已经过世了，我没能和她生在同一个时代。"

若红把话题一步步引到这儿，这会儿不说话了，得意扬扬地笑着，目光挑逗地盯着于哲，等着他发问。良久她见于哲没反应，恼火地说：

"木头！直到现在难道你还没有悟出，我为啥千里迢迢赶来？你外公为啥死缠活磨地求我来成就你？哼，反应这样迟钝，还妄想破解'上帝最核心的机密'！蠢猪，熊瞎子一头！是不是觉得我这样的浅薄女人压根儿不可能有数学天才？哼，狗眼看人低。"

于哲挨了一通臭骂，反而乐开了花，其实他早在等着这些话啦。这会儿他从那个自信从容的科学家变回了小男孩，正眼巴巴地望着大人，盼着他不敢奢求的圣诞礼物。他嘴里发干，连说话也有点口吃：

"我早就在往这上面想啦，正因为太盼望，我一直不敢说出来。我怕一说出口，一个奇迹就会在空气中溶化。"

若红撇着嘴："不是真心话。你肯定是那个心思：这么个二百五娘儿们不可能有这种特异功能。"

"不不，绝对没有！真的没有！"

"你说我绝对没有速算天才，没有天生的数学能力？"

"不不，我是说我没有这样的心思！"

若红咯咯地笑着，不再逗他了，认真地说："别胆怯了，是真的。接受这个礼物吧。"

"真的？你生来就有数学能力？"

"没错！也许赶不上那个莎姑达拉，但是相当相当的可以。"

于哲大叫一声，抱住若红在屋里打转，屋里响着两人咯咯的笑声。等疯过了，两人坐到沙发上，若红开始细讲缘由。她说自己从小贪玩，功课一塌糊涂，唯有数学一点不吃力。后来她发现自己天生具有计算能力，别说是四则运算，哪怕是没有学过的开方运算、指数对数运算、代数方程、空间几何问题，她只要闭上眼凝神去想，就能在额头上看到结果，就像那儿亮着一个电脑屏幕。至于是如何做到这一点的，是通过什么方法做计算的，她自己也不清楚。只知道这个能力和身体状况有关，比如月经前后，生病期间，这种能力就会削弱或更强。不过打初中起，她父母做俄国木材生意大发了，珠宝名牌龙肝凤脑的宠着她，每天玩都玩不够呢，她根本不打算这辈子趴到书斋里做学问。她混到高中毕业就辍学了，这个能力也就荒废着。她从没像那个印度女人一样做过正规测试，同学老师们大都不知道她的能力，连她自己都差不多忘了。父母倒是知道，父亲知道后喜出望外，说她是老天赏给自己的宝贝，是他做生意的好帮手。父亲老让她计算很多枯燥的会计数字，把她烦死了。到10岁时她已经足够狡猾，谎称自己的心算能力突然丧失，父亲遗憾得顿足捶胸，但也无法可想。

后来她在网上结识了一个网友，网名很怪，叫"小老鼠"，两人聊得很热络。一次她在闲聊时偶然提到自己的异常心算能力，小老鼠知道后如获至宝，从此对她穷追不舍，又是求告又是讲大道理，"他追得我有点儿烦他，有点儿怕他，主要是开始时我根本不相信他说的话——他外孙能用技术手段实现上帝的魔法，改变动物的本能行为。有一段时间我在网上躲着他，可他总能把我找到。后来的情况你已经知道，他最后一封信把我说服了。"

"用什么理由？"

"他用这样的比喻游说我：'因为上帝的恩赐，你得到了天地间几乎是唯一的一株灵芝，但你却认识不到自身的价值，把它贬为狗尿苔。而另外一个年轻科学家只有靠这株灵芝才能救命，你能忍心不去救他吗？'"她摇摇头，"按说这个理由也不足以把我说服，其实到现在我还糊涂着，我为啥会跑来见你。可能这也是受本能的控制吧，每人天生有好奇心。"

于哲急不可待地说："我能对你进行一次测试吗？"

"当然可以，小事一桩。你外公已经测试过多次了，不过是在网上。"

于哲对她进行了一个小时的测试，自己使用电脑计算来做对比。他没有贪大，只出四则运算和乘方开方，不过数字从小到大，直到绝对超过一般人的心算能力。测试结果绝对满意，常常是这边还没把数字在键盘上敲完，若红的答案已经出来了，而且百分百的准确。于哲越来越激动，简直不能自制，激动中更担心——担心已经到手的幸运会跑掉。就像一个突然得到公主垂青的乞丐，不敢相信自己的幸运。他可怜巴巴地说：

"若红，你确实有这株宝贵的灵芝！你真能答应和我合作，让我实现梦想吗？"

若红故意沉默着，不予回答，这段时间内，于哲的心脏几乎要跳出胸腔了。最后若红咯咯一笑：

"算啦，不逗你啦。本想逗逗你的，怕把你急晕。我答应你吧，要不辜负了你老外公的苦心。再说，看来你这个男人也不惹人讨厌。"

于哲忘情地拉着她的手："我真不知道该用什么话来感谢你。不过我也得告诉你，这项研究非常艰难，又烦琐又枯燥，很可能是终生的酷刑。"

若红不在乎地说："不要紧！我既然答应你就不怕吃苦。你别看我如今吃喝玩乐，女人真要狠下心，远比男人能吃苦。"

"太感谢你了。我会给你最高的工资待遇。"

这句话相当煞风景，也很伤若红自尊。她撇着嘴说："我稀罕那玩意儿？爹妈给的钱够我两辈子花了，为了钱，我能到你这个穷庙来？你呀真傻，"她火辣辣地盯着于哲，"我想得到的是啥，难道你不知道？非得让女人先开口？

直说吧，我看中你了，我 32 年没结婚原来就是为的碰见你。正像你外公说的，咱俩是天作之合，老天爷的红线，要是不成一家，天地都不容。"

于哲这会儿嘴里又发干了，咽着唾沫，艰难地说："我外公说的……怕不是这意思，他知道我已经结婚了。若红，你是这么好的姑娘，如果我还没结婚，肯定乐意用爱情回报你。可惜……"

何若红气冲冲地站起来："那可不成！要是连爱情也没指望，我凭啥放弃那边的享乐，来做你的实验品，还要受'终生的酷刑'？好啦，这笔生意看来谈不拢，谈不拢咱不会赖着你。我要走了，这会儿就开车离开。拜拜，莎扬娜拉，达斯维达尼亚！"

她拎起女式背包，打一个飞旋转身开门。打开门后她悄悄斜着眼看看，那家伙整个崩溃了，一张苦脸皱巴得像核桃，目光中那个绝望啊，叫人实在不忍心看下去，再看下去她会比他先流泪。若红大笑着回身，把挎包扔到沙发上，一下子抱住于哲，揶揄他：

"好弟弟千万别哭！别哭！真要把你逼哭了，当姐的该多心疼！我是和你开玩笑哪，你没瞧见我还穿着睡衣，哪像真走？傻！放心吧，我决定留下来'成就'你，也算是对得起你外公的苦心，对得起老天给我的特异功能。"

局势这么大起大落，苦去甘来，把于哲弄傻了，在若红的拥抱中发愣。不过他很兴奋，满面光辉，显得异常地光彩照人。若红上上下下地看他，简直看傻了：

"啧啧，真是个俊男生，可惜我没福气，晚来一步。"她确实喜欢这个大男孩，属于一见钟情，爱中有怜。刚才那阵高嗓门的逼婚，半是玩笑，半是真意，是用玩笑口吻透出自己的真意。虽然逼问出来的结果令人遗憾，但她认了，仍决定留下来"成就"他，为他奉献自己那株灵芝。也许这是缘于比情爱更宽博的母爱本能吧。"好啦，高工资我不要，爱情得不到，给个吻总可以吧，是那种很纯洁的、弟弟给姐姐的吻。"

于哲笑面如花，甜蜜打心底汩汩淌出来。他笑着说："别在我这儿充大，论年龄我该是哥吧。"

若红霸道地说："不行，我就要当姐！别的啥好处都落不到，这个便宜总该让给我吧。"

于哲默认了,低下头,在她额头上小心地吻了一下。若红满意了,打了一个长长的哈欠:

"好,有了这个吻,我已经很满足了。现在功德圆满,咱们真该休息了。"

两人告别,回到各自的卧室。

六、两个梦

科学助人类飞速成长,等到"他"变成强壮的成人时才意识到一个问题:他已经失去了童年和童趣,这些永远不可再得了。

第二天早上于哲醒得稍晚一些。这些年来的研究工作让他养成一个习惯:不管加班多晚,早上照样按时起床。不过昨晚他睡得太沉了——萦绕心头多年的焦虑终于解脱,那个举世难求的"样本"就睡在隔墙,他不会再担心此生一事无成了。而且那是个水晶般透明火焰般热烈的女人,今后他们一定会真诚相处,不为夫妻而成挚友,这让他心中无比放松和愉悦。

他想若红昨天很累,让她多睡一会儿吧,所以洗漱时尽量轻手轻脚。即使这样还是把那位惊醒了,在屋里急急地喊:

"小哲你来!你快来!"

于哲以为她有什么意外,赶忙推开那间屋门。若红从床上坐起来,只穿着小衣,鬓发散乱,满脸懊丧地说:

"小哲,姐昨晚做了一个噩梦——算不上噩梦,反正是不好的梦,梦中牵涉到你,还有老外公。这个梦弄得我心里腻歪透了,扫兴极了。不过人家都说梦是反的,你说是不是?"

于哲笑道:"正好我也做了一个不好的梦,也梦见你和外公。对,梦肯定是反的。"这句话是违心的,他从不相信梦示梦警这类玩意儿,所以赶紧补了一句,"至少它不代表真实。"

"这个梦我憋不住想讲给你,可我们那儿有个风俗,早上不能说梦,讲了一天不幸。你信不信这个茬?"

"我不信。不过你也不必急,咱们洗漱后去吃早饭,吃完早饭就是'上午'不是'早上'了,那时再讲就不犯忌了,对不对?"

半个小时后两人已经在回程中,今天是于哲开车,他笑着说:

"嗯,开着这辆大奔确实比我的富康趁手多了。若红姐,"这是他第一次喊姐,他决定满足若红这个小小的愿望。"现在你可以讲那个梦啦。"

若红的梦:

小哲,这个梦真的叫人腻歪。梦里已经是几十年后了,你的研究已经成功,能让每一个小崽囡生下来就会算算术。奇怪的是那时咱俩都没变老,还是今天的模样。可那时我变卦了,不想当你的姐了,还是要当你的女人,就逼你同我结婚。你不答应,你不答应我更不答应。你没办法,就出了个损招。啥损招?你不是能修改本能吗?你偷偷对我做了个手术,在我的 DNA 里一鼓捣,我立马就不爱你了,不但不爱你,也不爱任何男人,就是说我从此再没有女人的本能了。虽然我已经压根儿不爱你了,但心里仍憋屈,知道上了你的当,就找你外公哭诉。外公陪着我叹气,说:"我也没办法呀,说起来恰恰是咱俩帮他修行到这一步,现在他已经是上帝了,是老天爷了,法力无边,随心所欲,谁能管得住他?"后来我就醒了,醒来脸上还有泪。

小哲,梦是反的,绝对是反的,你咋能是梦里那种损人,我也不会反悔变卦的。所以姐讲了这个梦你也别往心里去,不讲,憋我心里是个疙瘩,说出来心里就畅快了。咱们就可以把它忘了。

于哲的梦:

若红姐,我那个梦也让人心里不畅快。梦中也是几十年后了,我编制的"数学本能程序"已经升级到第 13 代,能让每个人生而懂得布尔代数和偏微分方程。可是那天联合国命令我立马赶去听受训示,我忐忑不安地跑去,你知道是谁接见我?是老外公。他非常冷淡,很生气地通知我:"你研制的所有高级版本必须立即销毁,只保留最低级的那一版,就是能让婴儿会 100 以内加减法的那版程序。"他说,"就这还是我尽力为你争取到的。"我吃惊地问他为啥？外公说：

"你太孤陋寡闻，竟然不知道这套技术带来的副作用？你在人类 DNA 中塞的东西太多，让孩子们失去了最宝贵的一种本能——游戏。"

说到游戏本能，恐怕得给你讲一点背景知识，不然你不会理解我的梦。地球上所有低等动物都不会游戏，游戏是高等动物主要是哺乳动物特有的本能。为什么？因为哺乳动物为了生存所必需的全套本能太复杂，难以在 DNA 中完整表达，所以作为折中办法，就发展出了特有的游戏本能，让幼崽在成长过程中，用游戏来完善它们从 DNA 中所得到的、初级的捕猎和逃避技巧。人类幼儿的游戏本能比兽类更为重要，因为它关乎着幼儿其后的学习能力。儿童在游戏中的表现总是高于他在日常生活中的表现，比如，两三岁的幼儿不能够摆脱视觉的束缚，他们若打算坐到椅子上，总是先面对椅子爬上去，绝不会像成人一样背对椅子坐下。但同一个幼儿在游戏中却能轻易摆脱这种束缚，他用一根冰棍当"注射器"或用一根竹竿当马骑时，其想象就超越了眼前的知觉情境而受脑中表象的支配，而这正是日后创造力的基础。

我知道老外公说得有理，但也不甘心放弃我的一生心血。老外公就拨开云彩，指着下边说："看看吧，你自己看吧！"透过云眼，我一眼就看见了你的儿子，正和 120 个学生挤在一间教室里，挤得只能左手背到身后，用一只手在纸上演算艰深的数学题。这些娃娃的眼神都呆呆的，下课也不会玩了，木桩子似的呆立在院里。老外公痛心疾首地说：

"那不是学校，是养鸡场的鸡笼，是监狱！说来怪我啊，我把你从那儿救出来，又把你儿子弄进去了。"

我心里不好受，不过还纠正说："那是何若红的儿子，你知道我的孩子是女儿。"老外公却一口咬定："就是你的儿子！我说是你儿子就是你儿子！"他这么一坚持，我恍惚中觉得那真是我儿子了。不管是不是我儿子，反正心里憋得难受，就醒了。

若红姐，我从不相信梦兆，但这个梦憋在我心里也是个疙瘩，说出来就畅快了。我当然不会因为这个怪梦就放弃我的研究，不过我今后会更谨慎一些，当我埋头前进时，我会时时回头看看后边。

说完两个梦，汽车已经开到研究所门口了。若红下来，没有立即进门，端详着门口的招牌，发愣。昨天她已经做出了人生的大决定，不会再变了，不过今天仍然有点临事而惧。不管怎么说，这会儿一脚踏进去，她的一生就要大变了。于哲在喜悦中有点粗心，没能体会到若红姐此时的隐秘心理，迫不及待地说：

"若红姐，咱们进去吧。我想今天就开始工作，你看行不？我打算第一步对你进行脑结构三维扫描，对你的 DNA 进行识读，以便找出你的数学能力究竟源于哪处变异。也要在你心算时进行脑血流动态监测，看它是在哪片脑区域中进行。"他叹口气，"这是一项异常艰难的工作，必须抓紧每一分每一秒，但愿在你我的有生之年能够有个初步结果。"

若红狠狠心说："好，姐答应你就不会反悔，这儿就是地狱入口我也要进去。我这百八十斤就交给我兄弟了，是锯是割是烧是烤都随你了。"

于哲笑着说："言重了言重了，我说的那些测试都不超出医学手段的范围，是很安全的。你是否还为那两个噩梦不安？别担心，我在梦中的忧思只是哲理层面上的，与咱们要进行的测试无关。你是我姐呀，若是让你受到什么伤害，老天爷也不饶我。进去吧，跟我来吧。"

他挽上若红姐的胳膊，走进大门。

数学的诅咒

到今年的 11 月 24 日，我的曾爷爷就满 100 岁了。他曾是一个著名的科幻作家，中国科幻史上记着：世纪之交的著名科幻作家何慈康先生……不过所有论及他的文章都是使用过去时，没人提到他还健在。甚至有一篇文章是这样介绍他的：何慈康，生于 1964 年，卒年不详。我看到这段文字时禁不住骂了一声，这个作者太"妈妈的"了，信息时代查一个人的生卒日期很容易，他竟然如此不负责任！对于健在的曾爷爷，这几乎是一种诅咒啦。

不过，不管外人怎么说，曾爷爷还活着。他的儿子也就是我爷爷已经去世，他的孙子也就是我爸爸成了缠绵病榻的老病号，可曾爷爷还活着。他已经不能行走，终日坐着轮椅，但思维还算清晰，每天要认真观看电视上的新闻报道，有些重大事件，还让机器人管家读报给他听。当然偶尔也犯糊涂，做一些可笑的事。比如，刚刚吃过午饭，他又吩咐机器人管家为他准备午饭，管家当然要拒绝，作为机器人，他的执拗堪与老人媲美，于是曾爷爷气冲冲地把官司打到我这儿来。我告诉他，确实我们刚刚吃过，妻子阿梅也做旁证，而曾爷爷仍用疑虑的目光盯着我们。事情的解决常常是因为斗斗过来参与了。斗斗不耐烦地喊：

"老爷爷你又糊涂啦！咱们刚刚吃过午饭，你吃了一大碗煮饼呢。"

曾爷爷总是比较相信玄孙的话，喃喃自语着转回他的卧室："我真的吃过啦？可不能漏了午饭，我还要活到 100 岁呢。"

阿梅常说：曾爷爷是为了某个目的而存活的。这话不假，从他的喃喃自语中我们得知，他要活到 100 岁，是为了验证某个东西。至于是什么，我不得而知。可能爷爷知道，但他去世比较突然，没有留下什么遗言。我问过爸爸，爸爸什么也不清楚。也许根本就没有什么可验证的东西？人老了，脑子里会产生谵妄的念头，曾爷爷已分不清现实和虚幻的界限了。

曾爷爷的百岁诞辰越来越近，我们能触摸到他的紧张和亢奋。他看到希望在即，又怕在胜利来临前突然出现意外。他不再出门，总是目光灼热地盯着日历。他的紧张感染了全家人，那些天我和阿梅做事都小心翼翼，生怕触犯他的什么忌讳。只有斗斗没有忌讳，他从幼儿园回来仍会大声大气地批评"老爷爷又犯糊涂啦"，或者"老爷爷又睡懒觉啦"，而老人对他的任何话语都是宽容的。

百岁诞辰终于到了，没有什么祝寿活动。曾爷爷的同代人甚至下代人大都已经作古，他已是被社会遗忘的人。爸爸因病也不能来，我和阿梅为曾爷爷准备了一个盛大的家宴，但曾爷爷的目光显然不在宴会上。生日那天早上，他早早把我喊到他的卧室——我立即触摸到他的轻松和亢奋，这种气氛像花香一样弥漫于四周。他声音抖颤地说：

"小戈，我赢了，我活到了满100岁，什么都没发生！我赢啦！"

这一刻我意识到，阿梅过去的猜测是对的，曾爷爷顽强地坚持到100岁，确实有他的目标，有某种信念。他兴奋地盼咐我快吃早饭，饭后陪他到墓地，他要找一个死去的朋友"说道说道"。阿梅这时进来了，我们迟疑地互相看一眼。现在已是深秋，今天又是阴天，外面很凉，把一个风前残烛的老人领到野外……老爷子此刻的思维十分锐敏，立即悟到我们的反对，用手拍着轮椅的扶手生气地说：

"你们想拦我是不是？糊涂！也不想想我为啥活到今天？就是为了他！别说了，快去准备！"

我们叹息一声，只好去备车。

我开出家里的残疾人专用车，机器人管家把轮椅连同曾爷爷推进车里，阿梅按老人的盼咐把一瓶茅台和两个杯子送到车上，用毛毯细心地裹好老人的下身。我驾车向双石公墓驶去。今天不是节令，公墓中寂无一人，瑟瑟秋风吹动着墓碑上的纸花和空地上的荒草，墓碑安静地纵横成列，铅灰色的阴云笼罩着地平线。按照老人急切的指点,我来到一座墓前。从墓碑上镌刻的照片看,死者是位年轻人,面庞瘦削,目光幽深,藏着一汪忧伤。正面碑文是:爱子林松之墓,1980—2008年。背面碑文是:他是一个没来得及成功的数学家,他为自己的信仰而死。

碑是他的父母立的,是白发人送黑发人。虽已时隔60年,我仍能触摸到他父母无言的哀伤。

曾爷爷让我把轮椅推到墓前,让我把两个杯子斟满。他把一杯酒慢慢浇到墓前,另一杯一饮而尽,大声说:

"林松,我的小兄弟,我的老朋友,我赢了啊,哈哈!我早知道我赢了,可我一直熬到满60年才来。60年,一天都不少。你输了,你还不服气吗?"

他的声音像年轻人一样响亮,两眼炯炯有神。他一杯一杯地喝着酒,一杯一杯地浇着酒,一瓶酒很快见底。这时悲痛悄悄向他袭来,他的声音嘶哑了,低声埋怨着:"你不该去死,你应该听我的劝啊,你这个执拗的家伙!"我紧张地立在他身后,后悔没让阿梅同来。对于一个风前残烛的百岁老人,这种激动可不是什么好事。我甚至想,也许这是回光返照,是灯苗熄灭前的最后一次闪烁。不过我没法劝他,我知道劝不动他。他为这一天苦熬了60年,在他看来,胜利后的死亡肯定是最不值得操心的事。

他累了,闭着眼安静地坐着,两只手放在膝盖上。那双手干枯松弛,长满了老人斑,他的锁骨深陷,喉结十分凸出。我看着他的衰老,不由一阵心酸。很久他才睁开眼,说:"好了,我的心愿已了,可以走了。小戈,我知道你心里纳闷,想知道这桩秘密。我今天全部告诉你。"

我柔声说:"曾爷爷,我当然想知道这个秘密,我也要为你的胜利欢呼呢。不过你今天太累了,以后再说吧。咱们先回家,以后再讲吧。"

老人说:"不,我现在就要讲。我身上抱着的那股劲儿已经散啦,不定哪会儿我就闭眼,我要在死前把这件事告诉你。"

曾爷爷转回头低声说:"林松,我要走了,不一定还能再来见你,咱俩道个永别吧。不,不对,咱们快见面了,应该说再见才对呀。"他大概觉得这个想法很有趣,脸上掠过一波明亮的笑容。我在他身后听着,虽然心中凄然,也禁不住绽出微笑。

我们回到车上,离开公墓。在返回途中,在他的卧室里,他断断续续讲了很多。他的叙述跳跃性很大,时有重复或疏离。不过我总算把他的意思串下来了。下面讲的就是我拼复后的故事。

60年前,我在南洋师大教书,业余时间写点科幻小说。不是作为职业或副业,纯粹是一种自娱。我天生是敏感血质,对自然界的奥秘有超乎常人的感受。在我看来,思考宇宙到底是由几维组成,要比炒股赚钱有趣得多。

林松是我的年轻同事,教数学的,教龄不长,工作也不算突出。不过私下里我对他评价甚高,我想他很快就会成为杰出的数学物理学家,因为他有费米的天才和陈景润的执着。那时他一直在研究群论,准确点说,是用群论来诠释宇宙的结构。群论是一种研究"次序"的高等乘法,在19世纪已经奠定基础,那时它没有任何实用价值,是纯粹的智力自娱。但20世纪物理学家们发现,它描述了,或者不如说是限制了自然的某些运行方式。物理中的弦论认为,宇宙的终极设计很可能是建立在10维空间的旋转群SU(10)上,它可以用一个公式来简单表示,即:

$$10 \otimes 10 = 1 \oplus 45 \oplus 54$$

也就是说,10维空间交合后可能由1、45、54这三个群组成。其中群的划分由群论给出限定,不是任意的,比如说,不可能存在2、43、55这种划分。一种19世纪产生的纯粹抽象的数学,竟然限制了宇宙的基本结构,难怪数学家们自傲地称:数学是超乎宇宙而存在的,是神授的、先验的真理。

不过我不想在群论上多费口舌,它与以后的故事也没有什么联系,把它撇开吧。

我和林松的交往很淡,所谓君子之交淡如水,但我们都把对方引为知己。我们都是超越世俗的,是心灵的跋涉者,在水泥楼房的丛林中敏锐地嗅到了同类。使我内疚的是,正是我的友谊促成了他的过早去世。

转生的巨人

顺便说一点，林松那时还没有结婚，并且终生也没有结婚。他孤独地走完了自己的人生之路。

那天我到他家，他正在电脑前忙活，屏幕上尽是奇形怪状的公式。屋内空旷疏朗，没什么摆设，也有点凌乱。看见我进来，他点点头，算做招呼，又回头沉浸在研究之中。我早已习惯了他的待客方式，也知道在他工作时尽可进行谈话，他是能够一心两用的。我说："我要你帮我做一件事，给我推出一个公式。"

他没有回头，简短地说："说吧。"

"这件事可不是一两句话能说清的，估计得半个小时。"

"说。"

我告诉他，我这些年在探讨"科学进步"和"科学灾难"的关系，积累了很多资料，已经得出几条结论。我认为，科学在促进人类进步的同时，也必然降低灾难发生的门槛，加大灾难的强度。比如：人类开始种植业的同时就放大了虫害，开始群居生活的同时就放大了灾疫，医学的进步降低了自身免疫力，工业的发展加大了污染，等等。这些进步和灾难由于内在的机理而互为依存，不可分割。无论什么时候，无论科学发展到多么高的水平，都不要奢望会出现干净的、不带副作用的科学进步。我的观点可以用三句话来概括：一、随着科学技术的发展，灾难的绝对值必然越来越大；二、正负相抵的结果应该是正数，也就是说，进步应该是主流，至少到目前为止这一点是正确的；三、进步和灾难的量值之间有一个相对确定的比值，不妨命名为何慈康系数。

我交给他一张图，横轴是时间轴，纵轴是进步或灾难的量化指标。区域内有两条剧烈震荡的曲线，下面一条是灾难线，上面一条是进步线，总趋势一直向右上方伸展。两者永远不会相交。两条曲线上对应点纵坐标的比值就是我所说的何慈康系数，它大致在 0.62 到 0.78 之间。

我对林松说："这两条曲线从宏观上看很简单，但微观变化十分复杂。进步和灾难之间的相互作用有正反馈、负反馈、深埋效应、爆发效应、滞后效应、群聚效应等。我这儿有详细的资料，是我十年来积累的，希望你根据这些资料凑出数学表达式。"

林松这会儿才扭过头，说："可以。大概要七天时间，七天后你再来。"

我知道再对林松说什么都是多余的，但忍不住又说两句。我说："你当然知道，我希望得到的不是一个经验公式，而是能反映事物深层机理的精确公式，能用它来预言今后的趋势，比如说，预言十年后第一季度何慈康系数的精确值。"

林松看看我，简短地说："我知道。七天后来。"

我回去开始耐心地等待。我相信林松的才华和直觉，相信他能成功。各种科学公式无非由两种方法取得：分析法和综合法。分析法是深入研究某个事物的机理，然后根据已知的机理演绎出数学公式。综合法是根据大量的统计数字，试凑出经验公式，它只能对事物的规律做近似表达。但对于那些有惊人直觉的大师们来说，他们凑出的经验公式常常恰好表达了事物的内在动因，因而上升到精确公式，开普勒的三定律就是典型的例子。

我希望林松得到的就是这样的公式，使我能够预言任一时间段的何慈康系数的精确值，我相信这对人类发展的宏观控制大有裨益。

七天后他把我叫去，说已经找到那个公式。他在电脑上打给我，公式中尽是奇形怪状的数学符号，我如看天书。林松简捷地告诉我，推导中利用了一些群论知识和一些碎形几何的知识，还有其他一些高深的数学。他说："你不用了解这些，你只用学会代入计算就行了。你看，我根据这个公式做出的曲线，几乎与你的原曲线完全吻合，除了极个别的点，但那些点肯定是坏值，是你因为疏忽而得出的错误数据。这个公式很'美'，一种简谐的美，所以，我的直觉告诉我，这就是你所要求的精确公式。"

我比较了理论曲线和我的统计曲线，除了个别坏点，两者真的完全吻合。对于公式的"简谐的美"，我缺乏他的鉴赏力，但我相信他的直觉。我说："我很满意，现在，能否用这个公式来预言，比如60年后即2068年的何慈康系数？"

这个"60年"是我随口说出的，我绝对想不到它恰好对应着这条曲线上的拐点，并引发此后的风风雨雨。林松说："噢，这个公式刚刚得出来，我还没有做这样的计算。不过很容易，把数据输进去，半个小时就能得出结果。"他啪啪地把必要的参数输入电脑，电脑屏幕上开始滚动繁复的数据流。

在等待结果的空当，我们交谈了几句世俗的话题。我看看屋内凌乱的摆设，说："你该找个爱人啦。"他说："你说的对，我并不是独身主义者，但很难找到一个耐得住寂寞的女人。"我叹息一声："没错，做你的妻子是很困难的职业。你应该学会扮演两种身份：理性人和世俗人，学会在两种身份中自由转换。"他说："你说得对，但我恐怕做不到，我没有时间可以浪费。"

屏幕停止滚动，打出后60年的曲线。林松回头扫一眼，脸色立即变了。因为在横坐标为2068年的那处，灾难线有一个很陡的拐点，然后曲线陡直上升，超过进步线。也就是说，在这一点的何慈康系数不再是0.62到0.78之间的一个小数，而是一个天文数字，趋近于正无限。我笑着说："哈，你的公式肯定有毛病，绝不会出现这个峰值的，果真如此，人类社会就会在一夜之间崩溃啦。"

林松皱着眉头看着公式，低声说："我验算一下，你等我通知。"

我回到家，心想他的验算肯定耗时很久。因为从曲线趋势看来，错误不是小错，而是根本性的。据我的统计，何慈康系数若小于0.65，社会就呈良性发展；大于0.7，社会的发展就会处于困境；若大于0.75，社会就会倒退恶化乃至逐渐崩溃。何慈康系数绝不会大于1，何况是他得出的天文数字！那将意味着：核大战、人类医疗体系崩溃、道德体系坍塌、超级病毒肆虐，甚至大陆块塌陷、月地相撞……在同一个时刻叠加。这当然是不可能的，即使一个智力平庸者也会断定其不可能。我唯一不解的是，以林松的智力，怎么会出现这样的低级错误。还有，如果它是根本性的错误，为什么与2008年前的曲线却那么符合？

第二天凌晨四点钟电话就来了。他的声音嘶哑低沉："来吧，我已经有确定的结果了。"

我匆匆起床，赶到他那儿。屏幕上仍是那个陡直上升的曲线，就像一把寒光闪闪的倚天魔剑。他脸色苍白，眼窝深陷，身上散发着一种不可言传的但又分明存在的不祥气息。他极为简短地说：

"已验算过，没有错误。"

然后他便不再说话。

我暗暗摇头，开口说："你……"我想说"你是否再验算一下？"，但把这句话咽回去了。对于他的为人和性格，这句话不啻是侮辱，他绝不会再把一个有错误的公式摆出来让我看的。但我仍然断定他错了。我并不轻信"人类社会的发展永远向上"这种武断的盲目乐观，但至少说，在人类走下坡路前会有明显的征兆，而且绝不是在60年之后，也许6000万年后再来考虑这个问题也不算太晚。我钦服林松的学术功力，但天才们也会犯低级错误。牛顿在给家里的猫、狗做门时曾做了一大一小两个，他忘了猫也能从大洞里进出；费米曾用传热学公式算出来，窗户上根本不用做棉帘子，因为它的隔热效果非常有限。多亏妻子没听他的话，最后发现是他看错了一位小数点……我收住思绪，考虑如何尽量委婉地指出他的错误。我笑着说：

"历史上曾有一位天文学家，计算出一颗小行星马上要与地球相撞，他不愿看到人类的灾难，当晚就自杀了，后来才……"

林松口气硬硬地说："那是他算错了。"

他的言外之意是很清楚的，那就是："我没算错。"我打着哈哈："恐怕你也有错误吧。60年！这么短的时间……"

"是60年，至迟在2068年11月24日灾难就会大爆发。"

"那正好是我100岁的生日！"我叫道，"当然，我不会活到100岁，但你应该能活到那个岁数。"

"我不想看到那一天。"

我打了一个寒战，他的话里分明有冰冷的决心。我暗地里骂自己，还扯什么自杀的天文学家哟，实在是蠢极了，我不提这个由头，他已经有自杀的打算了！这不是开玩笑，因为我知道他对数学的信仰是多么坚定。我记得，他曾给我儿子讲解过圆锥曲线。他说，圆锥曲线是一千八百年前一个数学家心智的产物。他拿一个平面去截圆锥曲面，随着截取角度的不同，能得出圆、椭圆和抛物线。后来天文学家发现，这一组曲线正好对应着行星彗星绕恒星运行的轨迹，随着引力和运行速度的比值变化，它们分别呈圆、椭圆和抛物线运动。这些事实每一个中学生都知道，但你是否想过，为什么恰恰一组圆锥曲线与行星运行方式一一对应？比如说，为什么行星不按立方抛物线运行？是什么内在机理使"截取角度"和"引力与速度比值"这两组风马牛不相及的参数建立了联系？一定有某种机理，只是至今它还深深潜在水面之下。不妨再引申一点吧。圆锥曲线还有一个特例，当截取角度与圆锥中心线平行时，得到的是从一点出发的两条射线。至今还没有发现哪种星体的运动轨迹与此相符，但我敢预言，一定有，由于那个内在的机理，将来一定会发现这种特例。数学是先验的永恒真理，是大自然的指纹，物理学家只能做数学家的仆从……

那时儿子听得很入迷，我也听得津津有味。我不一定同意他的观点，但我佩服他对数学近乎狂热的信仰，佩服他在数学上的"王霸之气"。不过，这会儿我开始担心他的狂热了。因为他理所当然地认为，今天这个公式同样是先验的真理，社会崩溃一定会"按时"出现，不管从直观上看是如何不可能。他不愿活着看到人类的浩劫……我沉下脸，直截了当地说：

"听着，我要告诉你。我一向信服你，但这一回你肯定错了。你的公式……"

"我的公式没错。"

我恼了："你的公式要是没错，那就是数学本身错了！"这句话说得过重，但既然说出口，我干脆对它做了个延伸发言，"我们曾认为数学是上帝的律条，但是不对！数学从来不是绝对严密的逻辑结构，它要依赖于某些不能被证明的公理，它的发展常常造成一些逻辑裂缝。某个数学体系内可以是逻辑自洽的，但各个数学体系的接缝处如何衔接，则要依靠人的直觉。著名数学家克莱因曾写过一本《数学：确定性的丧失》，建议你看看这本书。就咱们的问题而言，你的公式肯定不如我的直觉。你……"

林松不客气地打断我的话："我想你该离开了，我想再来一次验算。"

那些天我一直心神不宁，我不愿看着林松因为一个肯定错误的数学公式枉送性命。晚上我总是到他家，想对他有所影响，但我总是无言地看他在电脑前验算，到深夜我再离开。我知道，对于林松这种性格的人，除非是特别强有力的理由，不然他是不会改变观点的，但我提不出什么强有力的理由。林松已完全停止原先对群论的研究，反复验算那个公式。从这点上，也能看出这个公式在他心目中的分量。他的表情很沉静，不焦不躁，不愠不怒。越是这样，我越是对他"冰冷的决心"心怀畏惧。

我已对人类发展有十几年的研究，自信对人类社会的大势可以给出清晰的鸟瞰，不过在此刻我仍愿意多听听别人的意见。我走访了很多专家：数学家，未来学家，物理学家，数学物理学家，生物学家，当然也少不了社会学家。所有人都对"60年后人类社会就会崩溃"这种前景哈哈大笑，认为是天方夜谭。只有一位生物社会学家的观点与之稍有接近。他说：地球上已发生无数次的生物灭绝，科学家们设想了很多原因，其中之一是该物种的生态动力学崩溃。生物的进化也包括社会的进化都是高度组织化、有序化的过程，它与宇宙中最强大的机理——熵增定理背道而驰，因而是本质不稳定的。这就像是堆积木，堆得越高越不稳定，越过某个临界点必然会哗然崩溃。生物包括人类都属于大自然，当然不能违背这个基本规律。

他的解说让我心中沉甸甸的，但他又笑着说："不过，这当然是遥远的前景，可能是1亿年后，可能是10亿年后。至少现在看不到任何这类迹象，要知道，积木塔倒塌前也会摇晃几下，也有相应的征兆啊！"他哈哈笑着，"告诉你那位朋友，最好来我这儿进行心理治疗，我不收费。"

他们都把林松自杀的决心看作一出闹剧，而我则惊恐地听着定时炸弹的嚓嚓声在日益临近。七天之后，林松对我平静地说：他又进行了最严格的验算，那个公式包括60年后的崩溃都是正确的。我哈哈大笑，但愿他没听出笑声中的勉强，我说，"那好吧，咱们打个世纪之赌，你我都要活到那一天——对我来说很难，要活到100岁呢，但我还是要尽力做到——咱们看看谁的观点正确。说吧，定什么样的赌注？我愿意来个倾家之赌，我是必胜无疑的……"

林松微笑道："时间不早了，再见。"

第二天林松向学校请了长假，驾车到国内几个风景区游玩。临走前告诉我，他不再想那件事了，有关的资料已经全部从电脑中删除。我想，也许走这一趟他的心结会有所释放。但我错了，一个月后传来他的噩耗，是一次交通事故。交通管理部门说，那天下着小雨，刚湿了一层地皮，是路面最滑的时候。他驾车失控，撞到一棵大树上。不过我想，这不是他真正的死因。

曾爷爷的叙述远没有这样连贯，他讲述中经常有长时间的停顿，有时会再三重复已讲过的事。而且越到后来，他的话头越凌乱，我努力集中精神，才能从一团乱麻中抽出条理。他累了，胸脯起伏着，眯着眼睛。阿梅儿次进来，用眼色示意我：该让老爷子休息了。我也用眼色示意她别来干扰。不把这件事说完，老爷子是不会中断的。

曾爷爷说，"林松死了，剩下我一人守候着这场世纪之赌的结局。我当然会赢，只要神经正常的人都确信这一点。但有时候，夜半醒来，也会突然袭来一阵慌乱。林松说的会不会应验？他是那么自信，他说数学是上帝的律条，大自然的指纹，数学的诅咒是不可禳解的宿命……直到我活到百岁诞辰，我才敢确切地说：我赢了。"

曾爷爷总算讲完了，喃喃地说："我赢了，我赢了啊。"我适时地站起来说："曾爷爷，你赢了，这真是一件值得庆贺的事。现在你要好好休息一下，晚上还有一个盛大的寿宴呢。我在寿宴上再为你祝贺。"

我扶他睡好，轻轻走出去。阿梅对我直摇头，说老人家的心思可真怪。他真是为了那个世纪之赌才强撑到 100 岁？还有那个林松，真是为一个公式去自杀？都是些不可理喻的怪人。我没有附和她，我已经被曾爷爷的话感染了，心头有一根大弦在缓缓起伏。

宴席备好了，我让机器人管家服侍老人起床。管家少顷回来，以机器人的死板声调说，何慈康先生不愿睡醒。斗斗立即跳起来，说："老懒虫，我去收拾他，老爷爷最怕我。"他嚷着蹦跳着去了，但我心中突然咯噔一下：管家说的是"不愿睡醒",而不是"不愿起床",这两种用词是有区别的,而机器人用词一向很准确。我追着儿子去了,听见他在喊"老懒虫起床",他的语调中渐渐带着焦灼,带着哭腔。我走进屋,见儿子正在摇晃老人,而曾爷爷双眼紧闭,脸上凝固着轻松的笑意。

曾爷爷死了,生活很快恢复平静。他毕竟已经是百岁老人,算是喜丧了。斗斗还没有适应老爷爷的突然离去,有时追着我和阿梅问:"人死了,到底是到什么地方去了,还会不会回来……"不过他很快就会把死者淡忘的。

只有我不能把这件事丢下。曾爷爷的讲述敲响了我心里一根大弦,它一直在缓缓波动,不会静止。我到网上去查,没找到有关那个公式的任何资料,那个水花已经完全消失在时间之河里。在造物主眼里,什么惊心动魄的事件都可一笑弃之,但我不死心。我忆起曾爷爷说他咨询过某位数学家,那么,他该是带着公式去的吧,应该把它拷进笔记本电脑了吧。我在阁楼找到曾爷爷的笔记本电脑,是2006年的老式样,盖板上落满浮尘。在打开电脑时免不了心中忐忑,60多年了,电脑很可能已经报废,那么这个秘密将永远失落在芯片迷宫中。这个公式直接连着两个人的生生死死,千万不要被湮没啊。还好,电脑顺利启动,我没费什么力气就找到那个怪异的公式。我看不懂,不过不要紧,总有人懂得它吧。

我辗转托人,找到一位年轻的数学才俊。那是个眼高于顶的家伙,听我说话时总是带着居高临下的哂笑,似乎我是不该闯入数学宫殿的乞丐。但在我讲完两个人的生生死死之后,这家伙确实受了感动。他慨然说:

"行,我帮你看看这个玩意儿,三天后,不,一个星期后你来。"

但实际上是整整一个月后他才得出明确的结果。他困惑地说:"这个公式确实没有任何错误,它与这些年的统计资料包括林松死后这60年非常吻合。但奇怪的是,只要从任一点出发向后推算,那么一段时间后灾难曲线必然出现陡升。这段时间近似于定值,在60~65年这么一个很窄的区间内波动。似乎公式中的自变量已被消去,变成一个近常值函数,但公式又是绝对不可化简的。也许能用这句话来比喻:这个公式是宇称不守恒的,自后向前的计算是正常的，符合统计数据和人的直观；但自某点向后的计算则会在 60 年后出现陡升，完全不合情理。两个方向的计算很奇怪地不重合，就像不可重返的时间之箭。"

"我没能弄懂它，"他羞恼地说，"它的深处一定藏着什么东西，今天的数学家还不能理解。也许上帝是透过它来向我们警示什么。"这家伙最后阴郁地说。

我把曾爷爷的墓立在林松的墓旁边，我想，在这个寂静的公墓里，在野花绿草覆盖的地下，他们两人会继续探讨那个怪异的公式，继续他们的赌赛，直到地老天荒吧。

我把两张曲线图分别刻在两人的墓碑上。曾爷爷的图里，"进步"和"灾难"互相呼应着向右上方伸展，但灾难永远低于进步。我想，这足以代表曾爷爷的天才，他以极简单的曲线精确描述了人类社会发展的大势，以自己的直观胜过数学家的严密推理。林松的图里，"灾难"从某一处开始，像眼镜蛇似的突然昂起脑袋。我想，这也足以代表林松的才华。他以这个怪异的公式给我们以宗教般的隐喻："人类啊，谨慎吧，泼天的灾难正在'明天'，或'明天的明天'等着你们哩。"

曾爷爷赢了，但林松也没输，在不同的层面上，他们都是胜者。

曾爷爷提出的"何慈康系数"已被经济学家、未来学家所接受，他们正热烈讨论，如何在允许范围内尽力降低该系数的值，就像工程师在热力学定律的范围内尽力提高热机的效率那样。

夏天的焦虑

晚上 10 点 20 分，王昊天离开他的高三强化班教室，回家。这是个黑色的充满焦虑的夏天，哪个高中学生不得经过这一劫呢。早上 5 点起床，晚上 11 点睡觉，高强度的学习使他们蜕化成纯粹的学习机器，就像昆虫的一生中要分化出吃食机器（幼虫阶段）和繁殖机器（成虫阶段）一样。

他与同学分手，走过僻静的街道，清冷的月光伴着昏黄的路灯。过一座小桥，左转，一个很陡的下坡，然后是梧桐树掩映的沿河小路。从高二起，妈妈就提前退休，在学校附近租了房屋专门照顾他。好多同学的家长也都是这样。因为——中国孩子的高考竞争太残酷了，大人只能尽量为他们遮蔽一点风雨，爸爸这样说。房屋紧靠护城河，大树遮得屋里阴暗潮湿。这儿是城市的死角，疏于治理，城河护坡石的缝隙中，杂树已长到碗口粗细。河水很浅，河道里铺满旺盛的水草。死水滋养出数量庞大的蚊子群，每夜都在纱窗外不知疲倦地轰炸着。这会儿就有蚊群在他面前飞撞，他挥手赶走它们，掏出钥匙开院门。

一个小红点忽然越过夜空，轻捷地跳到门扇上。他回过头，见一线红光从河对岸的一幢楼房里射出来，是激光微型电筒。这些天，街上的小屁孩几乎人手一只，欢闹着，用细细的红线追逐行人，切割夜空。小红点轻柔地跳荡着，从门扇上跳到他胸前，停留在那里，轻轻晃动。王昊天忽然童心大发，迈几步来到河边，把自己完全暴露在"枪口"下。那个小屁孩肯定胆怯了，立即熄灭激光，藏到黑暗里。王昊天笑了，回身打开院门。

屋里泻出雪亮的灯光，从纱门里飘出蚊香和馄饨的香味。妈妈说："昊昊回来了？"又听见爸爸说："昊昊回来了？"爸爸趿着拖鞋走出来，电脑屏幕在他身后发着微光。爸爸今年也提前退休了，在家照顾患老年痴呆症的 92 岁的爷爷,同时写他的科幻小说。爸爸生活得蛮辛苦的,常常这边灵感刚刚迸发,那边老爷子就拉了一床。爸爸曾笑着说:"不行,写不好了,写不好了,你爷爷害得我的文章都带着屎臭味。"

爸爸一般是住在爷爷家,昊天知道爸爸今天为什么要来——明天是"二摸",二摸就是高考前第二次摸底考试。有时昊天想,不知道未来的人类,比如28世纪的人类,还能不能理解这个高度简化的专有名词。爸爸不放心,要来为儿子壮胆。爸爸说话很有技巧,他从不提"考试"这两个字,怕加重儿子的心理负担,总是绕着圈子给儿子打气。不过,王昊天早就看透大人的这点心机,所以,当爸爸谨慎地绕着这个黑洞跳舞时,只能让昊天更紧张。

不过他不忍心对爸爸说破。

他匆匆吃完夜宵,简短地回答了爸爸的问话,然后推开饭碗说:"我要玩游戏去了。"妈妈说,"今天别玩了,明天要考……"爸爸悄悄制止她,说,"去吧,玩去吧。"昊天朝爸爸感激地点点头,坐到电脑前。每晚15分钟的电子游戏是他唯一的娱乐,可以让他短暂地跳出现实,跳出焦虑,跳进光怪陆离的魔幻世界中去。

屏幕上这会儿是 Outlook 的界面,显示着一封邮件。他不经意地扫一眼。

"爸爸!爸爸!"他尖声喊。

尊敬的王先生:

　　我偶然从古文献中看到你的科幻小说,油然生出敬意。在你的同代人中,只有你和少数几位哲人能以平和达观的心态对待机器人或人工智慧的崛起。你在一篇小说中首次设计出"有生存欲望"的机器人;在另一篇小说中,冷静客观地分析了人工智慧或曰硅基智慧终将超越自然智慧的内在原因:容量无限,寿命不受限制,可以方便地联网从而消除交流瓶颈,以光速思维,基数庞大,进化迅速等。

　　可惜,你的思想被淹没在历史长河中,未能成为人类的主流意识,否则,那个悲剧就不会发生了。

王先生，往事已矣，已经塌缩的历史波函数不可能重整。但不管怎样，请接受一个后人的敬意。

A&B 莎菲

新纪元 772 年 6 月 24 日

"爸爸，这是什么？从哪儿来的？"他急迫地问着。

妈妈先走过来："昊昊，咋啦？咋啦？"爸爸慢悠悠地踱过来，似乎有点难为情："你说这封邮件？谁知道是哪个科幻迷捣的鬼，刚刚收到的。"他忍俊不禁地笑了，"不过，这是我所见到的最有创意的捣鬼，很佩服这家伙！说不定，我会拿它做下一篇小说的骨架。"

"捣鬼？可是。这封邮件的服务器是 28cn.com，从没听说过这个服务器！它怎么发过来的？它是从 28 世纪发过来的？"

"我不知道，不过我知道黑客小子们没有办不到的事。"爸爸说，"别为它伤脑筋啦，快玩吧，记住 11 点前要睡觉。"

妈妈问清是怎么回事后就回厨房了，嘟囔着："一封信也值得一惊一乍的？我当是蝎子蜇了呢。"爸爸也过去了，王昊天盯着屏幕，盯着电脑后边的电话线。电话线是他们搬来后临时架的，歪歪扭扭地贴墙而行，穿过门头，穿过墙头，爬上四楼，跨过护城河，并入城市的电话网络。网络极其复杂、庞大、深邃，它连接着全世界——焉知没有连接着过去和未来？

爸爸说这是科幻迷的恶作剧，昊天不相信。信中有一股特别的味道，一种苍凉，不是捣蛋鬼们能写出来的。他在瞬间作出决定，迅速点击界面上的"回复作者"，信件地址栏中显出来信地址：A&B-shafei@28cn.com。他把光标点在正文栏中，迅速打出：

"我爸爸说这封信是科幻迷的恶作剧，我不这么想。我相信它是从 28 世纪发来的。请回信。王昊天。"

在爸爸回到这间屋前，他迅速点击"发送与接收"，把信件发出去。爸爸进来了，看见屏幕上不是游戏画面，随口问道："你不是要打游戏吗？"他怕爸爸追问，随手关了电脑，说，"今天太晚了，不玩了，我要睡觉了。"

转生的巨人

妈妈已为他放好蚊帐。这套房子只有一间卧室，放着一大一小两张床。爸妈怕影响他休息，总是先避到外间，等他睡熟后再轻手轻脚地进来。空调机均匀地嗡嗡着，关着的门外传来爸妈极低的说话声。昊天躺在床上，想象着自己的回信化作电脉冲，沿着密密麻麻的网络坠入时间深处。他怀着莫名的紧张慢慢进入梦乡，在梦境中，始终有四个字——那封来信上的四个字在不安地跳荡：

那个悲剧。

又是在晚上10点20分离开学校。晚自习时老师仍布置了大量习题，做得他昏头昏脑。老师说，"不指望考前的一个自习能学到什么，但这有助于你们保持临战状态。"昊天和同学只能苦笑：什么时候他们不是在临战状态啊，弦都快绷断啦。

前两门考得不好，这只是他的感觉，还没有对答案。考后不对答案是昊天的惯例，也算是一种自我保护吧。如果结果是残酷的，那就让它尽量晚几天来临。他走过小桥，沿梧桐掩映的河边小路前行。取出钥匙开院门时，那个小红点又出现了，在他头边左右晃动。他很欣喜，也开始怀疑自己昨天的判断：一个小屁孩恐怕没有耐性每天熬到10点半向他打信号吧，也许是某个同学在捣鬼？可是，据他所知，对岸的住宅楼中没有自己的同学。

他照旧跨出两步，向对方挥挥手。那道红线收回了，四楼那扇窗户沉入黑暗中。

爸爸今天没来。妈妈说，爷爷又住院了。爷爷患老年痴呆症已经八年，近两年完全糊涂了，尽做一些可笑的举动。上次回爷爷家过礼拜，家人热热闹闹地聊天，爷爷忽然急巴巴地说："快穿衣服，今天去陈王庙赶庙会，快点快点，牛车已经等在门口了。"一家人都笑，爸爸拗不过他，和昊天扶他到门口，看牛车到了没有。当然没有，门外是平坦宽敞的城市马路，不是车辙深深的牛车路；黄色的出租车川流不息，牛车已经被时间之河冲走了。爷爷困惑地看了半天，难为情地为自己打圆场："我糊涂了，记错了，咱们上午刚刚坐牛车去过嘛。"

那会儿昊天心中酸酸的,也有些遐想:也许人老了就能打通时间隧道,随心所欲地飞到过去未来?

爷爷糊涂后只有三件事记得准确:孙儿的名字、生日、孙儿今年要考大学。爸妈常感叹,"都因为你是王家唯一的男孙啊。"这事让昊天心中沉甸甸的,他很感动爷爷对自己的深爱,可是——它其实是一副沉重的担子啊!

吃完夜宵,他照例打开电脑。妈妈想干涉,忍了忍没吭声。不过今天他没有玩游戏,他点击"发送与接收"。程序在进行信件检测时,他紧张地屏住呼吸。昨晚,在心血来潮中他向"未来"发了封信,今天能收到回信吗?

有!有一封回信!

昊昊:我早知道你爸不会相信我的信件,也知道你会回信的。我们在历史中注定要相遇。

A&B 莎菲

新纪元 772 年 6 月 24 日

这封信反倒让他松口气,当然也有些失望。看来爸爸的判断是对的,可以肯定,这可能是他的同学的恶作剧,28 世纪的人在古文献中怕是查不到他的小名吧,更不会对陌生人冒失地使用昵称。他笑着打了一封回信:

何时相遇?今天就想见到你。

他把信件发出去,没有料到即时收到回信:

若想见面,请打开电脑 DVD 功能。

他惊讶地盯着这行字看了很久,又偷偷看看身后。还好,妈妈没在身边,如果让妈妈发现他在做白日梦,他会难为情的。他试探着打开 DVD 功能。光驱中没有放光盘,画面当然是空的。怀着隐隐的紧张,他专注地盯着屏幕,等待着。什么也没出现。妈妈进来了，说："昊昊该睡了，明天还要考试呢。"他只好关上电脑，怏怏地回到床上。

那晚他梦见自己进入电脑屏幕，沿着错综复杂的缆线奔向时间深处。一个白衣绿裙的女孩在前边等着他，手中轻轻点动着一束红色的激光。

晚上10点20分，他离开学校走到护城河边。那个小红点还会出现吗？他盼着它出现，喜欢它的轻轻抚摸。在学校里，同学们都变成没有感情程序的机器人，一天难得说上十句话，特别是女同学，她们更用功，课间休息还要捧着书本，或趴在桌上假寐。只有吃饭时间气氛才自由一些。所以，虽然妈妈的饭菜比学校好多了，但昊天一直坚持在学校吃早饭，以便留一点与同学感情交流的机会。

小红点果然在等着他，从门扇上跳到他的胸前，轻柔地抚摸。由于昨晚的梦境，他暗暗修正了自己的判断：小红点的主人不像是男孩子，更像是一位温柔的女孩。他知道对岸的住宅中有一个女孩，年龄与他相近，爱穿白色无袖T恤，绿色短裙，皮肤很白。她总是在星期六晚饭后到楼顶玩耍一会儿，在金色的夕阳光幕中出没隐现。距离太远，看不清她的眉眼，但足以形成一个清秀的印象。她的行走很轻盈，有时隔岸把笑声洒过来。昊天觉得她是个很美好的女孩，喜欢享受她的身影和笑声。除此而外，他没有过多的想法，也从没想过到对岸去探查女孩的底细。

不过，现在他断定，这三天里手持激光电筒向他无言问好的，极有可能是那个皮肤白白的女孩。小红点还在他胸前颤动，有时向上抬高一点儿，又马上害羞地降到原处。昊天取出今天特意买的激光电筒，把一条红线射到那扇窗户上。对方似乎吓着了，红光倏然熄灭。昊天用激光的光斑点击着那扇窗户，但那边的红线再没有出现。昊天笑了，带着笑意走进屋里。

爸爸今晚仍没来。昊天问："爷爷还没有出院吗？"妈妈端着碗从厨房里出来："昊昊，这是你最爱吃的东关老店的凉皮，我特意去买的。二摸考完了，考得怎么样？考不好也别灰心，离高考还有20天呢。昊昊，明天你得耽搁一点时间回去看看爷爷。你爷爷这回不一定熬得过去了。今晚还玩电脑吗？少玩一会儿，这几天太累啦。"

妈妈去洗碗，王昊天打开电脑，上网，没有信件，更没有来自未来的信件。他不死心，怀着窘迫的期望打开 DVD，屏幕上显出：请将磁盘插入驱动器。他没有动，仍盯着屏幕深处。眼睛看花了，屏幕上的画面开始变化，闪现出屏幕保护画面。不，不是原设定的屏保画面，是一片艳绿的草地，非常鲜艳，非现实的颜色。草地中有一个很小的人儿，正在茫然四顾。他看清了，那个小人是他自己。

我跳出来——似乎是从电缆中挣脱出来，站在草地上。深深的草丛，碎碎的紫花浮在上面，很多车辆倏然来去，速度极快，在我周围交织出一团光网。它们的速度是非现实的，就像电子游戏中的情景。车辆在草尖上行驶，在它们离去之后，草尖都不弯一下。

一辆小巧玲珑的汽车突然停在我的面前，司机是个与我同龄的女孩，白色无袖 T 恤，绿色短裙，很漂亮，是那种能上杂志封面的标准的美貌。她向我打招呼：

"喂，21 世纪的麻瓜，请上车吧。"

麻瓜？这个词很熟，但我一时记不起它的含意。我迟迟疑疑地跨上车。这辆汽车小得像甲壳虫，但座位足以容纳两人。我问："你就是 A&B 莎菲？是你给我回的信？"

"是我。是我设法把你——你的思维——从 21 世纪拉出来，进入 28 世纪。现在，随我去看看这个世界吧。"

汽车从草尖上滑过，周围出现很多建筑，都是非现实的风格。有的建筑像牵牛花的须，螺旋状弯曲着，一直伸向蓝天；有的像龟壳，有的像睡莲，在蓝天下闪烁着金龟子和珍珠贝的光泽。汽车猛然拉起来，穿过云层，直插蓝天，云眼中露出无垠的海面，浮着一个个精致的人工城市。其中几个比较别致，是半球形的透明建筑，通体射出粉红柔和的光芒，就像庞大的神鸟蛋。我贪婪地看着这一切，莎菲则半侧着身子，似笑非笑地看着我，汽车正以令人目眩的速度上天入地，她似乎一点不怕与别的车相撞。当我把目光从远处收到她身上时，她说：

"喂，麻瓜，我知道你一定会有很多问题，尽管问吧。"

我不假思索地问了第一个问题："你在邮件中唤的是我的小名，你怎么知道的？"

她的脸微微红了，蛮横地说："我当然知道，我不知道谁知道？不过，这会儿我本来不该知道，那应该是10年以后的事。"她摇摇头，"不给你解释了，你的麻瓜脑袋很难理解。"

汽车浮在洁净的白云上，她的皮肤很白，近乎透明，质感细腻，茸茸的毫毛若有若无。我迟疑片刻，轻声说："我可以握握你的手吗？"

她看看我，迟疑地把手伸过来，我紧紧握住，放心地体味到皮肤的柔软和温暖。但是——这说明不了什么问题，28世纪的机器人很可能不再是冷冰冰硬邦邦的家伙。我迫切想知道她的身份——是人类还是机器人。从她给我爸爸的那封信的口气来看，她可能是后者，但我难以开口。我犹豫着，这当口忽然忆起"麻瓜"这个词的含意，这是小说《哈利·波特》中巫师世界对世俗人的鄙称，也许，它现在变成了机器人世界对旧人类的鄙称？这个疑问藏在心里始终是一根尖利的刺。因为——她在信中透露过又在我梦中跳荡过的四个字：那个悲剧！

我终于小心地问："莎菲，我可以问一个问题吗？"

她的脸色刷地沉下来："我早知道你要问这个愚蠢的问题！你难道不知道，在28世纪，这是最令人厌恶的问题吗？"

她用不加掩饰的鄙夷看着我，窘迫中我渐渐生出怒意，我说："我当然不知道28世纪的怪规矩。我只是一个愚蠢的麻瓜嘛，不知道它犯忌讳，更不知道它为什么犯忌讳。"

我们冷冷地互相瞪着。莎菲慢慢平静下来，拍拍我的手背："我为自己的冲动向你道歉。不过——从今天起记住这个规矩吧，记住不要再问这个问题了。现在你想去哪儿？"

我冷淡地说："我该回去了。妈妈不允许我在电脑里待得太久，明天还要去探望爷爷呢。"

她默默地把汽车降到原处，这时已经完全平静了："下次再见，麻瓜。"她微笑着说，停停她补充道："给你透露一点消息，但你不要太悲伤，你的爷爷将在明天凌晨前去世。"

她扬扬手，一人一车在原地突然消失，只留下一团畸变的空气。

殡仪馆的灵堂上打着爷爷的名字和照片。照片是去世两年前照的，带着他晚年常有的窘迫的笑容。那时他还没有完全糊涂，把屎尿拉到床上后便窘迫地傻笑，好像知道自己理亏似的。儿女们逗他："爸，你一笑，俺们就知道你又犯错误了，对不对？"于是他笑得更加难为情。

如今这都是过去的事了，永远见不到爷爷了。

穿戴着制服制帽的乐队队员从侧屋里走出来，在会堂的右边列队。其中一名与昊天的爸爸熟识，拎着小号过来，与爸爸低声交谈着："92岁高寿，是喜丧了……好老头啊……"他摇着脑袋，"我下岗了……吹鼓手，下九流的活儿……"

哀乐响起来，门外的氧气炮惊天动地地爆鸣。人群三鞠躬，致悼词。悼词用尽高级的褒词，但也干巴得没一点水分："忠实于人民的教育事业……勤勤恳恳，六十年如一日……桃李满天下……沉重的损失……"

王昊天作为长孙站在前排。从前天起他就对这个场面怀着恐惧，但恐惧的原因却无法示人——他怕自己在追悼会上哭不出眼泪。他爱爷爷，也知道自己在爷爷心中的分量。但爷爷的病拖得太长，死亡已是数次敲门的熟客。昊天的悲伤经过几次揉搓，已经不新鲜了。他不敢把自己的忧惧告诉爸爸，怕爸爸生气。他嗫嚅着告诉妈妈，妈妈叹口气，没说他该怎么办。

悼念人群向遗体告别，依次同家属握手，有人小声说着"节哀"。昊天羞惭得不敢仰头，爸、妈、伯、姑的泪水反衬着自己的无情无义。人群肃穆地移动，但一旦走出吊唁厅，他们就马上摆脱屋内的压抑，在门外大声谈论着。

也许有人在那里指指戳戳："你看，王家的长孙没流一滴眼泪……"

轮到亲属向遗体告别。爷爷穿着臃肿的寿衣躺在水晶棺里，神态安详，面色红润。外面是酷热的夏天，爷爷穿这么厚不热吗？爷爷一直在惦记着孙儿能考上重点大学，光宗耀祖，他到底没能等到这一天。现在，即使自己考砸爷爷也不会知道了，这使昊天觉得悲伤，又有莫名其妙的轻松——随之又感到羞惭和自责。

负责火化的工人推开亲属，熟练地把尸体推到里屋。在骤然升高的哭声中，昊天对爷爷投去最后一瞥。爷爷同家人永别了，要孤零零地前往另一个世界，在那儿没人照顾他了。悲伤突然袭来，就像是一场迟到的冬雪。昊天的爸妈互相搀扶着走到厅门口，发觉儿子一个人留在后边，他捂着嘴，肩膀猛烈地抽动，泪水在鼻凹里汹涌流淌。

晚上昊天没上晚自习，在家读外语。到平时下课的时间，他对妈妈说："我出去转转。"打开院门，来到护城河边。梧桐树如黑色的剪影，繁星在树叶的隙缝中安静地眨着眼睛。对岸四楼的那个窗户一直黑着，小红点没有准时出现。昊天掏出自己的激光电筒迟疑着。他想同那个女孩告别，他的考场在县中，离这儿较远，爸爸已经在那地方订了宾馆房间，明天就要搬过去。然后是三天考试，考试后他就不会再回这儿了。在这个焦虑的夏天，那个红色小光斑的轻轻抚摸是荒芜心田中的一口活泉。他不忍心让它在生活中消失——但也"不忍心"使它明朗化。他不愿让诗境中的女孩变回到普通人，还原成一个被高强度学习榨干灵气的高中学生。那么，就让它保存在朦胧的记忆中吧。

他掏出激光电筒，调整方向，让光点爬上那扇窗户。就像触发了灯光开关，那扇窗户唰地亮了，显出一个身影……果然是个女孩，他这些天的直觉没有欺骗他。灯光是粉红色的，很柔和，女孩穿着背心，肩膀和脖颈处镶着粉红色的光边。面部贴在窗玻璃上，这边看不清楚，无法分辨她是不是那个白衣绿裙的女孩。

她分明在凝视着这边。几分钟后，昊天熄了电筒，那边的灯光也熄灭了。

半球形建筑通身射着粉红色的光芒,十分柔和,也十分明亮。在它的光照下,方圆百里的山石树木都像是浸泡在红色中的半透明体。它也映着莎菲的身影,她穿着白色小背心,绿色超短裙,身体的边缘镶着柔柔的红边。半球十分巍峨,半埋在地下,外露部分大如巨峰。密密麻麻的光网在它内部闪烁流动,变幻莫测。

莎菲说:"昊昊,你不是要看看28世纪的电脑吗?它就是。是集中式的电脑,全世界一共有100台,互相联网,和人类之间也是互动的:每个人可随时从中央电脑里汲取信息,每个人的智力活动也同时对中央电脑的运行做出贡献。它们有一个好听的绰号:大妈妈。我们都是她们的共同儿女。"

我疑惧地望着这个庞然大物,再望望莎菲。这么说,她只是大妈妈的一个共生体,就像是断掉后仍会在地上跳动的壁虎尾巴?我不愿相信,我期盼它只是一个荒诞的梦。记得哪本书上介绍过,若想确认你是否处于梦境,有一个最可靠的办法——问一个你也不知道的数学问题。因为,梦幻是不可能给出正确答案的。我笑着说:

"我能问大妈妈一个问题吗?"

"当然。"

"那就请她给出一个比 $2^{1257781}-1$ 更大的素数。在21世纪,这是数学家发现的最大的素数,共有378632位。"

莎菲同大妈妈有一个短暂的意识交流,然后流畅地念出一长串数字。她说这是中央电脑此前得到的最大素数,有十亿位。若想要更大的素数也行,它可以在五秒内算出来。我却陷入尴尬——我问一个自以为聪明的问题,却无法确认这个答案是否正确。刚才我报的最大素数是在一本数学小册子上看到的,那上面还介绍了素性检验的简便方法,可惜我忘了。我只好撇开这个问题,又问:

"请大妈妈介绍21世纪之后发生的战争,可以吗?"

没有任何警告,一道电流忽然击中我,我倒在地上抽搐,喉咙

中吼吼地干呕,知道自己快要死了。莎菲惊惧地连声喊:

"不要,不要!"她用身子护住我,急急解释道,"大妈妈,不要杀他,他是21世纪来的麻瓜,不懂今天的规矩。我保证他不会再问这些蠢问题了!"

她抄起我的身体,塞到甲壳虫汽车里,在她的臂膊中我似乎失去了重量。汽车迅速离开大妈妈,爬高又降低,降落在齐腰深的青草里。莎菲不停地喊我:"昊昊,昊昊,你能听见我喊你吗?"我能听见,但她的声音似乎非常遥远,而且我的全身肌肉和声带一直陷在黏滞的时间场里——忽然我会说话了,我艰难地说:

"莎菲,谢谢你。可是……"

莎菲扭过脸,怒气冲冲地吼道:"你这个该死的麻瓜,又顽固又愚蠢的家伙,你为什么念念不忘那件事,为什么?"

"莎菲……"

"滚,滚回你的21世纪!"

昊天离开住了两年的房子,随爸爸到考场附近的宾馆。是一个中低档的宾馆,房间非常狭窄,放两张床和一个茶几后几乎没有转身的地方。不过房间的设施倒基本齐全,卫生间、空调、彩电、装修过的门窗、喷塑的墙壁。爸爸把两人的牙具摆到卫生间里,问他:"这个小蛋壳怎么样?我挑房的最低标准是必须有空调,有卫生间可以冲澡,给你创造最好的临战状态。今晚甭看书啦,听爸爸和你拉拉闲话。"

那晚爸爸说的话比三年说的加起来还要多。他说,"昊昊,今天彻底放松吧。考好考坏爸妈都不会怪你。你不相信?这次可是真话。逼你苦读这三年,爸妈的力用尽了,你的力也用尽了,若还是考不好,莫不成爸妈还能杀了你?把你赶出家门?其实,爸爸早就清楚,现在上学太苦,简直是摧残灵性,但又不得不昧着良心逼你。为的是让你能进入一个好大学,有一个自由起飞的平台。这毕竟是当今社会最保险的人生之路。说到底,爸爸是个庸人哪。"

听着爸爸掏心窝子的话,昊天真的放松了。这些年,他时刻懔懔地斜视着身后的几双眼睛：爸爸妈妈的、爷爷奶奶的、姑姑的、姐姐的、伯伯的。他是王家唯一的男孙，身上担着这个家族的责任啊。这个责任让他睡梦中都逃不开焦虑。他笑着说："爸，我要考上大学，你们就不再监督我了，对不对？"

"对，彻底不管了，想管也管不到了。我们已尽了做父母的责任，那时由着你娃子踢蹬吧。爹妈只管给你准备学费，管到你上硕士、博士。只有一条，记住毕业后别让爹妈帮你找工作。"

昊天忽然叫起来："爸，我的文具盒！我已经收拾好，忘到桌上了。"

爸爸生气地皱起眉头，旋即松开："哼，做官的把印都丢了。你还不错嘛，没等上考场才想起来。"他穿上衣服，"这么热的天，又得罚我跑一趟。你先睡吧，我等你睡熟再回来，免得打搅你。"

爸爸走了，昊天冲了热水澡，躺在床上，慢慢进入朦胧状态。爸爸今天的话真的让他放松了。三年噩梦般的高中生活，他做过多少与考试有关的梦！梦境总是焦灼的：考题老做不完；正答题时钢笔没水了；向监考老师请假上厕所，却总也尿不尽……有时甚至梦见他大学毕业了，找工作时还要考试，正襟危坐的考官竟是他的小学班主任，那位老师得意地笑道："你以为你已经逃脱了？一辈子也逃不脱呀！"

"不要再想这些了，"他坚决地告诫自己，"爸爸已经帮我把焦虑抛到一边了。睡吧，睡吧睡吧。"

他睡了，进入一个陌生的梦境。

  他和莎菲把汽车停在山底下，徒步向上攀登。莎菲说，今天是复活节，是新人类最盛大的节日。山路上到处是人，有老有少，有男有女，个个喜气洋洋，陌生人互相点头问好。山顶上是那座生命之碑，一座色泽洁白的无字碑，高与天齐，上端隐在白云中。夏风吹来，碑体微微摇摆。王昊天望着它，有一种不安的感觉。莎菲说不要紧，这是超高强度的材料，极为坚韧，耐腐蚀，耐老化，它至少可以屹立十万年呢。

  人们到了山顶，首先向生命之碑合掌礼拜。昊天问："他们都是基督徒？我知道复活节是基督教的节日。"莎菲摇摇头："不，所有宗教都消亡了，基督教的复活节也消亡了。这是新的复活节，是全人类的节日。"她领着昊天合掌礼拜，围着碑体转了一圈。昊天在默祷时，"不安"一直在心中蠕动。他想知道为什么要立这个碑，想知道人类为什么要"复活"，是在什么时候"复活"的。不过他已经学聪明了，不敢问这样"令人厌恶"的问题。

上山的人们做了短暂的礼拜后就散开玩耍。莎菲领昊天来到一处草地，铺上餐巾，把野炊的食品摆出来。莎菲说，"尝尝28世纪的食物吧，你若留在28世纪，还有好多东西要学呢。"

食品各种各样，叫不上名字，香甜绵软，十分可口。忽然一男一女两个小孩跑过来："莎菲姐姐，真高兴见到你！"莎菲站起来迎接："你好，小多吉，还有你，小阿雅。坐下吧。"

两个小孩都只有六七岁，十分可爱，忽灵灵的大眼睛，眉清目秀，身体匀称。两人坐下来，笑嘻嘻地打量着昊天。女孩问："莎菲姐姐，这是你的男朋友吗？"莎菲看看昊天，笑着说："暂时不是，以后……是吧。"

小女孩趴到莎菲肩上，喊喊地咬耳朵，话题大概仍是关于昊天的。男孩文静地坐着，笑容明朗，目光纯洁。昊天对男孩的印象很好，也许这个天真的孩子能回答他一直想知道的事。他凑近小孩，小声问：

"小弟弟，我能问你一件事吗？"

"当然，请问吧。"

"你知道为什么要树这座生命之碑吗？你知道为什么要过复活节吗？"

男孩忽然尖叫起来，昊天绝想不到他能发出如此刺耳的声音："异教徒！人类公敌！莎菲姐姐，他在问我那个犯忌的问题！"

两个孩子的笑容突然消失，满怀敌意，周围的人也怒目相向。昊天低下头，心中发冷。莎菲冷冷地看看他，对小孩说："不要紧张,他是从 21 世纪来的麻瓜,不懂今天的规矩,不用理他就是了。"

她把两个小孩哄走,转回头,冷淡地沉默着。昊天别转目光,口气硬硬地说:"很对不起,又让你失望了。其实我也恨自己为什么放不下这点心事,你把我送回去吧。"

高考结束了,黑色的夏天挽了个结。房子内的家具都搬走了,但昊天坚决要求把电脑再留一天,让他"痛痛快快"玩一次。妈妈很不乐意,嘟囔着"还得再租一次三轮,又得 15 块钱",不过她还是勉强答应了。

屋中只剩下昊天一人,他留下电脑并不是为了玩游戏,他想再次通过屏幕进入未来世界。那里有他的焦虑,有他未完成的责任。谁知道呢?也可能电脑搬迁到新地方,这个时空通道就再也接不上了。

晚上 10 点 20 分,他照例来到河边,用激光电筒向对岸问询。没有回答,那扇窗户安静地藏在黑暗里。可能那女孩也是在这儿租房的高三学生,考完后已经搬走了?有人拍拍他的肩,是爷爷。爷爷狡猾地笑着:"孙孙,不要想她了,今生你们俩不会再相遇了。"昊天脸红了,"臭"爷爷:"爷爷你吹牛吧,你怎么会知道?"爷爷说:"我已经死了呀,死人的灵魂能遍游天地,能到过去未来。"昊天问:"那你说说我会考上哪所重点大学?爷爷,这次我考得很不错呢,你该高兴了。"爷爷不耐烦地挥挥手说:"别再惦记这些鸡毛小事!孙孙,我知道你是唯一有机缘进入未来的人,人类的命运掌握在你手中。"

昊天打个寒战,停了片刻,他说,"这个责任太重了,实在太重了,爷爷。"没人答话,爷爷已经消失了。他回到房间,打开电脑,像往常一样进入屏幕。

莎菲已经变成丰满的少妇,怀中一个婴儿在香甜地吃奶。看见我进来,她淡淡地说:"你总算回来了,先看看孩子。"

是一个极可爱的婴儿。红白粉嫩,黑溜溜的眼珠,圆圆的胳膊,柔软的黑发。婴儿吃空一个乳房,咧着嘴想哭闹,莎菲拔出乳头,把另一只塞进去。她的乳房白得耀眼,我脸红了,忙转过目光。但那个可爱的家伙吸引着我,我不由得又把目光转过去。婴儿正漾出一波憨乎乎的微笑。莎菲怜爱地说：

"看见了吗？在向你笑呢。真是老话说的：亲劲儿撑着哩。"她看见我的惊异，毫不含糊地宣布，"没错，你是他的爸爸。我早说过，我们注定要在历史中相遇。当然不是现在做爸爸，而是10年后。我把10年后的场景提前了。"

我面红耳赤——一个高中学生怎么突然成了丈夫和父亲？但我本能地感觉到，她的话是真的，她实际上是以这种委婉的方法向我示好："昊昊，虽然我不愿意回答你那个令人厌恶的问题，但我已让你看见，我并不是你所想象的机器人。我能生育，哺乳，爱孩子，做一个合格的母亲。昊昊，你理解我的苦心吗？"

我沉默着。

莎菲把我拉入怀中，叹息道："昊昊，今天我坦白告诉你吧，在21世纪末的确有一场……那时，旧人类太固执，新人类又太年轻冲动。但是，这些伤痕已经抹平了。现在，大妈妈向所有人播撒着欢乐和祥和。昊昊，抛掉你的那个心结吧。已经塌缩的历史波函数不可能再重整，谁想搅动已经板结的历史，只能带来更大的悲剧。听我的劝，忘掉它，在28世纪定居吧。"

我真想听她的话，把心中的焦虑抛开。可是……我不能。我盯着她的眸子，慢慢问："大妈妈删去了所有人对那场战争的记忆，可是你为什么知道？"

莎菲坦率地说："我是历史学和时空运动学博士，时空管理局技术总监，我属于极少数知情人之一。"

"噢——"我拉长声音说。

莎菲把孩子塞给我："来，抱抱他。提前10年尝尝做父亲的味道。"

婴儿吃饱了，定定地看着我。他当然不会认得我，但这个乖巧的家伙又送我一个笑脸。我的心酥了，融化了。莎菲靠在我的肩上，幽幽地说：

"多可爱的孩子，是不是？不妨向你透露一点天机：他长大后可不是凡人，要在历史上留下自己的印记。"

我不喜欢莎菲这种亚婆式的腔调。我缓缓地说："已经塌缩的历史不可能重整——除了一个人，一个机缘深厚的人。只有他有能力改变历史，避免那场悲剧。你和你的时空管理局都清楚这一点，对不对？"

莎菲的脸色忽然变得惨白。

"所以，你和你的时空管理局费尽心机编织一个温柔的陷阱，想让我跳过那个最关键的时空段。我说的对不对？"

莎菲的眼里喷着怒火，夺过我怀中的孩子，激烈地说："滚，你这个自以为是的麻瓜！你以为你是谁，是救世的弥赛亚吗？我真不该为你费这些口舌。滚，滚回你的21世纪吧。"

我们用目光对峙，敌意中也带着悲伤。忽然我觉得莎菲身上的铠甲哗然溃散了，她摇摇头，沙哑疲倦地说：

"算啦，我不怪你。有些事是命中注定的。来，亲亲你的孩子，然后……去尽你的责任吧。"

我亲亲孩子柔嫩的脸蛋，痛苦地想，我的一部分已经留在他身上了，离开他我的内心将永远是残缺的。我转过身，悲壮中仍有无法排解的焦虑。我真能力挽狂澜？如果我避免了那场悲剧，28世纪还会有莎菲和我们的孩子吗？

但不管怎样，我不能逃避。我很想吻别莎菲，但我不敢。莎菲看出我的心思，走上前，把火热的嘴唇贴住我的双唇。我心底一阵战栗，然后她抱上孩子——忽然他们原地消失了。

他们所隐没的草地变成电脑的屏幕保护画面，王昊天盯着画面深处，沉思不语。有人拍拍他的肩头，是爷爷。爷爷欣慰地说："孙孙，我知道你做出这个选择很不容易，谢谢你。"没等孙儿说话，他就颤巍巍地走了。

昊天关了电脑，到屋外去换空气。已经是凌晨时分，下弦月落到梧桐树梢上，晨风带着怡人的凉气。他忽然发现，对岸四楼的那扇窗户亮着。他下意识地掏出激光电筒，但他犹豫着，最终没有揿亮它。他转过身子，看见白衣绿裙的 A&B 莎菲在忧伤地看着他，这时悄悄地抿嘴笑了，很快隐入薄薄的暮色中。

完美的地球标准

人类在 22 世纪发明了蛀洞旅行技术之后，足迹已遍及 500 个星系，也在一些星球上发现了 300 余种智能生物，从黑暗死寂的因特罗星到没有大气层的裸星。当然，各种智能生物的形态千差万别，相互沟通也极为困难——你怎么向从不知视力为何物的因特罗人描绘朝霞的绚烂和纤云的翻卷？怎么向没有听力的裸星人讲述中国梆笛和曲笛音质的不同？

所以，我在讲下面的故事时，已经做了必要的简化，就像所有的物理学家和数学家早就在做的那样。我的简化是：所有智能生物都有同样的外貌和同样的语言，以便为读者省去那些烦琐冗长的拓扑变换、傅立叶变换、洛伦兹变换以及跨星系语言翻译。读者可以看到，这样一来，不同智能生物之间的沟通就变得容易了，相当相当地容易了。

蛀洞旅行无限公司第一分洞的负责人、机器人油嘴 35A 看到一对男女向这边走过来，他的光子大脑在 0.001 秒内已经判别出这是潜在的顾客。男人大约 35 岁，西装革履，金丝眼镜，肚子略有发福，表情从容自信。女的穿一身价值不菲的和服——单是那条手工绣制的腰带就值 30 万日元。她用日本女人特有的小碎步紧紧跟在男人身后，不时用仰慕的充满爱意的目光看着他。不用说，这是一对新婚夫妇，在公司里工作了 10 年的丈夫刚攒够太空蜜月旅行的钞票，在日本公司里，这个结婚年龄是最常见的。油嘴 35A 兴高采烈地吆喝起来：

"神奇的蛀洞旅行！最新太空旅行技术，10 秒内可以到达 500 万光年外的星系！本公司实行一票制，星系内旅行和跨星系旅行同样票价！女士先生，你们愿意到仙女座星云还是银河系中心黑洞？……"

转生的巨人

那个男人不耐烦地打断了他的话:"请省下这些废话讲给那些没见过世面的人,告诉你,我是宇宙商业公司的雇员,10年来一直向外星系推销记忆合金乳罩和任天堂游戏机,我已经到过32个星系,与48种智能人打过交道。夫人,"他转向那位女子说,"其实我们没必要花这趟路费,按我的旅行见闻完全可以得出一个结论——我可不是地球沙文主义者——地球是最标准的智能人类的生存乐园,地球的一切都是最美好的,其他种种都不值一提。当然,如果你愿意的话……"

油嘴35A赶忙插嘴:"这位先生的话是多么精辟!如果实地看看,夫人就更能体会到这种见解的深刻。再说,"他低声说,"先生是否知道,一个月前太空旅行的费用已大幅度调低?"

男人立即竖起耳朵:"是吗?一次虫洞旅行的票价现在是多少?"

"40万日元,先生,只有过去的十分之一!"

男人很高兴。40万!这远远低于他的预算。他不得不精打细算,要知道,这次可不是公司出旅费。他改口说:"好吧,我很乐意让妻子开开眼界,费用倒是一件小事。"

油嘴35A立即拿出登记表格:"夫人和先生的尊姓大名?"

"木村武志和木村美子。"

"夫人先生想到哪个星系?"

木村略略考虑了一会儿:"你们的一票制最远能到什么地方?500万光年?那我们就到500万光年外的某个有智能生物的星球。"

"先生只去一处吗?本公司规定,一次购买四张票的话优惠30%。"

木村迅速计算一下说:"好,我买四张,去两个地方观光。"

他开了一张112万日元的支票,接过四张印制极为精美的旅游票,然后向妻子曲起手臂:"来吧,美子,希望旅行结束后你会认为这112万没有白花。"

妻子真诚地说:"谢谢你,武志君,你真是一个慷慨的丈夫。"

虫洞旅行只用了几秒钟的时间,他们刚感到身体被拉长——这是通过虫洞必然的感觉，便很快恢复正常。迷你型飞船从蛀洞中蹦出来，眼前已是迥然不同的外星系景象。一颗比月亮还要小的星星快速旋转着，隐约能看见它的颜色在迅速变绿变黄。它的上空有一个光芒暗淡的红黄色的太阳。飞船驾驶员、机器人饶舌35B兴致勃勃地喊道：

"女士们先生们，你们已来到神秘迷人的斯契可双子星座。请看那颗飞速旋转的中子星，它在十万年前冷却到容许生命存在的温度，一万年前诞生生命，一千年前诞生智能生命，现在正好发展到与地球人类相当的地步。它的自转周期3.4秒，双星公转周期38秒，重力加速度为12g……"

美子吃惊地说："他说是多少？是不是说这儿的一天只有3.4秒，一年只有38秒？"

丈夫还没有答话，解说员已伶牙俐齿地回答道："这位女士听到的完全正确，一天只有3.4秒，一年只有38秒，多么多么的不可思议！该星重力加速度为12g，即它的重力是地球的12倍。本公司已为顾客们准备了抗荷服，使用一个小时内免费。另有'快摄慢放观察镜'，一小时租费50万日元。先生，你们愿意租用吗？"

木村武志气愤地说："50万日元！不，我们更喜欢用肉眼观看。"

"现在飞船马上就要降落，请系好安全带。"

顾客们马上知道了系安全带的必要性。飞船降落了，中子星上巨大的切向速度使飞船翻了几十个滚，满耳尽是喀喀喳喳的声音。他们晕头晕脑地走下飞船，感觉好像走进了儿童公园里的小人国城堡，地上拥挤着和地球建筑差不多的楼房、高架桥、体育场等——但尺寸只有地球的十分之一。由于它的快速自转，天上的红黄色太阳变成了一条红黄色的环带，其他的星星则成了密密麻麻的银色环线。

美子张大嘴巴惊奇地看着这种奇异的景象，只是看不到人。没有一个人，没有一只鸟或者一只走兽。在迅速变绿变黄的地面上，有一层闪烁不定的光芒。两人瞪大眼睛，也看不出这层闪光究竟是什么东西。木村不耐烦地说："上当了，哪里有什么智能人类？回去我一定要投诉，追回112万的旅游费！"

"女士们先生们，"忽然耳边响起尖锐的声音，两人吓了一跳，才发现抗荷服的头盔里藏有微型通话器,"你们看见的绿黄变换就是斯契可星球上的四季,看见的闪光就是斯契可人类。他们的动作极其快速,只能通过'快摄慢放观察镜'来观察。这种观察镜性能优异,最大减速倍数为10万倍,每小时租费50万日元。女士们先生们……"

木村恼怒地一声不响,美子企求地看着他。木村咬咬牙——毕竟112万的车票更贵,他不能花112万仅仅来看这一片闪光。他恨恨地对通话器说:"好吧,我用——我们两人只用一个就行。"

机器人满面笑容地送来一只形状奇特的双筒镜。木村递给妻子:"哎,你先看吧。"

美子忙端起观察镜,一边调整着减速倍数:"一千倍,什么也看不清。三千倍,还是不行。一万倍,呀!"她忽然吃惊地尖叫起来,木村忙问:"怎么啦?"

"一个一个的小人,像跳蚤似的跳来跳去。五万倍,能看清啦,和咱们长得一模一样,就是个头小,最高的也只相当于一只小耗子。"

木村忙从她手中夺过观察镜,果然,镜中像是录像机中一帧一帧播放的快镜头。他把镜头对准一幢住宅,看到的是一组跳跃的镜头:几个大人围着一个婴儿;一个壮健的小伙子;小伙子和一个姑娘;新的婴儿;一个漂亮的姑娘……作为一个优秀的宇宙推销员,他的头脑很具想象力,马上推断出这是从一个家庭的连续生活中剪出来的片断。他把观察镜调到10万倍,现在基本可以看清了:一对恋人在匆匆相吻——快得就像鸡啄米。然后他们被簇拥着快步走进教堂,又快步出来,行列的行进快得就像两道白光,只能勉强看见女子穿的是婚纱。在下面的镜头里,两人已经在抱着一个婴儿笑语。木村焦急地说:"还太快!太快!"但观察镜已经不能再调了,镜头上打出一行字:已到本机最大减速倍数。

木村只好保持着这个倍数,看着那些小人儿像走马灯似的匆匆来去。他问机器人:

"斯契可人看不到我们吗?"

"当然能。不过对于他们的衰亡速度来说,我们就像几百年前就矗立在他们视野中的不动的山峰。他们没有时间对我们产生兴趣。"

"他们为什么不说话?他们没有语言吗?"

"不,他们有语言,不过是频率极高的超声波,人耳听不到。"

美子眼馋地央求:"让我再看看吧,让我再看一眼。"木村把观察镜递给她,她立即入迷地看起来。等美子把镜头还给他,镜头啪嗒一声变黑了,黑幕上打出一行白字:时间已到,若想继续请再投币。

木村悻悻地说:"一个小时怎么会这么短?难道地球时间到这儿也变短了?"通话器中彬彬有礼地说:"不会错的,请你用自己的手表校对。"他低头看手表,果然已过了一个小时。

"请问先生还继续租用吗?"

木村恼怒地说:"不必了,就这些蹦蹦跳跳的玩意儿,一个小时已经足够了!"他扭头回到飞船上,美子恋恋不舍地跟着他。飞船准备返回蛀洞,美子仍眼巴巴地看着舷窗外。木村安慰她:"美子,还有一次旅行呢,希望下一次有趣些。你现在相信我的话了吧——只有地球才是最好的人类乐园。看看这儿吧,斯契可人活得就像一群忙碌的跳蚤,从生到死,最多只相当于地球的一天。在这短短的一天里,怎么能体会到人生的乐趣!"

美子一个劲儿地点头:"对,对,只有一天!母亲来不及看清她的婴儿,婴儿已经长出胡子了;姑娘还没有吻完恋人,他们就白发苍苍了。真是可怜!"

木村也悲天悯人地摇摇头,"我真的可怜他们,实在可怜。"

飞船吱吱地响了一阵,便跃迁进蛀洞。

"女士们先生们,你们是否喜欢这一次的旅行?"油嘴35A兴致勃勃地问。木村美子遗憾地说:"真的很有趣,可惜时间短了一点儿……"

木村打断她的话,不高兴地说:"没什么好看的东西,一群蹦蹦跳跳的小跳鼠,迫不及待地抢着奔向死亡。这种生活有什么趣味?他们竟然能乐此不疲,这样的愚昧只能使旁观者可怜。我希望在第二次旅行中,你能给我们一些值得一看的东西。"

"一定,一定。我相信你们一定会喜欢下一次的旅行。现在请二位上飞船。"

"女士们先生们,你们已经到达可契斯星。这是一个在140亿年前死亡的红巨星,在50亿年前出现智能人类,目前的发展程度大致同地球相近。该星自转周期12万年,绕星系核的公转周期为30亿年,地面重力加速度为13g……"

美子又瞪大了眼睛:"什么?他说什么?是不是说可契斯星上一天等于地球的12万年,一年等于地球的30亿年?太不可思议了!"

饶舌35B接口道:"女士说的完全正确,这是一个多么神奇的地方!本公司为各位备有抗荷服,使用一个小时内免费。另外备有'慢摄快放观察镜',一小时租费62万元。请问……"

有了上一次的经验,木村虽然极不情愿,也只得悻悻地说:"好了,不要啰唆了,我们用——两人只用一只。"

飞船已经接近可契斯星,从舷窗向外看,立即为它的巨大所震撼。它简直算不上一颗星星,而是一个宇宙,半边天空全部为这颗略带暗红色的星体塞满。飞船降落在一片茂密的森林中,走下飞船,满眼是绿色的静物。高大粗壮的树木长得很像地球上的龙舌兰,从根到梢都是绿色的,渐渐变细,如一把利剑直刺蓝天。没有风,白云凝固在天上,见不到鸟兽和人类的行迹。木村开始有点不耐烦了,美子忽然大惊小怪地喊起来:"武志君,你看那四座山峰!"

远处,在密林中突兀地矗立着四座柱形的山峰——不,不是山峰,是两座人体雕塑,他们首先看到的是这一男一女的腿部。饶舌35B的声音在通话器里响起来:"女士们先生们,这就是可契斯星上的人类。你们肯定已经看出来,这是一对热恋中的情人,他们正在茵茵草地上拥抱热吻。要想观察清楚,请使用'慢摄快放观察镜'。"

木村急忙举起观察镜,他没有再麻烦,一下子把加快倍数调到最大的10万倍。现在他勉强可以看出,这两座雕塑并不是完全静止的,他们确实在极缓慢极缓慢地蠕动,两人的嘴唇在极慢极慢地靠近。美子猴急地催促:"让我看一眼吧，让我看一眼吧。"木村只好把镜子递给她。她把眼睛紧贴在观察镜上，嘴里轻声自语着："太慢了，太慢了。他们是否也看不到我们？"

饶舌35B回答："是的，在他们的迟缓目光里，我们的行动只是一层不可辨的闪光。"

几十分钟后，木村从妻子手里夺过观察镜。他终于看到两人的嘴唇凑到一块儿——啪嗒一声，镜面变黑了，上面打出一行绿字："时间已到，若想继续请再投币。"

木村放下观察镜，怒冲冲地回头就走。美子恋恋不舍地跟着他回到飞船，她想问那一对耐性极好的可契斯恋人是否最终吻到了对方，看看丈夫的脸色又不敢问。过了很久，木村的脸色才缓过来，他安慰妻子说：

"不值得再看了，这些笨拙愚钝的可契斯人。你看见没有？这对恋人虽然年轻，但他们的头发已经风化了，焦干了，肩背上积满了宇宙尘。他们那比澳大利亚'树懒'还要迟钝千百倍的思维根本无法理解宇宙的运动，理解生命的节奏。我相信他们迟早会成为历史的孑遗物。现在你相信我的话了吧，遍观宇宙，只有地球才是最完美的人类乐园。"他咕哝道："可怜的斯契可人和可契斯人。他们真不值得我们花费112万日元。"

他们感到自己的身体被拉长——机器人油嘴35A已经在飞船门口迎候他们："女士们先生们，我想你们一定喜欢……"他看见木村先生的脸色，机警地改了口："相信夫人经过这次旅行，一定会更信服丈夫的深刻结论：在宇宙中，只有地球是最完美的人类乐园。我说的对吗？"

木村神色霁和地说："对，你说的不错。"妻子也连忙点头。

"谢谢你们光临敝公司，再见。"

他们坐进自己的丰田轿车。一路上，木村在计算着信用卡上的余额，美子则一直是若有所思的样子。木村终于注意到这一点，侧过脸问："美子，你在想什么？"

美子难为情地笑着："我不敢说，我知道自己的智力层次太低，你一定会笑话我的。"

木村大度地笑了:"你尽管说吧,我一定不笑你。"

在他的催促下,美子才嗫嚅地说:"我只是在想一个傻问题——假若斯契可人和可契斯人来地球旅游,他们会不会觉得我们的生命太慢或者太快,他们会不会可怜我们?"

她没有听到丈夫的回答,他一定不屑于回答这种傻问题。